Astrid Korten

OVERKILL

DER SÜNDENFALL

Thriller

Bibliografische Information der Deutschen Nationalbibliothek:
Die Deutsche Nationalbibliothek verzeichnet diese Publikation in der Deutschen Nationalbibliografie; detaillierte bibliografische Daten sind im Internet über http://dnb.dnb.de abrufbar.

Umschlaggestaltung: Kristin Pang
Umschlagabbildung: ©Samantha Nandez / Trevillion Images
Lektorat/Korrektorat: Doris Bartos
ISBN: 9798373918978
Imprint: Independently published

Liebe
bedeutet, die Einsamkeit des anderen erträglich zu machen.

Zorn
hingegen erzeugt so oder so eine Zukunft.

Über das Buch

„Der Anstoß, von den Früchten des verbotenen Baumes zu essen, kommt nicht von Adam oder Eva, sondern durch die verführenden Worte der Schlange.“

(Buch Genesis, Der Sündenfall)

Ein grausames Verbrechen, das die Menschen in Atem hält, erschüttert die Kleinstadt Berg am Starnberger See. Kurz zuvor beobachtete Julia Hagen, wie die Vorhänge in der Wohnung der Familie Tauber bewegt wurden, obwohl die Familie verreist war. Auch ist Julia sich sicher, dass von Zeit zu Zeit merkwürdige Dinge in dem Mehrfamilienhaus geschehen. Mo Celta von der Kripo Starnberg übernimmt die Ermittlungen.

Davon überzeugt, dass die Zeit drängt und der Fall, der unfassbar Böses verheißt, sich zum Albtraum entwickeln könnte, setzt die Hauptkommissarin alles daran, den Mord aufzuklären. Der Zustand der Leiche lässt nur einen Rückschluss zu: Der Täter plant ein zweites Opfer. Mo stößt auf ein Geflecht aus listiger Verführung und sinnlicher Begierde und auf den Zorn eines teuflischen Menschen.

DER SÜNDENFALL ist der erste Fall der Ermittlerin Mo Celta.

Liebe

Ein Gefühl, das den Menschen ebenso hermetisch abschließt wie ein Gefängnis.

(Simone de Beauvoir)

Ein Ventil

August 2021

Berg am Starnberger See.

Der See, komplett blau um diese Jahreszeit und so strahlend, als hätte er ein Fass Sonne getrunken.

Das Blau des Himmels, daraus machen die Wolken ein Riesendrama.

Ein älteres Mehrfamilienhaus, Johannisgasse 17, zehn Geh-Minuten vom Supermarkt entfernt.

En kleiner Vorgarten, ein kleiner Schuppen.

Ein Riesendrama ...

Da sind die dünnen Wände. An manchen Tagen hört man einfach alles, und mit jedem Wort vertiefen sich die Geheimnisse der Bewohner.

Nachts leuchtet die Wohnung, als stünde alles darin in Flammen.

Die Vorhänge, die Julia vor vier Jahren für die Fenster ausgesucht hat, sind so transparent, dass ich die Stimmung meistens gut erkennen kann. Ich kann sehen, wie Emma Hausaufgaben macht und dabei das lange Haar nach hinten schleudert. Ja, schleudert, denn es liegt jede Menge Zorn in dieser Bewegung. Ich kann den kleinen Lukas beobachten, der seine Legofiguren zusammensetzt und sie im Wohnzimmer aufreiht. Ich sehe seine Mutter, die durch den Raum wirbelt und alles aufräumt, was tagsüber in Unordnung geraten ist: Spielzeug zurück in die Kiste. Kissen zurück auf die Couch.

Julia hat sich heute fein gemacht. Bevor sie die Wohnung verlässt, streicht sie ihre langen, lockigen Haare zur Seite. Sie lächelt. Theo hat ihr den Rücken zugewandt, deshalb kann er nicht sehen, was ich sehe: Dass sie sehnsuchtsvoll zur Decke blickt und dann nach unten schaut, ganz in Gedanken bei dem Mann, der in der Wohnung über ihr wohnt. Sie haben eine Affäre.

Mitunter höre ich den beiden beim Liebesakt zu, sie schüren meinen Zorn. Ihr Geflüster schärft meine Sinne, verursacht eine tiefe Wunde und zerreißt meine Seele.

August 2022

Mit einer Wunde hat es angefangen, ja, mit ihr hat es angefangen, dem Stigma einer Affäre. Ich lese die Zeilen, die ich vor einem Jahr in mein Tagebuch geschrieben habe, das ich ab sofort wieder mit meinen Gedanken und Gefühlen füllen werde. Ich brauche dieses Ventil. Mein Leben ist zum Stillstand gekommen. Ich bin zwar gesund, aber die Wahrheit ist, dass mein Leben vor einem Jahr aufgehört hat zu existieren, genau genommen, seit ich das Liebesgeflüster hinter den Wänden vernommen habe.

Seitdem ist es mir nur mit enormer Willenskraft und einem großen Glauben an mich selbst gelungen, in der schrecklich banalen Alltäglichkeit der Dinge einen tieferen Sinn zu entdecken. Es ist die reine Hölle. Ich bin allein, aber gewiss nicht hilflos.

Die Welt hat mich verraten, die Welt hat mir den letzten Rest Glauben an das Gute genommen. Mir bleibt nichts anderes übrig, als mich zu rächen. Schwierige Zeiten kommen auf die Bewohner der Johannisgasse 17 zu. Wer mir zu nahe kommt, wird hart getroffen. Zorn übermannt mich und spielt auf der Klaviatur des Bösen.

Die Leute in dem Haus haben alles zerstört. Seit einem Jahr ist meine Welt ein dunkler Wald, ein Jahr lang watete ich durch einen Sumpf aus Schlamm und totem Laub, ohne Licht, ohne Horizont, voller Lug und Trug, wurde Zeuge eines Sündenfalls. Seit diesem Tiefpunkt haben sich die Dinge aber langsam weiterentwickelt. Jetzt bin ich bereit. Aber erst der Moment – ich nenne es eine Epiphanie – als ich erkannte, dass ich das, was mich fast zerstört hat, auch nutzen kann, um meiner Existenz wieder einen Sinn zu geben, lässt mich Mut schöpfen.

Von diesem harten, dunklen Jahr ist nur wenig übrig geblieben, aber es hat mir bisher gute Dienste geleistet. Ich habe an Tieren geübt, mein Können perfektioniert und ein Selbstbild geschaffen, das keinen Raum für Zweifel lässt, begründet im instinktiven Drang, es zu überleben.

Die Entscheidung ist gefallen. Ich mache mich auf den Weg zum Vogelherd. Dort werde ich das Kaninchen entsorgen. Danach wird sich der Klang meiner inneren Stimme verlieren. Die Schleusen der Erinnerung an das vergangene Jahr sind jetzt offen, der Fluss von

Bildern und Geräuschen, die in meinem Kopf strömt, kann ich ohnehin nicht aufhalten. Ich will mehr.

Zurück in der Johannisgasse 17 sehe ich in der oberen Etage zwei Schatten am Fenster dicht nebeneinanderstehen.

Im Haus deutet kein Geräusch den bevorstehenden Liebesakt an.

Die Stille ist undurchdringlich...

Kapitel 1

Donnerstag, 29. September 2022

Starnberg, Polizeiinspektion - 16:15 Uhr
Protokoll AN. 50. L7. 008530/2021
Zeugenaussage aufgenommen von:
Carlo Moltke, Polizeimeister
Jürgen Brohler, Polizist
Zeuge: Benno Gruber, geb. 18.5.1949 in Berg
Wohnhaft: Johannisbach 22, Berg
Beruf: Berufssoldat im Ruhestand.

Der Zeuge erscheint am oben genannten Tag und zur oben genannten Uhrzeit auf der Polizeiinspektion Starnberg und gibt Folgendes zu Protokoll:

‚Am Donnerstag, den 29. September, ging ich gegen 12:00 Uhr den Weg Vogelherd in Richtung Haydenstraße entlang, wo meine Tochter Luisa wohnt. Seit dem Tod meiner Frau kocht Luisa jeden Tag für mich. Am Vogelherd befindet sich in der Nähe von Haus Nummer 12 ein Container für Bauschutt. Der Container steht dort seit etwa drei Wochen, obwohl in letzter Zeit keine Arbeiten an der Villa Vogelherd durchgeführt wurden.

Mir fiel auf, dass die Spitzen einiger Holzfaserplatten aus dem Container ragten. Sie sahen unbeschädigt aus, also dachte ich, ich könnte sie noch verwenden. Die alte Villa ist unbewohnt und ein Bauarbeiter war auch nirgends zu sehen. Also schaute ich durch das Küchenfenster, fixierte den Eingang und den vorderen Bereich der Villa. Niemand war zu sehen. Ich ignorierte einen kleinen, braunen Straßenköter, der die Ulme in der Mitte des Rasens markierte, obwohl das Tier so ausgedörrt war wie ein Stück Trockenfleisch. Ich habe versucht, die Holzfaserplatten aus dem Container zu ziehen. Dabei fiel mir das Blut auf einer der Platten auf. Weil mir ein bestialischer Gestank entgegenströmte, schaute ich in den Container. Neben der Platte lag der Kopf eines braunen Widderkaninchens.

Mit nur einem Ohr! Hirnmasse klebte am Holz.

Ein Stück weiter lagen die Eingeweide und der ausgenommene Körper des Tieres.

Ich ging sofort zum Haus meiner Tochter, die mir riet, zur Polizei zu gehen‘.

Eidesstattlich versichert und unterschrieben: *Benno Gruber.*

Die letzte Korrektur

Ich habe alles gut vorbereitet. Geholfen hat mir dabei Libby, eine dicke Frührentnerin mit dreißig Kilo Übergewicht. Die Anwohner in der Johannisgasse tuscheln hinter vorgehaltener Hand, dass Libby ‚es mit den Nerven hätte', weshalb sie schon mit fünfzig pensioniert wurde. Libby nimmt nach Gutdünken jede Menge Beruhigungsmittel ein, weshalb sie von Zeit zu Zeit einschläft, wenn ich bei ihr bin. Es stört mich nicht, denn ich mag diese Wuchtbrumme.

Libby hat viele Jahre als selbständige Software-Spezialistin für mehrere große IT-Unternehmen gearbeitet. Hundertprozent Homeoffice. Ich würde es auch nicht anders wollen, denn wie sie bin ich nicht sehr gut im Umgang mit Menschen. Den Schlüssel zu ihnen habe ich vor einem Jahr verloren. Das sollte ich korrigieren: Ich bin sehr gut darin, wenn es nichts mit mir zu tun hat. Wenn es zu der Rolle gehört, die ich spielen möchte, zu der Figur, die ich darstelle, dann bin ich gut. Aber für mich, die Person, die im Moment hinter meinem Schreibtisch sitzt und sich selbst in dem großen Spiegel auf der anderen Seite des Zimmers betrachtet, müssen andere Menschen nicht sein. Wirklich nicht. Sagen wir mal so: Ich ziehe es vor, allein zu sein, aber ich kann mit Gesellschaft umgehen, wenn sie zweckmäßig ist, wenn ich, und niemand sonst, sie für notwendig hält.

Libby sagt, dass jüngere Generationen eine andere Vorstellung von Privatsphäre als ältere Menschen haben. Für Teens und Twens, die mit YouTube und Google aufgewachsen sind, ist das Internet so vertraut wie zu essen und zu trinken. Sie haben kein Problem damit, ihr Privatleben gegen kostenlose Videos oder virtuelle Freunde einzutauschen. Bei der älteren Generation ist das Internet ein Gebrauchsgegenstand, dem sie immer ein wenig misstrauisch gegenüberstehen.

Darüber muss ich stets herzlich lachen.

Libby hat recht. Aber ob nun Jung oder Alt, eine Eigenschaft haben sie alle gemeinsam: Sie sind in dieser virtuellen Welt unglaublich naiv.

Wie Libby fühle ich mich im Internet so wohl wie in ihrem Wohnzimmer, das war schon so, bevor sie mir als Softwarespezialistin nach ihrer Pensionierung alles beigebracht hat. Ich verstehe, wie Computer funktionieren, ich bin ein Naturtalent, sagt sie. Wenn andere Leute nur die Fassade sehen, blicke ich dahinter, sehe das Innenleben, verstehe das große Ganze. Das verdanke ich Libby.

Als Software-Testerin hat sie die letzten Schritte eines ganzen Prozesses überwacht. Sie ist die Person, die früher die Programme perfektioniert hat. Um sicherzustellen, dass das elektronische Schloss einer Haustür einen Code oder Fingerabdruck erkennt oder dass in einem Unternehmen die richtigen Leute die richtigen Informationen sehen können, braucht man eine perfekt funktionierende Software, denn Software-Entwickler häufen allzu gern Fehler. Die von den Entwicklern gelieferten Produkte sind nie einfach nur einsatzbereit, sagt Libby. Sie sind voller Programmierfehler, die das Programm stolpern oder schlecht funktionieren lassen. Libby spürte diese lärmenden Fehler auf, behob sie und belebte die Stille.

Es ist eine der vielen Freuden meines Daseins, dass sie mir ihre Kenntnisse vermittelt hat, dass ich fehlerfrei programmieren und alles nahtlos in mein Privatleben übergehen kann. Auch dort korrigiere ich jetzt die Fehler, denn darum geht es mir letztlich: die Unzulänglichkeiten des Lebens zu beheben.

Ich habe heute Abend eine gute Stunde mit meinen Nachforschungen verbracht, bin wieder einmal erstaunt, wie viele interessante Dinge ich dabei erfahren habe. Für gewöhnlich surfe ich ein- bis dreimal pro Woche ganz gezielt und konzentriere mich dabei hauptsächlich auf soziale Medien wie Facebook und Instagram. Im Moment nehme ich mal wieder die Bewohner in der Johannisgasse 17 unter die Lupe.

Es ist unvorstellbar, was die Menschen online alles preisgeben. Als würden sie die Tür ihres Hauses aufstoßen und sagen: „Komm herein, Fremder, nimm dir, was du willst, und mich dazu."

Ich bin gerne bereit, ihren Wünschen nachzukommen. Durch Libbys Ausbildung und den erworbenen Kenntnissen bin ich ab sofort das letzte Terminal, bevor der Tod in Serie geht. Ich bin sozusagen die Endstation für einige Leute, nur wissen sie es noch nicht.

Ich kümmere mich um die letzte Korrektur für die Ewigkeit.
Ich bin der Torwächter.

Kapitel 2

Freitag, 30. September 2022

12:00 Uhr - Spielplatz Haydenstraße, Berg

Es gab nur wenig im Leben des kleinen Benny, das ihm so viel Freude bereitete, wie mit seiner Mutter Nadja auf den Spielplatz Schwedenstraße an der Oberlandstraße zu gehen. Benny ist ein lebhafter zweijähriger Junge mit dichtem, tiefschwarzem Haar, das in der Sonne glänzt, der keinen Zuspruch braucht, um ein Abenteuer zu erleben, im Gegensatz zu den Kindern der Freundinnen seiner Mutter, die sich oft wimmernd an den Rock ihrer Mütter klammern, sobald sie auf dem Spielplatz ankommen.

Der Spielplatz ist der größte und grünste Platz in Berg. Für Benny ist er eine aufregende Welt, in der man Fußball spielen und herumtoben kann, in der es sowohl ruhige Picknickplätze zwischen den Platanen als auch eine Hundekoppel und einen kleinen Kaninchenzoo, mit Rassen aus der ganzen Welt, gibt.

Sobald seine Mutter ihm die Jacke ausgezogen hat, läuft er auf seinen kurzen Stummelbeinchen in Richtung des Kaninchenzoos. An der Rasenfläche scheucht er einige wohlgenährte Tauben in die Luft. Nadja sieht ihm dabei lächelnd zu.

Mit einem Mal wird sie durch einen Schrei aufgeschreckt. Ihr Sohn hat etwas aufgehoben, das hinter dem Baumstamm lag. Benny winkt stolz mit dem Gegenstand, hält ihn triumphierend über seinen Kopf und kommt in ihre Richtung.

Als er sich ihr nähert, sieht sie, dass der Gegenstand weiß und behaart ist. Ihr Blick fällt auf das blutige Ende, das wie eine obszöne Wunde über dem Kopf ihres Jungen tanzt. Es ist das abgeschnittene Ohr eines Widderkaninchens.

13:15 Uhr - Polizeiinspektion Starnberg

Anlage zum Protokoll AN. 50. L7. 008530/2021

‚Eine Überprüfung am Freitag, den 30. September 2022, hat ergeben, dass die Villa Vogelherd, Vogelherd 12, dem Unternehmer Walter Mahler gehört, der sich momentan in Moskau aufhält. Die Recherche hat zudem gezeigt, dass die zulässige Frist für das Aufstellen des Containers um sechs Tage überschritten wurde. Gegen Herrn Mahler wurde Anzeige wegen Verstoßes gegen das Gemeindegesetz über die Inanspruchnahme öffentlichen Raumes erstattet'.

Carlo Moltke, Polizeimeister

17:20 Uhr - Julia, Johannisgasse 17

Vor Jahren habe ich im Radio gehört, dass die Gartenarbeit viel besser sei als jede Psychotherapie: Sie sei viel billiger und man bekomme die Tomaten obendrauf. Seltsam ist nur, dass Hannah Küpper in den letzten Jahren so gut wie alles in dem kleinen Gemeinschaftsgarten hinter dem Haus angebaut hat außer Tomaten. *Sie bekommen zu wenig oder zu viel Wasser, Julia,* sagte sie neulich, *sie haben zu wenig Licht oder sind der Sonne zu stark ausgesetzt gewesen.*

In einem Jahr gab es ein mageres, dürres Sträuchlein, im nächsten ein Mastodon mit Dutzenden von Zweigen, aber ohne Früchte. Es ist wohl eine schwierige Pflanze. Vielleicht liegt es aber auch daran, dass Hannah keinen grünen Daumen hat.

Als ich sie im Garten sehe, wischt sie sich mit dem Handrücken über die Stirn. Heute ist nicht ihr bester Tag. An weniger guten Tagen schwimmt sie mit den Stunden, wie ein Pingpong-Ball in einem Fluss. Zumindest empfinde ich das so. Aber Hannah wird nicht untergehen, selbst wenn sie nur die Kraft hat, sich treiben zu lassen.

Gute Tage gibt es längst nicht mehr für Hannah. In Zeiten, in denen der Seelenschmerz überhandnimmt, wünscht sie sich, dass sie den Mut aufbringt, ihre Familie zu verlassen, aber anstatt ihren Frieden zu finden, bleibt sie bei Mann und Kind und versteckt sich in ihrem Schneckenhaus. Heute ist sie eine Frau von fast vierzig Jahren, die mit niemandem über ihren Konflikt spricht. Im Badezimmerspiegel sieht sie vermutlich jeden Morgen eine hyperaktive Frau mit einem nervenaufreibenden Job. Arme Hannah. Ich weiß das alles, die Wände sind so dünn in unserem Haus. Es ist in der Tat nicht ihr bester Tag, wie sie da im Garten harkt und seufzt.

Ich blicke unwillkürlich auf die hintere Fassade des Hauses. Mein Herz bleibt für einen Moment stehen. *Ein Trugbild?* Ich schließe die Augen, reiße sie wieder auf und versuche, die disharmonischen, schrillen Geräusche von der Johannisgasse und den Schrei eines kleinen Kindes auszublenden. Ich starre zum Fenster in der oberen Etage. Mein Herz pocht wild, meine Atmung beschleunigt sich, mein

Blut pulsiert in den Adern. Meine Gedanken überschlagen sich.

Nein, kein Trugbild.

Ich habe deutlich gesehen, wie sich der Vorhang am Bürofenster der Tauber-Wohnung bewegt hat, obwohl Marleen Tauber und ihre Tochter Charis verreist sind und Andreas Tauber vorhin zum Supermarkt gefahren ist.

Kein Comeback

Er steht da, hinter dem Fenster seines Büros und blickt auf den Garten und auf die Johannisgasse. Es ist bereits nach Mitternacht, er scheint keine Eile zu haben, ins Bett zu gehen. Die Straße mit ihren sorgsam getrimmten, uralten Kastanien und der Apfelbaum im Vorgarten haben es ihm wohl angetan. Mich erinnert das Schattenrissartige der Pflanzen an die poetische Ästhetik alter Schwarz-Weiß-Filme.

Ich bin ihm heute gefolgt. Er hat sich am Nachmittag wieder einmal mit einer Frau in einem Hotelzimmer getroffen und danach das lauschige Lebensgefühl im Straßencafé fulminant entspannt und mit entblößten Zähnen auf sich wirken lassen. Die beiden waren so hübsch anzusehen, mit ihren vom Sex geröteten Wangen, sie gaben sich so verliebt, so unzertrennlich, so unversehrt, so unerhört, so erlöst und dankbar. Sie hofft gewiss auf ein Wiedersehen.

Kein Comeback möglich, Schätzchen.

Zu dem Zeitpunkt weiß der Mann am Fenster nicht, dass seine Wohnung in der nächsten Stunde zur Hinrichtungsstelle wird. Selbst wenn der Himmel jetzt nicht vollkommen bedeckt ist und der Mond sich nur in seiner halben Pracht zeigt, kann er mich nur schemenhaft hinter Baum und Strauch sehen, wenn überhaupt. Die Stille des Hauses gefällt mir.

Plötzlich höre ich ein Geräusch, das nicht zu den anderen Geräuschen der Nacht passt. Ein Rascheln, rechts hinter mir, zu laut, um von einer durch das Laub huschenden Maus oder einem Vogel zu stammen. Dann ein erneutes Rascheln. Jetzt kommt es von der linken Seite. Schritte, eindeutig Schritte.

Ich drehe mich vorsichtig um, die Muskulatur angespannt bis zur Schmerzgrenze. Jetzt ist das Rascheln links hinter mir, ganz nah, zu nah. In Windeseile tauche ich ab in das Dunkel der Nacht. Ich höre, wie die Haustür geöffnet und geschlossen wird und warte, vielleicht fünf Minuten.

Ich blicke hoch zum Büro und habe die kommende Szene vor Augen: Der Mann hinter dem Fenster sitzt am Schreibtisch und wird von hinten angesprungen. Hilfe suchend hebt er vergeblich einen Arm. Vermutlich weiß er, dass er in diesem Moment auf obszöne Weise betrogen wird. Eine linke Hand zieht den Kopf nach hinten, die andere durchtrennt seine Kehle. Sein Kopf fällt auf den Schreibtisch.

So soll es sein, das Ende eines Sündenfalls.

So wird es geschehen.

Zumindest flüstert mir das eine Stimme in der Dunkelheit zu.

Kapitel 3

Samstag, 1. Oktober 2022

08:00 Uhr

Im Schlafzimmer ist die Luft noch von der morgendlichen Kälte erfüllt. Leise schließe ich die Schlafzimmertür hinter mir, um die anderen nicht zu wecken. Ich komme mir dabei vor wie die Fee des frühen Morgens. Der Raum ist mir im fahlen Morgenlicht fremd. Vielleicht hat der Albtraum seinen Griff um meinen Körper noch nicht freigegeben, denn die Möbel wirken groß und schwer; das Bücherregal sieht abweisend und geheimnisvoll aus, der Couchtisch untypisch aufgeräumt. Meine nackten Füße saugen die Kälte des Parketts auf. Im Flur finde ich meine Pantoffeln, stecke die Füße hinein und gehe in die Küche.

Auch dort ist es erstaunlich aufgeräumt. Gestern Abend haben Theo und ich uns bei einer Flasche Wein einen eher mittelmäßigen Film angesehen, aber vielleicht kam er ja doch in Gang – ich war müde und bin nach der Hälfte ins Bett gegangen. Theo muss aufgeräumt haben. Das rote Symbol auf dem Geschirrspüler zeigt mir, dass er seinen Zyklus beendet hat, also muss Theo ausnahmsweise daran gedacht haben, ihn einzuschalten, bevor er ins Bett ging.

Noch schläfrig strecke ich meinen Körper. Ich habe letzte Nacht so tief geschlafen, dass ich meinen Sohn Lukas nicht gehört habe, als er in unser Schlafzimmer kam. Als ich blind und verängstigt aus meinem Albtraum, in dem ich panisch nach meinen Kindern im Wald suchte, erwachte, sah ich seinen zerzausten Kopf, seine kleine Hand neben meiner. Winzige Finger mit Dreck unter den Nägeln; ein blauweißes Pflaster um eine unsichtbare Wunde an seinem Zeigefinger. Ich war so erleichtert, als ich aus dem Traum auftauchte – mein Sohn war da, alles gut.

Ich lehne mich gegen den Küchentisch. Die Küche ist groß und lichtdurchflutet. Die übrigen Fenster blicken entweder auf den bewachsenen Hang hinter dem Haus oder auf die Straße, die sechs Fenster in der Küche gehen auf den Garten hinaus. Um das Licht optimal zu nutzen, hatte der Architekt die Wand mit einer einzigen langen Fensterfront versehen. Wir haben den Küchentisch davor platziert, und wenn wir dort sitzen, können wir den kleinen Garten in seiner Gesamtheit sehen: die Terrasse mit den Gartenmöbeln, den Apfelbaum, den Ständer für die Briefkästen und den weißen Holzzaun. Dahinter liegt die Johannisgasse, die etwa vierzig Meter hinter unserem Tor in die Etztalstraße endet. Auf der anderen Straßenseite stehen Einfamilienhäuser jüngeren Datums. Linkerhand liegt der Starnberger See. Obwohl ich ihn vom Küchenfenster aus nicht sehen kann, fühle ich mich wohl, dass er hinter mir ist. Dass wir jetzt in diesem Haus mit den vier Wohneinheiten leben, in dieser ruhigen Straße und den See fast berühren können, ist wunderbar.

Ich setze mich an den Tisch. Sitze mucksmäuschenstill und lausche. Ob Andreas in der Wohnung über mir aufgewacht ist? Sobald er durch die Wohnung geht, kann ich ihn hören. Aber nein, es ist noch zu früh. Ich bin vermutlich der einzige Mensch im ganzen Haus, der zu dieser frühen Stunde wach ist. Trotzdem ist es nicht ganz still. Die Schallisolierung ist nicht besonders gut, man hört selbst die leichteste Brise oder den Apfelbaum, der bei starkem Wind seine Zweige gegen das Wohnzimmerfenster peitscht, das Knarren der Parkettböden, wenn ein Nachbar darüber geht.

Andreas ... Ich habe ihn das erste Mal an einem sommerlichen Nachmittag vor vier Jahren gesehen. Es muss Anfang Juli 2018 gewesen sein, nur wenige Tage, nachdem Theo und ich die Schlüssel für die neue Wohnung bekommen hatten, ein lauer Sommerabend, an dem wir zu Hause in unserer alten Wohnung saßen. Ich konnte nicht anders, ich *musste* mir die neue Wohnung ansehen, in der bald unser neues Leben beginnen würde.

Mich springen die Erinnerungen an wie kleine Wadenbeißer mit scharfen Zähnen und überfluten mich. Als ich ankam, saßen er und seine Frau Marleen mit Freunden draußen im Garten-Patio. Der Weg zum Eingang führt direkt daran vorbei. Ich schaute zu ihnen hinüber, wollte sie grüßen, aber sie aßen gerade und schenkten mir keine Beachtung. Sie waren zu acht, offensichtlich gute Freunde. Da ich sie nicht kannte, ging ich an ihnen vorbei und betrat das Haus.

Unsere neue Wohnung war geräumt, die Vorbesitzer hatten ihr gesamtes Hab und Gut mitgenommen, aber ihr Geruch hing noch in den Räumen. In der Küche ging ich zum Fenster und schaute auf die Terrasse und auf die Leute, die da draußen saßen, aber ich öffnete die Türen nicht, trotz der Hitze. Sie waren gerade mit dem Essen fertig und unterhielten sich, ich konnte ihre Stimmen durch die geschlossenen Fenster hören, nicht aber was sie sagten. Die Stimmung war gut, gelegentlich brachen sie in Gelächter aus. Am Ende des Tisches saßen Andreas und Marleen. Sein Arm lag auf der Rückenlehne ihres Stuhls, sie drehte sich mehrmals lächelnd zu ihm. Ein Lächeln voller Intimität. Ihr Haar war auf eine überirdische Art blond, fast weiß und schimmerte, als hätte sie in Perlen gebadet.

Andreas saß mit dem Rücken zu mir, aber wenn er sich in eine bestimmte Richtung drehte, konnte ich sein Profil sehen. Er war gut aussehend, mit lockigem Haar, das an den Schläfen zu ergrauen begann, hatte ausgeprägte Wangenknochen und ein breites, charmantes Lächeln, das er offensichtlich gern zeigte. Er war von schlecht fassbarem Alter, irgendetwas zwischen Mitte vierzig und Anfang fünfzig.

Das war das erste Mal, dass ich ihn sah. Ich stand da und beobachtete sie, diese acht Freunde, die sich an einem Sommerabend an einem Esstisch unterhielten.

Irgendwann stand Marleen auf und ging langsam, ein bisschen wie eine Schlafwandlerin, hinüber zu dem gepflasterten Weg, der zur Haustür führt. Auf halbem Weg entdeckte sie mich. Ich versuchte nicht zu verbergen, dass ich sie beobachtete; ich war so sehr von diesen Leuten gefesselt, dass es mir nicht in den Sinn kam, mich zu bewegen.

Marleen blieb stehen, reckte den Hals und starrte mich an, als wäre sie eine Stillstandvirtuosin, die mit einem Mal in einer weniger abenteuerlichen Welt festklebt. Ich hätte von dieser schönen Frau eher etwas anderes erwartet als diesen mit einer merkwürdigen, aber nicht unsympathischen Bitterkeit, erfüllten Blick. Dennoch hob ich meine Hand, winkte. Doch sie stand einfach nur da, winkte nicht zurück, lächelte mich auch nicht an. Stocksteif betrachtete sie mich einen Moment, komplett auf Angriff gebürstet, dann erwachte sie aus ihrem Schlafwandleridyll und ging weiter. Ich hörte, wie sie die Eingangstür zum Treppenhaus öffnete und atmete erleichtert auf.

Meine in warmes Wasser getauchten Hände stoppen meine Bewegung und lassen die Tasse los, die mit einem dumpfen Geräusch ins Spülwasser fällt. Ein körperliches Gefühl, so flüchtig wie das Streicheln einer Sommerbrise, fährt mir durch den Rücken. Jemand beobachtet mich.

Mit stockendem Atem drehe ich den Kopf zum Fenster, langsam, als ob mir eine Verzögerung ein wenig Kraft geben könne. Da ist jemand. Oder eher etwas: ein zotteliges Kaninchen. Ein Farbenzwerg in demselben Schwarz wie die Krähen, von denen es in der herbstlichen Landschaft nur so wimmelt. Das Tier bewegt sich nicht. Nur das Nasenblinzeln beweist, dass es nicht aus Wachs besteht.

Es führt etwas Böses im Schilde, flüstert eine leise Stimme in meinem Inneren. Meine Unruhe steigert sich in Unbehagen, ohne dass ich es verstehe. Die Situation ist nicht ungewöhnlich. Die Kaninchen, die vor meinem Küchenfenster auftauchen, sind so zahlreich wie die Schnecken, die nach einem Regen über meinen Salat herfallen. Zum Bedauern der Kinder haben die Allergien ihres Vaters uns nie erlaubt, ein Haustier zu halten, außer dem Goldfisch, den Emma auf einem Frühlingsmarkt gewonnen hat. Für die Kaninchen gibt es dennoch stets einen mit Wasser gefüllten Napf und Nagerfutter.

Dieses Kaninchen ist aber anders. Es hat weder den Wassernapf noch das Futter angerührt. Es starrt mich an, sein Nasenblinzeln wird immer heftiger, diese hypnotische Bewegung verankert in mir das Gefühl einer unmittelbaren Bedrohung. Ich wische meine Hände an einem Tuch ab und gehe näher heran. Von der Küche aus und weniger als einen Meter entfernt, bemerke ich seine Augen und erstarre. Eines ist von einem satten Grün, fast smaragdgrün. Auf dem anderen ist ein unregelmäßiger, brauner Fleck zu sehen, der an die Arbeit eines schlampigen Malers erinnerte. Die Stimme meiner Großmutter hallt aus der Vergangenheit in mir nach, als will sie mich warnen: „Pass auf, Julia. Hexen erhalten vom Teufel die Macht, sich in ein Tier zu verwandeln, um ihre Missetaten zu begehen oder ihre Nachbarn zu beobachten.“

Nein. Ich versuche, die Stimme abzuwehren. Es ist lächerlich. *Aber diese Augen …*

Ich öffne das Fenster, in der Hoffnung, das Tier zu verscheuchen. Die Luft ist kalt. Das Kaninchen bewegt sich nicht, als ob es mich herausfordern will. Mein Unbehagen steigt ins Unermessliche. Ich zwinge mich, tief durchzuatmen. Ja, es ist lächerlich.

Ich wedle mit dem Tuch, damit es reagiert. Schließlich hoppelt es in Richtung Tor. Dort bleibt es stehen und dreht sich noch einmal um.

Das ist kein gutes Omen, denke ich. Ich bin zwar nicht abergläubisch, aber mit der Zeit habe ich gelernt, meiner Intuition einen guten Platz einzuräumen. Mein Körper reagiert, er schickt eine Gänsehaut von der Lendenwirbelsäule bis zum Nacken.

Was, wenn dieses Kaninchen eine Warnung bedeutet? *Nein. Denk an etwas anderes.* Aber seit meiner Affäre mit Andreas hat mein Leben es sich zur Aufgabe gemacht, einen Großteil meiner Gewissheiten in Frage zu stellen.

Kapitel 4

Samstag, 1. Oktober 2022

09:00 Uhr

Ich kann Lukas hören, noch bevor er die Küche erreicht, seine kleinen, schnellen Füße trippeln auf dem Boden. Er klettert auf meinen Schoß, lehnt seinen Kopf an meine Schulter und schließt die Augen. Er könnte dort leicht einschlafen, das weiß ich – er kann überall schlafen. Ein Teil von mir möchte das auch, nur hier in Ruhe und Frieden sitzen, mit einem schlafenden Kind auf meinem Schoß, ohne Kaninchen, die mich anstarren.

„Bist du gestern Abend ganz allein in unser Schlafzimmer gekommen, Lukas?“, frage ich.

Er öffnet die Augen, sieht zu mir hoch. „Ja...“, antwortet er zögernd, als wäre es eine Frage wie: *Ja? Habe ich?*

„Ich habe dich nicht gehört.“

Er legt seinen Kopf zurück an meine Schulter und schließt die Augen. Ich atme tief durch, lausche auf Lebenszeichen in der Wohnung über mir. Lukas öffnet seine Augen wieder.

„Mama?“, sagt er. „Kann man den Mond essen?“

Ich stehe auf und blicke aus dem Fenster. Noch immer schimmert der Mond schwach am Himmel. Der Starnberger See liegt still unter ihm. „Nein, Lukas, es ist nur ein Planet.“

Auf der anderen Straßenseite tritt Benno Gruber aus seinem gelb gestrichenen Haus heraus. Der urige Niederbayer steht auf der Eingangsstufe und schaut sich um, wie ein kleiner König, der sein Reich begutachtet. Dann legt er die Hände auf beide Seiten seines dicken Bauches und streckt sich, rollt die Hüften erst in die eine, dann in die andere Richtung, wobei sein Bauch vor sich hin vibriert. Er wird sich auf den Weg zum Joggen machen, denn so ist er – über siebzig und läuft zweimal pro Woche bei Wind und Wetter. Sein blauer Trainingsanzug mit den weißen Streifen an jedem Bein ist ein Relikt aus den siebziger Jahren und macht seine Silhouette noch komischer, aber Benno mit seinen nutellafarbenen Augen hat etwas an sich, eine natürliche Autorität, die die Leute davon abhält, über ihn zu lachen. Wir beide kommen gut miteinander aus.

„Bewegung ist auch gut für das Gehirn, Julia“, ruft er immer über den Zaun, wenn er mich sieht. „Gesunder Körper, gesunder Geist. Nicht, dass du mir eines Tages noch an Arteriosklerose operiert werden musst!“

Benno joggt mit kurzen, leichten Schritten auf den Bürgersteig zu. Jetzt beugt er sich nach vorne und berührt den Boden. Für einen Mann seines Alters und seiner Größe macht er sich in Sachen Gelenkigkeit gar nicht so schlecht, denke ich, obwohl seine Organe nicht mehr ganz so frisch sind. Er richtet sich auf, streckt sich, bereit zum Laufen.

Benno sieht sich als selbsternannter Behüter der Nachbarschaft. Wenn es darum geht, seine Pflicht zu erfüllen, ist er nicht weniger engagiert als Hannah Küpper in der Wohnung nebenan. Benno hat sein ganzes Berufsleben beim Militär verbracht. Seit seiner Pensionierung sind zehn Jahre vergangen, aber mir kommt es vor, als hätte die Zeit sein Gespür für Gefahr in keiner Weise geschmälert.

Vor einigen Jahren wurde das Viertel von Vandalismus heimgesucht – keine besonders groben oder umfangreichen Vandalenakte, nur ein paar Graffitis, er empfand das aber als Affront. Als die Polizei diese Vergehen nicht mit der notwendigen Ernsthaftigkeit behandelte, nahm Benno die Sache selbst in die Hand. Er installierte kleine, billige Überwachungskameras auf dem Spielplatz und an den Hecken des Viertels, stellte einen Stolperdraht um sein Haus auf und patrouillierte abends in der Nachbarschaft. Seine Aktion war nicht besonders erfolgreich. Die Hälfte der Kameras wurde gestohlen oder zerstört, seine Frau war die einzige Person, die vom Stolperdraht erfasst wurde, und alles, was bei seinen nächtlichen Patrouillen herauskam, war ein detaillierter Überblick darüber, welche der braven Bürger im Viertel in der Nacht betrunken nach Hause kamen. Die Polizei war außerdem an den Ergebnissen seiner Aktion nicht sonderlich interessiert.

Als bekannt wurde, dass er die Nachbarschaft heimlich gefilmt hatte, zog Benno den Zorn eines Anwalts auf sich, der am Ende der Straße wohnt.

„Man kann keine Kameras aufstellen und Leute auf städtischem Grund und Boden filmen“, sagte dieser. „Das ist gesetzwidrig.“

Das darauffolgende Kampfgeschehen hätte sich in die Länge gezogen, hätte Bennos Ehefrau Lisbeth nicht ein ernstes Wort mit ihrem Ehemann gewechselt, was dazu führte, dass er widerwillig zustimmte, schlafende Hunde ruhen zu lassen. Benno entschuldigte sich halbherzig. Die ganze Sache war ihm im Nachhinein ein wenig peinlich.

Als er mich am Fenster sieht, winkt er mir zu. Ich lasse ihm mit meiner Hand eine Art militärischen Gruß zukommen.

Er gluckst, sein Lachen vibriert durch seinen massigen Körper. Und doch ist etwas anders an seinem Lachen. Die Augenbrauen hängen dabei Richtung Boden, sein Blick hat etwas von einer Erschöpfungsdepression.

Der Traum

Ich wache schweißgebadet aus dem Albtraum auf und habe die grauenvollen Szenen sofort wieder vor Augen: Ich sehe, dass der Mann hinter seinem Schreibtisch zu sich kommt und gegen eine Woge der Übelkeit ankämpft, unter der sich sein Körper zusammenkrümmt. Er schüttelt den Kopf, vielleicht um wieder klar denken zu können, was ihm allerdings nur kurz gelingt.

Er unterdrückt ein Stöhnen, will die Hände heben, um sich die Augen zu reiben, aber sie sind gefesselt. Die Erkenntnis stürmt mit Wucht auf den Mann ein. In Panik versucht er, die Arme zu bewegen, doch er hält inne, als ein scharfer Schmerz in seine Handgelenke schießt.

Für ihn ist es auch dunkel. Seine Augen sind verbunden. Er wirft sich im Bürostuhl hin und her, spürt, dass auch seine Beine gefesselt sind, bevor die Bewegung abrupt durch einen Faustschlag in seinen Magen stoppt.

Entsetzen packt ihn. Ein Schrei steigt in seiner Kehle auf, doch aus seinem Mund dringt nicht mehr als ein eingerostetes Krächzen. Sein Hals ist staubtrocken, weil der Elektroschocker ihn zur Strecke gebracht hat. Seine Lippen sind auch aufgesprungen.

Im Traum bin ich jetzt müde, will es hinter mich bringen. Ich atme tief ein, versuche, mich zu beruhigen. Irgendetwas stimmt nicht mit diesem Schwein. Dann sehe ich es. Fuck, der Casanova hat sich in die Hosen gemacht.

Der Uringeruch im Raum brennt mir in der Nase und löst einen Niesreflex aus, den ich unterdrücke. Ich beiße die Zähne zusammen, während der Mann die nächste Welle der Übelkeit bezwingt.

Ich weiß, dass er auf das noch so winzigste Geräusch lauscht, aber da ist nichts. Kein Geräusch. Kein Wind. Keine Musik. Keine Stimmen. Nur Dunkelheit. Ich halte einen sicheren Abstand, mein weiß ja nie, und rühre mich nicht.

Er zwingt sich, die Arme locker zu lassen, damit die Spannung der Fesseln nachlässt. Ich sehe, wie er seine Finger und Zehen bewegt, den Rücken streckt, immer darauf bedacht, keine schnellen Bewegungen zu machen.

Als er sich hinter seinem Schreibtisch die Wange auf dem Stoff seines Ärmels reibt, ist der Moment gekommen.

Das Knarren des Parketts lässt ihn erstarren. Ich gehe zur Wohnzimmertür, öffne sie und lasse einen kalten Luftzug herein.

„Du bist ja wach", flüstere ich im Traum.

Er erkennt meine Stimme. Der Schock reißt ihn aus seiner Panik. Er lächelt sogar, es ist ein Lächeln wie ein offenes Klappmesser.

Funktioniere, sage ich mir.

Tue, was zu tun ist.

Ich halte alles innen.

Mache mich bereit.

In diesem Zustand hat nichts und niemand eine Chance gegen mich.

Ich funktioniere.

Er hört die schlurfenden Schritte, zehn bis zum Schreibtisch.

Die Panik siegt, er wirft sich nach vorne.

Das ist gut.

Ich fühle mich stark. Greife seine Haare. Ziehe seinen Kopf nach hinten. Sehe sein stilles Brüllen, als ich mit eiskalter Endgültigkeit die Spitze des Messers an seine Kehle setze.

Sein Kopf ist hochrot. Ich warte, genieße den Moment. Sekunden später durchtrennt mein Messer seine Kehle. Der krönende Abschluss ist das Foto, das ich von dem toten Don Juan mache.

Mein Herz rast.

Es war nur ein Traum.

Kapitel 5

Samstag, 1. Oktober 2022

09:30 Uhr

Nach dem Frühstück machen wir uns bereit für den Tag, der hektisch werden wird. Die Pläne sind längst gemacht, wir müssen sie nur ausführen. So wird es jetzt sicher jedes Wochenende sein, bis in den Dezember hinein. Hin und wieder habe ich das Gefühl, dass wir wie Hamster in einem Rädchen sind, wir eilen von einem Termin zum nächsten, in einem Kampf, der nie endet. Dabei möchte ich Zeit für uns und die Kinder haben. Kein Wettlauf gegen die Zeit, um alles zu erledigen, bevor wir wieder ins Bett gehen und unsere Batterien aufladen, damit wir am nächsten Tag alles wiederholen können, sondern um in uns zu gehen.

Theo kramt ein T-Shirt aus dem Schrank hervor, während ich ihm von meinem Traum erzähle.

„Ich erinnere mich nicht mehr an die Einzelheiten – ich hatte Angst. Ich muss wie tot gewesen sein, denn als Lukas sich zu uns ins Bett legte, wachte ich nicht einmal auf."

Theo legt sich die Armbanduhr um das Handgelenk. „Wir sollten Lukas das abgewöhnen, Julia. Er ist alt genug, um allein zu schlafen."

„Er ist erst vier, Theo."

„Emma hat in ihrem eigenen Bett durchgeschlafen, als sie vier war", fährt Theo fort. „Und das Schlafen am Tag, Julia, damit muss er aufhören. Er braucht kein Mittagsschläfchen mehr."

Darüber will ich nicht reden und blocke ab. „Ja, gut."

Lukas ist mein Wunschkind, wir bezogen gerade diese Wohnung, als er sich ankündigte. Ich stand vor den leeren Küchenschränken, als stechende Schmerzen in meinem Bauch und Rücken einsetzten, und ich fragte mich, ob ich es mit all dem Heben und Tragen übertrieben hätte? Theo war irgendwo unterwegs, um neue Möbel zu holen, Emma war bei ihrer Großmutter. Als ich zum Krankenhaus aufbrach, war es fast zu spät. Lukas, mein kleiner Vogel, glitt kurz darauf aus mir auf die Erde. Er wurde mir gleich nach der Geburt weggenommen, musste untersucht, gemessen und gewogen werden. Die Zeit drängte, und in der ganzen Eile müssen einige Informationen verloren gegangen sein, oder vielleicht war ich nach der Geburt so erschöpft, dass ich es nicht ganz mitbekam. Sie verschwanden mit ihm.

Als die Hebamme wieder hereinkam, um mir zu sagen, dass das Baby klein, aber kräftig und alles in Ordnung sei, in diesen Sekunden war ich sicher, war die Erleichterung so groß, dass ich immer wieder zu diesem Moment zurückkehre. Das tue ich heute noch. Mein Wunschkind ist im wahrsten Sinne ein Glückskind, denn am Ende brachten sie ihn mir wieder.

„Okay, deine beiden Männer sind bereit, Julia."

Theo trägt einen Radleranzug, schwarz mit fluoreszierenden, gelben Go-Faster-Streifen. Während ich gleich eine Runde joggen und später bei meiner Tochter in der Ballettschule vorbeischauen werde, fährt mein Mann mit Lukas nach Percha, um einen Freund zu besuchen. Natürlich mit dem E-Bike, aber er ist angezogen wie für die Teilnahme an der Tour de France. Er hat in den letzten Jahren ein bisschen zugenommen. Das ist nichts Ungewöhnliches, es ist, wie es ist. Auch seine Freunde haben zugenommen. Irgendetwas ist in ihren Mittdreißigern passiert, das körperliche Spuren hinterlassen hat.

„Ist was?", fragt er. „Du schaust mich so kritisch an! Ist der Anzug zu eng? Ist es dir peinlich?"

Ich lächle. „Nein, nein. Sieht sehr professionell aus."

Er zwinkert mir zu. „Tour de Theo, Baby."

Ich höre, wie er draußen Lukas in die Luft hebt und grölt. Mein Kleiner lacht.

Mein Gewissen sendet mir Stiche in den Bauch, scharf und schmerzhaft. Da geht er, der Vater meiner Kinder. Der Mann, dem ich versprochen habe, ihn zu lieben und zu ehren. Es überrascht mich wirklich, dass er so gar nichts mitbekommt, wo ich mich doch immer weiter aus der Ehe rauslebe. Schnell mache ich die Betten und hebe die schmutzige Wäsche vom Boden auf.

In Andreas` Wohnung ist es immer noch still. Mein Verhalten grenzt an Soziopathie. Aber so war es von Anfang an und ich wusste es damals sofort ...

Der Geräuschpegel in der Bar am Starnberger See machte es schwer, dem Gespräch meiner Kollegin zu folgen. Neben uns tanzten die Schaumkronen. Bella lehnte sich über den Tisch, um etwas zu sagen, etwas Lustiges, so kam es mir vor, denn die anderen grinsten erwartungsvoll. Ihr Lächeln war etwas lockerer als sonst, wir hatten alle einiges getrunken. Ich lehnte mich in meinem Stuhl zurück. Ein müdes Gefühl beschlich mich. Vielleicht sollte ich mich auf den Heimweg machen. Ich schaute mich um, ohne dem Gespräch zu folgen, sondern beobachtete die Leute an der Bar: Jede Menge Lippenstiftlächeln, Hände, die aus den Manschetten der feinen Hemden kamen, um die Gläser zu heben. Lange, baumelnde Ohrringe, die hin und herschwangen, wenn die Trägerin den Kopf drehte, hie und da ein gut gepflegter Bart.

Andreas stand an der Bar, einen Arm auf den Tresen gestützt. Er unterhielt sich mit einem anderen Mann, ein kleines Lächeln umspielte seine Mundwinkel. Dann entdeckte er mich, hielt mitten im Satz inne, so schien es zumindest, und schaltete einen Gang zurück. Er hob eine Hand, winkte. Irgendwann kam er auf mich zu. *Tja, da sind wir also*, schien sein Lächeln zu sagen. Als ob wir beide, er und ich, gemeinsam dort hingegangen wären.

Ergibt das einen Sinn? Ich weiß nicht, ob es überhaupt möglich ist, es zu erklären.

„Hey", sagte er und umarmte mich. Seine Umarmung war fest, ich spürte die Konturen seines Oberkörpers an meinem. Im Hintergrund plätscherte die Barmusik. Viele Menschen brauchen Zeit, sich zu verlieben. Und noch länger, bis es ihnen bewusst ist. Ich nicht. Ich wusste es sofort.

„Ich wollte gerade gehen", sagte ich.

Er lächelte.

„Ich auch. Ich brauche nur ein bisschen Zeit, um wegzukommen."

Er war ein bekannter Unternehmer in Berg. Seine Firma produzierte für das In- und Ausland Arzneimittel. Jeder kannte ihn. Ich hatte das Bedürfnis, etwas darauf zu erwidern. Eine Anekdote, um zu zeigen, dass ich wie er ein Mensch war, mit dem man rechnen konnte, jemand, der über das Geschehen in der Welt auf dem Laufenden war und aktuelle Ereignisse in einen gesellschaftspolitischen Kontext stellte, und das alles auf eine witzige und natürliche Art und Weise, als ob ich zu dieser Landschaft gehörte und mich in ihr zu Hause fühlte. Ich konnte aber an nichts denken.

„Witzig", war alles, was über meine Lippen kam.

Er nahm seine Jacke von dem Barhocker. „Ich glaube, ich sollte jetzt auch gehen. Hast du Lust auf ein bisschen Gesellschaft auf dem

Heimweg? Wir haben denselben Weg. Ich darf doch du sagen?“

Auf dem Weg zur Bushaltestelle stellte er mir Fragen. Über die Kinder, ob wir in der Johannisgasse glücklich wären, über meine Arbeit. Was ich durch das Lektorieren gelernt hätte, was ich mit dem Wissen anfangen wollte. Die Lähmung, die ich in der Bar empfunden hatte, hat mich selbst heute noch nicht verlassen, dieses Gefühl, dass ich für ihn interessant sein muss. Nicht nur klug auf eine gebildete Art, nein, sondern auch klug auf eine *aktive* Art, bei der man sich auf der Grundlage dessen, was man gelesen und beobachtet hat, eine Meinung bildet und Dinge sagt wie: „Ich überlege, wie Atommüll zum Rohstoff werden könnte. Mit Transmutation ließe sich strahlender Abfall entschärfen, womöglich sogar Strom gewinnen. Oder: Es wirkt sehr paradox, dass man Rüstungsexporte als alltäglich ansieht, vor allem, wenn man in einem Land lebt, das seit vielen Jahren eine restriktive Rüstungspolitik ausübt. Wie siehst du das?“

Ich fand die Unterhaltung schleppend. Vielleicht war ich nicht klug genug, zumindest aber sehr müde. Meine Antworten waren an diesem ersten Abend kurz und langweilig. Ich hörte uns zu, als würde ich mit uns spazieren gehen, und hörte, wie alles, was ich sagte, so offensichtlich klang. Aber zumindest hatte ich das Gefühl, dass ich an diesem Abend ziemlich gut aussah.

Aber dachte ich nicht auch, dass Andreas mir Fragen stellte, um mir etwas über sich selbst zu verraten? Vielleicht, um mir zu zeigen, dass er ein guter Zuhörer war, oder wie sehr er sich um andere Menschen kümmerte? Ich weiß es nicht, aber ich weiß, dass mir der Gedanke ab und zu kam, später, als ich ihn besser kannte. Er war aufrichtig an den Menschen interessiert, aber er wollte auch, dass alle sehen, wie gut er andere zum Reden bringen konnte.

Wir erreichten den Taxistand. Es war kühl draußen, die Temperatur irgendwo zwischen Herbst und Winter, nicht zu früh oder zu spät, irgendwo in der Mitte. Unser Atem war in der Luft zu sehen, wir zogen unsere Mäntel enger um uns.

„Wo bist du aufgewachsen?“, fragte er.

„Im Allgäu“, sagte ich. „In einer Waldhütte in der Nähe von Oberstaufen.“

„Oberstaufen?“ Er lächelte.

„Und du?“, fragte ich.

„Mitten im Herzen von München. Ich bin ein Stadtkind. Hast du noch Geschwister?"

„Eine Schwester. Du?"

„Einen Bruder und eine Schwester. Ist sie jünger oder älter als du?"

Ich grinste. Er ließ nicht zu, dass ich den Fokus auf ihn lenkte. Ich war nicht besonders erpicht darauf, über meine Schwester zu sprechen.

„Jünger", sagte ich und weigerte mich ebenfalls aufzugeben: „Und deine?"

„Ein älterer Bruder und eine jüngere Schwester. Wie heißen deine Eltern, Julia?"

„Du willst die Namen meiner Eltern wissen?"

Dieses Mal lachte er. „Jetzt lernen wir uns erst richtig kennen, Julia."

„Sicher, denn es gibt keine Möglichkeit, mich wirklich kennenzulernen, ohne herauszufinden, wie meine Eltern heißen, Andreas."

Er grinste mich an, sah mit einem Mal wie ein kleiner Junge aus. „Niemand nennt mich Andreas."

Wir waren für einen Moment still, lächelten.

„Flirtest du mit mir, Andreas?"

„Ich flirte nicht, Julia. Weißt du, ich habe mich gewundert ...", sagte er.

„Ein Taxi kommt!", rief jemand hinter uns.

Wir stiegen ein, klammerten uns an den Sitz, um das Gleich-gewicht zu halten, als der Taxifahrer ruckartig von der Haltestelle wegfuhr.

„Was hast du gesagt?", hakte ich nach.

„Wie bitte?"

„Du hast gesagt, dass du dich über etwas gewundert hast."

„Hab ich das?"

Er zuckte mit den Schultern. Das Taxi nahm eine scharfe Kurve, kippte und stieß mich zu ihm.

Zu Hause, im Treppenhaus, war die Stimmung zwischen uns anders. Wir mussten leise sprechen, um niemanden aufzuwecken. Ich war mir bewusst, dass Hannah und Severin uns hören konnten, stellte mir vor, wie Hannah auf der anderen Seite der Wand stand und ihr Ohr an die Wand presste.

„Schläft deine Familie?“, fragte er.

„Das hoffe ich doch“, erwiderte ich und lachte leise. „Und deine?“

„Sie sind weg, Julia. Ich bin ganz allein da oben.“

Sie hing in der Luft zwischen uns, die leere Wohnung im Obergeschoß mit den geschmackvollen Möbeln, den teuren Weinflaschen. Das weiche, cremefarbene Sofa. Der Duft. All das war so zugänglich. War es das, was er von mir wollte?

„Wie schön, Andreas. Dann kannst du ausschlafen.“

Es war, als würde ich uns von etwas Gefährlichem wegsteuern.

„Ja.“

Wir standen ein paar Sekunden lang still da. Er wartete, aber worauf? Dass ich etwas sagte?

„Danke für die Gesellschaft, Julia“, sagte er und beugte sich zu mir.

Die Umarmung war leichter als die letzte, seine Wange berührte meine nur knapp. Doch als er sich zu mir lehnte, atmete ich seinen Duft tief ein.

Er drehte sich um und ging die Treppe hinauf. „Schlaf gut“, sagte er über seine Schulter.

In der Wohnung war es still. Ich schloss die Tür hinter mir und lehnte mich mit dem Rücken dagegen. Über mir konnte ich ihn hören. Er ging in die Küche. Seine Schritte waren gleichmäßig. Ich stand so in der Dunkelheit, mein Atem war flach und heiß. Jede Zelle in meinem Körper glühte.

Ich wusste es sofort. Wollte ich mich spüren in meiner Verlorenheit, dann würde ich zu Andreas gehen. Zwischen uns passte kein Blatt...

*

Auch jetzt möchte ich ihn sehen, bei der nächsten Gelegenheit in sein Bett hüpfen. Und auch wiederum nicht. Ich gehe wohl besser joggen.

Kapitel 6

Samstag, 1. Oktober 2022

10:00 Uhr

Villa Vogelherd ist eine seltsame Villa voller Geheimnisse, als ich mich ihr nähere. Dunkler Geheimnisse, alter Geheimnisse. Böser Geheimnisse. Ich habe heute ohnehin so ein komisches Gefühl, eine Ahnung. Die leerstehende Villa ist baufällig und strahlt eine Trostlosigkeit aus, als wolle sie unter der Last ihrer eigenen Verzweiflung zusammenbrechen. Sie steht auf einem verwahrlosten Grundstück, direkt neben dem Wäldchen. Es ist eine Gegend mit wenigen alten Gebäuden, die anderen Häuser sind erst vor einigen Jahren entstanden und liegen zentraler.

Vorhin hat es sich noch richtig angefühlt, joggen zu gehen. Doch je näher ich jetzt der Villa Vogelherd komme, umso stärker wird das mulmige Gefühl, das mich neuerdings immer wieder plagt.

Schnell jogge ich weiter. Dann schließen sich die Kronen der Bäume über mir, der Morgen verdunkelt sich, die Luft wird kühler. Die Bäume schlucken das stete Rauschen der Fahrzeuge, die über die nahegelegene Perchastraße fahren. An dessen Stelle tritt das natürliche Rascheln des Herbstlaubs. Nur selten blitzt das Sonnenlicht durch den dunklen Baldachin. Ich fröstle, fühle mich schlagartig bedroht.

Ich bin froh, dass ich nicht am Abend jogge und an der Villa vorbeilaufen muss. Tagsüber ist es schon verdammt unheimlich. Doch durch den Ort zu laufen, macht nun mal keinen Spaß.

Am Container bleibe ich einen Moment stehen und linse zur Villa Vogelherd, ein schwarzer, kompakter Schatten, der das Tageslicht schluckt, es in seinem Innern gefangen hält und nichts preisgibt.

Mit einem Mal höre ich in der Ferne ein Hämmern. Die Neugierde packt mich. Langsam gehe ich auf die Villa zu. An der Haustür sind Bretter in Form eines Andreaskreuzes angebracht. Ich blinzle, kann nicht glauben, was ich da sehe, schrecke weg und zwinge mich, meinen Atem zu beruhigen. Wahn ist der erste Eindruck, den mir diese Schändung vermittelt und den auch ich verspüre. Er ist fast greifbar und klebt wie eine dünne Pechschicht auf meiner Haut. Das Grauen dringt durch Mark und Bein.

In der Mitte des Andreaskreuzes hängt der ausgeweidete Körper eines Kaninchens. Körper und Beine sind auseinandergezerrt und am Kreuz vernagelt, als wäre das Tier eine Jahrmarktattraktion. Am Zaun klebt neben der Hirnmasse das Fell des gehäuteten Tieres. Ich unterdrücke meine Übelkeit und brauche ein paar Sekunden, um mich von dem Schock zu erholen. Ich spüre, dass da etwas in mir aufkommt, das ich über den Anblick und meinen Gefühlen nicht verdrängen kann: Panik.

Ich weiß, dass der Kadaver das Ergebnis einer Wut ist, die den Wahn einer sehr gefährlichen Person nährt. Das ist kein übler Kinderstreich.

Kapitel 7

Samstag, 1. Oktober 2022

11:30 Uhr

Ich bahne mir mühsam einen Weg zur Obst- und Gemüseabteilung, verdränge den Gedanken an den Tierkadaver und entdecke einige vertraute Gesichter: Leas und Sandras Mutter, die sich mit Polizeimeister Carlo Moltke unterhalten.

Ich besorge Tomaten, Gurken und ein Glas Mayonnaise. Theo wollte Speck, aber es gibt keinen mehr. Ich nehme ersatzweise eine Packung Mortadella, lasse danach den Einkaufswagen stehen, bahne mir einen Weg zum Weinregal und hole eine Flasche Weißburgunder. Auf dem Rückweg komme ich an der großen, zweiflügeligen Tür vorbei, die in den Lagerraum führt, höre das gleichmäßige Dröhnen eines großen Generators, groß genug, um die Kühltruhen mit dem nötigen Strom zu versorgen. Seine Leistung reicht nicht für die Eingangstüren, die Kassen und all das übrige elektrische Inventar aus. Es hört sich für mich bedrohlich an, als ob seine Geräusche Unheil verkünden.

An der Kasse reihe ich mich hinter den Müttern von Emmas Schulfreundinnen ein.

„Das Ganze ist unglaublich unangenehm für unser Viertel", sagt Leas Mutter und runzelt die Stirn. „Und so grauenvoll, so brutal."

Ich höre ihr zu. Leas Mutter ist Hausfrau, aber mit einem Master-Abschluss der Universität Cambridge im Vereinigten Königreich, wie meine Tochter behauptet. Als im August die Schule begann, luden sie und ihr Mann alle Mädchen des Jahrgangs zu sich nach Hause ein. Als ich meine Tochter dort abholte, versuchte ich, mich nicht von der riesigen Villa mit Bootssteg am Starnberger See und dem gepflegten Vorgarten beeindrucken zu lassen.

„Nach allem, was ich gehört habe, hat der Junge den Körper eines gehäuteten Angorakaninchens gefunden. Es war am Fußballplatz an den Zaun hinter dem Tor genagelt", fährt Leas Mutter fort.

„Das muss ja ein entsetzlicher Anblick gewesen sein", erwidert Sandras Mutter, eine Journalistin bei einer der großen Zeitungen, ihr Foto sehe ich ab und zu neben ihren Artikeln.

Leas Mutter nickt. „Der Junge, der das Angorakaninchen gefunden hat, ist gerade mal neun. Er geht in dieselbe Klasse wie meine Jüngste und war am Boden zerstört, sagte mir seine Mutter. Er hätte selber ein kleines Widderkaninchen. Du weißt ja, wie Kids in diesem Alter sind: Sie hängen so sehr an ihren Haustieren, und wenn sie auch noch auf diese Weise enden…"

Ich werde mich da nicht hineinziehen lassen, werde meine Beobachtung nicht erwähnen.

„Und weißt du", führt Leas Mutter weiter aus, „es ist auch nicht das erste Mal passiert."

„Stimmt, es gab solche Vorfälle auch in diesem Frühjahr und im Sommer. Die Tiere wurden aus dem Kaninchenzoo entwendet."

„Wie sich das wohl auf die Kinder auf dem Spielplatz auswirkt? Sie könnten traumatisiert sein."

Sie schweigen einen Moment lang, als würden sie dem Unbehagen freien Lauf lassen.

Ich will nicht mehr stehen bleiben. Mich überfällt das heftige Verlangen, die Schlange vor der Kasse zu verlassen. Aber sie bewegt sich wieder vorwärts, es wäre töricht, jetzt zu gehen. Wir sind immerhin schon bei den Zigarettenstangen angelangt.

„Ich kann nicht aufhören, an diese Kaninchen zu denken", sagt Sandras Mutter und sieht mich an: „Wurde nicht auch eins in Ihrer Nähe gefunden, Julia?"

„Nein", antworte ich schnell. „Das war in der Etztalstraße, ziemlich weit unten."

Sie nickt. Leas Mutter schaut mich skeptisch an.

Die Vorfälle haben die Nachbarschaft stark aufgerüttelt. Natürlich läuft einem ein Schauer über den Rücken, es trifft die Menschen, schließlich geht es um die geliebten Kaninchen aus dem Zoo, aber obwohl ich selbst eins gesehen habe, ist diese kollektive Panik fehl am Platz. Auch werfen sie mit großen Worten um sich: *böse, traumatisierend, Psychopath, Bestie*. Ich verdränge es, immerhin hat sich die Polizei eingeschaltet, die wird sich darum kümmern.

„Wissen Sie, Julia", sagt Leas Mutter, „das könnte überall in Berg passieren. Wenn so ein Verrückter erst einmal loslegt, ist niemand in der Nachbarschaft mehr sicher."

Beide Frauen haben tiefe Sorgenfalten in ihren Gesichtern.

„Ich meine, wer weiß schon, was in einem Menschen vorgeht, der so etwas tut?", flüstert Sandras Mutter.

Ich kann mich nicht mehr zurückhalten. „Laufen die Spekulationen nicht auch ein wenig aus dem Ruder? Die Gefahr geht in diesem Fall vermutlich von Jugendlichen aus, die versuchen, den starken Mann zu spielen. Die Polizei hat sich doch der Sache angenommen."

Sie sehen mich irritiert an.

„Natürlich haben die Leute Angst, wenn so etwas in der Gemeinde passiert", fahre ich schnell fort. „Vielleicht wird es schlimmer dargestellt, als es in Wahrheit ist."

Was für eine beschissene Aussage, denke ich. *Es war schlimm. Ich habe es gesehen und leugne es dennoch.*

„Die Haustiere wurden auf bestialische Weise gequält", hält Leas Mutter barsch dagegen. „Im Übrigen tackert sich kein Kaninchens selbst an eine Tür oder häutet sich. Die Polizei nimmt die Angelegenheit auch sehr ernst."

„Ich bin mir sicher, dass es schrecklich ausgesehen haben muss, aber dieses Gerede von – wie nannten Sie es neulich bei einer Probe? *‚Dem Bösen, das allem zugrunde liegt'*, ist ein bisschen übertrieben, finden Sie nicht? Es klingt wie ein Zitat aus Dantes Inferno. Es würde mich nicht überraschen, wenn es nur ein paar Kinder waren, die ein totes Kaninchen gefunden und beschlossen haben, ein bisschen Spaß zu haben."

Die letzten Worte versuche ich fröhlich zu sagen, als wollte ich die Stimmung heben, aber ich weiß, dass ich weit daneben liege. Ich bin zu schroff, zu aufgeblasen, werte ihre Worte ab und diskreditiere ihre Ängste. Natürlich haben sie Recht, zumindest glaube ich das. Aber ich drücke mich nicht richtig aus. Sie verwirren mich, ich will dieses psychopathische Geschehen nicht wahrhaben. Nicht, wenn man draußen vor lauter Nebel keine Hand vor den Augen sieht.

Leas Mutter schaut zum Fenster. „Das ist vielleicht ein Herbstwetter da draußen. Man könnte meinen, dass dort draußen der Tod lauert." Sie wirft sich ihre Handtasche über die Schulter, zahlt und folgt Sandras Mutter nach draußen. Ihre Leggings scheinen auf ihren Körper gesprüht zu sein, nur Haut und Knochen, mit der Aura einer Stange Sellerie.

Ich betrachte die Lakritze und Lutscher an der Kasse. Ein kleiner Junge steht hinter mir und zupft an meinem Mantel. Ich drehe mich um. Er zeigt auf die geheimnisvollen gelben Kugellampen an der Decke, die riesige Schatten werfen von den Bataillonen toter Fliegen vom vergangenen Sommer.

Ich verspüre einen leichten Druck auf der Blase. Jetzt habe ich wenigstens einen weiteren Grund für mein Unbehagen.

Sterben ist nicht so schwer

Das Wichtigste, was es über das Sterben zu sagen gibt, ist die Tatsache, dass es alles in allem ziemlich überbewertet wird.

Sterben ist gar nicht so schwer, ich weiß es. Ich habe es erfahren, als Libby – eine blassgraue Maus, trübes Haar, in die tödlichen Falle lief, als der blasse Mond vermessen scharf am Himmel stand, ich den Torwächter mimte, bis ihr Herz versagte. Libby, die mit dem Tod tanzte und ... staunte. Wir mochten uns. Sie hat mir alles beigebracht, was ich wissen muss. Ich habe sie in den Tod gehetzt.

Manche Menschen leiden in den letzten Momenten vor ihrem Tod grauenvolle Qualen. Oft wird dieses Leiden nicht durch eine Krankheit verursacht, sondern durch die Mitmenschen. Das Ausmaß an Schmerz, das ein Mensch einem anderen zufügen kann, ist unvorstellbar. Aber darum geht es mir nicht.

Ich spreche vom Sterben selbst. Ich spreche von diesem einen ultimativen Moment, dem faszinierendsten Augenblick im Leben eines jeden Menschen.

Niemand erinnert sich an seine Geburt, aber zweifelsohne ist der letzte Moment, bevor alles endet, die letzten Atemzüge, bevor die Organe zum endgültigen Stillstand kommen und das Leben sie loslässt, der außergewöhnlichste. Diesen Moment erleben manche Menschen ganz bewusst.

Mir gefällt es sehr, Zeuge dieser letzten Sekunden zu sein.

Die meisten Menschen haben Angst, natürlich haben sie das. Ihre Angst ist oft so groß, dass man sie riechen kann. Ich verstehe das, faktisch weiß man nicht, was einen auf der anderen Seite des Lebens erwartet. Es ist die Angst vor der Leere, denke ich. Die Angst vor dem großen Nichts. Zumindest war es das, was ich während Libbys Infarkt in ihren Augen las.

Im Moment konzentriere ich mich auf die Bewohner der Johannisgasse 17, insbesondere auf Julia Hagen. Sie erinnert mich mitunter an eine durchgedrehte Henne. Ich hoffe nicht, dass sie mich gestern am Fenster in der Wohnung gesehen hat.

Noch werde ich Julia nicht stören.

Ich habe andere Dinge im Kopf. Ich bin verliebt und dieser Liebe vollkommen verfallen.

Kapitel 8

Samstag, 1. Oktober 2022

12:30 Uhr

Die Parkplätze für Fahrräder und Fahrzeuge liegen unmittelbar neben der Schule für Zeitgenössischen Tanz und sind von großen Kiefern umgeben.

Es sind nicht viele Schüler draußen. Der Ballettunterricht ist zu Ende, die meisten Schüler sind noch im Gebäude oder in den Umkleidekabinen. Es ist gut möglich, dass ich nicht hätte herkommen sollen. Ich wollte Emma abholen, sie nach Hause bringen, bevor sie jemand zu fassen bekommt, aber sie ist dreizehn Jahre alt und alles, was ich tue, fällt auf sie zurück.

Hier verbringt Emma also ihre Tage. Auf diesem Platz spielen sich ihre Dramen ab. Charis und Emma, jede mit ihrer eigenen Clique, die Blicke, die sie sich gegenseitig zuwerfen. Ich kann Emma hören, wie sie zu ihren Freundinnen sagt: *Oh mein Gott, die ist so eingebildet*. Was sagt Charis über Emma? Sie ist ruhiger als meine Tochter, weniger selbstbewusst im Umgang mit ihrer Macht, aber kaum sanfter. Etwas sinkt in mir herab. Ich würde es vorziehen, all diese Teenager nicht sehen zu müssen. Ich will nur einen Blick auf die Ballettproben werfen.

Ich stehe mit dem Rücken an einer Säule in der Halle neben der stoffbespannten Gymnastikleiter und betrachte die Bühne. Sie ist im Moment leer. Die Balletttänzer, zusammengestellt aus den verschiedenen Klassen, schlurfen zwischen den vorderen Sitzreihen und dem Ballettzimmer hin und her, wo zwei Mütter aus der Kostümgruppe ihre Maße nehmen.

Mittlerweile haben sich die jungen Tänzer auf der Bühne aufgestellt und sind bereit, mit der Probe zu beginnen. Emma steht auf der rechten Seite bei ihrer Clique und beachtet mich nicht, neben einer Litfaßsäule in der Mitte der Bühne steht der Neuntklässler, der den *‚Handman'* tanzt, zusammen mit ein paar anderen Jungen. Torsten erklärt ihnen, wie die Tänzer die Choreografie der Szene angehen sollen. Die Mädchen hören nicht zu. Emma sagt etwas, worauf ihre Freundinnen gleichzeitig auflachen. Es hat etwas Affektiertes, als würden sie sich keine Gedanken darüber machen, was sie gerade gehört haben.

Unten in der ersten Reihe spricht Torsten die Mädchen an. „Die Choreografie nimmt uns mit auf eine ruhige Reise auf einer unbefahrenen Straße. Hierbei ereignen sich kurzweilige Begegnungen zwischen Mann und Frau, Frau und Frau, Mann und Mann und dem *‚Handman'*. Denkt daran, anwesend zu sein, okay? Wir üben heute ohne Musik. Marleen ist nicht da."

Torsten Graf ist noch relativ jung, groß und schlank, mit dickem, dunkelbraunem Haar und einer Hornbrille, wie sie oft Männer in ihren Zwanzigern tragen, wenn sie allen zeigen wollen, wie kreativ sie sind. Offenbar hat die Schule den frischgebackenen Hochschulabsolventen kurz vor dem Sommer eingestellt. Er möchte seine Schüler an das moderne Ballett heranführen, weil er glaubt, dass sie gerade in diesem Lebensabschnitt am offensten für Impulse und Ideen sind. Emma, die stets ein großes Interesse am Ballett gezeigt hat, bewarb sich um einen Part, als ihr klar wurde, dass sie ihre Zeit damit verbringen konnte, auf der Bühne zu tanzen, anstatt Lateinverben zu konjugieren.

Torsten hat eine beeindruckend tiefe Stimme für jemanden, der so unbeholfen aussieht. Dennoch ist sein Brummen kein Ersatz für Marleens tiefe, suggestive Klavierakkorde von Strawinsky, die die Szenen normalerweise begleiten.

„Wieso ist Marleen nicht da?", fragt jemand.

„Sie macht mit ihrer Tochter Charis einen Wochenendausflug", entgegnet Hannah Küpper. Hannah Küpper, die stellvertretende Schulleiterin und unsere Nachbarin auf der anderen Seite des Flurs, sitzt in der ersten Reihe. Ich kann sehen, wie ihr kleiner Kopf mit dem kurzgeschorenen Haar schnell auf und ab nickt, als wäre ihr Hals eine gespannte Feder. Ich frage mich, was sie hier macht. Ob sie im Auftrag der Schulleitung ihre Samstage mit der Teilnahme an diesen Proben verbringt? Sie reckt ihren dünnen Vogelnacken. Obwohl ich nur ihren Hinterkopf sehen kann, glaube ich, dass sie ihre Umgebung scannt und ihre Augen von einer Person zur nächsten huschen, damit ihr keine Einzelheit entgeht.

„Ein Wochenendausflug?" Torsten hebt eine Augenbraue. „Wenn es eine Probe gibt?"

Würde der Rest von uns nicht *auch* an einem Samstag lieber andere Dinge tun?, sagt mir diese Augenbraue. Wollen wir in dieser Tanzschule stehen, die nach den Proben nach Schweiß riecht? Haben *wir* nicht Gärten, die gepflegt werden müssen, Häuser, die instand gehalten und Skier, die vor Beginn der Wintersaison präpariert werden müssen?

„Okay, Leute", ruft Torsten jetzt in einem gemäßigteren Ton. „Es gibt nichts, was die choreografischen Linien, also die Architektur des Stücks, unterstützt. Jedoch hat es theatrale Elemente und hebt sich so ab von einem reinen Tanzstück, beinhaltet mehr als nur pure Bewegung." Er schaut die Schüler an. „Kapiert?"

In knapp einer halben Stunde werde ich mich davonschleichen. Am Ende bin ich auch nicht besser als die Augenbraue. Ich hätte mich gerne mal wieder mit meiner Schwester Kate getroffen, aber sie kann nicht. Also kein Einkaufsbummel, bei dem ich mich über ihre dürren Endlosbeine lustig machen kann. Kate, das Storchenkind, ist nett, obwohl nett die kleine Schwester von Scheiße ist. Stimmt nicht. Kate *ist* nett und ich bedauere es sehr, dass wir uns so selten sehen.

Neben mir steht Sandras Mutter, vertieft in den Inhalt ihres eigenen Telefons. Wir haben abgemacht, dass Emma nach der Probe mit Sandra nach Hause geht. Theo und Lukas werden erst in ein paar Stunden zurück sein. Ich werde die Wohnung für mich allein haben. Und Andreas wird oben allein sein. Er hat mir gestern eine Nachricht geschickt. *‚Marleen und Charis sind bis Sonntag verreist. Ich bin das ganze Wochenende allein zu Hause und werde schreiben. Andreas.'*

Es lag ein Hauch von Einladung in seinen Worten, aber ich habe sie ignoriert.

‚Gutes Gelingen' habe ich geantwortet. Mehr ging nicht.

Ich frage mich, wer gestern nach Marleens Abreise am späten Nachmittag bei ihm war. Jedenfalls werde ich ihm keine weitere Nachricht schicken, sondern die Stunden, die ich zur Verfügung habe, für mich nutzen. Vielleicht einen Spaziergang machen. Ein Buch lesen. Ich verlagere mein Gewicht von einem Fuß auf den anderen und betrachte mein Gesicht dabei in der Verspiegelung der Wände und … erschrecke. Diese Blässe … Das nenne ich Gespenster-Chic ins Gesicht geascht. Ich sollte mich zuhause ausruhen. Ob ich jetzt gehen kann, oder ist es noch zu früh?

Torsten blickt in die Runde. „Jetzt ist es eigentlich Zeit für Charis

Auftritt, aber da sie nicht da ist, bin ich mir nicht sicher, ob es sich lohnt, sich heute mit dieser Szene zu beschäftigen."

Hannah Küpper beugt sich vor und flüstert Torsten etwas ins Ohr, der daraufhin skeptisch nickt. *‚Handman'* grinst in den Saal zu jemandem, der hinter mir steht, zumindest habe ich den Eindruck. Als ich den Kopf drehe, sehe ich Jonas Küpper, der eine Geste in Richtung Bühne macht. Dann sieht er mich an und lächelt freundlich. „Hallo, Frau Hagen."

„Hallo, Jonas. Zurück, um dein altes Revier zu besuchen?"

Er hat im vergangenen Jahr sein letztes Schuljahr in Berg abgeschlossen und besucht jetzt ein Gymnasium in Starnberg. „Ich helfe Torsten, baue die Licht- und Tonanlage auf, diese Dinge eben."

Jonas ist siebzehn Jahre und ich glaube, ein sehr attraktiver Junge, auch wenn er sein volles Potenzial noch nicht ausgeschöpft hat und wahrscheinlich nicht der Beliebteste in seiner Klasse ist. Aber in ein paar Jahren werden ihm die Mädchen in Scharen zu Füßen liegen.

„Das ist nett, Jonas."

„Nö, ich werde dafür bezahlt, Frau Hagen", sagt er und grinst.

„Du hast Blut auf deiner Jacke, Jonas. Hast du dich verletzt?"

Er zuckt kurz zusammen. Ein oder zwei Minuten lang stehen wir wortlos nebeneinander. Dann zieht er seine Augenbrauen hoch und schenkt mir ein überlegenes Grinsen. „Ich habe mich vorhin geschnitten und der Waschraum ist abgeschlossen."

Ich starre auf den Blutfleck. *Seltsam*, grübele ich. Dann blicken wir auf die Tänzer. Jonas` Mutter ist immer noch in ein Gespräch mit Torsten vertieft, aber er ignoriert sie, so, als würde er sie gar nicht kennen. Wenn ich sie zusammen im Garten, im Treppenhaus oder auf der Straße sehe, fällt mir auf, dass Jonas oft still und Hannah immer redselig ist. Sein Vater Severin ist ein gefragter Gutachter in der Baubranche, verdient eine Menge Geld, ist laut und stämmig. Gelegentlich sagt er unverschämte Dinge unter dem Deckmantel der Meinungsfreiheit. Jonas hingegen ist, vielleicht als Akt der Rebellion gegen seinen Vater, ausgesprochen höflich.

Als Torsten den Tänzern auf der Bühne etwas zuruft, verabschiedet sich Jonas und überquert den Saal. Ich wende mich an Sandras Mutter. „Ich muss jetzt los. Könntest du Emma vielleicht gegen sechs nach Hause schicken?"

Beim Verlassen des Parkplatzes fällt mir ein, was ich seltsam fand. Das Blut auf Jonas` Jacke war nicht frisch. Er hat mich angelogen.

Kapitel 9

Samstag, 1. Oktober 2022

13:15 Uhr

Ich bleibe vor dem Haupteingang des Hauses stehen und lasse meinen Blick über die Fassade gleiten, als würde ich mein Zuhause begutachten. Dabei möchte ich nur einen Blick auf seine Gestalt erhaschen. Doch ich bin allein. Einer nach dem anderen ist im Laufe des Vormittages aus der Szene getreten.

Das Haus ist vollständig renoviert, strahlt gediegenen Luxus aus und wurde 2019 um das Dachgeschoß der Familie Tauber erweitert. Die Wohnungen sind exklusiv und luxuriös ausgestattet.

Ich nehme einen tiefen Atemzug. Der Garten ist leer. Die Fenster sind dunkel, die meisten Bewohner des Gebäudes sind demzufolge nicht zuhause. Nur oben in Andreas` Wohnung brennt das Licht in der Küche.

Die Eingangstür, die zum Treppenhaus führt, ist groß und hochmodern, eine Alarmanlage schützt vor ungebetenen Gästen. Sie wurde erst vor einem Jahr eingebaut. Der Vorstand der Wohnungsbaugesellschaft, angeführt von der rührigen Hannah Küpper, hatte sich für einen kohlschwarzen Koloss mit Hartholzfurnier entschieden.

Theo zuckte nur mit den Schultern, als ich diese Tür zum Hochsicherheitstor für Berg erklärte. „Das ist doch eine gute Sache, Julia. Die Tür ist offenbar sehr sicher."

Woher diese kollektive Paranoia kommt, weiß ich nicht, denn sie begann bereits, bevor die Kaninchen in der Nachbarschaft gemeuchelt wurden. Die Haustür hat kein Schlüsselloch, sie kann nur mit einem Code der Wohnungseigentümer geöffnet werden. Jede Wohnung hat ihren eigenen Code, der in regelmäßigen Abständen geändert werden muss.

„Severin und ich machen es jeden Monat", gestand Hannah mir eines Tages im Treppenhaus. „Das ist das Beste, Julia", sagte sie. „Mach es dir zur Gewohnheit. Jeden Ersten des Monats. Trag es in deinen Kalender ein."

Theo und ich haben unseren Code immer noch nicht geändert. *1812*, das Datum unseres ersten Kusses. So sentimental sind wir.

Oder zumindest so sentimental ist Theo, er hat das Formular mit dem gewünschten Code eingereicht.

Das Treppenhaus ist leer und still. Am Schwarzen Brett neben der Eingangstür hängt die Liste der Gemeinschaftsaufgaben, die in diesem Herbst erledigt werden müssen. Hannah hat sie vor ein paar Wochen aufgehängt. Sie ist umfangreich: Zäune streichen, Unkraut rupfen, den Rasen jäten und Steine entfernen. *‚Es gibt viel zu tun‘*, steht da weiter unten, *‚aber wenn wir alle mit anpacken, wird es ein Kinderspiel!‘*. Am Ende hat sie sogar noch einen Smiley angehängt, um das Ganze abzurunden. Lächerlich. Theo und ich haben uns zu nichts verpflichtet.

Ich gehe am Schwarzen Brett vorbei und begebe mich in unsere Wohnung. Theo, Lukas und Emma werden erst in einigen Stunden nach Hause kommen. Es riecht nach Familienleben, nach Essen, nach ihren Jacken und einem Hauch von Müll, der längst entsorgt werden sollte. Ich lehne mich mit dem Rücken gegen den Türrahmen. Die Stunden liegen offen vor mir.

Ich will mich nicht hinsetzen. Das Buch, das ich gerade lese, liegt auf dem Couchtisch im Wohnzimmer, in der Küche liegt noch die aufgeschlagene Zeitung von heute Morgen, aber ich schaffe es nicht, mich zu setzen. Ich sollte besser ein bisschen aufräumen, mich für meine Familie anstrengen.

Ja, das solltest du, nörgelt meine innere Stimme.

In der Wohnung über mir herrscht absolute Stille. Kein einziges Geräusch. Seltsam. Ich schaffe es, eine halbe Stunde lang auszuharren, bevor ich Andreas eine Whatsapp-Nachricht schicke, ich schäme mich ein wenig, während ich die Worte tippe, denn ich wusste die ganze Zeit, dass ich das tun würde, natürlich wusste ich es. Mein Verhalten in Sachen Andreas ist mit dem Verstand nicht fassbar. Es hat etwas so Deprimierendes, diese Show, die ich mir da vorspiele: das Aufräumen, das Buch, das ich in die Hände nehme und lesen will.

Er antwortet nicht. Das Signal leuchtet auch nicht auf, dass er die Nachricht gelesen hat. Ich räume die Rucksäcke der Kinder aus, stelle ihre Schuhe in den Flur und sammle Lukas` Spielzeug ein. Jetzt gibt es nichts mehr zu tun. Und mein Handy ist immer noch stumm. Ich schreibe eine weitere SMS: *Hey, du. Geh an dein Handy. Fuck, ich möchte dich sehen!*

Er ist zu Hause. Das Licht ist an. Vielleicht ist er so in seine Arbeit vertieft, dass er Zeit und Raum vergessen hat, das ist oft vorgekommen. Vielleicht ist es ihm auch nicht in den Sinn gekommen, sein Handy zu überprüfen.

Eine Stunde später hat er immer noch nicht geantwortet. Ich bin in der Küche, grüble mehrere Atemzüge lang. Dann verlasse die Wohnung und gehe nach oben.

Ich habe nicht alle Zeit der Welt. Die halte ich verantwortungsvoll im Blick.

Im oberen Stockwerk befinden sich die Wohnungen von Marleen und Andreas Tauber und die von Samuel und Cora Lemberg.

Jetzt, wo ich vor Andreas` Wohnungstür stehe, kommen mir Zweifel. Bin ich zu aufdringlich? Ist es zu viel des Guten? Wir haben oft über das Bedürfnis nach Raum gesprochen, das Bedürfnis nach Diskretion. Nicht nur wir beide sind Nachbarn. Unsere Familien sind es auch.

Ich überlege, nicht zu klingeln, mich zurückzuziehen in meine eigenen vier Wände, und schaue die Treppe hinunter zum Fenster, wo sie sich wendelt. Es wäre eine kluge Entscheidung, die mir wahrscheinlich sogar das gute Gefühl geben würde, dass ich der Versuchung widerstehen konnte. Aber andererseits.... Ich zögere, stehe da, bin so oder so bereit, für was auch immer. Es ist so ein aufregendes Gefühl, wenn man sich entschlossen hat, etwas Falsches zu tun, ein Gefühl, schwerelos und fließend, zumal dann alles Mögliche passieren kann.

Meine Begegnungen mit Andreas finden irgendwo außerhalb des Rattenrädchens statt. Er hat die Fähigkeit, die Zeit anzuhalten, mich aus dem Alltag herauszuholen. Es ist eine zu starke Vereinfachung, ein Klischee. Aber bei ihm kann ich mir die Dinge von der Seele reden. Seine Reaktion zeigt mir, dass er ein guter Mensch ist. Und wer kann schon widerstehen, die Zeit auszulöschen, sei es auch nur für einen Nebelrauschmoment?

Ich klopfe an seine Tür, warte, achte auf Schritte. In der Wohnung ist es still. Vielleicht braucht er einen Moment, um sich loszureißen, vielleicht ist er mitten in einem Gedanken, von dem er sich erst lösen muss, um zur Tür zu kommen. Ich gebe ihm Zeit. Aber nichts geschieht. Meine Fingerknöchel schlagen erneut gegen das Holz, ein hartes, schweres Klopfen. Immer noch nichts, nur Stille.

Ist er vielleicht draußen? Aber warum das Licht?

‚Ich werde das ganze Wochenende allein sein, schrieb er, *falls du doch noch Zeit findest'.*

Was soll ich jetzt tun? Damit habe ich nicht gerechnet, wende mich wieder der Treppe zu. Soll ich in meine Wohnung zurückgehen, diese Gelegenheit verstreichen lassen?

Auf der Fensterbank im Flur steht ein kleiner Blumentopf mit einer besonders widerstandsfähigen Begonie, denn obwohl sie kaum Aufmerksamkeit bekommt, hält sie durch und übersteht die kalten Winter und die trockenen, heißen Sommer. Jeder im Haus weiß, dass dort unten, unter dem Innentopf auf dem Boden des dekorativen Keramiktopfes, ein Schlüssel zu Andreas` und Marleens Wohnung liegt. Wir alle haben für sie Pflanzen gegossen, ihre Post in die Wohnung gebracht und Dinge für sie überprüft, wenn sie verreist waren. Was, wenn Andreas in der Wohnung mit Kopfhörer Musik hört? Oder er in seinem Arbeitszimmer gedankenverloren vor seinem Computer sitzt und sich ganz auf das konzentriert, was er gerade tut – wie so oft. Meilenweit entfernt schaut er sich vielleicht YouTube-Videos von russischen Soldaten an oder Berichte über die jüngste Entwicklung im Krieg in der Ukraine, hört Vorträge von führenden Experten, die er auf seinem Computer streamt. Er interessiert sich für Krisengebiete und Länder, in die er Arzneimittel exportieren kann.

Ich starre auf die Begonie. Sekunden später liegt der Schlüssel fest in meiner Hand. Ich stecke ihn ins Schloss. Drehe ihn zwei Mal um. Die Tür schwingt auf, ich gehe hinein.

Kapitel 10

Samstag, 1. Oktober 2022

14:30 Uhr

Ich erinnere mich sehr gut daran, wann ich das erste Mal in der Wohnung von Andreas und Marleen war, erinnere mich, wie mich der Duft der Räume überwältigte, er war so rein, so unaufdringlich. Bei uns roch es nach Kleinkind, Essen und schwach nach Körper, Kleidung und Windeln, die Luft in ihrer Wohnung hingegen war köstlich. Als ob dort oben kein Leben, kein Atmen, kein Schwitzen und keine Verdauung stattfände, als ob alles Menschliche entfernt worden wäre. Ich erinnere mich, wie ich in ihrem Wohnzimmer stand und dachte: Wie um alles in der Welt schaffen sie das nur?

Marleen hatte uns eingeladen. Im Laufe des ersten Jahres, in dem wir in Berg lebten, war immer wieder davon die Rede gewesen.

„Wir sollten mal zusammen essen gehen", sagten wir uns oder „wir müssen uns besser kennen lernen." Trotzdem brauchten wir ein ganzes Jahr dazu. Theo und ich bekamen Lukas, und es gab jede Menge schlaflose Nächte. Lukas war damals elf Monate alt und es war das erste Mal seit seiner Geburt, dass wir ihn ein paar Stunden abends allein ließen, aber immerhin hing das Babyphon an einer Schnur um meinen Hals. Theo nahm mich deswegen auf den Arm, sagte, dass die Wände und Böden so dünn seien, dass wir ihn ohnehin hören würden.

Ich weiß nicht, was Marleen und Andreas empfanden, als sie ihre Wohnung zum ersten Mal betraten, ich bin sicher, sie hatten wichtigere Dinge im Kopf als die Inneneinrichtung. Ich war von einer Art Ehrfurcht erfüllt, als ob ich eine Galerie voller großer Meister betreten würde: ihre Kunst an den Wänden, ihre Bücher über Maler der Renaissance, moderne Fotografie, Seite an Seite mit Bände über den Kaschmirkonflikt, die Weimarer Republik oder Putins politischen Irrsinn, über die Energiewende und den Ukraine-Konflikt. Ein Regal war gefüllt mit Biografien großer Musiker und Sachbücher über klassische Musik. In der Ecke neben dem Eingang zur Küche stand ein riesiger schwarzer Flügel, der so blank poliert war, dass man sich in ihm spiegeln konnte. Ich traute mich nicht, ihn anzufassen, aus Angst, meine Finger würden Abdrücke auf der Oberfläche hinterlassen. Der

Deckel war über den Tasten geschlossen, aber ich hatte Marleen vor meinem inneren Auge, wie sie auf dem Hocker vor dem Flügel saß und ihre schlanken Finger über die schwarz-weißen Tasten glitten. Es war ein ungewöhnlich schönes Instrument. Dass etwas so Außergewöhnliches in einem Wohnzimmer stehen würde, das mit unserem identisch war, hätte ich nicht für möglich gehalten.

Ich erwähnte es gegenüber Marleen, als wir uns an den Tisch setzten. Andreas saß mir gegenüber und trug ein weiches Leinenhemd, die ersten Knöpfe am Hals geöffnet, jedenfalls eleganter als Theo, der immer noch das zerknitterte Hemd trug, das er zur Arbeit getragen hatte. Wir tranken Weißwein, aßen Risotto mit Jakobsmuscheln und Hummerschwänze.

„Es ist ein Steinway, Julia“, bedeutete Marleen. „Nicht der allerbeste, aber gut genug für meine Zwecke. Ich habe ihn gekauft, als ich noch Konzerte gegeben habe. Damals brauchte ich ihn.“

Theo blickte von seinem Teller auf. „Sie geben keine Konzerte mehr?“

Marleen schwieg, einen Moment lang war nur unser Kauen zu hören, das Geräusch von vier Erwachsenen, die das köstliche Essen verschlangen.

„Als Andreas und ich uns kennenlernten, trat ich sehr oft auf und hatte, wenn ich so kühn sein darf, eine vielversprechende Karriere vor mir. Ich war jung, aber auf dem Weg nach oben, arbeitete allerdings die ganze Zeit. Reiste viel.“ Sie nahm einen Schluck Wein. „Es war ein anstrengendes Leben“, fuhr Marleen fort. „Und ganz sicher nicht dafür geeignet, eine Familie zu gründen. Als wir beschlossen, dass wir Kinder haben wollten, mussten wir einige Änderungen vornehmen.“

Marleen war demnach gezwungen, sich zwischen dem Familienleben und der Karriere zu entscheiden, von der sie seit Jahren geträumt hatte, dachte ich.

„Als ich einundzwanzig war, schien es so aufregend, Konzertpianistin zu sein, aber es ist harte Arbeit und sicherlich nicht so glamourös, wie man sich das vorstellt. Als es darauf ankam, ist mir die Entscheidung leicht gefallen. Ich unterrichte heute einige Studenten, spiele für ein paar Chöre. Ab und zu bekomme ich auch hochkarätigere Jobs angeboten, aber... nun ja. Ich habe das alles aufgegeben, zum größten Teil.“ Sie lachte. „Und das ist für mich in Ordnung. Ich habe es nie bereut."

Andreas, der kein Wort gesagt hatte, als Marleen ihre Geschichte erzählte, wandte sich an mich. „Und was machen Sie so, Julia?"

„Ich arbeite als Lektorin in einem Verlag für wissenschaftliche Publikationen. Derzeit redigiere ich ein Sachbuch über kognitive und emotionale Impulse, die dem Verbraucherverhalten zugrunde liegen."

Er beugte sich vor. „Ich verstehe. Von welchen Impulsen ist die Rede?"

„Nun...", ich zögerte, weil ich nicht abschätzen konnte, ob sein Interesse echt war. „Schuldgefühle, zum Beispiel."

Er hob die Augenbrauen. „Schuldgefühle?"

„Ja, ich interessiere mich für die Überschneidungspunkte zwischen Einstellungen und Verhalten. Die Art und Weise, wie wir oft etwas als moralisch richtig ansehen und doch das Entgegengesetzte tun. Ich halte mich zum Beispiel für einen guten Menschen, der sich um die Umwelt kümmert, aber wenn ich für ein langes Wochenende nach New York fliege, um dort einzukaufen, ist das ein Widerspruch. Die Idee ist, dass es absolut normal ist, Schuldgefühle zu haben, wenn man ein Verhalten an den Tag legt, von dem man weiß, dass es der Umwelt schadet, und sich gleichzeitig als umweltbewussten Menschen sieht."

„Wie Klimaschande?"

„Nicht ganz. Scham und Schuld sind unterschiedliche Gefühle mit unterschiedlichen Funktionen. Schuldgefühle motivieren uns, das zu reparieren, was wir beschädigt haben, Scham motiviert uns, es zu verstecken."

Andreas lächelte. Einer seiner Vorderzähne war leicht schief und hinterließ deshalb eine winzige Lücke zwischen ihnen, die seinem Lächeln den Anschein von etwas Verschlagenem, etwas Scharfsinnigem gab. Wenn er seine Aufmerksamkeit auf mich richtete, wie in diesem Moment, war es, als würde er mich in eine warme, freundliche Blase einladen, die nur ihm gehörte. In ihr war Platz für Gedanken und Ideen, die Zeit und die Bereitschaft, mit Hypothesen zu spielen, sie in die Hand zu nehmen und zu sehen, wohin sie führen könnten.

„Wir gehen davon aus, dass Schuldgefühle den Keim der Veränderung in sich tragen", fuhr ich fort. „Wenn Menschen sich wegen etwas schuldig fühlen, werden sie auch motiviert sein, etwas zu ändern."

Stille. Marleen stand auf, stapelte die Teller. Ihre Bewegungen waren geschmeidig wie die einer Tänzerin. Ich sah sie immer wieder an, fand sie wunderschön. Andreas wohl auch, er spielte immer wieder mit dem Perlenhaar seiner Frau.

Als das Babyfon auf dem Tisch aufleuchtete und knisterte, zuckte ich zusammen.

Theo legte seine Hand auf meinen Arm. „Es ist nichts, Julia", sagte er. „Entspann dich. Wir werden es hören, wenn er anfängt zu weinen."

Ich lächelte Andreas an, zog meinen Arm unter Theos Hand zurück.

„Und Sie, Theo?" Er sah Theo an. „Sie arbeiten im öffentlichen Dienst, korrekt?"

„Ja", antwortete Theo. „In der Abteilung für allgemeine und berufliche Bildung".

Er klopfte sich auf die Brust. Diese Geste hatte ich bei ihm noch nie gesehen, sie erinnerte mich an Affen. Marleen stellte einen Stapel Dessertschalen vor Andreas und hob bedeutungsvoll die Augenbrauen. Sie tauschten einen Blick aus. Mit trägen Bewegungen hob er die Schalen auf und reichte sie weiter.

„Und was macht ein Mann für allgemeine und berufliche Bildung?", fragte Andreas.

Theo redete ununterbrochen, gab zu viele Einzelheiten preis, aber zumindest kannte er sich in seinem Job aus, so dass er Andreas` Fragen beantworten konnte, während Marleen zum Nachtisch einen Kuchen auf den Tisch stellte.

„Das Rezept habe ich von einer Freundin aus Philadelphia. Er sieht ein bisschen seltsam aus, aber das soll er auch. Julia, möchten Sie das erste Stück nehmen?"

Ich nahm den Kuchenheber in die Hand. Marleen lächelte flach. In ihrem Gesicht war etwas, als wäre sie in Gedanken nicht mehr in diesem Raum. Vielleicht hatten sie sich kurz vor unserer Ankunft gestritten, vielleicht war sie auch nur müde. Als ich die Hand ausstreckte, um mir ein Stück vom Kuchen abzuschneiden, hörte ich Lukas über das Babyfon wimmern. Ich ließ den Kuchenheber fallen und stand auf, bevor Theo seine Hand wieder auf meinen Arm legen konnte.

„Entschuldigt mich bitte." Ich eilte in den Flur, vorbei an dem höhnisch glänzenden Flügel, eilte die knarrende Treppe hinunter und betrat unsere Wohnung. Dort nahm ich den säuerlichen Geruch von Erbrochenem, Windeln und Essensresten wahr, aber auch den Geruch von Kindern, ein Zeichen dafür, dass hier eine Familie gelebt wurde. Im Schlafzimmer stand Lukas in seinem Bettchen, seine kleinen Hände umklammerten die Gitterstäbe. Er starrte mich an, zwei Tränen kullerten ihm über die Wangen. Ich nahm ihn auf den Arm und drückte ihn an mich, spürte, dass ich wieder atmen konnte, jetzt, wo ich seinen kleinen Körper an meinen drückte.

Als Lukas wieder eingeschlafen war, ging ich langsam wieder nach oben. Ich betrat leise die Wohnung. Mir fiel kein Grund ein, warum ich das tat. Vielleicht wollte ich sie belauschen. Ich hörte Theo in der Küche reden.

„Es war verrückt", sagte er, „eine außer Kontrolle geratene Mutprobe. Jetzt, wo ich einen Sohn habe, sehe ich die Dinge anders. Wir hätten getötet werden können. Aber damals wollte ich nur sehen, wie schnell wir mit dem Wagen rasen konnten. Es ist ein Wunder, dass es nicht viel schlimmer ausgegangen ist. Der Oberschenkelknochen brach, als die Tür gegen mein Bein krachte. Ich lag zwei Wochen im Krankenhaus, hatte mehrere Monate lang einen Gips. Konnte sechs Monate lang die Uni nicht besuchen."

„Oh mein Gott", sagte Marleen. „Das klingt gefährlich."

Ich lehnte mich im Flur an die Wand, schloss die Augen. Ich wusste, worauf er hinauswollte.

„Julia und ich waren zu diesem Zeitpunkt seit zwei Jahren zusammen", fuhr er fort. „Ich weiß noch, wie wütend sie war, als sie mich im Krankenhaus besuchte."

Ich hörte ein dünnes Lächeln.

„Sie nannte mich einen Idioten. Und das war ich auch. Aber was sollte ich darauf erwidern? Julia ging, und ich war mir sicher, dass ich sie verloren hatte."

Da war wieder dieses kollektive Schweigen. Ich stellte mir vor, wie Theo ihnen einen ernsten Blick zuwarf, vielleicht war er aber auch so bewegt von seiner eigenen Geschichte, dass er ein paar Mal schlucken musste, bevor er fortfahren konnte. Mir wurde übel.

Andreas räusperte sich. „Aber sie hat Sie natürlich nicht verlassen."

Theo ignorierte die Unterbrechung. „Julia war damals achtzehn

Jahre alt. Vielleicht hätte sie das tun sollen, ich hätte es ihr nicht verübelt. Aber sie blieb bei mir. Sie hat mich zur Physiotherapie begleitet, fuhr mich überall hin, da sie mir meinen Führerschein für zwei Jahre abgenommen hatten."

Abgesehen von dem leisen Geräusch des Geschirrspülers war es wieder still. Vielleicht schnitt jemand ein Stück Kuchen an, oder sie nippten an ihren Weingläsern.

„Das habe ich nie vergessen", sagte Theo. „Diese Liebe, die sie mir entgegenbrachte. Da wusste ich, dass sie die Richtige ist."

Man hörte ein Kichern, Andreas murmelte Worte wie: eine schöne Geschichte, Marleen faselte etwas von einem guten Ende und fragte, ob jemand Kaffee wolle? Ich stellte mir Theo vor, wie er da stand, mit einem glücklich dämlichen Lächeln im Gesicht, so zufrieden mit seiner Geschichte und der Bedeutung, die er ihr beimaß.

„Und Eure Geschichte?", fragte Theo.

„Wir sind zwei in eins", antwortete Marleen. „Wenn Andreas etwas zustoßen würde, dann wüsste ich das sofort. Du würdest doch spüren, wenn ich tot wäre, Liebling?"

„Hallo", sagte er und küsste sie sanft. „Meine Welt würde zerbröseln, wenn du tot wärst. Ich habe nur dich und Charis."

Marleen küsste ihn, in all ihrer soften Unwiderstehlichkeit, sehr offensiv zurück.

Es gab damals oft Momente in unserer Ehe, da war ich so wütend auf Theo, dass ich ihn mir tödlich verunglückt im Straßengraben liegend vorstellte, angefahren von einem alkoholisierten Raser. Dies war so ein Moment. Ich stand da und wünschte, der Boden würde sich öffnen und mich verschlucken.

Kapitel 11

Samstag, 1. Oktober 2022

14:35 Uhr

Die Stille in der Wohnung holt mich zurück in die Gegenwart. Es riecht sauber, wie der Wald nach dem Regen, neben einem anderen schwachen, aber seltsameren Duft. Ich stehe im Flur, linse ins Wohnzimmer. Sehe Marleens glänzenden Flügel, dessen Deckel offen steht, als ob er auf etwas lauern würde. Sehe das Sofa mit seinem cremefarbenen Wollstoff, das Bücherregal aus tropischem Hartholz. Die Tür zum Arbeitszimmer ist geschlossen. Dort wird er sein, vermutlich, dennoch bleibe ich stehen. Meine Füße weigern sich, den Flur zu verlassen. Es ist still um mich herum. Ich habe Angst, große Angst, ich weiß aber nicht, wovor ich solche Angst habe, sie raubt mir den Verstand. Mein Bauchgefühl sagt mir, dass etwas nicht stimmt.

Das Wohnzimmer sieht verlassen aus. Es ist unheimlich, wie sauber und aufgeräumt alles ist. Ich will nach Andreas rufen, einen Fuß heben, zur Tür seines Arbeitszimmers gehen, sie öffnen. Aber ich rühre mich nicht. Es ist dieser schwache Hauch von etwas Merkwürdigem, der in der Luft liegt, dieser andere, seltsame Geruch. Ich atme schnell und flach, so wie ich es immer mache, wenn mir alles zu viel wird, in dem kindlichen Glauben, dass nichts Schlimmes passiert, wenn ich schnell atme. Oder ich halte die Luft an, wenn ich zu lang am Schreibtisch sitze, wenn Lukas weint, wenn das Unheil naht. Mein Blick springt hin und her, von den ordentlich aufgereihten Sofakissen zum Teppich, der dort faltenlos auf dem Boden liegt, zu dem Lichtstreifen aus der Küche, der über die Wohnzimmerwand fällt. Auf die geschlossene Tür zum Arbeitszimmer.

Irgendetwas ist unheilvoll. Ich kann es nicht benennen, ich weiß nicht, was es ist, ich weiß nur, dass ich verschwinden muss, schnell, aber ich kann mich nicht bewegen. Eine Sekunde vergeht, dann zwei. Ich stehe nur da, atme schwer, schaue hektisch hin und her, schnuppere diese seltsame Luft. Dann reiße ich mich los aus meiner Starre und verlasse in Windeseile die Wohnung. Ich versuche, meine Hand ruhig genug zu halten, um den Schlüssel ins Schloss zu stecken und die Tür abzuschließen. Ich versuche, meine Atmung zu beruhigen, sage mir, dass es nichts gibt, wovor ich Angst haben muss. Ich stecke den Schlüssel in meine Tasche und will mich gerade umdrehen und die Treppe hinuntereilen, als ich hinter mir ein Räuspern höre.

In der gegenüberliegenden Tür steht Samuel Lemberg. „Hallo, Julia."

„Hallo." Meine Stimme ist schwach, leise, ich schnaufe, als wäre ich gerannt.

Samuel sieht mich seltsam an. Ich versuche mich zusammenzureißen, schlucke mehrere Male. Hat er gesehen, dass ich aus der Wohnung kam und die Tür abgeschlossen habe? Ausschließen kann ich es nicht, aber er hat mich gesehen, und Andreas ist allein zu Hause. Ob er es weiß? Ich räuspere mich ein paar Mal, versuche, meine Fassung wiederzuerlangen.

„Ich wollte nur..." Meine Hände zittern immer noch, wie meine Stimme, ich kann kaum klar denken. „Ich wollte mir nur etwas ausleihen. Eier. Ich backe gerade und wir haben keine mehr. Ich hätte nachsehen sollen, aber ich habe nicht daran gedacht..." Jetzt ziehe ich beim Sprechen Luft ein, huste einmal, zweimal, schlucke wieder. „...daran habe ich nicht gedacht, bevor ich mit dem Kuchen begann. Also habe ich mich gefragt, ob ich mir ein paar Eier leihen könnte. Aber es ist niemand zu Hause."

Samuel nickt. „Marleen ist anscheinend nicht da."

Natürlich weiß es jeder, so ist das in diesem Haus nun mal. Man geht abends aus und am nächsten Tag fragen die Nachbarn, ob man sich im Ort amüsiert hat. Hin und wieder ist es nett, ein anderes Mal ist es erdrückend.

„Ich kann nachsehen, ob wir welche haben, Julia." Samuel dreht sich um. „Warte einen Moment."

Er verschwindet in der Wohnung, lässt aber die Eingangstür einen Spalt offen, so dass ich einen Blick in seinen sauberen, minimalistischen Vorraum werfen kann, der so modern und reduziert ist, dass Cora dort ihre Aufnahmen hätte machen können, statt in ihrem Fotostudio. Ich schiebe den Schlüssel tiefer in meine Hosentasche. Er ist so klein, dass man ihn durch meine Jeans nicht sehen kann, aber ich ziehe trotzdem meinen Pullover darüber.

Samuel kommt mit zwei braunen Eiern zurück, eins in jeder Hand. „Bitte schön."

Als er sie mir reicht, kann ich meine Hände ruhig halten. Kurz darauf sitze ich regungslos am Küchentisch.

Warte ...

*

Ich warte. Bis Schritte auf der Treppe zu hören sind, vergeht eine halbe Stunde. Ich erkenne am Rhythmus, schnell und präzise, dass es Samuel ist. Nachdem die Haustür zuschlägt, lasse ich sieben Minuten verstreichen. Fülle meinen Energiespeicher, schöpfe Kraft. Dann haste ich mit einem Ich-werde-dabei-erwischt-Gedanken ins Treppenhaus und bleibe vor der Begonie stehen. Ich lasse den Schlüssel sanft in den Topf gleiten und schaue aus dem Fenster, auf den Hang neben dem Haus, wo nichts passiert, wo die Büsche wild wachsen und man eine Machete braucht, um ihn zu betreten, weil sich niemand die Mühe macht, sie zu beschneiden oder die toten Blätter zusammenzuharken. An die Wand gelehnt, steht eine Leiter. Vielleicht hat jemand beschlossen, das Wespennest in der Dachrinne zu entfernen. Wenn mich jemand sehen würde, wie ich am Fenster stehe, sähe es wahrscheinlich so aus, als würde ich über die Leiter nachdenken und hoffen, dass jemand sie später zurück in den Schuppen stellen soll, bevor sie verrostet.

Als ich wieder nach unten in meine eigene Wohnung gehe, zittere ich nicht mehr.

Kapitel 12

Samstag, 1. Oktober 2022

16:30 Uhr

Theo kommt gegen halb fünf nach Hause, er trägt immer noch seinen Helm und hat einen leichten Schweißfilm auf der Stirn.

„Hey, hey!“, ruft er. Seine Stimme erfüllt die ganze Wohnung.

Es tut gut, sie beide nach meiner schaurigen Unruhe, die durch die vergangenen Stunden nur bedingt gedämpft wurde, wieder bei mir zu haben. Aber obwohl Theo zuhause ist, wird es mir zu viel, er ist so laut. Ich zwinge mich zu einem nervösen Lächeln, das mich aus dem Gleichgewicht bringt, obwohl ich nicht weiß, warum, denn es gibt keinen Grund. Es gibt nichts, was ich als Auslöser für mein Unbehagen in der Wohnung über mir angeben könnte.

Es ist lächerlich. Ich muss mich zusammenreißen. Vielleicht habe ich bei der Ballettprobe zu viel Kaffee getrunken, vielleicht ist es dieses verdammte Kaninchen.

Vor einigen Wochen, kurz nachdem das Löwenkopfkaninchen gefunden worden war, klingelte Benno an der Tür von Hannah Küpper, um sich seine Sorgen von der Seele zu reden. Seine sonore Stimme dröhnte durchs ganze Treppenhaus. Theo und ich konnten sie selbst in unserer Wohnung hören.

„Das geht zu weit, Hannah. Warum hat die Stadt nichts unternommen?“

Hannah war neben ihrer Tätigkeit als Vorstandsvorsitzende der Wohnungsbaugesellschaft auch selbsternannte Hüterin der Nachbarschaft.

„Primär ist es wichtig, was die Polizei zu tun gedenkt, Benno, davon ganz zu schweigen, dass diese Tiere nicht in den Zuständigkeitsbereich der örtlichen Gemeinde fallen.“

„Die Polizei?“ Benno schnaubte. „Die wird gar nichts tun. Ich war bei dieser Schlafmütze, Carlo Moltke. Was aber werden *wir* dagegen unternehmen, Hannah?“

„Ich habe darum gebeten, dass jeder, der etwas gesehen hat, sich an die Polizei wendet“, sagte Hannah überheblich. „Mehr kann ich nicht tun. Die muss sich jetzt darum kümmern.“

Bennos Protest war immerhin eine Herausforderung für Hannah, die sich seitdem ausgesprochen verantwortlich fühlt, dass im Viertel alles mit rechten Dingen zugeht. Zwischen unserer Wohnung und der der Familie Küpper klafft eine Lücke in der Isolierung. Wenn wir den Küchenschrank öffnen, hinter dem sich der Heizkessel verbirgt, können wir hören, was in der Küche der Küppers vor sich geht, fast so, als geschähe es in unserer Küche. Das machen wir nicht oft, aber an einem Tag, nachdem Benno seine Entschuldigung herausgepresst hatte, öffnete ich zufällig die Schranktür und hörte, wie erleichtert Hannah war, dass sich wieder ein Gefühl der Harmonie über die Nachbarschaft gelegt hatte.

Was sie zu Severin sagte, als das erste tote Kaninchen auftauchte, weiß ich nicht, aber es gelang ihr, die Polizei davon zu überzeugen, in unser Viertel zu kommen: Sie machten Fotos, räumten die Kadaver weg, sprachen mit ein paar Leuten.

„Jetzt sucht die Polizei auch schon nach toten Kaninchen, als hätten sie nichts Wichtigeres zu tun“, sagte ich damals später am Abend zu Theo, nachdem ich zwei Polizisten gesehen hatte, die an einem der Tatorte Fotos machten.

„Ich kann verstehen, dass die Leute Angst haben, Julia“, erwiderte Theo ernst.

Mein Mann hält mich für zynisch. Ich denke, er ist zu sensibel, aber ich weiß, dass wohl nur ich die Sache als Jugendstreich betrachte, also behielt ich meine Meinung für mich. Ist besser so.

Aber heute ist es mir bei der Ballettprobe rausgerutscht. Meine Schärfe gegenüber den anderen Müttern hat mich auch überrascht. Habe ich etwa doch Angst? Halte ich das Grauen bewusst von mir fern? Will ich es nicht wahrhaben? War das der Grund, warum ich vorhin in Andreas` Wohnung ein so starkes Unbehagen verspürte? War es das, was mich heute früh geweckt, meine Träume gestört und mich um sechs Uhr morgens aus dem Schlaf gerissen hat?

Im Obergeschoß ist es immer noch gespenstisch still. Andreas hat immer noch nicht auf meine Nachricht geantwortet. Er hat sie sich nicht einmal angesehen.

*

Lukas liegt zusammengerollt auf dem Sofa, bereit für seine Nachmittagsdosis Kinderfernsehen. Ich nehme gerade die Fernbedienung in die Hand, als Theo mir aus der Küche zuruft: „Warum liegen zwei Eier auf dem Tresen, Julia?“

Mit der Fernbedienung in der Hand bleibe ich mitten im Zimmer stehen, schrumpfe um zehn Zentimeter, bin nichts anderes als eine verängstigte Frau mit dem Arsch auf Grundeis. *Verdammt, ich habe die Eier vergessen*.

Wie fleißig ich doch war, ich stand sogar auf dem Treppenabsatz und schaute eine Weile aus dem Fenster, nachdem ich den Schlüssel wieder in den Blumentopf gelegt hatte, damit jeder annahm, ich würde darüber sinnieren, ob wir die Gartenabfälle am Hang kompostieren könnten – es war alles so gut durchdacht. Aber die Eier habe ich vergessen. Verdammt!

„Ich habe sie mir vorhin von Samuel geliehen", bringe ich mit größter Anstrengung vor. „Dachte, ich könnte ein paar Muffins backen."

Ich tippe auf die Fernbedienung, drücke den falschen Knopf und schalte stattdessen NTV ein. Lukas protestiert heftig. Hinter mir höre ich, dass Theo ins Wohnzimmer kommt.

„Wir haben Eier im Kühlschrank." Er klingt misstrauisch.

„Tatsächlich?" Ich drücke immer noch auf die Fernbedienung, versuche krampfhaft, mich daran zu erinnern, welche die richtige Taste ist, fühle mich seltsam schwerelos, mein Körper ist watteweich. „Ich habe keine gesehen."

Ich stehe mit dem Rücken zu ihm, atme tief ein und finde den richtigen Knopf. Auf dem Bildschirm erscheint ein Zeichentrickfilm in lustigen, lebhaften Farben. Hinter mir lacht Theo auf.

„Okay... Hast du denn Muffins gebacken?"

„Nein." Meine Hände zittern wieder, mein Herz pumpt, in meinen Ohren rauscht das Blut.

Ich lege die Fernbedienung auf den Tisch, drehe mich zu ihm um. Er lehnt gegen den Türrahmen. Er hat geduscht, sein Haar ist nass und liegt flach auf seinem Kopf, als hätte er mit Gebrechlichen einen zügigen Spaziergang gemacht, statt eine Fahrradtour mit seinem Sohn.

„Ich habe meine Meinung geändert", murmele ich. „Es schien so anstrengend zu sein, ach, ich weiß auch nicht."

„Okay, dann nehme ich die Eier. Wir sollten sie wahrscheinlich benutzen, da sie nicht mehr im Kühlschrank waren."

Ich drehe mich zu Lukas um, fahre ihm mit der Hand durch das wirre Haar. Er wendet sich von mir ab, seine Augen kleben am Bildschirm.

„Sicher, iss du sie ruhig."

Theo geht wieder in die Küche.

„Schade, dass du dir nicht die Mühe gemacht hast", schleudert er mir über die Schulter entgegen. „Ich sehne mich nach Futterkoma. Nach dieser Fahrradtour hätte ich mir einen Muffin verdient!"

Mir gehen Gedanken über Kaninchen durch den Kopf, die Stille in der Wohnung über mir, der Schlüssel unter der Begonie. Wie gerne würde ich jetzt eine Stunde weinen. Am Himmel kippt der Abend glühend rot in die Nacht wie eine ausgehende Zigarette.

Ruhetag

Der Sonntagmorgen ist kühl, frisch und klar, ein Morgen, der wispernd von der vergangenen Nacht erzählt. Im Dialog mit dem Morgen verblasst die Erinnerung, und mit ihr das Dunkel, das mich umschlossen hat, die Angst ist eine Erinnerung, ein stillstehender Gedanke. Ein taubes Gebrüll, das von mir abprallt, plump zu Boden fällt und liegen bleibt.

Heute wird nicht gearbeitet. Weder Tier noch Mensch müssen an einem Sonntag dran glauben. Das Böse wird schweigen, die Welt in Ordnung sein. Zunächst eine Stunde musizieren, danach mit meiner großen Liebe einen Spaziergang machen, ihr Lächeln auf meinem Gesicht spüren, während wir den Menschen entgegenlaufen. Vielleicht später noch ein gemeinsames Picknick im Schlosspark. Ich habe lange Zeit gebraucht, ihr meine Liebe zu offenbaren. Es fühlt sich richtig an, so warm und echt. Ich muss wissen, ob sie auch so empfindet.

Auf jeden Fall einen Ruhetag einlegen, denn ich habe das Gefühl, dass ich in meiner Bemühung um die Bewohner der Johannisgasse 17 vielleicht ein bisschen zu stürmisch vorgehe, und das kann gefährlich werden. Diese Leute sind vielleicht nicht die mutigsten Typen, das wusste ich, aber was wäre geschehen, wenn ich heute aus einem Impuls heraus in Julias Wohnung gegangen wäre und sie dort angetroffen hätte? Dann wäre das Spiel sofort zu Ende gewesen, und das wäre zu schade.

Vor einiger Zeit habe ich in einem Artikel gelesen, dass der moderne Mensch nur ein einziges Ziel im Leben hat: das ungezügelte Vergnügen. Jetzt, wo Gott eine Weile unter den sprichwörtlichen Grassoden liegt, wollen wir die Zeit zwischen unserer Geburt und unserem Tod doch so angenehm wie möglich verbringen. Dafür spricht vieles, aber ich denke, da gibt es noch mehr: Wenn es keinen Glauben an ein Leben nach dem Tod gibt, ändert sich nicht nur unsere Sicht auf das Leben, sondern auch unsere Sicht auf den Tod selbst. Ohne ein ewiges Leben sind die letzten Augenblicke fast fundamental. Sollten wir dann nicht alles daran setzen, um unseren Tod besonders schön zu gestalten?

Ich denke in diesen Tagen oft an die blassgraue Libby aus Starn-

berg. Es mag verrückt klingen, aber sie wurde immer schöner, je näher der Tod kam, und in dem Moment, als sie starb, war es, als ob sie sich einer Metamorphose unterzog. Anders kann ich es nicht beschreiben. Ihr Ende war von einer ätherischen Schönheit, die mir den Atem raubte.

In den letzten Sekunden, bevor ihr Herz versagte und sie starb, wich die panische Angst in ihren Augen einem anderen Ausdruck. Ich würde es nicht Resignation nennen, das ist Blödsinn. Sie hatte sich keineswegs mit ihrem Schicksal abgefunden.

Libby hatte bis zum bitteren Ende gekämpft.

Aber in diesen letzten Sekunden als sie vor mir davonlief, lag in ihren Augen keine Panik, sondern Verwunderung. Das Erstaunen war ihre letzte Empfindung.

Vielleicht lag es daran, dass ihr Tod zu meinem Schutz, Andreas` Dahinscheiden jedoch ganz sicher aus Zorn geschah.

Kapitel 13

Sonntag, 2. Oktober 2022

21:00 Uhr

Am Abend werden wir vom heftigsten Unwetter heimgesucht, das ich je erlebt habe. Draußen tobt der Sturm. Wir sehen bereits auf dem Heimweg ein Gewitter kurz vor Einbruch der Dämmerung auf uns zukommen. Noch eine Stunde zuvor war es windstill und die Luft klar gewesen. Nur die eisige Kälte ist etwas Greifbares.

Im Autoradio läuft sanfte Soulmusik, aber bei jedem Blitz gibt es laute Störgeräusche von sich. Es ist nach einundzwanzig Uhr. Lukas sollte eigentlich schon im Bett sein, auf dem Rücksitz ist es ruhig, selbst Emma gibt keinen Mucks von sich. Der Plan war ein frühes Abendessen, damit wir rechtzeitig zuhause sein konnten, aber als wir dort ankamen, war mir klar, dass Theos Mutter die Zeit mal wieder hinauszögerte. Sie nahm keine Rücksicht darauf, dass Lukas zeitig ins Bett muss. Theo hat eine Schwäche für seine arme kleine Mama. Seit dem Tod seines Vaters ruft sie uns ständig an, wenn sie etwas braucht. Dabei spricht sie mit der gleichen koketten Stimme, mit der sie früher ihren Mann um den Finger wickelte. Sie redet so schnell, dass einem davon schwindlig wird. Mama ruft, Theo springt seit eh und je, als wäre die biologische Tatsache Sohn für irgendetwas verantwortlich. Wie ich das hasse.

Er geht natürlich zu ihr und verbringt einen Nachmittag mit ihr im Garten, sie umschmeichelt ihn, serviert ihm Kaffee und Kuchen und überhäuft ihn mit Lob. Und Theo lächelt stolz, isst die Torte (Theo liebt Torten), die sie als Belohnung für ihn backt. Mit diesem Austausch von Dienstleistungen und Backwaren teilen sie sich gegenseitig was auch immer mit. Also lasse ich die beiden gewähren.

Auf dem Heimweg kämpfe ich mit mir und stoße im Auto ein verärgertes Seufzen aus. „Jetzt sind wir wieder so spät zuhause."

Als unser kleiner Vorrat an unverfänglichen Themen erschöpft ist, verfallen wir in Schweigen. Lukas zappelt im Kindersitz herum. Die Fahrt verläuft in demonstrativem Schweigen, doch dann sieht Theo mich an, legt seine Hand auf meinen Oberschenkel, lächelt.

„Du siehst heute wunderschön aus, Julia", sagt er.

Seine unerwartete Zärtlichkeit liegt noch immer in der Luft, als wir uns dem Haus nähern. Ich finde ein schiefes Lächeln.

*

Noch bevor wir in die Johannisgasse einbiegen, nehmen wir die blauen Lichter wahr. Sie blinken an den Wänden der großen Häuser, die sich über dem Hang hinter unserem Haus erheben und erleuchten sie in einem flackernden Blau. Still und dennoch schreiend.

„Meine Güte", sagt Theo. „Da muss etwas passiert sein."

Ich beuge mich vor, versuche, die Quelle der leuchtenden Lichter zu erkennen, während Theo bremst, um die scharfe Kurve zu nehmen, die zu unserer Straße führt. „Vielleicht ist es die Feuerwehr."

In der Ferne schwebt ein bedrohlicher Nebel über dem Starnberger See. Mir ist seltsam zumute. Heißt es nicht, dass im Nebel der Tod lauert? Ich spüre Verderben, Unheil, Tod.

Ein kreischendes Geräusch ertönt, es wird schnell lauter, und kurz darauf erkenne ich eine Polizeisirene, eine Hupe lärmt an der Kreuzung, Bremsen quietschen. Die Sirene erreicht ihre größte Lautstärke, als das Polizeiauto am Ende der Johannisgasse hält und die Straße blockiert; dann wird sie langsam wieder schwächer.

Wir bahnen uns einen Weg zum Haus. Ich sehe einige vertraute Gesichter.

„Was ist das, Mama?", fragt Lukas auf dem Rücksitz.

Für gewöhnlich ist er ganz aus dem Häuschen, wenn er ein Einsatzfahrzeug sieht, aber er spürt unser Unbehagen.

„Vermutlich ein falscher Feueralarm, Lukas."

„Oder ein zerlegtes Kaninchen!", widerspricht Emma.

„Sei still!", warne ich sie. Ich möchte Lukas vor dem Kaninchenhorror schützen. Er ist noch zu klein und zu sensibel für solche Geschichten.

Sobald wir den Kastanienbaum hinter uns gelassen haben, sehen wir das zweite Polizeiauto am Straßenrand. Gleich dahinter steht ein weiteres, neben unserem Tor ein viertes. Die Sirenen sind ausgeschaltet, die Blaulichter eingeschaltet, so eindringlich in ihrer Intensität und alarmierenden Stille.

„Cool", quietscht Emma. „Wieso stehen die vor unserem Haus?"

Theo beugt sich ebenfalls vor. „Ich weiß es nicht", antwortet er.

Der Wagen gleitet langsam zum Tor und hält neben einem der Polizeifahrzeuge. Hinter dem letzten Polizeiauto steht ein Krankenwagen, ebenfalls lautlos und mit Blaulicht, das sich vom Nachthimmel abhebt. Wir sitzen einfach nur da und starren auf unser Haus.

Mich überfällt das heftige Verlangen, weiterzufahren und diesen Ort schnell zu verlassen. Die Leute auf der Straße starren uns an, aber niemand kommt auf uns zu. Das Absperrband der Polizei hält sie davon ab. Meine Seele schreit. Ich scheuche die stillen Laute davon wie ein aufsässiges Tier.

Ein junger Polizist in Uniform kommt auf uns zu. Er geht langsam, nichts in seiner Körperhaltung deutet auf eine akute Bedrohung hin, nichts, was auf einen Notfall hindeutet. Theo lässt das Fahrerfenster herunter, der Polizist beugt sich zu uns hinunter. Er hat ein junges ebenmäßiges und offenes Gesicht, als sei er gerade erst erwachsen geworden.

„Guten Abend. Nico Braun, Kripo Starnberg", sagt er.

„Theo Hagen, wir wohnen hier."

Ich lehne mich über die Handbremse, sehe den Polizisten an. „Ist etwas passiert?"

Der Polizist räuspert sich. „Jemand wurde im Haus tot aufgefunden."

Wir spüren das Gewicht seiner Worte. *Jemand wurde tot aufgefunden*. Es klingt, als ob ein Fremder in unserem Garten zusammengebrochen ist, aber das ist nicht der Fall. Das hier betrifft uns. Mit dem Oberkörper zur Fahrerseite gelehnt, habe ich einen guten Blick auf das Haus. Unsere Wohnung ist dunkel wie die von Samuel und Cora. In den anderen Wohnungen brennt Licht.

Theo hebt erstaunt die Augenbrauen. „Wie bitte?"

„Ja, leider", antwortet Braun.

Ich will nicht fragen, will die Worte nicht aussprechen, will es nicht wissen, zumindest nicht im Beisein meiner Familie. Mein Herz flattert wie ein eingesperrtes Vögelchen. Aber Theo macht mir einen Strich durch die Rechnung.

„Wer wurde denn tot aufgefunden?", fragt Theo.

Eine überflüssige Frage, ich weiß es: Das Fehlen von Schritten im Obergeschoß, das ganze Wochenende über. Die unbeantwortete Textnachricht, die Tür, die nicht geöffnet wurde. Der Schauer, der mich durchfuhr, als ich im Flur stand. Der seltsame Geruch.

„Andreas Tauber", antwortet der Polizist.

Die Worte treffen mich wie Messerstiche in die Brust, nur dieser emotionslose, verständnislose Zustand, von dem ich annehme, dass es ein Schock ist, verhindert, dass ich ohnmächtig werde. Stattdessen atme ich ein und aus, schnell und hörbar, als wäre ich meilenweit für eine Olympiade gejoggt.

Theo dreht sich zu mir um. Seine Augen sind weit aufgerissen, als könne er nicht glauben, was er gehört hat. Etwas schnürt mir die Kehle zu, erschwert mir das Atmen, wie in dem Traum, in dem ich nach meinen Kindern gesucht habe. Ich bleibe ganz ruhig sitzen, spüre die Wucht des Ganzen: Es ist unmöglich, von dem, was wir gerade erfahren haben, nicht betroffen zu sein. Mehr noch, es wird bei uns allen Spuren hinterlassen. Selbst bei Lukas. Er weint.

Kapitel 14

Sonntag, 2. Oktober 2022

21:10 Uhr

Wir bleiben draußen auf dem Rasen stehen. Am Himmel steht der Vollmond. Lukas liegt in Theos Armen, sein Gesicht an den Hals seines Vaters gedrückt. Ich stehe neben Emma. Wir schauen hinauf zum Haus, vorbei an der langen Reihe von sechs Küchenfenstern, die zu unserer Wohnung gehören und richten unsere Blicke auf die Wohnung in der Reihe darüber, wo Menschen umhergehen. Man sieht nur ihre Schatten.

Ich strecke einen Arm aus und versuche, Emma an mich zu ziehen. Sie kommt aber keinen Schritt näher. Als meine Tochter auf die Welt kam, fühlte sich der Morgen schwer und tief an. Die Panik kam schnell und zerrte mich in einen Zustand, den ich bis dahin bewusst vermieden hatte. Ich war ein Vulkan vor dem Ausbruch und kämpfte darum, sie in mir zu behalten. Ich war damals nicht bereit für dieses Kind, vielleicht bin ich es auch heute nicht. Theo wusste, dass ich ihm während der Schwangerschaft etwas verschwieg, aber er hakte nicht nach, vermutlich hatte er Angst davor, was er hören würde. Ich verstand das. Wir alle haben das Recht, gewisse Erwartungen an andere und an uns selbst zu haben. Ich wusste von Anfang an, dass ich für dieses Mädchen keine gute Mutter sein würde. Emmas dunkle Babyaugen starrten in meine. Die Krankenschwester bot an, sie zu nehmen, während ich schlief. Aber ich konnte nicht einschlafen, ich musste sie weiter anstarren. Manche Mütter mögen das Liebe nennen, aber für mich fühlte es sich seltsam an. Ich dachte nicht daran, sie großzuziehen, sie zu umsorgen, nicht daran, wer sie werden würde. Ich wollte mit ihr allein sein. In diesem surrealen Moment wollte ich jeden Pulsschlag spüren, weil ein Teil von mir wusste, dass wir uns später nie wieder so nah sein würden.

Im Fenster der Erdgeschoßwohnung neben unserer Wohnung entdecke ich Hannah Küpper. Ihre Gestalt ist unverwechselbar. Die schmalen Schultern, der Körper, kurz, aber mit einer gewissen Kraft und Fülle, das kurze, stachelige Haar, das sie als modern bezeichnet, aber in Wahrheit alles andere als das ist. Die Nase ist lang und aristokratisch, das Kinn so klein, dass es fast in ihrem Hals verschwindet.

Der Garten und die Straße müssen aus ihrer Sicht ein aufregendes Szenario bieten, all die leuchtenden Polizeiautos, all die Menschen. Sie sieht uns, grüßt aber nicht. Dann verschwindet sie aus dem Fenster.

„Da ist doch..." sagt Theo.

„Ja", erwidere ich.

Lukas schnieft gelegentlich. Die Geräusche, die er von sich gibt, werden größtenteils an Theos Hals erstickt, so dass ich nicht sicher bin, ob er noch weint oder aufgehört hat. Ich lege meinen Arm um Emma, drücke sie an mich.

Die Haustür geht auf, Hannah marschiert zielstrebig auf uns zu. Mir fällt auf, dass ich selten eine solche Entschlossenheit in ihren Schritten gesehen habe. Nicht, dass sie besonders aufgeregt wirkt, ihr Gesicht ist ernst, aber sie strahlt eine Dynamik aus, die sie sonst nicht hat.

Sie kommt zuerst auf mich zu, umarmt mich und zieht mich an sich, so dass ich ihr strenges Parfüm rieche. Schaukelt mich dreimal hin und her, bevor sie mich loslässt und mich von sich wegschiebt, als wolle sie mich erforschen.

„Oh, Julia", sagt sie, als wäre ich ein Kind.

Mir fehlen die Worte, was soll ich sagen? Ich habe von all dem noch nichts begriffen. Alles fühlt sich vorübergehend an, als sei es nur einer besonders lebhaften Fantasie oder einem Albtraum entsprungen. Zweimal blinzeln und es ist vorbei. Der Garten und die Straße werden wieder so sein wie vorher. Die blauen Lichter, die Menschen, das stille Grauen wird sich in nichts auflösen.

Hannah schüttelt den Kopf. „Nein, nein", sagt sie. „Das alles ist so furchtbar. Ich kann es nicht glauben, kann es einfach nicht glauben."

„Hm...."

Ich bin nicht einmal in der Lage, es zu sagen, im Gegensatz zu Hannah, die so mühelos drauflos plappert. Sie lässt mich los, geht zu Theo, umarmt ihn, behutsamer, da er den schluchzenden Lukas auf dem Arm hat. Dann ist Emma an der Reihe.

„Und jetzt du, liebe kleine Emma", sagt Hannah. Sie seufzt tief und streicht meiner Tochter übers Haar.

„Wo ist denn Charis?"

Es sind die ersten Worte meiner Tochter, seit der Polizist diesen ominösen Satz in unser Auto gepflanzt hat: *Jemand wurde tot aufgefunden*.

„Soweit ich weiß..." Hannah blickt in die Luft, als müsse sie sich konzentrieren, um unzählige Informationen zusammenzutragen, „ist sie noch mit Marleen unterwegs. Sie sind noch nicht zurück, obwohl sie natürlich informiert wurden." Sie schüttelt den Kopf. „Nein, oh je, das arme Kind. Es ist so schrecklich."

„Ja ..." Ich halte inne, schweige.

Hannah sieht mich mit den Augen eines wachsamen Glühwürmchens an, sie ist bereit. Es gibt nichts, was sie lieber tun würde, als zu helfen, als Fragen zu beantworten. „Es ist so schrecklich. Severin und ich waren gerade beim Abendessen, als die Polizei kam."

Schweigend schauen wir daraufhin zum Haus hinauf. Hannah dreht sich um und schaut in die gleiche Richtung. „Und das in unserem Haus", sagt sie. „Das ist unfassbar. Diese Gegend war immer so sicher. Severin und ich wohnen seit fünfzehn Jahren in Berg, noch nie ist so etwas passiert. Von dieser Kaninchensache mal abgesehen."

Das Loch in meiner Brust schmerzt. Ich kann nicht mehr richtig atmen, spüre, wie die Panik kommt. Ich will ins Haus, in unsere Wohnung, weg von Hannah, weg von meiner Familie. Ich möchte allein sein, wenn mich das Geschehen mit voller Wucht trifft. Aber niemand hat gesagt, dass wir hineingehen dürfen.

Die Eingangstür wird wieder aufgestoßen, eine Polizistin verlässt das Haus, sie kommt in unsere Richtung. Ich vermute, dass sie wissen möchte, wer wir sind. Sie wird uns näher informieren und Klarheit schaffen. Zu viele hin- und hergereichte Worte, bis ich mich nach einer unerträglich langen Zeit irgendwo allein hinsetzen und die riesige schwarze Welle, die gegen den Grund meiner Kehle schlägt, über mich hinwegspülen kann. Und ich weiß nicht, wie lange ich sie zurückhalten, wie sehr mein Wille noch Widerstand leisten kann. Ich hoffe, dass es schnell vorbei sein wird.

Die Polizistin bleibt neben uns stehen.

„Hallo", sagt sie „Mein Name ist Mo Celta, Kripo Starnberg. Ich leite die Ermittlungen."

Sie streckt mir ihre Hand entgegen. In diesem Moment denke ich nur, dass ich sie nicht nehmen kann, aber mein Körper handelt wie ein Autopilot, ich lege meine kalte Hand in ihre. Sie wird spüren, dass sich das Blut in meinen Adern in Eiswasser verwandelt hat.

„Julia Hagen." Meine Stimme klingt kalt, mechanisch, aber das fällt niemandem auf.

Die Kommissarin schüttelt auch Theo und Hannah die Hand. „Sie können jetzt in Ihre Wohnungen gehen", sagt sie mit einer hellen, freundlichen Stimme. „Es wird gleich jemand zu Ihnen kommen, um Ihnen ein paar Fragen zu stellen. Werden Sie den ganzen Abend zu Hause sein?"

Theo und ich nicken.

„Gut. Dann können Sie jetzt reingehen, die Kinder ins Bett bringen und das tun, was Sie sonst auch tun würden. Wir sind in Kürze bei Ihnen."

Sie geht an uns vorbei, hinunter zu den Polizeiautos am Tor. Eine merkwürdige junge Frau, denke ich. In ihrer übergroßen Metallica-Jacke und der grünen Wollmütze, die das braune Haar bis auf den Pony vollständig verdeckt, ähnelt sie eher einem Mädchen als einer jungen Frau. Sie ist dünn, extrem dünn.

Theo und ich tauschen Blicke aus, er sieht erschöpft aus. „Na, dann sollten wir besser reingehen."

Lukas stößt einen Schluchzer aus. Ich nehme Emmas warme Hand, lege sie in meine. Überraschend lehnt sie sich mit ihrem ganzen Gewicht an mich und lässt sich von mir halten.

Geht doch, denke ich.

Ein paar Schritte Niemandsland bis zum Haus, so kommt es mir vor. Im Treppenhaus spüre ich es wieder: ein eisiger Hauch, ich rieche den Tod.

Ein blutiges Zeichen

Andreas ist tot. Ein blutiges, grausames Zeichen wurde gesetzt, ein Sündenfall beendet. Geträumt habe ich es so oft. Man hätte ihm noch das Haar abschneiden und den Kopf mit dem Messer kahlscheren sollen. Dann hätte dieser Seitenspringer keine so gutaussehende Leiche abgegeben. Stattdessen hat der Täter sich etwas Perfideres einfallen lassen. Die Polizei wird aber das Rätsel lösen, da bin ich mir sicher. Weshalb verfügen sie sonst über Profiler im Mitarbeiterpool. Diese Leute werden von einem Symbolmord sprechen. Sexualtäter zerstören die Geschlechtsorgane ihrer Opfer. Das hätte er zwar auch verdient, aber dazu fehlte dem Täter wohl die Zeit.

Ich lache laut auf, erschrecke mich aber beinahe selbst von dem Geräusch, ich lache nie. Oder nur, wenn es einem Zweck dient: jemanden beruhigen, Zustimmung ausdrücken, soziale Zugehörigkeit signalisieren, Anspannung auflösen, diese Dinge.

Fakt ist, dass ich es wollte, und es am Ende auch konnte.

Ich ringe meinen Zorn nieder, zwinge mich, ruhig zu werden und logisch darüber nachzudenken, das Problem von außen zu betrachten.

Julia war in der Wohnung, aber etwas hat sie davon angehalten, das Arbeitszimmer von Andreas zu betreten. Was war es? Darüber zerbreche ich mir den Kopf. Danach stand sie eine Zeitlang am Fenster, die Schuld einer Ehebrecherin stand ihr ins Gesicht geschrieben.

Anfangs habe ich angenommen, Andreas sei der Don Juan und Julia wehrlos, eine Frau, die ihm erlag, die sich hasste, als sie beschmutzt neben ihm aufwachte. Aber ich habe mich getäuscht. Julia wollte ihn nicht in Ruhe lassen. Sie ist diejenige, die wie eine läufige Hündin hinter ihm herlief. Ich werde mich um sie kümmern. Ein bisschen Abwechslung kann nicht schaden. Ab sofort lasse ich sie nicht mehr aus den Augen. Ihr Mann hat bis heute keinen Verdacht geschöpft, er vertraut ihr voll und ganz, dieser Dummkopf, obschon sie seine Freundlichkeit und das bedingungslose Vertrauen ausgenutzt hat.

Ich komme um das Unvermeidliche nicht herum.

Ich werde mich ihrer annehmen. Nicht mehr und nicht weniger.

Das ist meine Pflicht.
Denn Julia ist die Schlange im Sündenfall Tauber.

Kapitel 15

Sonntag, 2. Oktober 2022

22:00 Uhr

Lukas fallen trotz der Aufregung der vergangenen Stunden nach einer einzigen Seite von *‚Großvater Dämmerlicht'* die Augenlider zu. Kurz darauf atmet er langsam und rhythmisch.

Obwohl Theo im Wohnzimmer ist, gehe ich nicht wieder zu ihm. Ich lege mich stattdessen neben Lukas und lausche Theos Schritten. Vielleicht räumt er gerade auf oder trägt die Wäsche ins Badezimmer.

Emma ist nebenan in ihrem Zimmer, es ist still, wahrscheinlich hat sie ihre Kopfhörer auf. Ich sollte zu ihr gehen, sie fragen, wie es ihr geht. Mich auf die Kante ihres Bettes setzen, ihr zuhören. Ihr umsichtige Worte über all das sagen, Worte, an die sie sich später erinnern, an die sie sich halten kann, wenn sie allein im Bett liegt und Angst hat. Ich schaffe es aber nicht. Ich war bei ihrer Geburt die einzige Mutter, die nicht so tun konnte, als wäre sie funktionsfähig, mein Gehirn steckte im Schraubstock der Schlaflosigkeit. Die einzige Mutter, die auf ihre winzige Tochter hinabblickte und dachte: *Bitte. Geh weg.* Als Baby weinte Emma nur, wenn sie bei mir war. Es fühlte sich an wie Verrat. Wir sollten uns doch gegenseitig wollen.

Meine Gedanken fliegen in alle Richtungen, sobald ich versuche, sie zu wollen, aber selbst heute kann ich es nicht. Genauso wenig weiß ich, ob ich für Theo die richtigen Worte finde, falls es die denn überhaupt gibt. Ich möchte lieber neben meinem schlafenden Wunschkind Lukas liegen und all die Lego-Figuren bewundern, die in Reihen entlang des Regals an der Schlafzimmerwand stehen, sortiert nach Größe – eine Parade zusammengesetzter Gestalten aus Lukas` Phantasiewelt. Ich will erst dann zu Theo hinaufgehen, wenn ich mir meiner Reaktionen sicher bin. Nicht, dass ich aus Versehen mitten in der Küche in Tränen ausbreche oder fuchsteufelswild werde und mit meinen Fäusten gegen die Wand hämmere. Theo wird keinen Verdacht schöpfen, selbst wenn ich ein paar Tränen vergieße, aber es wäre mir trotzdem unangenehm, wenn er mich so sehen würde, als ob meine Tränen Schändliches enthüllen könnten. Ich möchte ihn lieber nicht sehen, bis ich absolut sicher bin, dass ich die schwarze Welle unter Kontrolle habe. Im Moment bricht sie an meinem Hals. Sie droht noch nicht, mich zu überrollen.

Lukas` Legofiguren heben sich als finstere Schattenrisse von der Wand ab. Ich versuche, keine Gedanken zu fassen, will keine Schlussfolgerungen ziehen. Andreas ist nicht wegen eines unentdeckten körperlichen Defekts zusammengebrochen. Nicht, wenn zwei Polizeifahrzeuge vor dem Haus stehen, nicht, wenn jede Menge Polizisten in seiner Wohnung hin und her laufen, nicht, wenn die Kripobeamten vorbeikommen, um mit uns zu sprechen. Was ist da oben passiert? Wo waren wir, als es passierte? Hat Andreas sich selbst etwas angetan oder wurde er das Opfer eines Gewaltverbrechens? Wie ist es möglich, dass in einem Haus wie dem unseren, mit seinen dünnen Wänden, eine unaussprechliche Gewalttat in einem Stockwerk begangen wurde und sich dabei das normale Familienleben im Stockwerk darunter weiter abspielte? Ich will diesen Gedankengängen nicht nachgehen, jedenfalls nicht jetzt.

Ich zähle Lukas` Atemzüge. Jetzt möchte ich ein Kind sein und so friedlich schlafen wie Lukas. Unterdessen wird alles außerhalb unserer Wohnung auf den Kopf gestellt.

Erst als ich unsere Türklingel höre, verlasse ich das Zimmer. Ich küsse Lukas noch schnell auf die Stirn, streiche ihm mit der Hand über das zerzauste Haar und verlasse das Zimmer. Emmas Tür ist geschlossen, kein einziger Laut ist zu hören. Ich spüre einen scharfen Schmerz in meiner Brust. Ich hätte hineingehen, das Gespräch mit ihr führen sollen. So etwas tut man als Mutter. Jetzt ist es zu spät. Mo Celta steht vor der Tür und will mit uns sprechen. Mit schweren Schritten und dem nagenden Gefühl, Emma im Stich gelassen zu haben, gehe ich ins Wohnzimmer.

Mo Celta stellt uns Fragen, während Nico Braun, ihr Kollege mit dem kantigen Kiefer, sich in unserer Wohnung umschaut. Nico steht eine Weile an der Küchenfensterfront, studiert jedes einzelne Fenster, öffnet und schließt sie, fummelt an den Verschlüssen herum.

Theo hat den beiden Beamten Kaffee angeboten, den sie abgelehnt haben. Kommissarin Celta setzt sich uns gegenüber an den Küchentisch. Ich frage mich, wie alt diese Kindfrau sein mag? Vielleicht Ende zwanzig, Anfang dreißig? In Gedanken nenne ich sie beim Vornamen: *Mo*. Es ist angenehmer, ein bisschen vertrauter, so, als würde die Kommissarin uns nur besuchen, statt uns zu befragen. Der

Name passt zu ihr.

Mo öffnet ihr iPad und unterbricht die Stille. „Okay, wir können anfangen."

Theos Mund ist geöffnet, er ist kurz davor einzunicken. Ich schubse ihn an. Er schreckt sofort auf und nimmt eine kerzengerade Position auf dem Stuhl ein. Die Kindfrau greift sich einen Computerpencil und öffnet eine Datei.

„Können Sie mir den Ablauf Ihres Wochenendes schildern?"

Theo und ich sehen uns an.

„Sie meinen, was wir getan haben?", fragt Theo.

„Das meine ich."

Ich räuspere mich. „Emma hatte gestern eine Ballettprobe für eine Aufführung in der Schule. Wir waren beide dort", antworte ich.

„Und ich bin mit Lukas zu einem Freund nach Percha gefahren", sagt Theo. „Wir waren den ganzen Tag unterwegs."

Mo nickt zufrieden. „Sehr gut."

Theo lächelt mich an, als hätten wir gerade ein schwieriges Rätsel gelöst.

Nico Braun rüttelt an einem der Fenster.

„Dann wären da noch die genauen Uhrzeiten", fährt Mo fort. „Ich meine, ich verstehe, dass da Erinnerungslücken sein können, aber versuchen sie beide möglichst präzise zu sein."

„Die Ballettprobe begann um zehn Uhr", beginne ich. „Ich habe Emma hingefahren. Von zehn Uhr bis etwa elf Uhr war ich joggen, danach im Supermarkt einkaufen und kurz nach zwölf in der Ballettschule. Eine Stunde später bin ich dann nach Hause gefahren. Emma hat eine Freundin besucht."

Ich vermeide es, Theo anzusehen. Ich war kurz nach dreizehn Uhr zu Hause, habe mehrere Stunden allein in der Wohnung verbracht. Daran ist vermutlich nichts Verdächtiges, schließlich ich wohne hier.

„Wo waren Sie denn joggen?"

Ich werde nervös. „Am Vogelherd."

„Ist Ihnen da nichts aufgefallen?"

Das Blut schießt mir in den Kopf. Ich will nicht darüber reden. „Nein, wieso fragen Sie?"

„Nur so", antwortet sie und sieht jetzt Theo an.

„Ich glaube, ich bin gegen halb zehn aufgebrochen." Theo dreht sich zu mir um. „Es war doch ungefähr halb zehn, Julia?"

Ich nicke.

Jetzt rüttelt es an einem Fenster im Wohnzimmer. Nico Braun hat sich einen Weg nach draußen gebahnt. Ich lasse Mo nicht aus den Augen. Der Kopf der jungen Frau neigt sich zum Tisch, ein Lächeln hebt ihre Mundwinkel. Das Ganze macht ihr Spaß, glaube ich. Es ist ein Spiel für sie.

„Ich war gegen halb elf bei meinem Freund", fährt Theo fort. „Ich habe ein E-Bike." Es ist rührend, wie stolz Theo wirkt, als er das sagt. „Zu Hause war ich wieder nachmittags gegen halb fünf."

Nico Braun schlägt das Wohnzimmerfenster zu. „Dieses Fenster im Wohnzimmer, ist das normalerweise geschlossen?", ruft er uns zu.

„Ja", antworte ich.

„War es am Freitag und Samstag geschlossen?"

Theo und ich sehen uns an.

„Ich glaube schon", antwortet Theo. „Vielleicht haben wir es morgens kurz zum Lüften geöffnet, zwanzig Minuten vielleicht. Als wir gingen, waren alle Fenster geschlossen."

Braun denkt über seine Worte nachzudenken. Eine Weile ist es still, dann rattert der Schließmechanismus erneut.

„Okay, das war der Samstag. Und wie sieht es mit Freitag aus?", fragt Mo.

„Wir haben beide gearbeitet", antwortet Theo. „Ich habe Lukas vom Kindergarten abgeholt und war gegen halb fünf zu Hause. Emma war nach der Schule bei einer Freundin und gegen fünf Uhr zuhause. Julia kam kurz nach fünf."

„Später", widerspreche ich. „Fünf Uhr dreißig."

„Richtig, fünf Uhr dreißig. Und dann waren wir den ganzen Abend zu Hause. Haben Pizza gegessen und *‚Mensch ärgere dich'* nicht gespielt. Als die Kinder im Bett waren, gab's für uns noch einen Film, wie hieß der noch mal, Julia?"

Mo lächelt, natürlich spielt es keine Rolle, welchen Film wir gesehen haben. Ich zucke mit den Schultern, aber Theo gibt nicht auf.

„Hatte der Titel nicht mit London zu tun?"

„Ich bin sicher, dass es nicht so wichtig ist, Theo", antworte ich.

„Und was ist mit heute, Frau Hagen?", bohrt Mo weiter.

„Wir waren heute Morgen zu Hause und sind gegen zwölf zu Theos Mutter nach Starnberg gefahren, damit Lukas dort notfalls ein Nickerchen machen kann. Als wir nach Hause kamen, waren Sie schon da, so gegen einundzwanzig Uhr?"

Mos Finger wandern schnell über das Notebook, sie notiert alle Einzelheiten.

„Wann haben Sie die Familie Tauber zuletzt gesehen, Herr Hagen?"

Theo denkt einen Moment nach. „Ich habe Marleen am Freitagmorgen im Treppenhaus getroffen, Frau Celta. Sie wollte mit Charis übers Wochenende verreisen."

„Und Sie?" Die Polizistin sieht mich an.

Ich starre in die Ferne, als würde ich versuchen, mich zu erinnern. In Wahrheit denke ich aber an die SMS, die Andreas mir am Freitag geschrieben hat. Unser letzter Kontakt, natürlich werden sie danach fragen. Es wäre seltsam, die Nachricht nicht zu erwähnen, fast verdächtig. Ich sollte der Polizei davon erzählen, auch von der SMS, die ich ihm am Samstag geschickt habe, und dass ich keine Antwort erhalten habe. Das könnte wichtig sein. Aber Theo sitzt neben mir. Wenn ich die Nachrichten jetzt erwähne, wird die Hauptkommissarin sie sehen wollen. Ich müsste mein Handy aus der Handtasche fischen und auf den Tisch legen, und alle drei könnten sie dann lesen.

Ich werde das ganze Wochenende allein zu Hause sein.

War es das, was er geschrieben hatte? Oder war es noch kompromittierender? Jedenfalls würde die Nachricht Fragen aufwerfen! Aber hat die Polizistin nicht gefragt, wann wir sie zuletzt gesehen haben? *Gesehen haben...*

Faktisch ist die Nachricht irrelevant.

„Ich habe Andreas letzte Woche im Treppenhaus gesehen", antworte ich. „Und Marleen und ihrer Tochter habe ich im Supermarkt getroffen. Das war, mal überlegen, am Mittwoch. Ja, am Mittwoch."

So einfach ist das. Mo macht eine Notiz – und Theo erfährt nichts. Aber damit ist die Sache mit der SMS noch nicht erledigt, sie wird zur Sprache kommen, spätestens, wenn die Spurensicherung Andreas` Handy checkt. Ich sollte die Hauptkommissarin beiseitenehmen. Mit ihr unter vier Augen sprechen, ihr meine Sünden beichten. Dass ich die SMS nicht vor Theo erwähnen will, ist nur verständlich. Verwerflich vielleicht, aber trotzdem verständlich. Ehebruch ist ja im rechtlichen Sinne kein Verbrechen. Ich muss es ihr sagen, wenn nicht jetzt, dann später. Ich kann Mo im Kommissariat anrufen. Morgen, vom Büro aus. Oder an einem anderen Tag.

Nico Braun hat seine Recherche im Wohnzimmer beendet. Mo

legt ihren Stift beiseite. Sie schaut uns abwechselnd an, der Ausdruck in ihrem attraktiven Gesicht ist voller Ernsthaftigkeit.

„Ich möchte sie beide noch über einige Fakten informieren", sagt sie mit dunkler Stimme. „Die Person, die tot aufgefunden wurde, ist Andreas Tauber."

Die schwarze Welle in meiner Brust brandet gegen meinen Gaumen, ein Schluchzen entweicht mir. Theo sieht mich an, legt aber seine Hand nicht auf meine. Ich schlucke, will kein weiteres Schluchzen ausstoßen, aber ich kann es nicht aufhalten. Ich muss raus, die Welle darf mich nicht in meiner Küche überrollen, nicht unter den Augen meines Mannes, wenn der Damm bricht.

Die Polizisten wollen sich noch die restlichen Fenster ansehen, bevor sie gehen. Theo nimmt sie mit in unser Schlafzimmer. Ich finde meine Sporttasche im Flur, gehe ins Bad, ziehe mir meine Trainingskleidung an. Ich achte darauf, mich nicht im Spiegel zu betrachten, sondern nehme mich nur aus den Augenwinkeln wahr, wie einen Schatten. Unter keinen Umständen möchte ich meinem eigenen Blick begegnen. Ich finde mich nicht hinein in diesen Abend, bleibe in meinem Kokon, verspinne mich weiter. Im Flur ziehe ich meine Sportjacke an, binde die Schnürsenkel meiner Laufschuhe zu. Die Polizisten sind jetzt im Keller und begutachten das Fenster dort unten.

An der Treppe rufe ich ihnen „Ich gehe jetzt joggen" zu.

Sie drehen sich um.

Theo wirft mir einen verständnislosen Blick zu. „Jetzt?"

„Ja." Es klingt einigermaßen beiläufig. Mir fällt mir auf, dass Nico Braun und Theo sich ziemlich ähnlich sehen. Wenn man sie nebeneinander sieht, könnte der Polizist der jüngere Bruder von Theo sein.

„Ich bin mir nicht sicher, ob das im Moment ratsam wäre, Frau Hagen", gibt Mo zu bedenken. „Im Ort geht ein Tierquäler umher. Ich bin mir sicher, dass die Verstümmelung der Tiere das Vorspiel einer schlimmeren Tat ist."

Nico Braun sieht seine Kollegin entsetzt an. „Mo, was soll das? Das kannst du nicht machen!"

„Man muss die Menschen warnen, Nico", antwortet Mo ungerührt. „Sicher ist sicher." Dann sieht sie mich an. „Es ist Ihre Entscheidung, Frau Hagen."

Ich stehe da, lasse die Arme schwer an den Seiten hängen. Es muss für sie seltsam aussehen, dass ich jetzt im Dunkeln laufen will, ein verrückter Mörder treibt in der Nachbarschaft sein Unwesen.

Was habe ich da draußen zu suchen, wenn ich bei meinem Mann Trost, Unterstützung und Sicherheit bekommen kann? Meine Kehle ist zugeschnürt, die Welle ist kurz davor, mich zu überrollen, ich wünsche mir nichts sehnlicher, als außerhalb dieser vier Wände zu sein, wenn ich sie nicht mehr zurückhalten kann. Aber ich kann mich auch nicht im Beisein der Polizei durch absurdes Verhalten verdächtig machen.

Ich gebe nach. „Okay." Mo Celta hat mich besiegt, das macht ihre Welt ein bisschen sicherer, denke ich. Aus ihrem Rat leitet sie das Recht ab, für mich nicht die Verantwortung übernehmen zu müssen.

Ich gehe in die Küche, koche mir einen Tee. Gehe zurück ins Bad, betrachte mein Gesicht im Spiegel, sehe meine Betroffenheit, mein Haar hat sich aus dem Pferdeschwanz gelöst, meine Augen sind gerötet. Ich drehe die Dusche auf, das Wasser sprudelt aus dem Duschkopf und schlägt gegen die Fliesen, ich hoffe, dass es ausreicht und die Geräusche meiner Schluchzer dämpft, als ich auf dem Badezimmerboden zusammenbreche, ein Handtuch vor den Mund gepresst, und hysterisch weine.

Erkenntnisse

Nach Andreas` Tod ist es unmöglich, wie gewohnt weiterzumachen.

Niemand – außer der Täter – war bei ihm, als er starb, was gewiss kein großer Trost für ihn gewesen sein muss. Auch jetzt existiert kein großes Gefühl der Ruhe nach einem tosenden Sturm.

Ich mache am See einen Spaziergang. Denke an meine neue Liebe. Sie ist mir sehr nah. Wir haben uns berührt. Ich konnte ihren Duft schnuppern, ihren wunderbaren Duft, ihren Atem spüren. Jedes Mal, wenn ich sie ansah, entdeckte ich etwas Neues, das mir gefiel, das mich glücklich machte. Dass sie alle begehren, liegt vielleicht daran, dass sie hübsch ist. Das ist sehr irritierend. Ich will nicht, dass sie ohne mich glücklich ist!

Bei dem Gedanken übermannt mich eine innere Unruhe. Der Sündenfall fand durch den Tod sein Ende. Dennoch frage ich mich jetzt, warum es mir nicht als das Beste vorkommt, was mir je widerfahren ist.

Gerade diese Erkenntnis macht es mir unmöglich, die Johannisgasse zu verlassen, denn seine andere Frau lebt noch: Julia, die Schlange im Paradies. Ich muss in dieser Atmosphäre bleiben, mehr noch: Diese Erkenntnis gibt mir so viel Energie, dass ich etwas damit anfangen muss, denn das Gegenteil wäre unfair gewesen.

Das Gartenhäuschen ist voller Gerümpel. Ausrangierte Möbel, Pappkartons, offene Farbtöpfe. Ein überdimensionaler Rasenmäher. Wozu braucht Julia den? Der kleine Garten misst kaum zwanzig Quadratmeter Rasen, schätze ich, der Rest ist gefliest.

Ich puste in meine Hände. Es ist kalt im Schuppen. Ich bin zu leicht bekleidet, habe mich noch nicht daran gewöhnt, dass der Sommer vorbei ist.

Das Einzige, was mich stört, sind das Chaos um mich herum und die Spinnen. Zum Glück ist es nicht schmutzig, aber es ist so voll, dass ich zweimal gestolpert bin. Es wimmelt nur so vor Spinnen in diesem alten Schuppen, die an zahllosen ungeahnten Stellen Unterschlupf bietet. Man darf diese Tiere nie aus den Augen zu lassen. Eine Spinne, die man nicht sieht, ist unerträglich. Mit Julia ist es wie mit den Spinnen. Und deswegen macht es mich unendlich nervös, wenn ich weder weiß, wo sie ist, noch, was sie plant.

Ich schiele zu ihrer Wohnung, wollte ihr Gesicht sehen, wenn die Bullen bei ihr auftauchten. In diesem Moment steht sie vor der Anrichte in ihrer Küche und nippt abwesend an einem Teebecher. Wahrscheinlich trinkt sie Bio-Tee aus der Reihe ‚Frauenpower', eine Mischung aus Melisse, Schafgarbe, Johanniskraut, Brennnessel, Fenchel und einigen anderen Zutaten, die ich vergessen habe. Ihr Lieblingstee, wie sie in einem ihrer Facebook-Posts geschrieben hat.

Jetzt geht sie in die Diele, steckt den Schlüssel ins Schloss und schließt die Wohnungstür. Demnach macht sie sich langsam bettfertig. Theo sitzt vor dem Fernseher und lässt sich bondmäßig vollballern. Die Wohnungstür hat ein einfaches Schloss, für die Haustür braucht man aber den Code 1812, den ich geknackt habe. Wenn man die Tür langsam öffnet, macht das fast keine Geräusche.

Noch eine Viertelstunde, dann wird sie in der Wohnung das Licht löschen und ins Schlafzimmer gehen. Auf ihrem Bett liegt eine blaugraue Bettdecke, sie schläft auf der rechten Seite. In der Regel trägt sie kein Nachthemd, nur einfache Unterwäsche, weiß oder schwarz, gelegentlich auch dunkelblau. Sie liest oft im Bett, meistens Bestseller.

Im Moment stellt sie ihre Tasse auf den Küchentresen, beugt sich zum Küchenspiegel und zieht die Unterlippe nach unten. Sie sieht beschissen aus. Kein Wunder. Seit einer Woche leidet sie unter einem Ausschlag auf der Mundschleimhaut; in ihrem Badezimmer steht seit Tagen ein Glas Pyralvex gegen Aphthen auf ihrem Waschbecken. Randy Andy litt unter einem ähnlichen Wehwehchen.

Ich denke, sie ist fast auch so weit. Bald wird auch sie dran glauben müssen. Der Gedanke macht mich mehr oder weniger glücklich.

Ich werde die ganze Nacht in ihrer Nähe bleiben, obwohl ich friere.

Kapitel 16

Sonntag, 2. Oktober 2022

23:15 Uhr

Andreas erzählte gerne von seinen Reisen in Länder, in die er seine Arzneimittel exportierte. Je riskanter und unberechenbarer seine Erlebnisse waren, desto lieber erzählte er den Leuten davon, wenn er in Kriegsgebiete fuhr und dem Tod besonders nah kam. In diesem Zusammenhang war seine erste Reise nicht so spektakulär, und doch ist es diese Geschichte, an die ich mich am besten erinnere, weil er sie so stockend und widerwillig erzählte, ohne seinen üblichen Enthusiasmus als Geschichtenerzähler. Ich glaube sogar, dass er gar nicht vorhatte, mir davon zu erzählen.

Wir saßen in tiefen Sesseln in einer Art Pub in München, tranken beide einen Cognac, weil es dort angemessen schien, die goldene Flüssigkeit zu bestellen. Ich erwähnte einen Literaturpreis, den eine von mir betreute Autorin gerade gewonnen hatte, aber Andreas schien es nicht zu interessieren, er sah niedergeschlagen aus. Und dann, ohne ersichtlichen Grund, erzählte er mir diese Geschichte. Ich erinnere mich, wie schwer es ihm fiel, er sah mich kaum an, starrte auf das Whiskyglas in seiner Hand.

„Ich war außerhalb von Sarajewo mit dem Auto unterwegs, zusammen mit einem bosnischen Pharmaunternehmer und dessen Frau, als der Motor mitten auf einer Straße den Geist aufgab. Wir stiegen aus, beschlossen, ein Café ausfindig zu machen, um zu telefonieren und um Hilfe zu rufen. Die Gegend war nicht sehr sicher. Wir machten nur wenige Schritte, bis es plötzlich Kugeln hagelte. Instinktiv warfen wir uns hinter einem Autowrack am Straßenrand auf den Boden. Dann fielen wiederum Schüsse, dieses Mal von einem nahen Dach. Die erste Kugel flog nur wenige Zentimeter an meinem Ohrläppchen vorbei. Ich lag flach auf dem Boden, kroch unter das Autowrack. Unter dem Fahrgestell hörte ich nur, wie die Kugeln einschlugen. Ich schloss die Augen und war mir sicher, dass ich sterben würde.“

Dass sie am Ende alle überlebten, erwähnte er eher als nebensächlichen Fakt, die Geschichte selbst endete dort, als er mit geschlossenen Augen unter dem Autowrack lag und auf den Tod wartete.

Dann blickte er von seinem Glas auf und sagte mit einem schelmischen, halben Lächeln, das mich so oft verunsicherte: „Ich habe immer geglaubt, dass alles, was nach diesem Vorfall kommen würde, ein Bonus für mich sei. Ich hätte sterben können, aber ich bin nicht gestorben. Deshalb denke ich jetzt, dass ich, egal wie mein Ende sein wird, zufrieden sein werde, wenn es so weit ist. Verstehst du?"

Ich nickte. Das war auch das einzige Mal, dass wir darüber sprachen, gleich danach schlug er vor, dass wir nach Hause gehen sollten. Zu Hause in Berg versuchte ich, ihn noch einmal dazu zu bringen, darüber zu sprechen, aber es gelang ihm immer, das Gespräch auf etwas anderes zu lenken. Ich hatte in seinen Augen ein seltsames Flackern gesehen, als er mir erzählte, dass er sich auf Kosten der anderen geschützt hatte. Welche Art von Verständnis hatte er daraus gezogen, was glaubte er, dass es über ihn aussagte? Wie war er später mit dieser frühen Konfrontation mit dem Tod umgegangen?

Jetzt liege ich in Fötusstellung auf dem Badezimmerboden, schluchze in ein Handtuch und denke darüber nach, dass Andreas in Sarajevo am helllichten Tag beinahe erschossen worden war und seitdem geglaubt hatte, dass er später einmal zufrieden sterben würde. Vielleicht lässt sich darin ein gewisser Trost finden, oder zumindest hätte ich das wohl gedacht, wenn mir jemand davon erzählt hätte, aber so ist es nicht, nein, so ist es überhaupt nicht. Stattdessen wirkt es wie eine Verhöhnung dessen, was geschehen ist. Als ob sich eine Finsternis über Andreas gelegt hätte, als er dort unter dem Wrack lag, ein Fluch, der auf ihm lastete, weil er dem Tod ein Schnippchen geschlagen hatte, der ihn am Ende einholte, in Berg, in einem der sichersten Orte der Welt, als er allein in seinem eigenen Haus war. Ich drücke mir das Handtuch vor den Mund, damit mein Weinen nicht durch die Badezimmertür zu hören ist. Mein Körper zittert, ich habe keine Kontrolle über ihn und lasse es geschehen.

Danach ziehe ich mich aus, dusche, in Gedanken immer noch bei der Sarajewo-Geschichte, darüber, wie viele seiner Geschichten ähnlich waren, winzige Einblicke in das, was passiert war, ohne Verbindung zu dem, was davor oder danach kam. Kroch er an diesem Abend unter die Bettdecke und weinte? Hat er jemandem davon erzählt, vielleicht Marleen, einem Geschäftspartner, mit dem er zu

Abend gegessen hatte oder seiner Mutter am Telefon? Jetzt werde ich es nie erfahren.

Als ich mit dem Duschen fertig bin, sind die Polizisten fort. Theo sitzt im Wohnzimmer vor dem Fernseher. Ich gehe an ihm vorbei in die Küche, um mich nicht neben ihn setzen zu müssen. Er folgt mir nicht. Draußen sind die blauen Lichter der Polizeifahrzeuge ausgeschaltet. Ich drehe dem dunklen Garten den Rücken zu, grüble. *Hat Samuel gesehen, dass ich aus Andreas` Wohnung kam?* Ich schiebe den Gedanken beiseite. Ich will nicht darüber nachdenken, jedenfalls nicht jetzt. Ich meine, es sah doch so aus, als ob er mir geglaubt hat. Immerhin hat er mir die Eier gegeben. Wenn ich mich irre, dann habe ich ein Problem.

*

In dieser Nacht träume ich, dass ich mit Andreas verabredet bin. Ich versuche, nach oben zu gehen, aber ständig kommt mir etwas dazwischen, das ich erledigen muss. Ein Gewitter tobt über dem Starnberger See: Donnerschläge, Lichtblitze, sintflutartiger Regen. Es regnet so stark, dass ich die ganze Zeit über Feuerwehrfahrzeuge höre, deren Sirenen durch die Nacht heulen, getragen vom Wind, wie die verängstigten Schreie längst verendeter Kaninchen.

Mein Telefon klingelt, sein Name steht auf dem Display, ich drücke die grüne Hörertaste.

„Ich bin gleich da."

Als ich an der Wohnungstür klopfe, antwortet niemand. Ich trete ein, die Tür ist nur angelehnt. Dann stehe ich in der Mitte des Wohnzimmers. Auf dem Boden liegt sein Telefon. Ansonsten ist es dunkel, ich sehe nichts außer seinem Handy, dennoch weiß ich, dass jemand da ist.

Jemand, der sich in einer dunklen Ecke versteckt und mich beobachtet.

Kapitel 17

Montag, 3. Oktober 2022

09:30 Uhr

In der vergangenen Nacht habe ich mehrmals nach Lukas geschaut, seine Schlafzimmertür mit klopfendem Herzen geöffnet, aber er schlief die Nacht friedlich durch. Dann ging ich durch die Wohnung und vergewisserte mich, dass die Haustür verschlossen und die Alarmanlage eingeschaltet war. Ich blieb auch ein paar Mal vor Emmas Tür stehen. Eine Brandschutztür führt von ihrem Schlafzimmer in den Keller. Ich wollte nachsehen, ob sie verschlossen war, zögerte aber. Ich war mir nicht sicher, ob ich es tun sollte, ob es nicht eine Art Übergriff wäre – sie ist jetzt in der Pubertät und hat ein Recht auf ihre Privatsphäre. *Aber sie ist immer noch mein Kind*, dachte ich. So öffnete ich gegen vier Uhr morgens auch ihre Zimmertür einen Spalt und spähte in ihr Jugendzimmer. Sie schlief auf dem Rücken liegend, eine Hand neben dem Gesicht und den Mund halb geöffnet – für die Welt verloren.

Alles in ihrem Zimmer ist ordentlich. An den Wänden hängen Poster von Models in teurer Designerkleidung und gestellten Posen. Die Zimmer ihrer Freundinnen sind ähnlich dekoriert, es hat etwas Trauriges, dass diese jungen Mädchen mehr darauf bedacht sind, für andere attraktiv zu erscheinen, als darauf zu achten, was sie selbst mögen. Auf dem Regal über dem Bett steht ein gerahmtes Foto von Emma und zwei ihrer Freundinnen. Sie lächeln, die Arme umeinander gelegt, frei von dem Selbstbewusstsein, das sie so oft auf Fotos zeigen. Neben dem Foto liegt ihr Teddybär, der früher jede Nacht neben ihr lag, bis sie acht Jahre alt war. Ich gehe auf Zehenspitzen hinein und überprüfe die Brandschutztür, die fest verschlossen ist. Dann schleiche ich zu ihr, bleibe vor dem Bett stehen. Sie ist jetzt im Traumland, ich kann sie nicht erreichen. Auf ihrem Nachttisch liegen ihr Ballettmanuskript für *Handman* und mein alter iPod, den sie sich ausgeliehen hat, weil wir nicht wollen, dass sie in ihrem Zimmer ein Telefon oder Tablet hat. Enttäuscht stelle ich fest, dass sie die Einsamkeit einem iPad und unserer Gesellschaft vorzieht.

Ich war sechsundzwanzig, als ich erfuhr, dass ich mit ihr schwanger war und hatte gerade mein Studium abgeschlossen. Ich fühlte mich unbesiegbar, unbelastet von den Dingen, die die Generation meiner Mutter zurückgehalten hatte. Dann kam der leise Verdacht auf: eine ausbleibende Periode, ungewohnte Müdigkeit, Übelkeit. Ein Schwangerschaftstest brachte Gewissheit.

Als ich Theo davon erzählte, weinte ich und schluchzte heftig am ganzen Körper. „Ich möchte kein Kind, noch nicht."

„Okay, wir bekommen ein Kind", sagte er, legte seine Arme um mich und ließ mich lange Zeit nicht mehr los. „Ich werde dich unterstützen, egal was passiert."

Er hat es mir vor dreizehn Jahren versprochen. Aber damals wussten wir viel zu wenig, um zu verstehen, dass solche Versprechen nicht den Atem wert sind, den man braucht, um sie zu machen.

Nicht erzählen konnte ich Theo, dass ich das Gefühl hatte, seit Emmas Geburt um ein Jahrhundert gealtert zu sein. Dass mir jede Stunde, die ich mit meiner Tochter verbrachte, endlos vorkam. Mir fiel nie irgendeine Veränderung an ihr auf, bis Theo mich darauf aufmerksam machte. Ich versuchte, mich zu bessern, war zutiefst beschämt, wenn sie mich wegstieß, sobald ich versuchte, sie zu trösten. Wie hätte ich es ihr verübeln können, dass sie mich zurückwies?

Eingesperrt in unserer Wohnung, huschte sie als Kind ständig um mich herum wie ein Skorpion auf der Suche nach Beute. Ich ignorierte sie, wollte sie nicht bei mir haben und fragte mich, warum mein Verhalten mich nicht mit Scham erfüllte.

*

Ich spüre die Nachwirkungen der Nacht. Mein Kopf ist schwer und schwammig. Ich wünschte, ich hätte letzte Nacht etwas schlafen können, aber als ich im Bett lag, gerieten meine Gedanken außer Kontrolle: die Textnachricht von Andreas, die unheimliche Atmosphäre in der Wohnung über mir. Der Geruch von ... Blut. Samuels Gesicht, als ich mich umdrehte und ihn in der Tür sah, das unangenehme Gefühl, auf frischer Tat ertappt worden zu sein. Die Eier auf dem Küchentisch. Ich konnte nicht einschlafen.

Warum um alles in der Welt musste ich seine Wohnung betreten? Was für eine übergriffige Sache, mich uneingeladen einzulassen. Ich rutsche auf dem Küchenstuhl unruhig hin und her, fühle, wie kalt meine Hände jetzt sind. Könnte jemand in der Wohnung gewesen sein, während ich dort war?

Erst als Theo, Lukas und Emma aus dem Haus sind, spüre ich, wie sich meine Schultern entspannen, als hätte ich Angst, dass mir mein schlechtes Gewissen ins Gesicht geschrieben steht. Natürlich ist das Verbrechen, das begangen wurde, das Wichtigste, was auch immer die Leute über den Ehebruch sagen werden, Mord ist viel schlimmer. Warum habe ich das Gefühl, dass sie das aber nicht so sehen werden? Menschen geben nicht gerne zu, dass die Schuld etwas ist, das man in mundgerechte Stücke teilen kann, wobei jeder seinen Anteil erhält. Oder dass sie fließend ist. Nein, in diesem Fall bin ich schuldig, wenn nicht an einer Sache, dann an einer anderen. Und ich weiß, dass ich Mo Celta anrufen und ihr von der Textnachricht erzählen sollte. Und wenn ich nicht bereit bin, das Risiko einzugehen, dass Samuel mich nicht aus der Wohnung hat kommen sehen, sollte ich Mo zumindest erklären, dass ich hineingegangen bin, aber sie sofort wieder verlassen habe. Aber vielleicht sollte ich warten, bis ich mich besser im Griff habe.

Mein Telefon piept, ich zucke wieder zusammen. Es ist eine SMS von Cora. *Wie geht's*, schreibt sie. *Ich bin total geschockt, ich kann es nicht glauben! Können wir uns auf einen Kaffee treffen? Ich arbeite heute zu Hause, komm hoch, wann immer du willst!* Ich lese die Nachricht mehrere Male. Sie ist im Grunde normal, auch wenn sie voller Ausrufezeichen und Emojis ist. Cora ist geschockt, sie will mich treffen, will reden. Damit kann ich umgehen. Ich sollte zu ihr gehen und hören, was sie zu sagen hat. Wenn Samuel gesehen hat, wie ich die Wohnung von Andreas und Marleen verlassen habe, wird er es ihr gegenüber vielleicht erwähnt haben. Vor allem, nachdem er erfahren hat, was passiert ist. Wenn wir uns treffen und Cora nichts darüber sagt, kann ich vielleicht davon ausgehen, dass Samuel nichts ahnt. Vielleicht kann ich in dem Gespräch die geliehenen Eier erwähnen und sehen, wie sie reagiert. Ich sollte es tun, bevor ich Kommissarin Celta anrufe. Ich schicke Cora eine WhatsApp.

Wir sehen uns in einer halben Stunde.

Bevor ich nach oben gehe, rufe ich die Personalabteilung des Verlags an und melde mich krank.

Nervosität

Julia sitzt in der Küche und grübelt. Sie faltet ein Stück Papier zu einem Schiffchen, das man über zwei Achsen öffnen und schließen kann. Es ist ein seltsames Fingerspiel in ihrer Situation, das weder Raffinesse besitzt noch Abwechslung bietet. Es ist die Nervosität, die sie in den Morgenstunden den Papierkörper auf- und zuklappen lässt.

Heute ist ein schöner Herbsttag. Vor dem Haus stehen zwei Polizeifahrzeuge ohne Blaulicht, direkt neben dem Tor wartet ein Wagen mit dem Logo eines lokalen Fernsehsenders. Worauf? Auf eine Sensation? Auf der Fahrerseite sitzt ein Mann, der in sein Handy vertieft ist. Als ich vorbeigehe, bemerkt er mich nicht. Idiot.

Die Polizei hat das Haus weiträumig abgesperrt. Außerhalb des Absperrbandes hockt eine Polizistin mit einer Kamera in der Hand. Gelegentlich macht sie ein Foto. Ansonsten ist der Garten unverändert. Das Gras ist feucht, hie und da ist der Rasen mit gelben Blättern übersät, nur wenige, aber sie geben einen Vorgeschmack auf das, was unweigerlich kommen wird.

Meine innere Kommunikation erzeugt keine Antwort auf meine Fragen, aber das erwarte ich auch nicht. Ich werde wissen, wann es so weit sein wird. Vorher muss ich noch einige Dinge erledigen.

Ich denke an meine Liebe, bin eifersüchtig auf den Regen, der auf ihre Haut fällt. Er ist ihr näher, als meine Hände es im Moment sind. Ich bin eifersüchtig auf den Wind, der durch ihre Kleider dringt. Er ist ihr näher als mein Schatten. Ich bin eifersüchtig auf die Nächte, die ich nicht mit ihr verbringen kann. Während ich im Gefühlschaos versinke, träume ich davon, dass sie in meine Arme gleitet. Aber wenn ich die Augen öffne, sterbe ich einen weiteren Tag, weil ich nur eines tue, ihrem Lächeln und den gemeinsamen Stunden hinterherzuweinen. Es fällt mir leicht, ihr all diese Dinge zu sagen, sie empfindet genauso für mich. Sie sagt, dass sie ohne mich nicht glücklich ist.

Ich wische mir eine Fluse von der Nase, vermutlich ein Haar von dem Kaninchen, das ich vorhin getötet habe. Ich nenne es: das Schließen einer Bildungslücke, denn die Kunst des Tötens bringt immer wieder eine neue Erfahrung mit sich. Ich werde das Tier in der Nacht neben den anderen im Keller des Hauses deponieren. Niemand wird es mitbekommen.

Meine Gedanken schweifen einen Moment ab. Was wäre passiert, wenn Julia mich erwischt hätte? Dann hätte ich diese schöne Frau, die in dem Moment die Treppe hinaufging, töten müssen!

Was will sie dort oben?

Sie ist ein einziges Nervenbündel.

Kapitel 18

Montag, 3. Oktober 2022

09:30 Uhr

Im ersten Stock klopfe ich an Coras Tür, es dauert weniger als fünf Sekunden, bis Cora sie öffnet.

„Julia!" Ihre Stimme, hoch und ungehemmt, sie wird von den Wänden des Flurs zurückgeworfen. „Es ist so schön, dich zu sehen!"

Cora umarmt mich, sie riecht nach Shampoo, nach frisch gewaschenem Haar, nach Holunderblüten. Ihre Augen leuchten. „Das ist alles so schrecklich", sagt sie. „Ich habe letzte Nacht kaum ein Auge zugetan."

Sie legt eine Hand auf meinen Arm, zieht mich hinein, ich schließe die Tür hinter mir. Sie geht vor mir her, ihre Schritte sind schnell, ihre nackten Füße klatschen auf das Parkett.

„Samuel und ich waren gestern Abend bei Freunden. Ich fand es viel zu stressig, zu Hause zu sein", sagt sie, „Nebenan trieb die Polizei ihr Unwesen, ganz zu schweigen davon, dass Andreas da lag. Ich weiß gar nicht, wann sie ihn in die Rechtsmedizin gebracht haben."

Wir nehmen im Wohnzimmer Platz. Cora stellt eine Kanne Kaffee auf den Tisch, den sie offensichtlich vorbereitet hat und lässt sich mir gegenüber aufs Sofa fallen. Sie hat ihr langes schwarzes Haar zu einem Dutt zusammengesteckt und trägt ein Shirt und eine Jeans, die ein Vermögen gekostet haben müssen.

„Hättest du so etwas jemals für möglich gehalten, Julia?"

Coras Augen sind blutunterlaufen. Hat sie geweint? Es überrascht mich. Ich habe zwar mitbekommen, dass sie öfters mit Andreas gesprochen hat, aber nicht mehr, als zwischen Nachbarn üblich ist. Auch hatte ich immer den Eindruck, dass sie ihn nicht besonders mochte, geschweige denn scharf auf ihn war.

„Ich meine", fährt sie fort, „er wurde *ermordet*. In unserem Haus, Julia. Direkt neben unserer Wohnung, auf der anderen Seite der Wand. Vielleicht saßen wir vor dem Fernseher oder schliefen in unserem Bett, während er nebenan verblutet ist. Ich mag gar nicht daran denken."

„Ja, natürlich, es ist ein schrecklicher Gedanke…", entgegne ich leise.

„Armer Andreas“, unterbricht sie mich. „Ich meine, es ist ja nicht so, dass wir uns nahe standen oder so, und es gab da gewisse Dinge an ihm ... Egal. Er wurde in seiner Wohnung ermordet.“

Für einen Moment stehen ihr die Tränen in den Augen. Sie hat große Augen, mit ihren langen, geschwungenen Wimpern, die in diesem Moment so glänzen, dass es mir unmöglich ist, den Blick von ihnen abzuwenden, dann verschwinden die Tränen wieder, wohin auch immer.

Ich drehe die Kaffeetasse zwischen meinen Händen. „Seltsam, dass niemand etwas gehört hat...“ Ich halte inne.

Cora sieht mich irritiert an, als wäre ich eine Idiotin. „Julia, der Mörder muss in einem Blutrausch gewesen sein. Andreas lag in einer riesigen Blutlache über seinem Schreibtisch. Und um den Schreibtisch lagen Kaninchenkadaver! “

Andreas, zusammengekauert über seinem Schreibtisch. Eine Blutlache. Tierkadaver. Ein Bild, das ich unmöglich heraufbeschwören kann. Ihre Worte bleiben in meiner Brust stecken, Wut steigt in meinem Magen auf. Wer zum Teufel ist Cora, dass sie aus all dem ein blutiges Drama macht?

„Woher weißt du das?“, schnauze ich sie an, schärfer als beabsichtigt.

Ihr fällt mein Tonfall nicht auf.

„Aber wusstest du das denn nicht, Julia?“

„Was denn?“

Ein paar Sekunden lang sitzt sie in ungewohnter Stille da.

„Ich habe ihn gefunden“, sagt sie.

Cora sitzt mir gegenüber im Schneidersitz auf dem blassgrauen, minimalistischen Sofa.

„Marleen rief mich am Sonntagnachmittag an, weil sie mit ihrer Schwester und Charis auf einem verlassenen Parkplatz auf Andreas wartete. Er wollte sie um drei Uhr abholen, aber gegen halb vier war er immer noch nicht da. Am Telefon konnte sie ihn auch nicht erreichen. Sie bat mich, an der Tür zu läuten. Das tat ich, aber niemand antwortete.“

Ich nicke. „Und dann?“

„Ich rief Marleen zurück. Sie bat mich, in der Wohnung nachzusehen, weil Andreas mitunter mit Kopfhörer Musik hört. Es war so still.“ Cora atmet schwer. „So entsetzlich still. Und dann sah ich das

Blut vor der Badezimmertür, nicht viel, und dachte, er hat sich verletzt, vielleicht ist er in eine Notfallambulanz gefahren. Ich sah mich weiter um. In der Küche war das Licht an. In der Spüle stand ein Teller, darunter lag etwas Undefinierbares, ich sah nicht genau hin. Auf dem Küchentisch lag ein blutverschmiertes Küchentuch."

Cora hat jetzt Tränen in die Augen. „Ich ... Mit einem Mal wusste ich, dass etwas Furchtbares passiert war. Als ich mich der Bürotür näherte, hatte ich das Gefühl, es schon zu wissen. Ich öffnete sie. Es war unfassbar grausam. Nicht nur, dass man ihm die Kehle durchgeschnitten hatte. Seine Zunge war auch gespalten. Ich stand eine Ewigkeit da, unfähig, mich zu bewegen, starrte ihn an, bis mir dämmerte, was ich da sah."

Meine Knie werden weich, ich schlucke. „Ihm wurde die Zunge gespalten?"

Ich weiß, dass die Spaltung der Zunge seit der griechischen Antike für die Verleumdung des Gatten oder für Ehebetrug steht. Sie werden es demnach schnell herausfinden.

Cora nickt. „Mir wurde übel, ich musste mich übergeben und rannte ins Badezimmer." Sie schnappt nach Luft. „Da war auch eine riesige Blutlache und ..." Sie schüttelt den Kopf, versucht, mit der Hand die Gedanken zu verscheuchen. „Dann habe ich geschrien. Oder zumindest glaube ich, dass ich das tat. Ich weiß nur, dass ich aus der Wohnung gerannt bin und vollkommen hysterisch die Polizei angerufen habe." Sie senkt ihre Stimme. „Ich habe zwar schon einmal einen Toten gesehen. Aber das ... Und dann diese toten Kaninchen."

„Da lagen Kaninchen in seinem Blut."

Ich kann kaum atmen, verdränge den Gedanken an seinen verstümmelten Körper und lenke meine Gedanken in eine andere Richtung. In den Nächten, in denen wir uns ein Hotelzimmer teilten, wurde ich mehrmals durch das Geräusch von der Ankunft einer WhatsApp auf seinem Handy geweckt. Aber jetzt spricht Cora von seiner gespaltenen Zunge und der Blutlache, die alle anderen Erinnerungen verunreinigen, jene an Andreas, der im Hotelzimmer telefonierte, während ich im Halbschlaf dalag und ihm dabei zusah. Und ich vermute, dass es jetzt so sein wird, dass jedes Bild, das ich von ihm habe, bald von dieser Lache verunreinigt sein wird, bis nur sie übrig ist.

Cora wartet darauf, dass ich etwas sage. Aber ich will nicht darüber reden, ich will nicht noch mehr Erinnerungen an ihn beschmutzen. Ich fühle mich krank, darf es trotz allem nicht zeigen. Cora ist aber zu aufgeregt, ihr nackter Fuß klopft ungeduldig gegen das Sofakissen. Sie stellt ihre Tasse auf den Couchtisch und beugt sich zu mir.

„Wer könnte das getan haben?", fragt sie. „Das ist es, was mich beunruhigt. Es muss doch etwas geben, das wir gesehen oder gehört haben, wir wohnen doch direkt nebenan."

„Keine Ahnung." Ich denke an all die Dinge, von denen ich hoffe, dass sie niemand gesehen oder gehört hat. Aber Cora hört meine Skepsis nicht, sie strotzt nur so vor Furcht, aber auch vor Initiative. Ihrer Meinung nach sollte es möglich sein, das herauszufinden. Sie will mit den Nachbarn in unserer Straße sprechen, mit den Leuten im Supermarkt.

„Irgendjemandem muss etwas aufgefallen sein. Es gibt viele Dinge, die die Leute der Polizei nur ungern erzählen. Nachbarschaftsklatsch, zum Beispiel. Kleine Beobachtungen. Die Leute leben hier über- und nebeneinander, man nimmt da zwangsläufig etwas wahr. Sie denken vielleicht, dass etwas, das sie bemerkt haben, unbedeutend ist. Oder vielleicht wollen sie die Polizei nicht damit belästigen. Vielleicht will man nicht klatschsüchtig erscheinen oder einem Nachbarn Probleme bereiten. Aber es dir oder mir zu sagen, nun, das ist etwas ganz anderes. Die Leute in der Nachbarschaft mögen uns, Julia", sagt sie, nimmt meine Hand und drückt sie mit überraschender Kraft so fest, dass sich ihre Ringe in meine Finger schneiden. „Sie vertrauen uns."

Meine Hand schmerzt, Kopfschmerzen kündigen sich an. *Was deutet sie an, was will sie mir damit sagen? Und warum?*

„Cora, das ist eine Polizeiangelegenheit. Ich denke, es ist das Beste, wenn wir uns da raushalten."

„Aber wir können uns da *nicht* raushalten." Coras starrt mich an. „Verstehst du das nicht? Die Tatsache, dass wir so nahe beieinander wohnen, macht uns zu Mitwissern. Es geht darum, Verantwortung für die Menschen um uns herum zu übernehmen und aufeinander aufzupassen." Sie holt tief Luft. „Etwas Böses lebt in dieser Gegend, Julia. Erinnere dich an diese Vorfälle mit den toten Kaninchen. Das war auch mein erster Gedanke, als ich davon hörte. Nur das abgrundtief Böse ist dazu fähig."

Und wieder seufze ich. Da sind sie wieder, diese verflixten Viecher. Cora hat einen Hang zum Drama. Das ist mehr als nur eine Neigung.

Etwas Böses lebt in dieser Gegend. Ich habe mich von der Neuigkeit verführen lassen. Cora merkt nicht, wie sehr ich mich aufrege. Und das Schreckliche, das sie gestern erlebt hat, bedeutet, dass ich die Sache mit Samuel nicht ansprechen kann.

Ich denke an ihren Mann auf dem Treppenabsatz, an die beiden Eier, die er mir geschenkt hat und die auf unserem Küchentisch gelandet sind, erinnere mich an die Lüge. Ich hatte vor, es ihr gegenüber zu erwähnen, aber jetzt bin ich mir nicht sicher, ob ich es ansprechen soll. Außerdem möchte ich nicht die Aufmerksamkeit auf mich lenken und riskieren, dass eine große Sache daraus gemacht wird. Ich bin mir nicht sicher, ob ich ihr vertrauen kann.

„Es war so gruselig, Julia“, sagt sie, als sie mich hinausbegleitet. „Überall Blut. Selbst auf der Couch. Ich habe kaum geschlafen.“

Und dann erinnere ich mich, wie jung sie ist, kaum dreißig. Ich lege einen Arm um ihre Schultern. Sie sieht zu mir auf, einen Moment lang fühle ich mich wie eine große Schwester.

„Versuche, nicht daran zu denken“, rate ich ihr.

Mich irritiert etwas an Coras Geschichte: *Selbst auf der Couch.* Als ich in der Wohnung war, war da kein Blut auf der Couch. Demzufolge muss der Täter sich noch in der Wohnung aufgehalten haben, als ich dort war. Mir wird übel.

*

Draußen auf dem Treppenabsatz starre ich auf die versiegelte Tür zu Andreas` Wohnung. Das Schloss hinter mir klickt, ich drehe mich um. Cora schließt ihre Haustür normalerweise nicht ab.

Ich muss an seiner Wohnungstür vorbei, um die Treppe hinunterzugehen, drücke mich gegen das Geländer, als versuche ich, die Tür zu umgehen. *Eine Blutlache.* Oft war ich aufgeregt, als ich mich auf Zehenspitzen hierher schlich und durch diese Tür ging, wohl wissend, dass jedes Knarren der Treppe in allen vier Wohnungen zu hören war. Aber zuweilen tat ich es auch wider besseres Wissens, besonders in letzter Zeit. Vielleicht spürte ich so etwas wie einen Widerwillen, begleitet von dem Wunsch, das Richtige zu tun, auf die kleine schwache Stimme zu hören, die mir zuflüsterte: Lass es! Kehr um! Denke an die Menschen, die zu Hause auf dich warten. Argumente, die im Angesicht der Lust wenig Kraft hatten, obwohl es Zeiten gab, in denen ich das Gefühl hatte, dort oben nicht viel Befriedigung zu finden. Jetzt ist die ganze Sache unbestreitbar vorbei. Ich muss nicht mehr darüber nachdenken.

In unserer Wohnung angekommen, lehne ich mich mit dem Rücken gegen die Eingangstür. Spüre ich nicht auch eine gewisse Erleichterung? Er ist weg. Es ist vorbei – und diesmal ist es endgültig vorbei. Liegt darin nicht auch ein Hauch von Befreiung? Ich bin fertig mit ihm, es gibt nichts mehr, woran ich denken kann. Ich schließe meine Augen. Versuche, ruhig zu atmen, die Kontrolle zu behalten. Ja. Wenn ich ehrlich bin, ist da auch eine Erleichterung. Aber ich kann es auf keinen Fall jemandem erzählen. Niemals. Ich darf es nicht einmal denken. Andreas` Tod ist eine Tragödie, und das ist auch schon alles.

*

Die Polizistin mit der Kamera ist jetzt auf der anderen Seite des Hauses. In der ersten Etage ist es vollkommen still. Im Moment hat die Polizei ihre Arbeit dort oben beendet. Die Tauber-Wohnung ist ein Tatort, Marleen und Charis werden sich vermutlich woanders aufhalten. Unter normalen Umständen ist Andreas` Frau tagsüber zu Hause. Als ich im Mutterschaftsurlaub war, habe ich sie oft gehört. Ihre Schritte, leise und schnell, ihre Schüler, die auf dem Flügel spielten – zögerliche oder überstürzte, gut gespielte oder schrille Töne. Mitunter übernahm Marleen. Wenn sie das tat, war ich nie im Zweifel, dass sie es war, die ich hörte, ihr Spiel ist voller Selbstsicherheit, mühelos fließend, ohne Fehler aneinandergereiht. Sie spielt auch oft, wenn sie allein zu Hause ist – meist die großen Komponisten. In letzter Zeit übte sie für das Ballett *Handman*, dann drangen Strawinskys tiefe, suggestive Akkorde durch die Wände unseres Hauses, wenn auch mit einem ganz anderen Timbre als in der Ballettschule von Berg. Ich weiß nicht, wie Marleen dazu kam, das Stück als Pianistin zu begleiten. Vielleicht hat Torsten Graf sie auf dem Elternabend im August angesprochen. Marleen bittet nie um etwas, ihr wird alles angeboten, es ist ihr Privileg, zu wählen und „ja bitte oder nein danke" zu sagen. Torsten Graf war ein paar Mal in diesem Haus. Einmal habe ich ihn vom Fenster aus gesehen, ein anderes Mal bin ich auf der Treppe mit ihm zusammengestoßen. Er hatte einen riesigen Stapel Papiere dabei, vielleicht Notenblätter oder Notizen zur

Choreografie.

*

Der Wagen des Fernsehsenders parkt immer noch am Straßenrand, ich kann es vom Küchenfenster aus sehen. Der Kastanienbaum hat seine Blätter verloren, seine Äste ragen in den Himmel; er kann auch einen Schnitt gebrauchen. Im letzten Sommer saßen Andreas und ich von Zeit zu Zeit auf der Bank unter diesem Baum, jeder mit seinem eigenen Buch. Das war, bevor alles zwischen uns begann. Aber jetzt ist es eine andere Bank, eine fremde. Es hat etwas mit dem Herbst zu tun, glaube ich. Es geht um den Herbst. Viel mehr als mit der Tatsache, dass er tot ist.

Andreas ist tot. Es ist so schwer zu begreifen. Darf ich trauern? Sofort bin ich eifersüchtig auf Marleen. Sie kann um ihn weinen, sie darf das. Für sie ist es so unkompliziert, ich hingegen muss vorsichtig sein. Ich kann traurig sein, aber nicht zu traurig – vor allem nicht vor Theo. Armer Theo, der nichts falsch gemacht hat. Ich habe ihm nichts vorzuwerfen, nichts, was mich in die Arme eines anderen Mannes treiben konnte, er hat mich nie *vertrieben*. Wir hatten vielleicht eine schwierige Phase, aber selbst sie war nicht so schlimm. Wir hatten nicht mehr als die Probleme, die alle Paare erleben. Es ging nie um ihn.

Wenn man eine Grenze überschreitet, gibt es kein Zurück mehr. Als ich in den Zwanzigern war, habe ich stets einen Rückzieher gemacht. Bei Andreas konnte ich es nicht und er auch nicht. Wir nannten es ‚den dualen Genuss'.

Kapitel 19

Eine einmalige Sache

Es sollte eine einmalige Sache sein. Ein erster und letzter, ein verrückter Seitensprung. Das Schlimme daran war, dass es funktionierte, die Wochen danach waren gut. Ich weiß nicht, ob das ein Zufall war, aber Theo schien besser gelaunt zu sein. Vielleicht lag es auch an mir, denn ich war spontaner, gelöster. Ich kochte das Hühnergericht, von dem ich wusste, dass er es so sehr mag, ich rief ihn an, lud ihn zum Mittagessen ein. Ich küsste ihn jeden Morgen, bevor er ging, und jeden Abend, wenn ich nach Hause kam. Wir hatten öfter Sex, gaben uns mehr Mühe, probierten Dinge aus, für die wir seit der Geburt von Lukas keine Energie mehr aufgebracht hatten. Wir unterhielten uns, wie wir es früher getan hatten, als wir jung waren.

Ein paar Mal habe ich mich gefragt, ob ich die Affäre bereue und war überrascht, dass das nicht der Fall war. Im Gegenteil, ich war sogar froh darüber und hatte auch keine Schuldgefühle. *Vielleicht war es notwendig*, dachte ich, *denn schau uns doch jetzt an. Schau, wie es zwischen uns läuft.* Ich ging sogar so weit und dachte, dass es gut für uns gewesen sei.

Einmal deutete ich gegenüber meiner Schwester an, dass es in einer Beziehung mitunter Umstände gäbe, die Untreue rechtfertigen, dass es sich vielleicht sogar positiv auswirken könne. Es war ein Schuss ins Blaue. Kate war davon nicht überzeugt.

„In der Regel zerstört Untreue eher eine Beziehung, als dass sie sie rettet", sagte sie.

„Vielleicht ist es trotzdem wichtig, es zu tun", hielt ich dagegen. „Manchmal haben diese Begegnungen eben nicht so sehr etwas mit Liebe zu tun, weißt du, als vielmehr mit einem selbst. Es ist schwer zu erklären. Haben große Männer nicht schon immer herumgevögelt, wenn sie Lust dazu hatten? Kennedy, Mitterrand, Clinton. Vermutlich die meisten Männer. Haben ihnen ihre Frauen nicht immer verziehen? Gibt es hier nicht eine Art Doppelmoral? Sollten wir Frauen uns nicht auch das Vergnügen gönnen, das für Männer stets selbstverständlich war?"

„Aber Julia", sagte Kate. „Es geht nicht um Gleichheit. Es geht darum, seinem Partner zu vertrauen. Darum, sich um die Beziehung zu kümmern und nicht ins Bett eines anderen zu hüpfen, wenn es schwierig wird."

Ich machte einen Rückzieher. „Ja, natürlich", sagte ich. „Es ist auch nur eine hypothetische Frage in einer theoretischen Beziehung."

Später habe ich niemandem davon erzählt. Es war ohnehin eine intime, private Angelegenheit zwischen Andreas und mir. Wenn ich ihn im Treppenhaus oder im Garten sah, grüßten wir uns wie immer, lächelten und nickten, fragten einander, wie es läuft, wünschten uns einen schönen Tag. Vielleicht bekam diese Art des Umgangs ein neues Gewicht, vielleicht lag etwas Aufgeladenes in dem kleinen Lächeln, das wir austauschten, bevor wir getrennte Wege gingen. Aber es lag keine Einladung darin. Es war nicht so, als hätte jemand seine Hand über die des anderen an der Pforte gelegt. In den ersten Wochen nach jenem Samstag im Januar glaubte ich, dass der kleine Funke der Erregung zwischen uns mit der Zeit verblassen würde, dass wir ihn vergessen würden. Doch dann stürzte meine Schwiegermutter auf dem Eis und brach sich den Fuß.

*

Theo war verzweifelt.

In den darauffolgenden Wochen ging er jeden Tag zu ihr, kochte für seine arme kleine Mama, kaufte Lebensmittel ein und half ihr nicht nur bei den Dingen, die sie mit ihrem Gips nicht tun konnte, sondern auch mit allem anderen. Sie dankte ihm auf ihre subtile Art: „Du kannst so gut Kaffee kochen, es ist so schön, dass du den Schnee von der Treppe geräumt hast, du kannst das viel besser als ich." Theo war stolz und glücklich.

Ich war nicht willkommen. Theo holte Lukas kaum noch vom Kindergarten ab und kam meist erst spät nach Hause. An den Wochenenden schlief er oft bei ihr, weil es für sie so schön war, sie fühlte sich nachts so unsicher, so ganz allein.

„Ich verstehe", sagte ich zu Theo. „Du tust, was du tun musst."

Und dann, an einem Freitagnachmittag, traf ich Andreas zufällig vor dem Einkaufszentrum.

Ich war unterwegs zur Einkaufspassage, als ich beim Überqueren der Straße stolperte und der Länge nach in eine Pfütze fiel. Im nächsten Augenblick nahmen mich zwei Hände bei den Schultern und halfen mir auf.

„Dich hat es aber übel erwischt", sagte eine männliche Stimme.

Ich schaute auf und blickte direkt in Andreas` Gesicht. Mir fiel auf, wie braungebrannt er war. Offenbar kam er gerade vom Skilaufen. „Danke", sagte ich und strich mir den klatschnassen Rock glatt.

„Du bist nass, so kannst du nicht nach Hause fahren, komm mit in mein Büro, um dich ein wenig frisch zu machen, von dort aus können wir dir dann ein Taxi rufen", sagte er und hakte mich unter.

Wir gingen etwa hundert Meter, ohne ein Wort zu wechseln, bis wir sein Büro erreichten. Der Aufzug brachte uns in den sechsten Stock hinauf und entließ uns in einen Raum, der von einer Deckenlampe beleuchtet wurde.

Wir betraten ein Büro mit cremefarbenen Wänden, einer hohen Decke und leichten Vorhängen. Auf einem Tisch lag ein ledergebundener Band, der mir sofort ins Auge stach: *Auf der Suche nach der verlorenen Zeit* von Proust, den ich sehr mag.

„Ich mache dir schnell eine Tasse Tee."

Nach ein paar Minuten kam er mit einem kleinen Silbertablett herein, auf dem nur eine weiße, dampfende Porzellantasse stand.

„Nimmst du keinen Tee?", fragte ich ihn. „Diesmal nicht", erwiderte er und blieb vor mir stehen. Schweigend musterte er mein Gesicht. Mir war seltsam zumute. Er lächelte, und ich vergaß, dass ich von Kopf bis Fuß durchnässt war.

„Du wirst dich erkälten, wenn du deine Sachen nicht ausziehst", sagte er. „Lass mich dir helfen." Er kam einen Schritt auf mich zu und blieb unmittelbar vor mir stehen. Seine Hände begannen, meine Bluse aufzuknöpfen. Ich sah in seine Augen, die amüsiert glänzten. Sie waren stets enorm wach, sie zerschnitten die Luft, gleichzeitig schien in seinen Wimpern eine große Traurigkeit hängenzubleiben und ihm die Lider schwer zu machen. Dieser Blick traf immer ins Schwarze, in jedes Herz, das er vor sich hatte, ob es offen war oder verschlossen. Er kriegte sie alle mit seinem Blick, das war offensichtlich. Er zog mir die Bluse aus und hängte sie sorgfältig über die Rückenlehne eines Ledersessels.

„In ein paar Minuten ist sie trocken", sagte er, kam zu mir zurück, fasste, meine Hüften umfangend, hinter mich und öffnete mir den Rock. Ich ließ ihn zu Boden gleiten. Dann wanderte er mit den Händen meinen Rücken hinauf. „Ist dir kalt?"

„Nein."

Er öffnete meinen BH und hängte ihn über den Ledersessel, neben die Bluse. „In zehn Minuten ist beides trocken. Ich werde mich jetzt auch ausziehen."

Als er nackt vor mir stand, fragte er mit dergleichen Liebenswürdigkeit, mit der er mir auf der Straße aufgeholfen hatte: „Möchtest du dich auf den Teppich legen, Julia?"

Ich spielte mit. „Halten wir einen Mittagsschlaf, Andreas?", fragte ich lächelnd.

Er öffnete die Tür eines Wandschranks und holte eine karierte Decke hervor, die er auf dem Teppich ausbreitete. „Zuerst schlafen wir miteinander", antwortete er.

Mein Herz setzte kurz aus. „Hier?"

„Ist dir das unangenehm?"

„Hm...", antwortete ich und legte mich auf die Decke. Er legte sich neben mich, seinen Kopf dicht neben meinem. Wir schauten zur Decke. Es vergingen etwa fünf Minuten. Stille. Ich konnte seinen Herzschlag hören.

„Das könnte ein schwaches Erdbeben werden", sagte er und legte mir seine warme Hand auf den Bauch.

„Ja."

„Jetzt dürften deine Kleider trocken sein", sagte er später, sprang auf und ergriff meine Hände, um mir aufzuhelfen. „Darf ich dich anziehen?"

Ich nickte. Er kam mit dem BH in der Hand auf mich zu, streifte ihn mir über, half mir in den Rock und die Bluse. Ich bedankte mich mit einem Kuss.

„Haben deine Blusen immer so viele Knöpfe?", fragte er beim Abschied.

„Nicht alle, nur die, die ich heute anhabe." Ich ging zur Tür. „Auf Wiedersehen, Andreas."

„Julia?"

Ich drehte mich um. „Ja?"

„Du hast mir von Anfang an gefallen, sehr gefallen."

Aufgewühlt kam ich nach Hause. Ich konnte nicht fassen, was in diesem Büro geschehen war. Wir hatten uns ausgezogen, als würden wir uns ein Leben lang kennen. Er war ein langsamer, sanfter, leidenschaftlicher Liebhaber von unglaublicher Zärtlichkeit.

Pause

Julia und Andreas waren gut darin, ihre Affäre vor der Außenwelt zu verbergen. Nach außen hin mimten sie Anstand, Ergebenheit, Fleiß, Fügsamkeit. Mir geht es ähnlich. Aber nach dem Fund weiterer Tierkadaver hat die Polizei die Ermittlungen ausgeweitet.

Ich muss eine Pause einlegen. Es wird zu riskant für mich. Noch schöpft niemand einen Verdacht. Noch bin ich sicher. Das soll auch so bleiben.

In mir ist eine Sehnsucht nach mehr, ein Verlangen nach Höherem. Ich will diesem Ruf sorglos und angstfrei folgen und habe einen brillanten Plan, um zukünftig gefahrlos einer Monotonie und Sinnlosigkeit zu entgehen. Bis dahin polstere ich meine Pläne weiter auf. Wann immer ich daran denke, fühle ich mich unendlich erfüllt. Mein Plan ist genial und erfordert Größe.

Meine Liebe hat heute mit mir über erotische Fantasien gesprochen, ich wollte es zuerst nicht glauben. Sie hat nie den Eindruck erweckt, ein Luder zu sein. Ich habe aus ihrem Mund noch nie eine sexistische Anspielung vernommen, noch nie hat sie in meinem Beisein ein Wort über sinnliche Erotik verloren. Ich dachte, Sex wäre für sie ein brachliegendes Land, aber ich liebe es, darüber zu fantasieren, wie ich mit ihr dieses verdorrte Land fruchtbar machen könnte. Ich werde mir etwas einfallen lassen, wie es Andreas getan hat.

„In der Einsamkeit liegt meine Größe", beteuere ich mir immer wieder und sehe in Gedanken, wie er mit dem Kopf auf dem Schreibtisch ruht. Ich blättere durch meine Aufzeichnungen. Ich weiß, dass mir das vermeintlich letzte Foto einer toten Frau am besten gefallen wird.

Ich lege mein Tagebuch beiseite und klatsche in die Hände.

Ich brauche kein Publikum.

Ich habe mich.

Und mein Tagebuch.

Ich genieße meine letzten Einträge.

Kapitel 20

Montag, 3. Oktober 2022

20:05 Uhr

In der Wohnung über uns sind mit einem Mal jede Menge Leute. Theo und ich sehen im Wohnzimmer fern und können sie die Treppe hinauftrampeln hören. Ab und zu kommt jemand herunter. Der Übertragungswagen des Fernsehsenders ist weg, dafür sind zwei andere aufgetaucht. Reporter einer Boulevardzeitung lungern vor unserem Haus und Kameraleute eines anderen Fernsehsenders, und das um diese Zeit. Theo will sich unbedingt die Nachrichten ansehen.

„Sie könnten unser Haus zeigen, Julia“, sagt er.

„Nein, das will ich auf keinen Fall sehen“, entgegne ich zu heftig.

Theo zuckt mit den Schultern.

Lukas schläft, Emma macht wieder ihr eigenes Ding in ihrem Zimmer. Sie hat schlechte Laune, ist den ganzen Nachmittag still und mürrisch und antwortet kaum, wenn wir sie ansprechen. So läuft das seit mehreren Monaten, ihre pubertäre Phase macht mich fertig. Ich erwache morgens oft mit Kopfschmerzen hinter meinen Augen und meine Gedanken verlangsamen. Mein Groll auf Emma wächst, insbesondere wenn ich sie im Schlaf tief und gleichmäßig atmen höre. Mitunter ziehe ich dann kräftig an ihrer Decke, weil ich hoffe, es wird sie aus einem Zustand wecken, in dem ich so schrecklich gern sein möchte.

Zu Theo ist sie in der Regel freundlicher als zu mir. Wenn er mit dem Besteck wie mit Trommelstöcken spielt, lacht sie immer noch – wie damals, als sie noch klein war – mit einem Schimmer echter Freude in den Augen. Bei mir macht sie das nie. Ich habe keine Ahnung, was sie da unten in ihrem Zimmer treibt. Zur Hälfte weiß ich es, den Rest will ich gar nicht wissen.

Als die Polizisten anfangen, laut über unseren Köpfen herumliefen, blicken wir zur Decke. „Das ist ein bisschen zu heftig“, bedeutet Theo, darüber hinaus kommentiert er die Schritte nicht. Es ist, als ob sie uns nicht tangieren, wenn wir sie totschweigen. Warum sollten sie uns auch etwas angehen? Das, was da oben passiert ist, hat nichts mit uns zu tun, dennoch zerrt es an mir. Warum musste ich am Samstag auch dort hinaufgehen?

Ich habe immer noch nicht mit der Polizei über die Textnachrichten gesprochen, obwohl ich sie heute hätte anrufen können. Ich handle irrational, es macht keinen Sinn, sich so sehr gegen eine Aussage zu wehren, das Ganze ergibt keine Logik.

Schritte kommen jetzt die Treppe herunter, diesmal nicht ganz so donnernd. Wir hören Stimmen, nicht die Worte, aber ihren Klang. Es sind ein Mann und eine Frau. Sie gehen den Korridor vor unserer Wohnung entlang, klopfen dann an unsere Wohnungstür.

Ich springe auf, als hätte ich darauf gewartet, bereit, ihnen sofort die Tür zu öffnen. Theo wirft mir einen fragenden Blick zu, sagt aber nichts, als ich in den Flur gehe. Etwas regt sich in meiner Magengrube. Angst? Ein Tsunami? Meine Hand zittert, als ich nach der Türklinke greife.

Draußen im Korridor stehen Hauptkommissarin Mo Celta und Kommissar Nico Braun. Nico trägt eine Uniform, sie ist in Zivil. Ich erkenne sie sofort.

„Guten Abend, Frau Hagen“, sagt sie. „Wäre jetzt ein guter Zeitpunkt für ein kurzes Gespräch?“

„Um diese Zeit?“ Mein erstaunter Blick durchbricht ihre professionelle Miene.

Sie starrt mich irritiert an, lächelt aber dann warm und breit. „Bei einer Mordermittlung kommt es oft auf die ersten Tage an, Frau Hagen.“ Sie hält mir ihre Hand hin.

Sie wirft einen Blick in den Gang, sieht die zahllosen Familienfotos an der Wand. Lächelt. „Schlafen Ihre Kinder schon? Wie alt sind sie denn?“

„Dreizehn und vier, ein Mädchen und ein Junge.“

„Stimmt.“ Sie tippt auf den Ordner, den Nico Braun in der Hand hält. „Das habe ich gerade gelesen.“

Unser Lächeln erlischt und wird durch einen anderen Ausdruck ersetzt: Ihrer wird professionell, meiner ein wenig reservierter. Es fühlt sich trotzdem seltsam an, als würde unsere leichte Unterhaltung auch über dem Flur schweben. Nico Braun wirft uns einen neugierigen Blick zu.

„Ich würde gerne mit Ihnen sprechen.“ Ihre Stimme ist jetzt tiefer, autoritärer. „Dürfen wir reinkommen, Frau Hagen?“

Wieder sitzen wir am Küchentisch.

Mo Celta räuspert sich und sieht Theo an. „Können Sie uns etwas über Ihre Beziehung zu Ihren Nachbarn erzählen, Herr Hagen?", fragt sie. „Wie gut kennen Sie Andreas und Marleen Tauber?"

Theo sieht mich an. „Nicht sehr gut."

Mein Herz klopft, hart und schnell. Aber ich muss die Kontrolle übernehmen, muss die Rolle des freundlichen Nachbarn spielen, als ob wir über Samuel und Cora oder über Hannah und Severin sprechen würden.

„Wir sind durchschnittliche Nachbarn, Frau Celta." Meine Stimme bringt die Worte sanft hervor.

„Was bedeutet das? Haben sie sich gegenseitig besucht? Zusammen zu Abend gegessen, Urlaub gemacht?"

„Wir machen einmal im Jahr eine Art Nachbarschaftsfest für alle, die im Haus wohnen. Und Marleen hat mich auch ein paar Mal auf ein Glas Wein eingeladen. Aber sonst ... wir haben nur einmal bei den Taubers zu Abend gegessen."

Theo nickt. „Und auch das ist bereits ein paar Jahre her."

Nico Braun macht sich Notizen. Mo bohrt weiter. „Und sonst?"

„Ihre Tochter Charis geht in dieselbe Klasse wie Emma. Es gibt gemeinsame Elternabende und ...." Meine Kehle ist trocken. „Dann ist da noch die Ballettaufführung „Handman". Die Premiere wird kurz vor Weihnachten aufgeführt. Emma und Charis sind dabei, die Eltern helfen auch, wo sie können. Also ..."

Ich halte inne, stehe mit einem Mal unter Schock. Es existieren Rechnungen von den Hotelaufenthalten, die belegen, dass wir im selben Zimmer übernachtet haben, verräterische E-Mails in seinem Postfach. Haben sie die E-Mails gesichtet, in denen wir gemeinsame Pläne geschmiedet haben?

„Keine gemeinsamen Reisen oder ähnliches?", fragt Mo prompt.

„Nein", erwidere ich leise.

Mo blickt auf ihren Notizblock. „Es war die Rede von einem gemeinsamen Abendessen. Irgendwann Ende Juli, mal sehen, am neunundzwanzigsten Juli." Sie sieht Theo an. „Im Restaurant ‚Dahoam' in Starnberg?"

„Oh, das!", sagt Theo überrascht. „Ein Herrenabend auf der Terrasse des Lokals."

„Sie, Andreas Tauber, Samuel Lemberg und Severin Küpper. Korrekt?"

Die Luft entweicht langsam und lautlos aus mir.

„Ja, das stimmt", antwortet Theo.

„Können Sie uns etwas über den Abend erzählen, Herr Hagen?"

„Ich bin mir nicht sicher, ob es da etwas zu erzählen gibt. Wir sind am Freitag nach Starnberg gefahren, haben gemeinsam gegessen, getrunken, ziemlich viel getrunken. Für die Rückfahrt haben wir ein Taxi genommen. Das ist alles."

Während Theo spricht, macht Nico Braun sich Notizen, sein Stift saust über den Notizblock.

„War das alles, was Sie wissen wollten, Frau Celta?", fragte Theo.

„Gab es an dem Abend eine Meinungsverschiedenheit, Herr Hagen?" Ihr Ton ist sachlich, distanziert. Ich frage mich, ob Mo das Bedürfnis hat, besonders kühl zu sein, um einer Emotion keinen Raum zu geben. Ob sie immer so gewesen ist? Sie ist professionell, keine Frage, aber nicht besonders freundlich.

Das Rauschen in meinen Ohren kehrt zurück. Es gibt jede Menge Beweise, die auf mein Verhältnis mit Andreas hinweisen: Textnachrichten auf seinem Mobiltelefon, die Aufnahmen der Überwachungskameras im Bürogebäude, in dem er gearbeitet hat, die belegen, dass wir das Gebäude spätabends Hand in Hand betreten.

„Meinungsverschiedenheiten?" Theo runzelt die Stirn. „Nein, wir führten eine hitzige Diskussion über Impfstoffe. Andreas und Samuel hatten unterschiedliche Ansichten. Samuel ist Arzt. Aber es wurde nicht unangenehm. Wir hatten ziemlich viel getrunken. Es war nichts, was man..." Er hält inne. „Ist es das, was Sie glauben? Dass einer von uns ihn getötet hat?"

Mo antwortet nicht.

„Können Sie uns etwas über Ihre anderen Nachbarn erzählen?", fragt Nico Braun. „Welche Art von Beziehung haben Sie zu ihnen?"

„Hannah und Severin Küpper wohnten schon hier, als wir vor vier Jahren eingezogen sind", antworte ich. „Ihr Sohn ist ein paar Jahre älter als unsere Tochter, sie gehen aber nicht auf dieselbe Schule. Wir treffen die Familie im Garten oder auf dem Flur, mehr gibt es da nicht. Hannah ist stellvertretende Schulleiterin an Emmas Schule, also habe ich mich ein paar Mal mit ihr getroffen. Und Theo ist mit ihr im Vorstand der Wohnungsbaugenossenschaft."

Theo nickt.

„Samuel und Cora sind vor anderthalb Jahren eingezogen", fahre ich fort. „Ihn kennen wir nicht sehr gut, dafür aber Cora ein wenig besser. Ich habe mich ein paar Mal mit ihr privat getroffen. Wir sind zusammen einen Kaffee trinken gegangen, shoppen, solche Sachen."

„Worüber reden sie denn beim Kaffeeklatsch?", fragt Mo.

Ich denke an unser Gespräch, an ihre Worte: *In dieser Gegend wohnt etwas Böses.* An die Beschreibung des Tatorts: *ein Blutrausch*.

„Über das Leben, und ... na ja, ganz alltägliche Dinge. Sie erzählt mir ein bisschen was über ihren Job, ich erzähle ihr von meinem."

„Und was machen Sie beruflich, Frau Hagen?"

„Ich arbeite in einem Verlag. Ich bin Lektorin für Fachliteratur. Wir befassen uns schwerpunktmäßig mit Literatur zum Klimawandel und zum nachhaltigen Konsum."

„Macht es Ihnen Spaß?"

„Oh ja."

Mo blickt auf ihren Notizblock, scheinbar etwas desinteressiert, nicht mehr so konfrontativ. Dann wendet sie sich Theo zu. „Und Sie? Was machen Sie beruflich, Herr Hagen?"

„Ich arbeite im öffentlichen Dienst, Abteilung für allgemeine und berufliche Bildung."

„Verstehe. Ich habe noch ein paar Fragen zu Freitagabend." Sie liest einige Notizen. „Herr Hagen, Sie erwähnten, dass Sie Lukas vom Kindergarten abgeholt haben und gegen halb fünf zu Hause waren. Emma war nach der Schule bei einer Freundin und gegen fünf Uhr hier. Ist das korrekt?"

„Ja", sagt Theo mit ernster Stimme.

„Und Sie, Frau Hagen? Sie sind kurz danach nach Hause gekommen?"

„Ja."

„Um wie viel Uhr?"

„Halb sechs. Oder ein bisschen früher?" Es klingt panisch.

Theos Gesicht nimmt sofort einen Ausdruck tiefer Konzentration an, es ist der Wunsch, mir zu helfen. „Als du das Haus betreten hast, hast du dich da mit dem Code für das Schloss an der Eingangstür eingelassen?"

Mo lächelt. Ich überlege, ob ich das Lächeln erwidern soll, aber mein Gehirn lenkt andere Gedanken, schon gar keinen Befehl wie ‚lächle!'

„Richtig. Wir haben keine Schlüssel mehr, jeder hat einen Code, mit dem er sich Zugang verschafft."

„Gibt es jemanden außerhalb des Haushalts, der Ihren Code kennt?“

Theo und ich sehen uns fragend an.

„Nein, da bin ich mir sicher. Theo?“

„Nicht, dass ich wüsste.“

„Sind Sie am Abend noch einmal ausgegangen?“

„Nein“, antwortet Theo.

„Sicher?“

„Ja! Was soll das?“

Ich räuspere mich. „Wir waren den ganzen Abend zu Hause. Wir haben uns einen Film gesehen. Na ja, für mich war es ein halber Film. Ich bin zuerst ins Bett gegangen, aber Theo ist noch ein bisschen länger aufgeblieben.“

„Etwa für eine Stunde“, entgegnet Theo entschuldigend, als ob es etwas Verdächtiges wäre, an einem Freitagabend später als zehn Uhr ins Bett zu gehen.

„Und die Kinder? Emma?“, bohrt Mo weiter.

„Ich habe nach ihr gesehen, bevor ich ins Bett ging“, sagt Theo. „Sie schlief.“

„Besitzen Sie eine Leiter?“

Theo und ich sehen uns an.

„Ich glaube, hinter dem Schuppen steht eine“, sagt Theo. „Vor ein paar Jahren gab es ein Problem mit den Dachziegeln, da wurde die Leiter benutzt.“

Mo nickt zweimal und klappt ihren Notizblock zu. „Andreas Tauber ist innerhalb weniger Minuten verblutet. Wir werden heute Abend eine Pressekonferenz abhalten, deshalb informieren wir die Nachbarn vorab. Weitere Einzelheiten darf ich Ihnen aus ermittlungstechnischen Gründen nicht sagen. Es ist wichtig, dass Sie beide bei der Beantwortung unserer Fragen genau sind.“ Mo kramt in der Tasche ihrer Lederjacke und legt eine Visitenkarte auf den Tisch. „Hier ist meine Karte. Wenn Ihnen noch etwas einfällt, zögern Sie bitte nicht, sich zu melden.“

Die Karte liegt zwischen uns auf dem Tisch: *Sie ist mein Ausweg aus dieser Sache*, denke ich. Ich muss mit Mo Celta sprechen. Ihr alles erzählen.

Auf dem Weg nach draußen sieht sich Mo um. „Sie haben eine schöne Wohnung, gemütlich und heimelig, Frau Hagen. Nur die Wände sind sehr dünn. Haben Sie denn gar nichts gehört?“

„Nein. Ich habe geschlafen."

„Nun gut. Dann danke ich Ihnen für Ihre Zeit."

Im Flur verabschieden sich die Polizisten. Als die Tür hinter ihnen zuschlägt, schaut Theo mich an.

„Jesus, kannst du glauben, dass das alles passiert ist?"

Ein Blutrausch

Während Theo im Badezimmer ist, gebe ich Mo Celtas Handynummer in mein Mobiltelefon ein. Später schreibe ich ihr im Badezimmer eine SMS. *Hallo, Frau Celta, es gab ein paar Dinge, die ich vorhin nicht erwähnen konnte. Können wir morgen miteinander sprechen? Vielleicht in einem Café? Julia Hagen.* Ich drücke schnell „Senden", damit ich keine Zeit habe, es mir anders zu überlegen. Danach lege ich mich auf den Badezimmerboden und spüre, wie die Fußbodenheizung meinen Unterleib wärmt. Ich sehe, dass die Hauptkommissarin meine Nachricht, nur wenige Minuten nachdem ich sie abgeschickt habe, gelesen hat: *Read 21:32.*

Sie antwortet aber nicht.

Es ist nach Mitternacht, ich kann nicht schlafen, irre in der Wohnung umher, bin unfähig, mich zu entspannen. Ich setze mich an den Computer, lese den Artikel über die Pressekonferenz der Polizei: *Ein langer Schnitt quer über seinen Hals.* Warum wird die gespaltene Zunge nicht erwähnt? Und die Kaninchen?

Dann betrachte ich sein Foto. Ein gut aussehender Mann, Mitte vierzig, als das Foto gemacht wurde. Gelocktes Haar, hohe Stirn, intensiver Blick. Wenn ich ihn so ansehe, könnte er jeder sein. Andreas` Gesicht wurde erst richtig lebendig, wenn er sprach. Seine Mimik machte ihn so attraktiv.

Mein Telefon vibriert. *Wie wäre es morgen um elf Uhr?,* schreibt Mo Celta.

Elf Uhr passt, antworte ich. *Wo wollen wir uns treffen?* Eine weitere halbe Stunde vergeht, es ist kurz vor ein Uhr nachts, erst da antwortet sie und nennt mir den Namen eines Cafés im Stadtzentrum von Starnberg.

Ich bin mir nicht sicher, ob ich Mo Celta als Verbündete betrachten soll. Ich habe das Misstrauen und die Zweifel gespürt, die uns bei der Befragung entgegenschlugen.

Kapitel 21

Andreas

Obwohl Theo und ich seit vielen Jahren zusammen sind, war es Andreas und sein ewig neuer Blick auf die Welt, der mich endlich befreite. Es begann im August 2021, als Theo das Wochenende auf einer Fortbildung war.

Andreas schlenderte den Steinweg im Garten hinauf und wurde langsamer, als er näher kam. „Wird es ein ruhiges Wochenende, Julia?“, fragte er.

„Ja. Theo ist verreist, ich bin allein mit den Kindern.“

„Verstehe.“

Auf der Terrasse spielte Lukas, dessen roter Overall sich leuchtend von dem blütenweißen Januarschnee abhob. Es dämmerte bereits, aber selbst in der Dämmerung konnte man ihn unmöglich in all dem Weiß übersehen.

Ich lachte unbeholfen und zeigte auf die Tüte in seiner Hand. „Und bei dir? Ein Feinkostwochenende?“

„Etwas in der Art. Marleen ist mit Charis übers Wochenende zur Großmutter gefahren. Ich bin allein zu Hause.“ Er lächelte breit. „Entschuldige, es ist nicht in Ordnung, sich darüber zu freuen, dass die Familie übers Wochenende weg ist und man seine Ruhe hat.“

„Richtig.“ Ich grinste. „Große Pläne?“

„Nein“, sagte er. „Nur Arbeit. Ich schreibe ein Buch. Oder zumindest hoffe ich, dass es ein Buch wird.“

„Ach wirklich? Worum geht es denn darin?“

Er lächelte und sah zu Lukas. „Im Kern geht es um Indien. Ich interessiere mich sehr für dieses Land.“

„Indien ...“ Es klang so erotisch. Ich erschrak über meine Gedanken, dann vor meiner Angst: kein falscher Schritt.

Wir standen schweigend da. Mein Lächeln blieb stecken. Mir kam es vor, als würde er nach Worten suchen, um mir zu sagen, was ihm an Indien gefiel, vielleicht die Natur, die Menschen, die Kultur oder warum das Land in einem geopolitischen Kontext so wichtig war. Doch er sagte: „Komm doch auf ein Glas Wein hoch, wenn du dich unten einsam fühlst. Ich verspreche, dass ich dir keinen langen Vortrag über Indien halten werde.“ Er berührte kurz meinen Arm. „Nun, ich werde es zumindest versuchen.“

Ich lächelte. „Danke.“

„Bis dann, Julia.“

Die Haustür schlug hinter ihm zu. Ich sah meinem Sohn lächelnd beim Spielen im Schnee zu. *Wow!* Er wollte, dass ich in seine Wohnung hinaufgehe. Ich fühlte mich geschmeichelt und schloss einen Moment die Augen. Als ich sie wieder öffnete, blickte ich hoch. Andreas stand am Fenster und lächelte mir zu.

Indien ... Sanfte Winde, die die Haut streichelten, flammenartige Sonnenuntergänge, bunte Farben, Chapati, Tandoori, Curry, der süßliche Duft der Mango. Bei dem Gedanken zerfiel ich zu Staub wie eine pulverisierte Motte.

*

Sein Vorschlag wirbelte den ganzen Nachmittag über in meinem Kopf: Während die Kinder fernsahen, ich das Abendessen zubereitete, während wir aßen, ich Lukas die Zähne putzte, ihn ins Bett brachte und darauf wartete, dass er einschlief. Nur ein Glas Wein mit einem Nachbarn, ein freundlicher Plausch. Ich hatte ja auch schon mit anderen Nachbarn Wein getrunken, mit Cora, sogar mit Marleen. Ich dachte mir auch nichts dabei, als Marleen mich zu sich eingeladen hatte.

Aber das hier war anders. Ich wusste es. Die Einladung beinhaltete etwas anderes. Wenn ich dort hinaufging, würde vielleicht nichts weiter passieren. Aber da war definitiv etwas, als er mir den Vorschlag gemacht hatte.

Gegen Abend schauten Emma und ich einen Film an. Sie schenkte dem Streifen kaum Aufmerksamkeit, beschäftigte sich mit ihrem Handy, meine Gedanken schweiften zu dem Mann in der Wohnung über mir.

Als der Film zu Ende war, ging Emma direkt ins Bett. Ich räumte die Küche und das Wohnzimmer auf, schaute danach die Treppe hinunter. Ihre Schlafzimmertür war angelehnt. Als ich ihr ruhiges, gleichmäßiges Atmen hörte, ertappte ich mich dabei, dass ich ernsthaft über sein Angebot nachdachte. Sollte ich hinaufgehen?

Ich dachte, es wäre etwas, das ich um meiner selbst willen tat. Es würde nichts mit Theo zu tun haben. Wir hatten ein paar schwierige Jahre hinter uns, der Tod seines Vaters belastete unsere Beziehung. Aber es fing an, besser zu werden. Und es geschah etwas mit mir, es war etwas, das ich tun musste. Zumindest dachte ich das. Etwas Wildes, bevor ich mich gänzlich in dieser Ehe eingeigelt hatte. Bevor es zu spät war.

Ich erinnere mich an das Kribbeln im Bauch, als ich die Treppe hinaufging, dass meine Hand ein wenig zitterte, als ich sie hob, um an die Tür zu klopfen. War ich vollkommen übergeschnappt, weil ich das tat? Hatte ich die Fähigkeit verloren, das Leben ernst zu nehmen? Bedeutete das – wie zum Zeitpunkt eines Verbrechens – nicht bei klarem Verstand zu sein?

Er öffnete die Tür.

„Du bist gekommen." Er wirkte aufrichtig erfreut, auch ein wenig überrascht.

Mit meinem „Ja" hatte ich das Gefühl, zu viel zu verraten. „Ja, es wurde langsam etwas langweilig da unten, so ganz allein."

„Komm herein." Zwei Worte. Wer ich war, was ich war, verlor mit einem Mal an Bedeutung.

Er holte sein Weinglas aus seinem Arbeitszimmer. Die Tür war offen. Dann ging er in die Küche, um auch ein Glas für mich zu holen. Allein im Wohnzimmer sah ich mich um. Es wirkte anders, wenn Marleen nicht zu Hause war. Nicht wie aus einer Ausgabe der Zeitschrift ‚Schöner Wohnen', mehr wie seins. Sein Geruch, das Licht, vielleicht auch seine Sachen auf dem Couchtisch, sein Mobiltelefon, eine Fernbedienung, eine Schachtel Gummibärchen. Wir saßen da auf dem Sofa, jeder mit seinem Glas Wein. Keiner sagte etwas, also räusperten wir beide gleichzeitig, lachten ein wenig unbeholfen.

„Du zuerst", sagte er.

„Nein, nein, es war nicht wichtig. Was wolltest du denn sagen?"

Er grinste. „Ich wollte dir von Indien erzählen. Also bitte, du zuerst."

Stille.

Ich hörte nur seinen Atem. „Nein", sagte ich. „Erzähl mir von Indien."

Wie hat eins zum anderen geführt? Wer hat wen zuerst geküsst? Für mich sind diese Gedanken heute voller Leid und Schmerz. Die Trauer über seine Abwesenheit ist auch meine, auch wenn ich kein Recht darauf habe. Er küsste mich, bevor wir uns auszogen. Er küsste mich, streichelte mit seiner Hand über mein Gesicht.

„Ich bin ein Mann. Bist du dir sicher, dass du das tun möchtest?"

In diesem Moment war ich mir sicher. Ich war nicht passiv. Es war nicht etwas, das einfach passiert. Ich traf eine Entscheidung. Und das tat er auch. Es war etwas, das wir beide wollten. Aber ich glaube, dass die Heftigkeit meiner Gefühle mehr mit mir zu tun hatte als mit ihm.

War es das Risiko wert, dafür Haus und Heim und eine intakte Familie aufs Spiel zu setzen? Ganz zu schweigen von dem möglichen Schaden für meinen Mann, für meine Kinder. War überhaupt etwas einen solchen Preis wert? Als ich aber später zu Hause am Küchentisch stand, lächelte ich vor mich hin. So oft hatte ich mir vorgestellt, wie es wäre, mit einem anderen Mann zu schlafen, so oft, dass es unmöglich schien, es tatsächlich zu tun. All das, was zwischen Theo und mir war, es fühlte sich stets so an, als würde ich das nie mit einem anderen Mann erleben.

Und dann war es so leicht. Wie Fahrradfahren. Man musste es einfach tun. Die Chance ergreifen. Ich war überglücklich mit mir. Es war, als könnte ich die Welt erst jetzt in voller Farbkraft sehen.

Die tiefe Hölle

Kurz nach Mitternacht ist es endlich still im Haus. Die Polizisten sind weg.

Immer wieder frage ich mich, warum Julia ihre Ehe in Gefahr gebracht hat. Wusste sie denn nicht, was da auf sie zukommt? Sicher, sie und Theo haben Probleme und benehmen sich bisweilen wie ein scheidungsaffines Meckerpärchen, aber ihr Alltag ist nicht von Gewalt und Wahn geprägt. Also welchen Grund hatte sie, sich mit diesem Typen einzulassen? Sie soll aber nicht glauben, dass sie, jetzt wo dieser Wichser das Zeitliche gesegnet hat, mit weißer Weste davonkommt, während der Rest ihrer Familie Staub frisst.

Ich weiß zumindest, warum ich bin, was ich bin, warum ich dem Sterben so gerne zusehe. Der Tod ist vollkommen in seinem Tun, und ich strebe nach derselben Perfektion. Mit dem heutigen Wissen würde ich sagen, dass ich deshalb vor einem Jahr starb und wiedergeboren wurde, aber damals, in jenem seltsamen Sommer, war die Welt eine Hölle und München ihr tiefstes Loch. In einem Moment war ich sorglos, im nächsten ein Wrack.

Es war reiner Zufall, dass ich von der Affäre erfuhr, obwohl Libby mehr als einmal behauptet hat, dass es keine Zufälle gibt und dass mein Schicksal vorherbestimmt ist. Libby war schüchtern und sanft, eine Fata Morgana, wenn sie mit einer Tasse Tee im Raum erschien, ich kann es nicht anders in Worte fassen. Sie war ein Flimmern, ein Licht, das Leuchten kam aus ihrem Inneren. Sie war nicht nur sehr verletzlich, sie sah auch so aus. Ich ging davon aus, dass mit der Unterstützung dieser Frau und mit ihrer sanften und gefestigten Freiheit wieder alles für mich möglich schien.

Aber hätte ich Libby vor mir beschützen können? Nein! Vielleicht gegen Außenseiter. Aber nicht gegen den Herztod. Oder sagen wir mal so: Vor jemanden, der gerne Tiere quält und in dessen Brust unzählige Menschen stecken: eigenartige, absurde, widersprüchliche, böse Menschen. Ich konnte mich noch nie auf eine Formel bringen.

Seitdem wuseln Gedanken wie Termiten durch meinen Kopf, fressen sich gegenseitig auf, nur um dann neue, noch größere zu gebären. Auch habe ich viele Male darüber nachgedacht und jeden Tag mit der Frage gelebt: Libbys Herztod – das Warum – ist das Rätsel in meinem Kopf, das sich in einer Endlosschleife wiederholt und nie, nicht ein einziges Mal, zu einem Ergebnis geführt hat.

Ich bin vorhin im Keller kurz eingeschlafen. Jetzt höre ich Geräusche. Julia ist aufgestanden, sie schläft neuerdings nicht gut. Kein Wunder. Als ich sie an der Brandschutztür zum Keller herumfummeln hörte, musste ich mich schnell verstecken. Julia konfrontiert mich mit ihrer schamlosen Nervigkeit. Dann verkrampfe ich selbst den kleinsten Muskel in meinem Körper zur Faust, für alle Fälle. Aber das strengt an.

Jetzt ist alles wieder still. Die Luft ist rein.

Ich treffe mich am Nachmittag mit meiner Liebe. Dann sind es unsere Gefühle, die für mich von Bedeutung sind. Ich bin verrückt nach ihr. Ihr schöner Körper schwelgt in einem Zustand der Stille, ihre Augen spiegeln Einsamkeit und Enttäuschung wider. Noch leckt sie die Wunden der Enttäuschung. Aber eines Tages ... Dieser Gedanke allein bewahrt das Lächeln auf meinem Gesicht. Heute werde ihr von meinen Plänen erzählen, sanft, vorsichtig. Wir werden Verbündete sein, da bin ich mir sicher.

Ich verlasse den Keller durch den Seiteneingang, atme ein paar Mal tief durch.

Ich bin nicht müde, im Gegenteil. Ich schließe die Augen, nehme mein loses Ich und rücke meiner Geliebten ab. Muss auf die Jagd gehen.

Vielleicht sollte ich Hannah Küpper ins Visier nehmen...? Ich stelle mich in die Boardingschlange meiner Kandidatinnen aus der Johannisgasse 17. Definiere sie neu. Öffne die Augen wieder.

Ja, Hannah. Sie ist die schlimmste und seltsamste Angeberin bei Facebook, die ich kenne.

Kapitel 22

Dienstag, 4. Oktober 2022

11:00 Uhr

Es ist die Art von Ort, an dem alte Kuriositäten – Werkzeuge aus früheren Zeiten und ländlicheren Regionen – zur Dekoration an den Wänden hängen, auf eine so routinierte Art und Weise, dass ich mich frage, ob sie tatsächlich Antiquitäten sind.

Heute Morgen lauschte ich den knarrenden Schritten der anderen Bewohner auf der Treppe, hörte, wie sie sich verabschiedeten, hörte das Zuschlagen der Haustür und wie sich das Klacken der Schritte auf den Pflastersteinen entfernte. Ich hatte alle Zeit der Welt, das Treffen mit Mo Celta zu planen, zu überlegen, was ich bereit war preiszugeben. Aber ich kam nicht weit, bin wohl zu beschädigt. Ich möchte noch immer das Unheil verhindern, das mit meiner Bekenntnis offenbart wird. Ich wollte früh dort und bereit sein, wenn sie eintrifft und neben mir Platz nimmt. Mich zuvorkommend erweisen.

Den Rest des Vormittags verbrachte ich vor dem Computer. Ich hatte mir vorgenommen, etwas zu arbeiten, stattdessen rief ich die Website von Andreas` Firma auf und betrachtete ein Foto, das Andreas mit seiner stellvertretenden Geschäftsführerin zeigte: Sonja Wegener, Anfang dreißig, hübsch, zumindest auf dem Foto. Sofort spürte ich den Dorn der Eifersucht in meiner Brust. Hatte er sie nicht beim letzten Nachbarschaftsfest mal erwähnt?

Das Sommerfest der Nachbarn fand bisher immer Ende Juni, kurz vor Beginn der Sommerferien, statt, aber in diesem Jahr wurde es erst Mitte September gefeiert. Hannah organisierte in Windeseile ein Mittagessen. Für ein Fest am Abend war es draußen zu kalt, auch wurde es früher dunkel. Jeder brachte zwei Gerichte für das Buffet mit. Ich sprach kaum mit Andreas. Es war zu jener Zeit, als ich den Versuch unternahm, mit ihm Schluss zu machen. Theo war aus irgendeinem Grund schlecht gelaunt, wahrscheinlich wegen seiner Mutter, denn er musste ein paar Mal an sein Handy gehen und saß ansonsten mit dem Gerät in der Hand da und scrollte. Marleen wirkte müde und erschöpft. Mir fiel auf, wie entsetzlich mager sie geworden war. Hannah sprach von der Arbeitsliste, die sie bald im

Treppenhaus aufhängen würde, und wie viel Arbeit jeder von uns zu erledigen hätte. Severin saß mürrisch neben ihr und schaute alle paar Minuten auf seine Armbanduhr. Es herrschte eine merkwürdige Stimmung. Charis ging in ihr Zimmer, bevor wir mit dem Essen fertig waren, Jonas verließ uns kurz danach und Emma, der ich weder erlaubte ins Haus noch auszugehen, saß neben mir und ließ mich spüren, dass sie lieber irgendwo anders wäre als neben mir zu sitzen. Samuel war zurückhaltend, aber angenehm. Einzig Cora versuchte, die Atmosphäre aufzulockern. Sie flatterte von einer Person zur nächsten, stellte Fragen, erzählte Geschichten, gestikulierte mit den Händen und lachte. Am Ende war auch bei ihr der Funke Schweigen übergesprungen, und wir saßen einfach nur still da. Es herrschte eine seltsame, feindselige Stimmung. Am Ende gingen alle früh zurück in ihre Wohnungen. Im Treppenhaus hörte ich Andreas, der zu Marleen sagte, dass er wegen einem Meeting mit Sonja Wegener in die Firma müsse.

*

Ich gehe nicht gern in ein überfülltes Café wie dieses, in dem das Stimmengewirr der Touristen und die Geräusche von klirrendem Geschirr von den Wänden widerhallen. Ein Ort voller Menschen, voller Leben, voll von Hochmut, Zorn, Völlerei, Neid und Trägheit. Ich überblicke die Tische und ergattere mir einen im hinteren Teil des Cafés.

Wie ich vermutet habe, ist Mo noch nicht da.

Es ist sonderbar, so im Halbdunkel zu sitzen und meine Gedanken treiben zu lassen. Ein junger Mann mit blondem, halblangem Haar bittet mich um Feuer. Selbst seine Stirn zeigt keine einzige feine Linie. Ich gebe ihm schweigend Feuer. Er beugt sich vor, hält seinen Kopf leicht schief, sein Haar fällt auf eine lässige Art nach vorn, er blickt mir direkt in die Augen. Als er die Zigarette zum Glühen gebracht hat, wandert mein Blick zu seinem wohlgeformten, leicht geöffneten Mund. Sofort denke ich an Andreas, an seine Lippen, die mich sanft geküsst haben. Ich frage mich, wann ich angefangen habe, die unsichtbare Grenze zu überschreiten. Männer erkennen die Signale einer rastlosen Frau sofort, selbst im Halbdunkel, wie Andreas im Nebel.

Der Junge lächelt, hält seine Zigarette hoch. „Vielen Dank!“

Um zwanzig nach zehn betritt Mo das Café. Ich sehe sie sofort, folge ihr mit den Augen, während sie sich suchend nach mir umsieht. Ihre

Wangen sind von der Kälte gerötet, ihr Schal hängt bis auf den Boden. Unter ihrem Mantel trägt sie einen dunkelblauen Hosenanzug. Zwischen all den Tischen und dem ausgestellten Schnickschnack dauert es einen Moment, bis man sich einen Überblick verschafft hat. Es hat etwas Angenehmes, die Hauptkommissarin auf diese Weise zu sehen, als ob ihre verwirrte Suche nach mir das Gleichgewicht zwischen uns wiederherstellt, das zuvor durch die autoritäre, geradlinige Ermittlerin, die sie gestern war, gestört wurde. Sie erblickt mich.

„Ich bin so froh, dass Sie mich in Starnberg treffen können", sagt sie und lächelt breit, als sie sich an meinen Tisch setzt. Sie nimmt meine Hand und schüttelt sie herzlich. „Ich habe hier zu tun und dachte, es wäre besser uns hier zu treffen." Sie sieht sich um und begutachtet den Nippes ohne den geringsten Anflug von Ironie. „Neutraler Boden eben."

Ich denke an den Spalt in der Wand zwischen unserer Wohnung und der Küpper-Wohnung, an das Gefühl, dass in der Johannisgasse alles belauscht werden kann.

„Natürlich, überhaupt kein Problem."

„Also", sagt sie, nachdem die Bedienung für uns beide den Kaffee gebracht hat. „Wie geht's Ihnen, Frau Hagen?"

Ich räuspere mich. „Grauenvoll, wenn man bedenkt..."

„Es muss hart sein. Ich denke oft darüber nach, wie es ist, wenn eine Polizeiangelegenheit in dein Leben tritt. Ein Mord im eigenen Haus. Es ist mein Job, ich bin darin geschult, damit umzugehen, für Sie ist es doch etwas anderes."

Ich nicke, suche nach einem Ansatzpunkt, um das Gespräch in eine andere Richtung zu lenken. Sie reißt ein Zuckertütchen auf, kippt den Inhalt in den Kaffee und rührt um. Sie vollzieht das Ritual, bleibt aber dabei stumm. Auch ich schweige, obwohl ich jetzt die Gelegenheit dazu hätte. Ich schaue zu, wie sie die Tasse an die Lippen führt. Ich spüre, dass sie über etwas nachdenkt, als sie einen Schluck nimmt. Dann stellt sie die Tasse ab und sieht mich an.

„Wie auch immer. Sie wollten mir etwas sagen, Frau Hagen?"

„Ja.".

Das ist der Moment. Über einleitende Worte hätte ich zu Hause nachdenken sollen, anstatt mir seine Website anzusehen. Ich zögere, es ist schwierig, dieses Gespräch zu führen, ich habe keine

Kurzfassung für Mo Celta. Das weiß ich bereits. Sobald die Geschichte erzählt ist, wird sie nur eine Geschichte über Untreue sein. Über Sex. Wie soll ich anderen erklären, welche Sensibilität und Intensität zwischen Andreas und mir bestanden hat? Die Bedeutung der Beziehung, wie wichtig er für mich war, nicht nur als Liebhaber, sondern auch als Freund? Wie sehr ich mich danach sehnte zu erfahren, wie er über das Leben dachte, über Alltäglichkeiten, über die Liebe, unsere Berufe. Ich freute mich stets, mich mit ihm auszutauschen. So wurde er schnell zu einem Bezugspunkt für mich.

Im letzten Sommer, einige Monate bevor wir intim wurden, saß ich abends mit einem Buch auf der Bank unter dem Kastanienbaum. Ich wollte den Garten optimal nutzen und sagte Theo, dass wir ihn als eine Erweiterung der Wohnung betrachten sollten. Eines Abends kam Andreas zu mir rüber. Er hatte ein Buch dabei und eine Flasche Bier.

„Darf ich mich setzen?“, fragte er. „Ich verspreche, dass ich dich nicht stören werde.“

Am Anfang war es mir unangenehm. Ich war mir seiner Gegenwart sehr bewusst, registrierte jede seiner Bewegungen und konnte mich nicht auf das konzentrieren, was ich zu lesen versuchte. Aber er kam immer wieder, wenn ich dort saß. Am Ende begann ich, ihn zu erwarten. Wir konnten uns nebeneinandersetzen und die mühelose Stille teilen. Hin und wieder wechselten wir ein paar Worte, aber wir mussten nicht reden. In dieser wortlosen Zeit, die wir miteinander verbrachten, entstand eine seltene Vertrautheit.

Aber das alles wird niemanden interessieren. Die Tiefe unserer Freundschaft wird keine Bedeutung haben. Alles, was er für mich war, werden die Leute auf Sex reduzieren. Auf die nackten Zahlen: die Zahl unserer Treffen, wie häufig wir es trieben, wie lange. Dabei habe ich ihn gerade erst verloren. Die Tatsache durchdringt mich, ich bin überrascht von meinem Schmerz, diesem Kummer. Habe ich geglaubt, dass es ein Happy End geben würde? Nein, das habe ich nicht. Oder? Ich weiß es nicht. Es sollte damit enden, dass wir getrennte Wege gehen. Es sollte eine schöne Erinnerung werden, etwas, das ich mitnehmen und bis ins hohe Alter in Ehren halten konnte, dieses Kapitel meines Lebens, in dem ich jung und verrückt war. Oder zumindest ein bisschen jung, ein bisschen verrückt.

Das habe ich Mo erzählt, und dass alles in der Wohnung über mir real war. Ich versuche, die Untreue zu rechtfertigen. Meinen Namen im Voraus reinwaschen. Eine sinnlose Übung, die Affäre zu erklären, etwas, das ich nicht einmal selbst erklären kann.

Mo Celta nickt langsam, während ich spreche. Ihr Gesicht ist ernst, aber es enthält keine Verurteilung, sie wirkt konzentriert. Ihre rechte Hand liegt vor ihr auf dem Tisch neben der Tasse. Es ist eine schöne Hand, denke ich, die richtige Größe, kein Nagellack oder Schmuck, ernst und absolut ruhig. Sie unterbricht mich nicht, ich spreche weiter, erkläre, wie es dazu kam, dass ich anfing, ihn jedes Mal anzurufen, wenn ich allein war und eine Chance auf eine Begegnung sah. Wie es dazu kam, dass ich mein Familienleben so organisierte, dass sich Gelegenheiten ergaben. Die Leichtigkeit, mit der ich diese unverzeihlichen Dinge tat, obwohl ich in meinem Leben nie etwas Falsches getan hatte.

Ich bin noch nicht sehr weit gekommen, als ihr Handy, das zwischen uns auf dem Tisch liegt, vibriert.

„Entschuldigen Sie mich, ich muss das annehmen", sagt sie, ihre ersten Worte seit geraumer Zeit. Sie nimmt den Anruf entgegen. „Einen Moment." Dann steht sie auf, geht an der Bar entlang einen Gang hinunter, der vermutlich zu den Toiletten führt, bis ich sie nicht mehr sehen kann.

Die Bedienung wirft ihr einen Blick hinterher. Dann sieht die junge Frau mich an. Für einen Augenblick treffen sich unsere Augen, bevor sie mir ein höfliches Lächeln zuwirft und sich wieder ihrer Zeitschrift widmet.

Ich nehme mein Handy in die Hand und scrolle hin und her. Cora hat mir eine Textnachricht geschickt: *Können wir uns heute treffen, Julia?* Für sie ist alles dringend. Ich hingegen fühle keine Dringlichkeit mehr. Es ist ausgesprochen, die Katze ist aus dem Sack.

Kaninchen... Blitzartig denke ich an die gequälten Tiere, an Benno, der über die Stränge schlägt, an die Mütter in der Schule, die sich an den blutigen Details laben, an Cora, die es das Böse nennt. Die Leute, die Tiere quälen und töten, sind grausamer als die, die ihre Ehepartner betrügen. Ist das nicht die Art, wie wir diese Dinge einstufen? Zumindest haben Tierquäler keinen Grund für ihre Taten, sie haben keinen Nutzen von ihren Verbrechen, es ist nur widerlich. Aber niemand wird das so sehen, da bin ich mir sicher. Was bedeutet das Leben eines Kaninchens verglichen mit der Zerstörung einer Familie?

Es dauert eine gefühlte Ewigkeit, bis Mo Celta mit einer tiefen

Falte in der Stirn zurückkommt. Ich schweige, weil mir die Worte fehlen. Sie setzt sich auf ihren Stuhl, legt ihr Telefon wieder auf den Tisch und schweigt, offenbar immer noch mit ihren Gedanken beim Telefonat. Dann räuspert sie sich, stellt ihre leere Kaffeetasse um, legt den Löffel ordentlich auf die Untertasse, als ob es ihr helfen würde, einen klaren Kopf zu bekommen.

„Ich muss leider gehen", sagt sie. „Es ist etwas dazwischen gekommen, um das ich mich sofort kümmern muss. Wir müssen das Gespräch später fortsetzen."

Ich nicke.

„Sie werden Ihrem Mann davon erzählen müssen, Frau Hagen. Das verstehen Sie doch, oder?"

Ich schüttle heftig den Kopf. „Nein, das kann ich nicht", protestiere ich heftig und denke an Theo, wie ich ihn gestern in der Küche angestarrt habe, als er das Abendessen für die Familie zubereitete.

Mo räuspert sich. „Vielleicht sollte ich das nicht erwähnen, aber es wird vermutlich ohnehin in den nächsten Tagen herauskommen, also riskiere ich es. Es sieht nicht so aus, als ob jemand am Samstagabend in die Johannisgasse 17 eingebrochen wäre. Verstehen Sie? Das Fenster zu Taubers Arbeitszimmer war angelehnt, auf der Wiese darunter stand eine Leiter. Aber die Spurensicherung hat den Boden unter dem Fenster untersucht, es gibt dort keine Abdrücke. Der Boden war nass und weich. Eine Leiter, die das Gewicht eines Menschen getragen hätte, wäre darin versunken. Es ist also unwahrscheinlich, dass jemand auf diese Weise in die Wohnung der Taubers gelangt ist. Es gibt auch keine Fenster im Erdgeschoss, die aufgehebelt oder eingeschlagen wurden, und keines von ihnen war geöffnet. Und ihre Eingangstür ist natürlich sehr sicher. Wir haben von der Firma, die das Codeschloss eingebaut hat, einige Unterlagen erhalten und haben überprüft, wie oft sie an diesem Tag und in dieser Nacht geöffnet wurde, aber es gibt keine Anzeichen dafür, dass sich jemand gewaltsam Zutritt verschafft hat. Verstehen Sie, was ich damit andeuten will?"

Ich starre sie ausdruckslos an.

„Die Person, die ihn getötet hat", fährt sie fort, „wurde hereingelassen oder kannte den Code für die Eingangstür."

Da ist es wieder, das Zittern, als ich mich in Andreas` Wohnung einließ. Das ungute Gefühl, dass etwas nicht stimmte.

„Es ist noch zu früh, um mich festzulegen, aber im Moment müssen wir davon ausgehen, dass einer der Hausbewohner die größte Chance hatte, ihn zu töten. Und nachdem, was Sie mir gerade erzählt haben, zählt Ihr Ehemann zu den Verdächtigen. Er hätte ein klares Motiv. Sie müssen ihn wissen lassen, wie die Dinge so liegen."

„Aber wenn ich ihm alles gestehe, ruiniere ich unser Leben." Meine Stimme klingt schrill und ängstlich.

Mo Celta legt ihre Hand auf meine, sie ist sicher und warm. „Das verstehe ich, Frau Hagen. Das ist nicht schön, aber Sie müssen alles tun, um Ihrem Mann zu helfen."

Stille. Ich denke an Theo, wie er war, als ich ihn zum ersten Mal traf, an sein junges, offenes Gesicht.

„Außerdem wird es vermutlich sowieso herauskommen. Ihre Affäre mit Herrn Tauber wird jetzt Teil der Ermittlungen werden. Das muss es."

Ich bin verzweifelt. „Aber muss mein Mann es denn wissen? Kann es nicht etwas sein, das nur Sie wissen, und das nicht an die Öffentlichkeit dringt? Ich meine, es ist sehr wahrscheinlich, dass das nichts mit dem zu tun hat, was mit Andreas passiert ist."

Die Hauptkommissarin sieht mich mit einer Schwere in ihren Augen an, die ich nicht verstehe. Dann wird es mir klar. Sie ist nicht überzeugt. Sie glaubt, dass er wegen unserer Affäre gestorben ist. Zumindest hält sie es für möglich. Sie kennt Theo nicht, sie versteht nicht, dass er Andreas unmöglich die Kehle aufgeschlitzt haben kann. Mo Celta sieht nur das Motiv.

„Sie glauben doch wohl nicht, dass das der Grund ist", beginne ich, aber meine Stimme bricht. Ich fühle den Schmerz, will ihn auffangen. Der Gedanke ist so absurd. Ich bin nicht in der Lage, ruhig darüber zu sprechen.

Mo rückt den Löffel und die Kaffeetasse wieder zurecht.

„Hören Sie, Frau Hagen", sagt sie. „Wir machen einen Deal. Sie helfen mir und erzählen mir alles. Alles, was Sie über Herrn Tauber wissen, alles über ihre Beziehung, seit Sie ihn kennengelernt haben, bis zu dem, was am Wochenende passiert ist. Okay? Und alles, was Sie zufällig über seine Familie, seinen Job, seine finanzielle Situation wissen, eben alles, was Ihnen einfällt. Sie helfen uns bei den Ermittlungen. Damit wir die Person, die das getan hat, fassen können."

Ich nicke. „Ja, natürlich, ich werde alles tun."

„Ich werde meinerseits alles tun, um Ihr Geheimnis zu wahren.

Ich werde Ihre Kooperationsbereitschaft mit meinem Kollegen Nico Braun teilen. Allerdings werde ich das, was Sie mir gerade erzählt haben, so weit wie möglich schützen."

„Danke."

„Wir werden uns aber später damit befassen müssen. Das verstehen Sie doch? Eines Tages wird das ans Licht kommen. Wenn die Polizei in einem solchen Fall auf den Plan tritt, ist das in der Regel der Fall. Aber ich verschaffe Ihnen noch etwas Zeit. Sie können also erst einmal selbst mit Ihrem Mann sprechen."

„Ich verstehe. Ich danke Ihnen."

„Wenn Nico Braun es erfährt, setzt er vielleicht andere Prioritäten." Ein Hauch Trauer huscht über ihr Gesicht. „Er ist ein Bluthund. Sie haben also nicht alle Zeit der Welt."

„Ich verstehe", erwidere ich schnell.

Nein, ich verstehe gar nichts mehr. Ich weiß nicht, ob ich jemals verstehen werde, was den Tod zum Tod und die Trauer so quälend und beklemmend macht.

Nachdem sie sich verabschiedet hat, gehe ich zu meinem Wagen, den ich eine Straße vom Café entfernt geparkt habe. Ich brauche eine halbe Stunde, in der ich nur vor der Fahrertür stehe und auf den Boden starre. Mein Herz schlägt so heftig gegen meine Brust, als wollte es raus, weg von mir. Ich will der Hauptkommissarin hinterher, um sie zu bitten, alles zu vergessen, was ich gesagt habe.

Ich frage mich, ob ich es verstanden habe, was es bedeutet, Theo davon zu erzählen, ihm diesen Schmerz zuzufügen. Was wird davon in unserem Leben nachklingen? Da ist meine Angst, Theo zu verlieren, die Angst um unsere Kinder, um unser gemeinsames Leben. In ihm wird so viel Schmerz sein, um darin die gesamte Schöpfung zu umfangen. Ich spüre aber auch eine gewisse Erleichterung darüber, dass mir ein Aufschub gewährt wurde.

Kapitel 23

Dienstag, 4. Oktober 2022

14:00 Uhr

Als ich die Johannisgasse hinauffahre, sehe ich sie: Fahrzeuge diverser Fernsehsender, der Journalisten, der Polizei. Ein Mann in einer Windjacke lehnt sich mit einer riesigen Kamera über unseren Zaun. Achtlos gehe ich an ihnen vorbei, greife nach dem Tor. Eine Journalistin streckt eine Hand aus, um mir zu helfen. Sie schließt das Tor hinter mir, ich danke ihr.

„Gern geschehen", sagt sie und lächelt breit.

Zumindest warten diese Leute *vor* dem Tor. Ich gehe den gepflasterten Weg hinauf, dabei blicke ich auf unser Haus. Früher hat es mich so glücklich gemacht, es dort zu sehen, wo es auf mich wartete, ein betörend friedliches Szenarium, als wäre es nicht von dieser Welt, ein perfekter Kompromiss zwischen Theos Wünschen und meinen. An der Eingangstür gebe ich den Code ein und öffne die Tür. Im Treppenhaus kommt mir Severin Küpper entgegen.

„Hey, Julia." Er zeigt auf die Journalisten. „Die sind heute ganz schön in Fahrt."

Er schaut zur Eingangstür, demnach kann er die Meute gar nicht sehen, aber so wie er sie anstarrt, könnte man es durchaus vermuten.

„Alles Blutsauger, wenn du mich fragst", sagt er. „Sobald sie Blut riechen, kommen sie in Scharen."

Ich atme tief ein, nicke kurz. Hin und wieder komme ich mit Severin ins Gespräch, ein paar Mal war es unangenehm. Er vertritt Meinungen, die ich nicht teile.

Wir sehen uns an. Seine Schultern sind leicht gekrümmt. Mir ist nie aufgefallen, wie groß er ist, groß und breitschultrig.

„Das ist ein Beruf, den niemand vermissen wird, wenn er verschwindet", sagt er, zieht die Augenbrauen zusammen und blickt auf die geschlossene Tür. „Zu fragen, wie es sich anfühlt, jetzt, wo einer von uns tot ist. Das ist lächerlich und pietätlos."

„Andreas war in Berg bekannt", entgegne ich sanft.

„Ja", sagt er, „und ein verdammter Sklaventreiber, wie ich gehört habe."

Er räuspert sich. Das Geräusch hallt durch das Treppenhaus.

„Aber er war trotzdem ein Nachbar und auf seine Art ein netter Kerl“, sagt er ein wenig freundlicher. „Diese Leute da draußen ... es macht mich krank, wie sie sich aufführen. Sie schwärmen um das Blut eines Mannes herum wie Motten um das Licht.“

Ich will darauf nicht antworten. Andreas sprach oft und gern über seine Arbeit als Pharmaunternehmer. Darüber, wie wichtig es ist, Medikamente in Krisengebiete zu exportieren, und dass er sich dabei weniger an Profit orientierte, sondern an Moral. Aber diese Diskussion möchte ich nicht mit Severin führen.

„Nun, ich muss dann mal.“

Auf dem Weg zur Wohnungstür bleibe ich stehen, mir brennt eine andere Frage auf der Zunge. „Severin?“

Er dreht sich um. „Ja?“

„Diese Polizeibeamten“, sage ich. „Haben sie euch auch nach dem Abendessen im Juli gefragt?“

Ein breites, hämisches Grinsen breitet sich auf seinem Gesicht aus und entzweit es. Ich erschaudere bei dem Anzeichen von Schadenfreude, es macht ihn mir noch unsympathischer. Mir wird klar, dass ich ihn eigentlich gar nicht mag, nur war ich mir dessen bisher nicht bewusst. Er hat auch seine sanfte Seite, zeigt sich gutmütig und freundlich und übernimmt seinen Anteil an den Aufgaben auf dem Grundstück. Aber er hat auch etwas Niederträchtiges an sich. Die Bereitschaft denen gegenüber, die nicht mit ihm übereinstimmen, seinen Unmut spüren zu lassen.

„Ja.“ Er steckt die Hände in die Hosentaschen. „Das haben sie. Ich habe ihnen erzählt, dass an dem Abend heftig diskutiert wurde. Ich habe mich nicht daran beteiligt. Das Thema war mir egal. Aber *sie* waren wütend. Vor allem unser Freund Samuel. Er hatte Schaum vor dem Mund, ich dachte, er würde Andreas an die Gurgel gehen.“

Ich schaue zur Seite, stecke meinen Wohnungsschlüssel ins Schloss. Ich könnte mich ohrfeigen. Warum habe ich ihn nur darauf angesprochen? Ich hätte es wissen müssen.

„Okay“, ist alles, was ich entgegne und hoffe, dass er schnell das Haus verlässt. Severin macht aber keine Anstalten zu gehen. Ich spüre seine Blicke auf mir, während ich das Schloss öffne, spüre, wie seine wachsamen Augen meinen Bewegungen folgen. Ich bin nervös, will nur die Tür öffnen. Meine Hand zittert leicht.

„Und dein Mann, weißt du, Julia, er war auch kein Chorknabe. Ich meine ja nur. Er hat sich auf die Seite von Samuel gestellt, er war so wütend. Das macht einen schon stutzig. Ja, das tut es. Was mag in einem Mann vorgehen, der sonst so sanftmütig ist, wenn er derart explodiert? Hm? Ich meine, ich kenne Theo, aber wenn ich es nicht wüsste, würde mir das zu denken geben."

Jetzt lächle! Ein tapferes Lächeln. Ich drehe den Schlüssel um, öffne die Wohnungstür. Ich will das nicht hören. Ich vertraue keineswegs darauf, dass Severin die Wahrheit sagt. Ich habe mehr Vertrauen in Theo als in diese Giftschlange, und dennoch bleibt ein Hauch Verunsicherung zurück. Könnte Severin recht haben? Selbst an einer Geschichte, die so verbogen und verdreht wird, dass sie nur den Schilderungen des Erzählers entspricht, hängt mitunter ein Körnchen Wahrheit.

Ich spüre, wie eine Welle der Angst auf mich zukommt.

„Gut, also bis dann", sage ich.

Er nickt. Sein Gesicht glättet sich wieder, das hässliche Grinsen verschwindet. Wenn er seinen Kiefer nicht anspannt, hat er sogar etwas Anziehendes an sich. Wahrscheinlich war er in seiner Jugend ein attraktiver Mann, wie es sein Sohn bald sein wird. Es fällt schwer sich vorzustellen, dass Severin jemals jung und glücklich war, vor Energie strotzte und voller Hoffnung in die Zukunft blickte.

„Ich gehe wohl besser raus und stelle mich den Wölfen. Wir sehen uns."

Die Tür knallt hinter ihm zu, ich atme wieder leichter.

Mir wird klar, dass das, was Severin an die Polizei weitergetragen hat, der Grund für ihre Fragen waren. Seine Geschichte müssen sie auf jeden Fall überprüfen, ob sie nun stimmt oder auch nicht. Oder haben sie vielleicht doch etwas hinter all dem, was er gesagt hat, gesehen? Etwas, das ich nur schwer zu erkennen vermag. Etwas, das mir vielleicht immer wieder entgleitet.

Ich bin durcheinander. Sollte die Geschichte stimmen, warum hat Theo sie mir verschwiegen? Als ich die Bedeutung seiner Worte in Gedanken fasse, breche ich vor Scham in Tränen aus und entlade mich eines Tsunamis, bis ich wieder an die sozialerträgliche Oberfläche auftauche.

Julias Ende

Julia ist wieder zuhause. Eigentlich ist sie ein klitzekleines bisschen zu hübsch, aber nach dem Gespräch mit Mo Celta sieht sie mitgenommen aus und ist ein wenig blass um die Nase. Das ist irritierend. Ich lasse keine Irritationen zu, die meinem Vorhaben im Wege stehen könnten.

Sie hatte Make-up aufgelegt. Seltsam, denn in der Regel ist sie die pure Natur, Andreas liebte die Natur, deshalb mochte er sie wohl. Ja, denke ich, so einfach ist das. Marleen schminkt sich zu stark.

Wenn ich Julias Ende vor meinem inneren Auge habe, verdrängt es meine Neigung, eine scheußliche Bemerkung gegenüber Frauen zu machen, an denen alles falsch ist und denen das nichts auszumachen scheint, beispielsweise wie eine Frau wie Hannah. Dann siegt die Freude der Abneigung über diese absolute Unvollkommenheit. Dann macht Julias Existenz, auch wenn sie ein wenig zu schön ist, den Unterschied aus.

Es spielt keine Rolle, aus welchem Blickwinkel ich sie betrachte. Sie ist und bleibt die Schlange des Sündenfalls. Erst wenn die Zeit dafür reif ist, werde ich mich ihr zu erkennen geben. Dabei will ich sie ansehen, wie ihre Augen meinen Worten folgen. Ich will sehen, wie sie reagiert. Ob sie Angst hat, vor Wut errötet oder unsicher wird. Ja, eines Tages …

Bis dahin träume ich von ihr und versuche mir vorzustellen, wie es sein wird, wenn ich sie töte. Wie sie dann riechen wird, wie sie sich anfühlen wird.

Mich wird niemand aufhalten können.

Niemand!

Kapitel 24

Dienstag, 4. Oktober 2022

20:00 Uhr

Theo ist im Wohnzimmer. Ich bin allein mit der Leere meiner Küche. Die Reste des Abendessens stehen noch auf dem Tisch, ein Viertel Steak und ein Rest von Püree auf einem Teller. Mein Glas, noch zu drei Viertel gefüllt, steht neben der leeren Flasche eines italienischen Rotweines. Der Kühlschrank zeigt Alterserscheinungen und gibt seltsame Geräusche von sich. Ich räume ab, während ich über Mo Celta grüble. Wird die Polizistin ihr Wort halten? Wird Mo Celta sich verpflichtet fühlen, Theo zu erzählen, was ich ihr gesagt habe? Ich atme tief ein und gehe zur Küchenfensterfront. Da draußen liegt der Garten, leer in der frühen Dämmerung. Die Journalisten sind weg, und auf der Straße ist niemand zu sehen. Alle Lichter in der gegenüberliegenden Häuserfront sind ausgeschaltet, nur bei Benno brennt Licht. Auf der Straße ist nichts zu sehen außer einem streunenden Hund, der unter dem Licht einer Laterne läuft.

Da! Das Haus gegenüber. Das linke Fenster im zweiten Stock, mit Eisengittern geschützt, dahinter ist ein schwaches Licht, das ein- und ausgeschaltet wird. Irgendetwas geht in diesem Haus vor. Und da sehe ich es. Ein Schatten steht am Fenster und beobachtet mich, vielleicht ein gelangweilter Nachbar? Alles harmlos. Ich sehe Gespenster.

Andreas wird mich nie mehr zum Lachen bringen. Er ist tot. Ich vermisse seine Stimme, sie entgleitet mir wie ein Schatten, löst sich in Dunkelheit auf. Nein, Mo Celta wird Theo nichts sagen. Sie wird Wort halten, aber ich muss es Theo beichten. Bei dem Gedanken bekomme ich einen Schlag in den Magen. Ich höre seine Schritte, er kommt in die Küche.

„Ist da draußen etwas los?", fragt er über meine Schulter hinweg.

„Nein", antworte ich und schaue hinaus. „Nein, es wird gerade dunkel, die Meute ist fort."

Ich bin noch nicht in der Lage, meine Schuld in Mut umzuwandeln.

Gegen zwanzig Uhr stürzt Hannah Küpper mit einem Redeschwall in unsere Wohnung.

„Entschuldige, dass ich euren Abend störe, aber ich habe euch etwas Wichtiges mitzuteilen. Ich will damit nicht bis morgen warten, und weil es sich um eine vertrauliche Information handelt, kann ich sie nicht in euren Briefkasten werfen."

Theo und ich starren sie befremdet an.

„Ich habe mir die Daten des Codeschlosses von letzter Woche besorgt", sagt sie, „weil ich es für äußerst wichtig halte, dass wir alle dieselben Informationen erhalten wie die Polizei, und da ich an volle Transparenz in Prozessen wie diesem glaube, gebe ich euch allen eine Kopie."

Sie legt ein paar Blätter Papier auf den Tisch.

In einer langen Liste stehen unsere Namen: Tauber, Lemberg, Küpper und Hagen. Jeder von uns hat einen Code, nur einen pro Haushalt, man kann aber nicht sehen, welches Familienmitglied sich selbst eingelassen hat. Dennoch gibt es ein ziemlich vollständiges Bild davon, wie sich das Leben in unserem gemeinsamen Gebäude abspielt. Wir können unsere Einlässe und die unserer Nachbarn in der vergangenen Woche in erschreckendem Detail sehen.

„Oh, mein Gott", sagt Theo. „Ich kann nicht glauben, dass die Sicherheitsfirma diese Daten preisgibt."

„Aber das ist doch nur vernünftig", erwidert Hannah. „Wenn sie der Polizei ausgehändigt werden, dann sollten wir auch Zugang zu diesen Daten haben. Das habe ich dem Mann in der Firma gesagt. Die Schließanlage ist immerhin unser Eigentum."

Unser Eigentum. Sie vergisst dabei, dass sie sich Zugang zu Daten über ihre Nachbarn verschafft hat. Wir sind nicht *eine* Einheit in diesem Haus, auch wenn sie das zu glauben scheint. Wir sind *vier* Einheiten. Jetzt habe ich das Gefühl, dass auch das zu bröckeln beginnt. Sind Theo und ich bei all dem eine Einheit? Will ich, dass er sieht, dass ich öfter tagsüber nach Hause gekommen bin, wenn alle außer Andreas weg waren? Und wie viel Offenheit hätte Andreas gewollt? Ich beobachte Hannah, während die Worte aus ihr sprudeln. Es kommt mir vor, als erwarte sie ein Zeichen der Dankbarkeit.

Mo hat angedeutet, dass die Polizei glaubt, dass einer von uns das Verbrechen begangen hat. Entweder das, oder jemand, den Andreas selbst hereingelassen hat. Oder die dritte Möglichkeit, dass es jemand war, der von einem von uns hereingelassen wurde. Was ist mit Hannah, die da steht und sich den Mund fusselig redet? Könnte sie es gewesen sein? Wenn ja, dann muss sie eine begabte Schauspielerin sein. Ich schlinge meine Arme um mich. Spiele eine Rolle für meine Nachbarn. Das ist es, was ich tue. Die glückliche Ehepartnerin, das liebende Paar. Die geduldigen Eltern. Ich gebe alles, um zu verhindern, dass sie hinter den Vorhang blicken, denn wir sind, wenn nicht gerade Fremde, sicher keine Freunde. Wir sind durch die dünnen Wände in unseren Wohnungen alle eng miteinander verbunden, dass es für uns alle am besten ist, die Fassade des anderen für bare Münze zu nehmen. Hannah spricht oft von Severin als eine Stütze, als einen Gleichgesinnten. Ihre Geschichten sind gespickt mit *'und dann habe ich zu Severin gesagt'* oder *'das sagt Severin auch'*. Ihre ausufernden Streitereien, seine giftigen Kommentare, die bösen Worte, die sie sich gegenseitig an den Kopf werfen, der Schmerz, das bleibt streng auf die Wohnung beschränkt. Wäre da nicht die Schwachstelle in der Wand hinter dem Küchenschrank, wüssten wir nichts davon. Schlagartig bekomme ich eine Gänsehaut und streiche mir über die Oberarme.

„Die Schließanlage registriert nur den Zeitpunkt, an dem ein Code eingegeben wird“, erklärt Hannah. „Wenn man die Tür von innen öffnet, dreht man einfach den Riegel. Diese Information wird nirgendwo gespeichert. Wenn also jemand im Haus eine Person hereinlässt, kann man das nicht feststellen.“ Sie tippt mit dem Finger auf die Liste. „Am Freitagnachmittag betrat Andreas um 15:24 Uhr das Haus. Es muss Andreas gewesen sein, der früh nach Hause kam, damit er den ganzen Abend ungestört in seinem Arbeitszimmer arbeiten konnte. Marleen war ja verreist.“ Ich nehme das Blatt in die Hand und sehe mir die Daten an.

Küpper 15:44 Uhr: Ich vermute, dass es entweder Hannah oder Jonas ist, denn Severin kommt meist später nach Hause. Hagen 16:17 und 16:51 Uhr: Theo mit Lukas, später Emma. Lemberg 16:54 Uhr: Cora. Hagen 17:25 Uhr: Das war ich. Küpper 17:32 Uhr: Severin. Lemberg 22:54 Uhr: Samuel.

Der letzte Eintrag für den Abend bedeutet, dass wir zu diesem Zeitpunkt alle zu Hause waren, möglicherweise mit Ausnahme von einem Mitglied der Familie Küpper, falls Mutter und Sohn nicht gemeinsam um halb vier nach Hause gekommen sind. Um 00:14 Uhr gibt es eine weitere Aufzeichnung. Vermutlich war es Jonas, der von einer Party nach Hause kam Es dauert eine gefühlte Ewigkeit, bis Mo zurückkommt.

„Vielen Dank, Hannah.“ Ich sammle die Blätter ein.

Sie redet immer noch. Ich habe sie mitten in einem Wortschwall unterbrochen, sie nimmt aber den Hinweis auf, lächelt flach. „Nicht der Rede wert.“

Theo begleitet sie zur Tür. Als er wieder ins Wohnzimmer kommt, rollt er mit den Augen. „Mein Gott, Julia, ich hätte zusammenbrechen können, sie hätte trotzdem ununterbrochen weiter geplappert.“

Ich lege die Blätter auf einen Stapel im Bücherregal. Ich weiß, dass ich später in der Nacht zu ihnen zurückkehren und sie durchgehen werde, um meine Nachbarn und meine Familie auszuspionieren, um die Bewegungen von Theo und Emma in der vergangenen Woche zu verfolgen und zu überprüfen, ob sie zu einer Zeit nach Hause gekommen sind, zu der sie hätten weg sein müssen. Wird Theo das Gleiche tun? Es ist zwei Wochen her, dass ich Andreas das letzte Mal tagsüber zu Hause gesehen habe. Trotzdem, selbst im Traum hätte ich mir nicht vorstellen können, dass diese Daten überhaupt existieren, geschweige denn, dass sie uns direkt ins Haus geliefert werden. Und ich verabscheue Hannah dafür, dass sie es uns so leicht macht, in unser aller Privatleben einzudringen.

Theo räumt den Geschirrspüler aus, hört dabei Musik. Ich sammle im Wohnzimmer Lukas` Spielsachen ein, falte die Tageszeitung zusammen und lege sie auf die prekäre Datenliste. Ab und zu höre ich, wie mein Mann in der Küche eine Melodie summt.

Jetzt wäre eine gute Gelegenheit, Mo Celtas Rat zu befolgen und Theo von Andreas zu erzählen. Aber was dann? Ich kann mir vorstellen, wie sich der Ausdruck in seinem Gesicht verändert, wie er sich von mir zurückzieht, wie alles, was zwischen uns ist, abhandenkommt und mir mein Bedürfnis, ihn zu berühren, zu küssen und meine Arme um ihn zu legen, verwehrt wird. Seine Fürsorge, seine Fragen, wie es mir geht oder ob er mir ein Brot streichen soll, das ich zur Arbeit mitnehmen kann, all das geht verloren. Vielleicht für immer. Vier Worte, die unser Leben zerstören können: *Ich habe dich betrogen.*

Mir wird klar, dass ich heute Abend nicht mehr mit Theo sprechen werde. Das kann ich nicht. Ich muss mir gut überlegen, was ich sagen und wie ich es sagen will. Es wird eines der wichtigsten Gespräche in unserer Ehe und ich habe nicht vor, es unvorbereitet einzugehen.

Nicht, nachdem ich mir ein paar Tage Zeit verschafft habe, als ich Mo versprochen habe, ihr im Gegenzug meine intimsten Geheimnisse zu verraten. Diese Zeit werde ich nutzen und den morgigen Tag mit der Planung verbringen, dann können Theo und ich morgen Abend reden, wenn die Kinder im Bett sind. Mir bleibt noch ein ganzer Tag.

Eine Klobürste

In der Wohnung über Julia ist es am Dienstag wieder ruhig. Das Polizeisiegel wurde entfernt, die Wohnung wieder freigegeben. Marleen kann wieder einziehen. Ob sie das tun wird? Keine Ahnung.

Die Leute von der Spurensicherung haben ein Chaos hinterlassen und der Tatortreiniger war auch noch nicht da. Mir bleibt also noch Zeit, mich hin und wieder in der mörderischen Wohnung umzusehen. Die Bürotür ist zu, man muss sich ja nicht ständig diese Sauerei ansehen.

Ich stehe regungslos in Marleens Wohnzimmer, denke nach. Ich habe den Eindruck, dass in dieser Wohnung die Wände nicht nur Ohren haben. Man hört stets die gedämpften Geräusche der anderen Wohnungen, es sind diese Pappwände, in denen das Böse zu mir dringt, selbst in der Stille. Severin ist noch zu Hause. Er ist eine Klobürste der übelsten Sorte. Hat nicht alle Tassen im Schrank. Der Typ ist vollkommen irre. Irgendwann werde ich Julia davon erzählen. Wenn Hannah ihren Mann zum Beispiel bei einem Brettspiel, Sudoku oder einem Kreuzworträtsel übertrifft, setzt es was. Hat sie vergessen, die Spülmaschine auszuräumen oder das Wohnzimmer ist nicht aufgeräumt, wenn der Meister nach Hause kommt, dann gibt's eins auf die Mütze. Und am nächsten Tag wieder einen Rollkragenpullover oder eine Sonnenbrille, um Würgemale oder Veilchen zu verbergen. Aber der Typ hat gelernt. Niemand im Haus kriegt das alles mit. Hannahs Schreie sind still, bestenfalls gedämpft. Er klebt ihr den Mund zu, bevor er zuschlägt. Dennoch schreit ihre Stimme in den dunklen Abgründen meines Geistes. Ich höre keine Worte, nur ihr ersticktes Klagen, spüre den tief verzweifelten Hilferuf darin. An manchen Tagen läuft sie ganz hastig durch die Wohnung mit ihrem Ich-werde-verfolgt-Blick und denkt kurz über diverse Suizidmöglichkeiten nach. Ich kann es an ihrem Gesicht ablesen, wie die Stimmung ist. In der Wohnung sind es ihre Trippel-Schritte, die sie verraten. Ich frage mich, wann sie den endgültigen Abgang macht und diesen Scheißkerl verlässt. Mal sehen, vielleicht geschieht doch noch ein Wunder. Nach außen hin sind sie natürlich eine Musterfamilie. Mit seinem selbstgebrannten Schnaps hält die Klobürste die Nachbarn im Haus im Modus der Verblüffung. Sohnemann Jonas hat wohl noch nicht mitbekommen, was Papa mit Mama anstellt, oder der Junge ist schockgefroren, weil er seinen Alten kennt. Ich konnte noch nicht herausfinden, wie gut sein Gehör ist, aber das ist eigentlich egal.

Ich entspanne mich. Mache einige Atemübungen.

Julia ist gerade nach Hause gekommen. Muss die Klobürste im Treppenhaus getroffen haben. Was er ihr wohl erzählt hat? Oh, ich weiß, sie kann sehr impulsiv sein. Jetzt ist sie in der Küche. Ich höre sie leise schluchzen. Gelten ihre Tränen Dead-Randy-Andy? Egal.

Ich kann warten. Ich habe die Zeit.

Kapitel 25

Dienstag, 4. Oktober 2022

23:00 Uhr

Meine Füße passen nicht mehr zusammen. Ich lege mich auf die Seite, dann auf den Rücken, aber es fühlt sich nicht richtig an, sie stören sich gegenseitig, weigern sich, bequem aneinander zu liegen. Ich drehe mich im Bett um, lege einen Fuß vor den anderen, aber auch das funktioniert nicht. In ihnen quält mich ein Teufel mit Nadelstichen.

Neben mir liegt Theo und schläft, den Mund halb geöffnet, die Stirn leicht gerunzelt, als wäre er eingeschlafen, während er sich auf ein Problem konzentrierte. Ich bewege meine Füße wieder. Was mache ich für gewöhnlich mit ihnen? Es ist mir noch nie in den Sinn gekommen, dass Füße ein Problem sein könnten und mich Parästhesien quälen.

In letzter Konsequenz stehe ich auf und gehe ins Wohnzimmer. Draußen ist es dunkel. Ich lehne mich mit dem Rücken gegen die Schlafzimmertür, versuche, dem Zwang zu widerstehen, in die schattigen Ecken des Zimmers zu blicken und grüble. Die Person, die Andreas getötet hat, wurde entweder von ihm hereingelassen oder sie wohnt in diesem Haus. Ersteres muss der Fall sein, Letzteres kann es nicht sein. Die Erwachsenen waren zu sechst im Haus. Samuel und Cora, Hannah und Severin, Theo und ich. Einen schrecklichen Moment lang stelle ich mir vor, wie einer von uns sich auf den Weg in seine Wohnung macht: Samuel, wie er über den oberen Treppenabsatz schleicht; die breitschultrige Gestalt von Severin, der sich über Andreas beugt; Theos Hände um den Griff eines Messers.

Mir ist schwindlig, als stünde ich vor einem Abgrund, und mit jedem dieser Bilder, die ich heraufbeschwöre, gehe ich einen Schritt auf den Rand zu. Ich stehe ganz still und lausche. Erwarte fast, Schritte zu hören, ein Räuspern, eine Tasse, die bewegt wird. Ich spüre, wie sich mein Atem beschleunigt. Welche Garantie habe ich, dass die Person, die Andreas getötet hat, nicht hinter mir her ist oder hinter uns allen? Es ist kein einziger Laut zu hören. Nur der flüsternde Wind draußen, die Äste des Kastanienbaums, die gegen das Fenster schaben. Ich bin die Einzige, die wach ist.

Ich gehe zur Wohnungstür, überprüfe, ob sie verschlossen ist und lege die Sicherheitskette an. Hinter den Augenhöhlen quält mich ein bohrender Schmerz, mein Körper fühlt sich an, als wäre ich auf Lukas` Lego-Steinen ausgerutscht und mit dem Kopf auf die Tischkante geknallt.

Ein Schlaftrunk wäre jetzt gut, denke ich und öffne den Kühlschrank, eine Flasche Martini D'oro lächelt mich an. Ich gieße mir ein Glas ein, und noch eins, und ein weiteres. Das flüssige Gold beginnt zu tanzen.

*

Ich lösche das Licht, bleibe aber im Dunkeln am Küchentisch stehen. Schmerz und Sehnsucht packen mich hinterrücks, als fletsche ein Rudel Dämonen die Zähne. *Nein, nicht mit mir.* Ich stütze meine Hände auf die Tischplatte, atme tief ein. Blicke auf den leeren Garten. Ich nehme einen tiefen Atemzug, muss jetzt klar und rational denken: Die Fakten sammeln, Logik anwenden. Prämisse, Beweise, Schlussfolgerung. In der Fensterfront erblicke ich mein Spiegelbild, mehr noch die Konturen meines Körpers, sehe, wie ich mich über den Tisch beuge. *Denk nach, Julia!*

An jenem Samstag hatte ich mich selbst in Andreas` Wohnung hereingelassen und wurde dort von einem Gefühl des Unbehagens überwältigt, eine fast übernatürliche Empfindung. Ich glaube nicht an Kaffeesatzthesen oder ähnliche Dinge, aber an Intuition. Es war kein übernatürlicher sechster Sinn, der mich an jenem Morgen veranlasste, aus Andreas` Wohnung zu verschwinden, das Gefühl des Unbehagens ist erklärbar. Es war die Summe winziger Details, die mir sagten, dass eine Bedrohung vorhanden war. Eine Minute in der Wohnung über mir und schon spürte ich, dass etwas nicht stimmte. Und es war nicht der saubere Geruch. Mich beschäftigte etwas anderes. Vielleicht spürte ich den Tod. Heute weiß ich, dass er auf der anderen Seite der geschlossenen Tür seines Arbeitszimmers wütete.

Ich setze mich auf einen der Küchenstühle. Was habe ich dort oben gesehen? Was war es, das mich zum Rückzug zwang? Ich runzle die Stirn und schaue aus dem Fenster. Die Außenbeleuchtung der Häuser auf der anderen Straßenseite erhellt die Wände. Ich schaue zu Bennos Haus hinüber und erinnere mich, wie ich ihn an diesem Morgen in seinem komischen Trainingsanzug herauskommen sah. Ich erinnere mich daran, wie er Hannah Küpper von den

Kaninchen erzählte. Jetzt ist sein Haus dunkel, die Straße menschenleer.

Mir muss etwas entgangen sein. Aus der Erinnerung, aus den wenigen Sekunden, die ich dort oben in seiner Wohnung stand, aus der geschlossenen Tür, lässt sich mehr herausholen. Die unbeantwortete Nachricht, das Licht in der Küche, die Tatsache, dass ich mich selbst hereingelassen hatte, da *muss* mehr sein. Kleine Dinge, unbedeutende Dinge, Dinge, die mir in dem Moment zwar aufgefallen sind, über die ich aber nicht nachgedacht habe. Ich muss mich konzentrieren und schließe die Augen. Ich bewege mich nicht, sondern schließe die Augen, blockiere die Atmung. Das verbindet mich mit der Wohnung, um ihre Schwingungen, den Rhythmus und ihre Töne einzufangen. Diese Verankerung ist eine notwendige Vorbereitung, um sie zu visualisieren. Ich lasse die eingeschlossene Luft aus der Lunge. Das Wohnzimmer ist ein guter Anfang, ich versuche, die Eindrücke vor meinem inneren Auge zu scannen: Der Flügel? Das Bücherregal? Etwas, das auf dem Boden lag? Oder in der Luft? Wäre ich nicht kurz danach mit Samuel zusammengestoßen, hätte ich mich nicht in Panik auf ihn konzentriert, hätte ich mich besser erinnern können. Ohne diese Ablenkung wäre es mir möglich gewesen, diese Sekunden in der Wohnung zu rekonstruieren. Was hat mir Angst gemacht?

Ich versuche, mir das Arbeitszimmer von Andreas vorzustellen, wo das Fenster offengelassen wurde, wahrscheinlich um den Eindruck zu erwecken, dass jemand auf diese Weise über die Leiter eingestiegen sein könnte. Es gefällt mir nicht, über die kalkulierte Verwendung der Leiter zu grübeln. Ich denke auch nicht gerne darüber nach, dass sie hinter unserem Gartenhaus entwendet wurde. Warum bin ich nicht in der Lage zu ergründen, was mir Angst gemacht hat? Hat die Episode mit Samuel und den Eiern die Erinnerung vernebelt? Oder gibt es da etwas, an das ich mich nicht erinnern *will* und das mich dazu bringt, diese Erinnerung zu sabotieren?

Ich schüttle den Kopf, konzentriere mich auf die Geräusche des Hauses. Ich höre ein leises Wimmern. Es kommt aus Hannahs Wohnung. Sonst ist es still. Am Ende der Straße sehe ich die Scheinwerfer eines Autos, sie verschwinden und tauchen wieder zwischen den Büschen auf, als das Fahrzeug näher kommt. Die Uhr am Backofen zeigt zehn vor zwölf.

Ich folge den Scheinwerfern des Autos mit meinen Augen. Das

Fahrzeug kommt in mein Blickfeld, es ist ein kleiner weißer Wagen. Das weiße Auto hält an unserem Tor. Die Fahrertür wird geöffnet, eine Frau steigt aus. Sie geht um das Auto herum, öffnet die Beifahrertür, und eine weitere Frau steigt aus. Es ist schwer, sie aus der Entfernung und im Dunkeln klar zu erkennen, aber instinktiv weiß ich, wer die beiden sind. Die Fahrerin öffnet die Tür zum Rücksitz. Eine dritte Frau steigt aus, jung, schlank, fast noch ein Kind. Sie stehen still da und schauen zum Haus hinauf. Da ich im Dunkeln sitze, können sie mich nicht sehen, aber ich sie.

Mich erfasst eine eisige Kälte, ich zucke zusammen: Es ist Samstag, ich stehe in der Wohnung über mir, als ich es höre: ein Wimmern, undeutlich, schwach. Es kommt aus dem Arbeitszimmer. Mein Körper zittert und ich begreife, dass meine Wahrnehmung eine reale Erinnerung ist.

Im Haus ist es jetzt still. Kein Wimmern in Hannahs Wohnung, nur Stille. Eine Stille, die sich dehnt, die buchstäblich pulsiert zwischen mir und der Dunkelheit.

Ich schlucke, wische mir die verschwitzten Hände an der Hose ab, frage mich, ob dieses Wimmern der Grund war, warum ich die Flucht ergriffen habe. Ich weiß es nicht.

Unten auf der Straße setzen sich die drei Gestalten in Bewegung. Die Fahrerin hebt das Gepäck aus dem Kofferraum. Die Beifahrerin öffnet das Gartentor. Das junge Mädchen folgt ihr. Die Frau legt einen Arm um die Schultern des Mädchens, sie gehen auf das Haus zu.

Ich erhasche einen flüchtigen Blick auf die blassen, gezeichneten Gesichter der beiden. Das Schloss der Eingangstür klickt, ich höre ihre Schritte im Treppenhaus.

Marleen ist wieder da.

Kapitel 26

Mittwoch, 5. Oktober 2022

03:30 Uhr

Meine Finger hämmern auf die Tastatur meines Computers, sie geben seit mehreren Stunden meine Geheimnisse preis. Als ich mit meiner E-Mail an Hauptkommissarin Celta begann, tippte ich langsam, um niemanden aufzuwecken, aber ich wurde schneller und schneller, als befände ich mich in einer Art Rausch. Während ich schrieb, glaubte ich, irgendwann Schritte in der Wohnung über mir gehört zu haben, vielleicht täuschte ich mich aber auch. Vielleicht wurde auch irgendwann die Haustür geöffnet, aber ich war so in meine Zeilen an Mo Celta vertieft, dass ich auch das kaum registrierte.

Erst jetzt, wo ich wieder zu mir komme, fällt die Anspannung von mir ab. Die E-Mail enthält meine Geschichte: wann und wie Andreas und ich uns kennenlernten und wann wir zum letzten Mal miteinander gesprochen haben. Ich scrolle schnell nach oben, Worte und Sätze springen mir entgegen.

Es ist ein seltsames Gefühl, die private E-Mail abzuschicken. Ich spüre, wie sich die Scham einschleicht. Im Grunde ist sie vielmehr ein Tagebuch. Oder ein Bekenntnis, mit den Elementen einer Rechtfertigung. Wird Mo Celta meine Gedanken, meine Handlungen und meine Motive mit den Augen einer Polizistin lesen? Oder vielleicht auch als Frau? Wird sie meine Zeilen mit Babyface Nico teilen? Wird die E-Mail der Akte als Beweismittel angehängt? Ich habe das Gefühl, dass ich es irgendwann bereuen werde, sie geschrieben zu haben, aber mir fehlt die Kraft, noch einmal von vorne anzufangen. Jetzt, wo die Beziehung beendet und Andreas tot ist, helfen mir meine Worte auch, die Augenblicke mit ihm festzuhalten.

Dass meine Worte hier schwarz auf weiß stehen, Frau Celta, ist für mich so, als wären sie an einem sicheren Ort verwahrt. Ich übergebe Ihnen hiermit also etwas, das mir sehr wertvoll ist, und mir liegt viel daran, dass Sie meine Mail mit der nötigen Diskretion behandeln. Ich hoffe, meine Ausführungen helfen Ihnen weiter. Mit freundlichen Grüßen, Julia Hagen, ich klicke auf Senden.

Überraschenderweise spüre ich Erleichterung, dass es erledigt ist.

Egal was passiert, ich habe meinen Beitrag geleistet, niemand kann mir vorwerfen, dass ich nicht mit der Polizei kooperiere. Ich lehne mich auf dem Sofa zurück, strecke meinen unteren Rücken und frage mich, ob ich mich auch so fühlen werde, wenn ich mit Theo gesprochen habe. Ich kann den Gedanken nicht ertragen, ihn verletzen zu müssen, es drückt so stark auf meine Eingeweide, dass ich meine Hände auf den Bauch presse.

Es ist 04:00 Uhr. *Er wird mir doch verzeihen...?*

Ja, das wird er. Er ist Theo. Wir sind zusammen, seit ich kaum älter war, als Emma heute ist. Doch da ist dieser stechende Schmerz in meinem Zwerchfell, der in meine Arme und Beine ausstrahlt, diese erdrückende Angst, schlimmer als je zuvor, denn erst jetzt dämmert es mir, nicht nur als theoretische Größe, sondern als reale Möglichkeit: Theo könnte mich für immer verlassen.

Insomnie

Julia kann auch nicht schlafen. Tigert zu nächtlicher Stunde in der Wohnung herum und starrt in den kleinen Garten. Sie hat keinen grünen Daumen, aber das interessiert mich überhaupt nicht.

Der Rasen ist noch nass vom starken Regenfall vor einer Stunde, hie und da sehe ich Tropfen im Licht der Laterne, die an der Rückwand des Nachbarhauses hängt, glitzern.

Ich habe kein Licht gemacht, stattdessen brennen ein paar Holzscheite in der Feuerstelle auf der Terrasse. Ich sitze dort mit einer Decke um den Schultern und starre in winzige Flammen. Es ist nach Mitternacht, denke ich, meine Uhr liegt auf dem Tresen in der Küche, aber ich habe keine Lust nachzusehen. Ehe ich mich versehe, bin ich wieder mitten in einer Erinnerung.

Das passiert mir in letzter Zeit so oft. Je älter man wird, habe ich kürzlich gelesen, desto mehr denkt man rückwärts statt vorwärts. Der Gedanke gefällt mir nicht. Ich schaue auf das Feuer und den Garten …

Vor der Affäre war das Paradies, nach ihr gab es nichts mehr. Nichts funktionierte mehr. Danach gab es nur die Kaninchen, die Wüste und die Schlange Julia.

Mein Laptop gibt Signale von sich. Marleen geht in der Wohnung umher. Die winzige Überwachungskamera, die ich vor einem Jahr im Wohnzimmer angebracht habe, funktioniert demnach noch. Gütiger Himmel, sieht sie verboten aus. Na ja, kein Wunder …

Es war ein dummer Zufall, dass ich vor zwei Jahren die Facebook-Seite von Marleen entdeckte. Seitdem verfolge ich ihr Online-Leben. Mir fiel es gar nicht so schwer herauszufinden, was mit Marleen los war. Sie hat vor einem Jahr Dutzende von Websites über diese absurde Krankheit besucht. Ich wusste nur wenig darüber, also habe ich aus Respekt vor ihr auch ein bisschen gesurft. Marleen hat sich NICHT mehr unter Kontrolle: Anorexie. Zehn Prozent der Betroffenen sterben an Magersucht. Vielleicht aus Unachtsamkeit. Ohne es zu merken. Ganz sicher aus Einsamkeit, wie es bei Marleen der Fall ist. Daran denke ich öfter. Das werde ich nicht zulassen, denn ICH bin der Torwächter. So kann Marleen nicht weitermachen. Vor allem wegen der Kälte, wegen der Müdigkeit. Sie ist erschöpft. Ich kann es sehen.

Vor einem Jahr hat sie um einiger weniger Kilos willen kapituliert, um die Gefahr zu bannen, um durchzuhalten, um zu überleben, so ist es. Keine gefüllten Konzerthallen, kein Jubel, kein Rachmaninow, kein Chopin oder Schubert vor großem Publikum. Nur ein Vier-Parteienhaus in der Johannisgasse 17 in Berg am Starnberger See. Und Randy-Andy, der sie nach Strich und Faden betrogen hat.

Damals habe ich auf dem Bildschirm meine Hand dicht auf dem Sofa neben ihre gelegt, versuchte ihr in Gedanken zu verstehen zu geben, dass sie da rauskommen muss, dass sie die Anorexie nicht mehr bräuchte. Dass ich Bescheid wüsste. Ich umhüllte sie in Gedanken mit Worten, verscheuchte diese Angst, die sie im Griff hatte, bot ihrer Angst die Stirn, mit dem ganzen Vertrauen, das ich in Marleen setzte, mit dem ganzen Vertrauen auch auf ihr Leben danach, das nur ich mir vorstellen konnte. Und wenn mir die Argumente gedanklich ausgingen und alle bisherigen Bemühungen nur von Schluchzen beantwortet wurden, würzte ich meine Sätze mit einem überzeugten „Scheiße aber auch!".

Marleen hat einige Tage lang nichts gepostet, was ich bedauere, aber ich bringe nach dem Tod von Randy-Andy Verständnis dafür auf und gewähre ihr ein wenig Zeit.

Ich weiß nicht warum, aber heute Nacht werde ich Julia bevorzugen und sie in Angst und Schrecken versetzen.

Kapitel 27

Mittwoch, 5. Oktober 2022

05:20 Uhr

Ich irre durch die Wohnung, bin unfähig, still zu sitzen. Dabei sollte ich versuchen, einige Stunden zu schlafen und lege mich wieder ins Bett. Theo liegt auf dem Rücken und schnarcht. Die Luft, die er einatmet, rumpelt in seiner Kehle, dieses Geräusch ist so eigenartig und dennoch so vertraut. Ein tiefes Rasseln, das in den Vertiefungen seiner Brust widerhallt. Ich habe mich oft über sein Schnarchen geärgert und ihn mit meinen spitzen Ellbogen in die Seite gestoßen, aber jetzt liege ich nur da und beobachte ihn.

Um 05:20 Uhr gebe ich auf. Ich gehe in die Küche, um Kaffee zu kochen. Mein Kopf fühlt sich schwer und benebelt an, meine Zunge ist belegt, meine Augen brennen, als würde ich jeden Moment in Tränen ausbrechen. Dieser frühe Morgen wird trotz Kaffee und Zeitung von Anfang bis Ende mit einer immensen Anstrengung verbunden sein.

Ich setze den Kaffee auf, werfe eine Jacke über mein Nachthemd, stecke meine Füße in die Halbschuhe und gehe hinaus in den kühlen, leeren Flur, wo meine Schritte an den Wänden widerhallen.

Draußen liegt ein dichter Nebel über Berg, ich kann die Häuser auf der anderen Seite der Johannisgasse kaum erkennen, selbst die Umrisse der Straßenlaternen sind unscharf, aber die Luft ist rein und riecht gut.

Langsam gehe ich auf die Briefkästen zu, sie hängen direkt am Zaun. Im Nebel sehe ich zuerst die Umrisse des Zauns, dann einen Schatten neben dem letzten Briefkasten. Ich atme tief ein und aus. Es ist frisch, aber die Kälte bekommt mir. Mein Kopf wird klarer. Ich frage mich, ob jemand einen Schal verloren hat.

Ich trete näher an den Zaun heran. Meine Augen weiten sich, mein Körper fühlt sich taub an. Ich sitze in der Falle, erbreche mich, lege eine Hand auf den Mund und starre weiter wie hypnotisiert auf die Szene vor mir. In meinem Kopf winden und dehnen sich die Geräusche der Morgenstunde. Das pulsierende Summen verstärkt sich und bringt einen Tinnitus hervor, der wie die Flöte einer Teekanne in meinen Ohren pfeift. Meine Mundwinkel zucken.

Ich erkenne die Umrisse des Kopfes, der in einem unnatürlichen Winkel gebogen ist, sehe die Vorder- und Hinterbeine, die herunterhängen, die Pfoten schlaff auf jeder Seite. Das weiße Kaninchen blutet nicht. Der Körper wurde ausgeweidet und hängt an einem blauen Nylonseil, dessen Ende zu einer Schlinge geformt ist. Der Kadaver hängt an einem Galgen. Das Schlimmste aber ist der Kopf. Die Ohren stehen ab wie bei einem lebenden Tier. Sein weißes Fell ist glatt und versehrt, das Tier ist so klein, vielleicht noch ein Jungtier, das ein Kind am liebsten in den Arm genommen und gestreichelt hätte. Die Gesichtshaut des Kaninchens ist mithilfe eines scharfen Gegenstandes akribisch abgelöst, ein Auge ist herausgeschält, das linke weit offen, ein winziger Glasknopf.

Tränen treten mir vor Anstrengung in die Augen. Ich greife im Morgenmantel nach dem Taschentuch und wische mir die Galle in den Mundwinkeln weg. Danach hebe ich langsam den Kopf und presse meine Hand gegen die Lippen. „O mein Gott."

Ich starre das Tier mehrere Sekunden lang in der Nebel verhangenen Stille an. Sehe jedes Haar des weißen Fells, das die weichen Ohren bedeckt. Denke jählings an Mo Celta, die effektiv darin ist, das Übelste im Menschen aufzuspüren, Widersprüche und Lügen zu entdecken, fähig, dem Tod in die Augen zu sehen.

Ich kann es nicht. Erst, als ein Krähenschwarm vom Apfelbaum auffliegt, schreie ich.

Glück

Es ist früh am Morgen, das Haus ruht. Die Stadt ist wie immer im Hintergrund präsent, aber im Inneren herrscht eine angenehme Stille. Bis Julia schreit …

In Windeseile gehe ich barfuß in die Küche, hole ein Glas Milch und husche wieder in mein Zimmer, mit dem Gefühl, dass alles so ist, wie es sein soll. Ich sitze aufrecht in meinem Bett, setze Kopfhörer auf, trinke kleine Schlucke und träume zur Musik vor mich hin. In diesem Moment bin ich glücklich.

Glück … Es gibt kaum etwas Vergeblicheres im Leben. In der Johannisgasse 17 ist für ihre Bewohner Glück nichts anderes als die Abwesenheit von Unglücklichsein. Das Streben nach Vergnügen in jeder erdenklichen Form. Das führt unweigerlich zu einer frustrierenden Existenz, denn wie kann ein Mensch sein ganzes Leben lang das Unglück in Schach halten? Bullshit. Andreas ist das beste Beispiel. Er strebte frenetisch nach Glück, Frauen, Sex und was weiß ich sonst noch, er baute seine Freizeit darauf auf, sich mit Julia zu amüsieren. Sie haben beide von morgens bis abends ihr Bestes gegeben, um glücklich zu sein.

Ich habe vor langer Zeit gelernt, mich vom Glück nicht blenden zu lassen. Traurigkeit und Unglück gehören zur Existenz, sie sind so real wie Freude und Schönheit, mehr als das: Das eine kann nicht ohne das andere existieren. Dieses ständige Streben nach Glück und Vergnügen beweist nur eines, nämlich, dass der Mensch Angst vor dem Tod hat. Jeder, der die Endlichkeit akzeptiert, der akzeptiert, dass Verfall und Vergänglichkeit nur natürliche Abläufe sind, wird erkennen, dass der beste Geisteszustand nicht Glück, sondern Gleichmut ist.

Gleichmut und Mitgefühl sind große universelle Werte, an die sich jeder Mensch halten sollte. Sie stehen für einen gehobenen Geisteszustand. Ich bin nicht besonders philosophisch, aber ich habe festgestellt, dass vor allem diese Werte seit vielen Jahren untrennbar mit meinem Leben verbunden sind. Mitgefühl ist die Hoffnung, dass das Leiden aller Wesen verringert wird. Wenn ich tue, was ich tue, nein, wenn ich tue, was ich tun muss, dann hat das natürlich in erster Linie mit Mitgefühl zu tun. Der zweite universelle Wert, den ich schätze, ist Gleichmut, ein Gleichgewicht zu schaffen und zu halten. Zu lernen, Erfolg und Misserfolg zu akzeptieren, ohne sich daran zu klammern, das gilt sowohl für mich selbst als auch für andere.

Um ehrlich zu sein, weiß ich nicht, woher meine meditative Stimmung kommt. Ich glaube, es hat mit dem perfekten Start in den heutigen Tag zu tun. Mit dem Gleichgewicht, mit dem Gefühl, dass alles, was geschieht, einen Grund hat.

Es herrscht Frieden in meinem Kopf, Julia, so viel ist sicher.

Kapitel 28

Mittwoch, 5. Oktober 2022

08:30 Uhr

Polizeibeamte sind wieder im Garten. Zwei von ihnen stehen bei den Briefkästen, einer fotografiert, der andere sieht sich um. Es ist bewölkt und kalt, aber die Beamten interessiert das nicht, sie konzentrieren sich auf ihre Arbeit. Ein Mann in einer Windjacke steht mit einer Kamera vor dem Zaun und macht Fotos von den Beamten, sie halten ihn nicht auf.

Ich werde heute nicht zur Arbeit gehen, mir fehlt die Kraft dazu. Der Innenhof liegt verlassen da, die Polizisten konzentrieren sich auf die Briefkästen. Warum war auf dem diesjährigen Nachbarschaftsfest die Stimmung so schlecht gewesen? Lag es an den Teenagern, die mittlerweile zu cool waren, um mitzumachen? Oder lag es an dem, was an dem Herrenabend passiert war, nach dem sich die Polizei erkundigt hatte? Mir läuft ein Schauer über den Rücken. Hatte sich das Unbehagen über die grausigen Funde schon dermaßen in unseren Köpfen festgesetzt, so dass wir nicht mehr das Gefühl aufbrachten, unsere Nachbarn könnten unsere Freunde sein, wenn wir nur die Zeit hätten, sie richtig kennenzulernen? Hatten wir schon damals begonnen, uns gegenseitig als potenzielle Psychopathen zu betrachten?

Heute Morgen fragte mich Lukas, was mit einem Kaninchen passiere, wenn es tot sei. Ich interpretierte das als eine existenzielle Frage und antwortete entsprechend. „Manche Menschen glauben an den Himmel, andere glauben, dass das, was stirbt, wieder Teil der Natur wird, Lukas."

Ich versuchte, pädagogisch zu sein, spürte aber, dass ich ins Stocken geriet. Meine Hände zitterten immer noch, unaufhörlich tauchte das Bild des kleinen weißen Kaninchens am Galgen vor meinem inneren Auge auf. Lukas hingegen war mehr mit dem Körper selbst beschäftigt. „Ein Junge im Kindergarten hat gesagt, dass tote Kaninchen in die Mülltonne geworfen werden." Emma schaute mich mit verächtlichen Augen an, als könnte sie nicht glauben, dass es ihr biologisches Schicksal sei, die Hälfte ihres genetischen Materials von mir erhalten zu haben.

„Oh mein Gott", sagte sie. „Diese ganze Aufregung wegen eines *Kaninchens*." Ihr Kommentar hallte in meiner Brust wider. Ich schluckte bei dem Gedanken an das winzige Tier, das an einem blauen Seil gehangen hatte.

„Es wurde getötet, Emma."

„Ja und?", sagte sie.

„Nun... Zeig ein bisschen Respekt, das ist alles."

„Mama!" Sie stand mit ihrer Schüssel in der Hand auf. „Es ist erst zwei Tage her, da hast du das selbst von dir gegeben."

Sie hat recht, denke ich, sie hat absolut recht. War auch ich nicht voller Verachtung für die beiden Mütter bei der Ballettprobe, die mit todernster Miene über das Thema diskutiert hatten?

Mo Celta und Nico Braun steigen aus dem Auto aus. Mo geht voraus, öffnet das Tor und spricht mit den beiden Beamten. *Emma hat recht*. Aber etwas hat sich verändert, seit ich den kleinen Körper neben meinem Briefkasten gesehen habe, ausgeweidet und mit gebrochenem Genick. Dieser winzige, schlaffe Körper. Das Angorakaninchen gehörte jemandem, vielleicht einer Familie, die ihm Futter, Obdach und einen Namen gab, und die das Tier vermissen würde. Es ist vielmehr die Schwere der Tat, besonders wenn ein Mensch im selben Haus ermordet wurde, die Gewalt des Ganzen.

Mo und ihr Kollege gehen auf die Eingangstür unseres Hauses zu. Ich denke an Emma und verspüre ein Frösteln: Wie kann sie das nur so leicht nehmen?

*

Das Klopfen ist hart und imponierend. Es sagt etwas über den Charakter der klopfenden Person aus, denke ich, als ich zur Tür gehe. Jedenfalls kommt es nicht von Nico Braun. Es ist Mo Celta. Ich löse die Sicherheitskette und öffne die Tür.

„Guten Morgen, Frau Hagen", sagt Mo, den Kopf leicht zur Seite geneigt. „Geht es Ihnen gut?"

Ich zucke die Schultern. „Ach, wissen Sie ..."

Sie räuspert sich und streckt ihre Hand aus. „Können wir uns ein wenig unterhalten?" Kurze, informative Sätze, ein fester Händedruck, der ebenfalls kurz ausfällt. Vielleicht, weil die Aufklärung aller Vorkommnisse drängt?

Ich trete zur Seite. „Kommen Sie herein."

Kapitel 29

Mittwoch, 5. Oktober 2022

09:00 Uhr

Mo Celta schaut sich in der Küche um, als würde sie sie katalogisieren und jedes Detail registrieren: die Krümel auf dem Küchentisch, die Schranktür, die leicht schief in den Angeln hängt, die leere Stelle an der Wand, wo einst die Designeruhr der Vorbesitzer hing. Vielleicht, um am Ende zu beurteilen, was für Menschen wir sind?

Wir sitzen uns am Küchentisch gegenüber, ich sehe sie mir genauer an. Ihr Gesicht zeigt übernächtigte Spuren, auch lese ich darin, dass sie schon alles gesehen hat. Erst heute fällt mir über ihrer linken Stirnhälfte eine haarfeine Narbe auf, die bis zur Schläfe verläuft. Ich bin mir sicher, dass sie vielen Monstern das Leben erschwert hat. Wird das auch hier der Fall sein? Ja, das zeigen mir ihre klugen Augen, die den brillanten Geist der Ermittlerin offenbaren. Die Hauptkommissarin wird den Fall lösen.

„Wann sind Sie heute aufgestanden?", fragt Mo.

Ich zucke mit den Schultern. „Fünf Uhr dreißig, vielleicht."

Mo lächelt. „Und dann?"

„Na ja, ich habe wohl ein bisschen herumgetrödelt. Ich wollte die Zeitung holen, also bin ich rausgegangen, und ... ja."

Nico kommt mir zu Hilfe. „Frau Hagen hat um 05:42 Uhr die Polizei gerufen."

„Dann liegt eine kurze Nacht hinter Ihnen. Schlafen Sie immer schlecht?" In seiner Stimme liegt etwas Selbstgefälliges.

„Wir haben einen vierjährigen Sohn, deshalb schlafe ich wenig und wache oft in der Nacht auf. In der letzten Woche habe ich kaum geschlafen ... wegen Andreas Tauber."

Nico Braun fixiert mich mit festem Blick. *Er weiß es!*, denke ich. *Wahrscheinlich wissen es alle Polizisten.* Es ist nur eine Frage der Zeit, bis er meine E-Mail an Mo liest, wenn er es nicht schon getan hat.

„Sie waren demnach fast die ganze Nacht wach", wirft Mo ein. „Haben Sie etwas gehört?"

„Wie meinen Sie das?"

„Ich meine, gab es jemanden, der Türen geöffnet und geschlossen hat? Jemand, der die Treppe hinunter- oder hinaufging, so etwas in der Art? Geräusche im Gebäude? Die Wände sind ziemlich dünn, nicht wahr?“

Ich erinnere mich, dass ich wie im Rausch auf die Tastatur des Laptops hämmerte und dabei die Zeit vergaß. Irgendwann hatte ich aber den Eindruck, dass eine Tür geöffnet und geschlossen wurde, und ich mich gefragt habe, wer mitten in der Nacht unterwegs war. Aber ich bin mir nicht sicher.

„Ich weiß es nicht“, antworte ich. „Es ist möglich, dass ich irgendwann eine Tür gehört habe. Aber ich habe nicht gelauscht.“

Mo hebt irritiert eine Augenbraue. „Gelauscht?“

Ich spüre, wie mir die Hitze in die Wangen steigt. „Ich bin mir nicht sicher, ob ich etwas gehört habe, ich erinnere mich nicht daran.“

„Oben oder unten?“

„Ich weiß es nicht.“

Sie nickt nachdenklich.

In der Wohnung von Andreas und Marleen kann es nicht gewesen sein, da oben hört man jeden Schritt. Ganz zu schweigen davon, dass sie hinuntergehen hätten müssen. Dabei hätte das Holz der Treppe geknarrt, man hätte es in der ganzen Wohnung gehört. Nein, aus dem ersten Stock ist niemand die Treppe heruntergekommen, folglich können es auch nicht Samuel oder Cora gewesen sein. Vielleicht jemand aus der Küpper-Wohnung?

Mo greift in ihre Jackentasche, holt eine Plastiktüte hervor und zieht ein blaues Nylonseil heraus. „Erkennen Sie das?“ Sie legt das Seil auf den Tisch.

Das grelle Blau lässt mich erschaudern. „Das ... Hing das Kaninchen nicht daran?“

Sie ignoriert meine Frage. „Haben Sie das Seil schon einmal gesehen? Ich meine, auf dem Grundstück oder im Haus?“

„Ich weiß nicht, ob wir so etwas haben. Wenn ja, dann vielleicht im Schuppen.“

„Ist der Schuppen normalerweise verschlossen?“

In dem Moment knarrt die Wand, wir richten unsere Augen darauf. Ich runzle die Stirn. Vielleicht sitzt jemand nebenan und hört uns zu. Vielleicht weiß Hannah auch von der baulichen Schwäche, durch die man alles mithören kann, was auf der anderen Seite der Wand gesprochen wird.

„Ich glaube schon“, antworte ich. „An der Tür hängt zumindest ein Zahlenschloss."

„Wie lautet der Code?", fragt Nico.

„1961", antworte ich. „Das Jahr, in dem das Haus gebaut wurde."

Ein kleines Lächeln stiehlt sich auf Mos Lippen. Nico Braun bleibt ungerührt.

„Nun", sagt Mo und sieht ihren Kollegen an. „Ich glaube, das war's."

Wir stehen auf, ich begleite die Polizisten zur Wohnungstür. Die Person, die die Haustür geöffnet und geschlossen hat, muss aus der Küpper-Wohnung gekommen sein, grüble ich. Und wie sehr ich auch in meine E-Mails vertieft war, ich hätte auch bemerkt, wenn ein Mitglied meiner Familie das Wohnzimmer durchquert hätte, während ich auf dem Sofa saß. Aber was ist mit dem Notausgang in Emmas Zimmer? Er führt unmittelbar von ihrem Schlafzimmer in den Gemeinschaftsraum des Kellers. Hätte ich sie gehört, wenn sie auf diesem Weg das Haus hinausgegangen wäre? Hinter ihrer geschlossenen Schlafzimmertür hätte sie sich so leise hinausschleichen können, dass ich das nicht mitbekommen hätte. Kann ich es aber ausschließen, dass sie etwas mit dem toten Kaninchen zu tun hat?

„Gibt es noch etwas, was Sie mir sagen wollen, Frau Hagen?", fragt Mo. „Es sah so aus, als ob Ihnen gerade etwas eingefallen wäre."

„Nein, nein", antworte ich ein wenig zu schnell, „Nein, ich muss die Fenster putzen. Ist mir gerade aufgefallen."

„Aha."

Sie schenkt mir ein freundliches Lächeln. „Den meisten Menschen fällt oft erst später etwas ein, ich meine, nachdem wir uns unterhalten haben. Wenn dem so ist, dann rufen Sie mich bitte an." Sie reicht mir wieder eine Visitenkarte.

„Das werde ich. Vielen Dank, Frau Celta."

Nico Braun sieht mich an, in seinen Augen liegt etwas, das mich beunruhigt. Mo mag nicht hundertprozentig auf meiner Seite sein, aber ich vertraue ihr. Aber diesem Mann? Ich bin unsicher. Er traut mir nicht, zumindest vermittelt er den Eindruck. Er mustert mich ein letztes Mal. „Wir sprechen uns wieder", sagt er. „Guten Morgen."

Ich schließe die Tür hinter ihnen.

„Sie lügt, Mo", höre ich Nico Braun durch die dünnen Wände sagen. „Überprüfe sie mal."

10:25 Uhr

Als ihre Schritte mir verraten, dass die Polizisten im ersten Stock sind, gehe ich hinunter in den Keller und bleibe vor Emmas Tür stehen. Sie ist in der Schule, ich habe freie Bahn, dennoch zögere ich. Ich bin mir nicht ganz sicher, ob ich das tun soll.

Ihr Zimmer ist peinlich aufgeräumt. Ich schaue mich um und verfolge die verführerischen, leeren Blicke der Mädchen auf den Postern an der Wand. Die Namen sagen mir nichts. Ich habe keine Ahnung, ob es sich um Popstars oder Schauspielerinnen handelt.

In der Mitte ihres Schreibtisches liegt das Choreografiemanuskript *Handman*. Es hat ein paar Eselsohren, was für Emma untypisch ist, aber es liegt fein säuberlich parallel zur Schreibtischkante. Vorsichtig hebe ich die Titelseite an und werfe einen Blick hinein, blättere das Drehbuch durch. Emma hat sich die Anweisungen des Choreografen notiert und ihren Part markiert. Auf der letzten Seite sind einige Worte unterstrichen, die nicht für sie, sondern als Handmans Part gekennzeichnet sind: *Sei deshalb nie zu eifrig im Kampf gegen Ungerechtigkeit*. Ich runzle die Stirn. Warum hat Emma das unterstrichen? Unter der Anleitung für eine Choreografie steht ein Satz: *Bekämpfe das Unrecht, aber in Maßen*, also hat sie ihn vielleicht aus Versehen markiert. Ich blättere die letzte Seite um. Dort ist mit Bleistift ein Herz gezeichnet, in seiner Mitte die Buchstaben *LF*. Hat Emma das geschrieben? Ich weiß es nicht – ich bin mir nicht sicher, ob es ihre Handschrift ist. Vielleicht hat sie auch nur herumgealbert. *Mädchen können in diesem Alter so sein*, denke ich, *das ist die Art von Dingen, die sie lustig finden*. Ich schaue es mir an. *LF?* Welcher Junge könnte damit gemeint sein? Ich lege das Skript zurück, wie ich es vorgefunden habe, parallel zu der Kante des Tisches. Dann gehe ich auf die Brandschutztür zu.

Der Notausgang war offenbar eine Auflage des Bauamtes, bevor der Keller in die Wohnung integriert werden konnte. Die Metalltür kann nur von innen aufgeschlossen werden. Ich drehe das Schloss, nur ein leises Klicken ist zu hören. Im Wohnzimmer hätte ich das niemals vernommen. Auch lässt sich die Tür geräuschlos nach außen schieben.

Der Keller öffnet sich vor mir. Es ist kalt hier unten, kalt und feucht. Vier Fahrräder stehen nebeneinander, eines davon ist meins. Neben den Fahrrädern steht eine große, weiße Gefriertruhe, die Severin gehört, daneben befindet sich eine zweite Brandschutztür, die in das Untergeschoß der Küpper-Wohnung führt. Ich bleibe einen Moment lang stehen, dann höre ich Schritte auf der Treppe. Bevor ich mich zurückziehen kann, sehe ich die hochgewachsene Gestalt von Nico Braun, dann seinen Kopf. Er muss sich ducken, um durch den Türrahmen zu kommen.

„Hallo, Frau Hagen. Sie im Keller?"

„Ich wollte nur nachsehen, ob mein Fahrrad noch da ist." Die Lüge geht mir leicht von der Zunge.

„Verstehe." Nico lässt seinen Blick durch den Raum schweifen. Mo taucht hinter ihm auf und schaltet das Deckenlicht ein. Wir stehen einen Moment lang schweigend da.

Nico glaubt mir nicht, er glaubt mir nicht im Geringsten. Mein Kopf fühlt sich schwer an. Ich bin mir nicht mehr sicher, es ist alles zu wirr, zu unwahrscheinlich. Könnte er diesen Schluss ziehen?

„Wem gehört die Gefriertruhe?", fragt Mo.

„Hannah und Severin Küpper."

„Sie ist abgeschlossen."

Ich schmunzle. „Sie enthält die Beute von Severins Jagdausflügen."

„Aha." Jetzt huscht ein Lächeln über das Gesicht der Hauptkommissarin. „Ein Mann, der Hab und Gut schützt."

„So ähnlich."

Mir ist nicht mehr nach Lächeln zumute. Es hat etwas mit dem Kontext zu tun, mit dem Grotesken darin. Das tote Kaninchen, Andreas` Ermordung.

„Und diese Tür führt zu Ihrer Wohnung?" Nico schaut mir über die Schulter.

„Ja." Ich mache einen Schritt zur Seite, damit er näher kommen kann, aber er starrt mich an.

„Es ist das Zimmer meiner Tochter, Herr Braun."

„Nun, wir wollen Sie nicht aufhalten, Frau Hagen. Wir wollten nur einen Blick auf die Fenster hier unten werfen."

Einen Moment lang schauen wir drei zu den beiden winzigen Kellerfenstern, die auf beiden Seiten der Eingangstreppe zum Garten hin liegen. Dann dreht sich Mo um.

„Haben wir Fotos davon, Nico?"

„Haben wir."

Ich verabschiede mich und schließe die Tür hinter mir. Wieder in Emmas Schlafzimmer geht mein Atem schnell und unruhig, als wäre ich gerannt. Ich blicke auf, schnappe nach Luft, sehe in den Spiegel an der Wand. Es ist ein merkwürdiges Ringen, bei dem es mir nicht gelingt, meine Fassade aufrechtzuerhalten. Ich sehe in meine Augen, sehe meine Qualen, sehe die Tränen dahinter. Manche Tränen sind so mächtig.

Ich bin auf der Flucht vor mir selbst und meinen Lügen.

Anorexie

Das arme, kleine Kaninchen am Zaun hat seine Schuldigkeit getan. Die Verstümmelung des Tieres hat Julia in Angst und Schrecken versetzt. Aufgabe erledigt. Zeit für Musik.

Ich habe lange gezögert, aber aus irgendeinem Grund denke ich, dass Chopins Nocturnes für diesen Anlass geeignet sind. Seit ich Marleen beobachte, mag ich Chopin. Sie war vorhin im Garten, hat mit ihren dünnen Ärmchen die Hecke gestutzt. Bravo.

Marleen beherrscht die Nocturnes perfekt. Alle reden immer von der melancholischen Natur seiner Klavierstücke, aber ich empfinde das nicht so. Das zweite und sechste Nocturne, ja, dabei kann jemanden die Schwermut heimsuchen, aber bei der Achten sehe ich mich stets allein im Frühling durch einen Wald spazieren, wenn die Sonne gerade aufgeht und in mir vollkommener Friede herrscht, fern der Melancholie.

Zurück in ihrer Wohnung schenkt sie sich um die Mittagszeit ein großes Glas Weißwein ein. Damit leitet sie den Mittagsschlaf ein.

Sie kauft den Wein stets in einem Ein-Liter-Karton mit Ausguss. Der französische Blanc de Blanc vom Discounter ist ihr Lieblingswein. Gut zwei Euro für einen Liter. Der Wein schmeckt so bitter, dass sie nicht merkt, wenn noch etwas anderes drin ist, wie zum Beispiel ein starkes Barbiturat.

Mit dem Alkohol verflüchtigen sich Ängste und Dämonen, denke ich. Sie ist nicht mehr allein in diesem Kampf gegen sich selbst. „Allerdings bin ich auch noch da, Schätzchen", flüstere ich und schaue auf den Bildschirm. „Mir bleibt jede Menge Zeit, mich in den nächsten Tagen um dich zu kümmern."

Marleen ist stark. Sie hat nicht aufgegeben. Sie will die Kontrolle nicht verlieren. Das Leben vor Andreas` Ermordung ist nur eine betäubte Erinnerung, das Leben danach wird schon geflüstert wie eine beginnende Verheißung. Sie wollte nicht gesund werden, weil sie nicht wusste, wie sie anders als mithilfe dieser Krankheit, von der in den Zeitungen oft die Rede ist, leben sollte. Diese blinde, dunkle Suche, bei der sie begleitet wurde von schwankenden Komplizen eines stummen Verbrechens gegen sich selbst. Sie wird keine Zeit damit verschwenden, um zu verstehen, wie es so weit mit ihr kommen *konnte. Sie weiß es. Jetzt, nach dem Tod von Andreas, konzentriert sie sich nicht mehr auf dieses schwarze Loch in ihrem Bauch, das sie von innen aufzusaugen versucht hat. Ihr Körper hat nicht die Oberhand gewonnen, obwohl er arg durch den Feind ‚Anorexie' zusammengeschrumpft ist. Jetzt spielt aber ihr Geist wieder die Hauptrolle. Sie isst wieder und steckt sich danach nicht den Finger in den Hals. Sie flüstert nicht mehr: „Ich schaffe es nicht, ich will gehen, auch wenn ich dann krepiere." Sie wird nicht krepieren, denn ich bin der Torwächter.*

Über den Bildschirm meines Laptops bin ich ihr ganz nah. Ganz vorsichtig berühre ich sie mit dem Finger wie ein verletztes Tier. Ich will sehen, was noch möglich ist. Zehn Minuten nach dem zweiten Glas Wein legt sie sich auf die Couch, ist augenblicklich weg.

Kapitel 30

Mittwoch, 5. Oktober 2022

12:30 Uhr

Mo hat auf meine E-Mail geantwortet: *Danke, Frau Hagen. Wir werden bald miteinander sprechen. Herzliche Grüße, Mo Celta.*

Kein Wort über das Kaninchen, das Gespräch in der Küche, die Episode im Keller. Ein Schauer der Scham läuft mir über den Rücken. Was um alles in der Welt habe ich ihr geschrieben? War ich zu persönlich, habe ich zu viel preisgegeben? Immerhin waren es private Details, die niemanden sonst etwas angehen. Warum habe ich sie nicht gefragt, ob es nicht besser wäre, ihr alles persönlich zu sagen, statt es aufzuschreiben? Sollte Theo die E-Mail jemals lesen, wird es ihn zerreißen.

Ich lehne mich über den Computer und schaue in den Garten. Draußen ist Marleen Tauber bei der Gartenarbeit. Sie steht vor der Hecke. In ihren Händen hält sie eine Gartenschere, mit der sie störende Zweige abschneidet. Wenn man so will, ist das eine Arbeit für den Frühling, aber wir haben nicht nur die Hecke, sondern selbst den Apfelbaum in diesem Jahr vernachlässigt. Er sieht aus, als könne er auch einen Schnitt vertragen. Marleen arbeitet schnell. Mit ihren dünnen Armen schneidet sie hemmungslos drauflos. Sie trägt Sportkleidung und einen Wollpulli, alles in luxuriöser, hochwertiger Designerqualität. Ihre Füße stecken in edlen Turnschuhen: weiß, teuer, feminin. Neben dem Blumenbeet, drüben auf der Terrasse, sitzt Charis. Sie hat auch Gartenhandschuhe an, aber sie sieht ihrer Mutter nur zu, die mit einem hartnäckigen Zweig kämpft und verfolgt ihre Bewegungen mit den Augen.

Ich betrachte das Mädchen. Sie ist schlank und ziemlich klein, hat dichtes, dunkelbraunes Haar. Große, braune Augen. Nichts an ihr ist affektiert, sie benutzt kaum Make-up, auch habe ich sie noch nie auf hohen Absätzen herumtorkeln sehen, wie es viele Mädchen in dem Alter tun. Sie besitzt keine auffälligen Handtaschen und hinterlässt auch keine schwere Duftwolke im Treppenhaus. Dennoch merkt man ihr sofort an, dass sie sich ihrer Schönheit bewusst ist. Sie macht nur keine große Sache draus. Für gewöhnlich umgibt sie sich mit einer ganzen Schar Freunden, die sich aber stets nach Charis umsehen und sich fragen, ob das Mädchen auf sie achtet, was sie über sie denkt, wie ihre Meinung ist. Ich glaube, Charis gehört zu den Menschen, die führen, ohne ihre Stimme zu erheben.

Aber irgendetwas ist heute anders. Ihr Gesicht hat etwas Ungesundes, es ist blass und eingefallen, als hätte auch sie nicht geschlafen. Ihre Bewegungen sind träge und ein wenig ruckartig. Vielleicht haben sie und ich etwas gemeinsam, etwas, das wir mit vielen anderen nicht teilen. Doch dann dämmert es mir, dass Charis mehr als alle anderen um Andreas trauert. Ihre Trauer ist anders als die meine. Möglicherweise weniger kompliziert, aber tiefer, ein scharfer, zerklüfteter Schmerz, der nie ganz verschwinden wird. Ich sehe nur die Umrisse davon.

Unten am Zaun taucht Jonas Küpper auf, der das Tor öffnet. Als er Charis erblickt, richtet er seinen Rücken auf, als müsse er seinen Körper neu ausrichten. Marleen löst sich kurz von der Hecke, sagt etwas zu Jonas, aber sie steht mit dem Rücken zu mir, so dass ich ihren Gesichtsausdruck nicht sehen kann. Es ist seltsam, dass sie heute, wo die Trauer noch so frisch ist, draußen gärtnert. Aber vielleicht tut es ihr gut. Arbeit lindert den existenziellen Kummer, behaupten kluge Köpfe.

Jonas lächelt, er sieht ein wenig unbehaglich aus, wie damals, als ich ihn bei der Ballettprobe getroffen habe. Ab und zu wirft er einen Blick auf Charis, die still am Rand der Terrasse sitzt und über einer Pflanze grübelt, die sie in den Händen hält. Sie ist ganz darin versunken und nimmt keine Notiz von dem Jungen, der versucht, ihre Aufmerksamkeit zu erregen.

Jonas und Marleen haben ihr Gespräch beendet; sie geht zurück zur Hecke, er schreitet langsam den Weg hinauf. Er sieht Charis an. Bleibt neben ihr stehen. Sie sagt nichts, hat ihn offenbar nicht bemerkt und starrt weiter auf die Pflanze in ihren Händen. Nach längerer Zeit sagt Jonas etwas. Das Mädchen antwortet, ohne aber den Blick zu heben. Seine Hand zittert. Sein Körper ist steif, sein Gesicht ernst. Charis dreht sich um und sieht ihn an. Ich kann ihr Gesicht nicht sehen, es dauert aber nur einen Moment, bevor sie sich wieder dem Blumenbeet zuwendet. Jonas geht weiter. Ich beobachte ihn, als er die Haustür erreicht und den Code eintippt. Auf seiner jungen, glatten Stirn ist ein gewisser Zug zu erkennen, er hat Kummer. Womöglich ist er in sie verliebt. Das wäre nicht verwunderlich, ich bin mir sicher, dass die Hälfte der Teenager in der Nachbarschaft das sind. Aber da ist etwas in seinem Blick, in seinen weit aufgerissenen Augen. Was geht zwischen diesen Kids vor sich?

Jonas geht ins Haus. Draußen im Garten legt Marleen die Gartenschere beiseite und richtet sich auf. Sie ruft ihrer Tochter etwas zu. Charis wendet sich ab und antwortet nicht.

Seltsam, denke ich und rufe mir den Ausdruck auf Jonas` Gesicht ins Gedächtnis. Es war keine Reaktion auf eine unerwiderte Liebe. Zumindest nicht nur das. Seine zitternden Hände, die Verkrampfung in seinen Bewegungen. Die weit aufgerissenen Augen und die gerunzelte Stirn. Alles lag in diesem Blick: Beklemmung, Panik, Angst.

Jonas Küpper hat Angst.

14:00 Uhr

Das Wohnzimmer wirkt eigenartig. Ich bin irritiert, ehe ich begreife, was mir so seltsam vorkommt. Es ist das Flüstern der Wände. Ich höre Marleen, die leise eine Melodie summt, Hannah, die Worte wispert. Dann die Stille des Raumes.

In meinem Kopf beginnen die Grenzen zu verschwimmen. Bei einem Nachbarschaftsfest vor ein paar Jahren erzählte Severin, wie er einmal ein Reh geschossen und verwundet hatte und der Blutspur folgen musste, um es von seinem Leid zu erlösen. Jäger töten Tiere. Jäger sind aber in der Regel psychisch gesunde Leute. Nur ein kranker Geist ist imstande, ein Tier auf eine bestialische Weise zu töten. Warum habe ich Severin Küpper mit einem riesigen Jagdmesser vor Augen und glaube zu sehen, wie er sich über Andreas beugt, der vor seinem Computer sitzt. Ich schüttle den Kopf. Warum denke ich das? Jemand *hat* ihm aber ein Messer an die Kehle gehalten. Mo sagt, dass wir alle Gelegenheit hatten, das Verbrechen zu begehen.

Was weiß ich über Severin Küpper, außer dass er ein korrupter Gutachter ist und seine Frau schlecht behandelt? Sein Profil auf Facebook ist nicht besonders informativ.

Das Klopfen an der Tür holt mich aus meinen Gedanken.

Hannah verlagert ihr Gewicht von einem Fuß auf den anderen und lächelt nervös, als ich die Tür öffne. „Hallo, Süße. Wie geht es dir?"

„Es geht so."

„Ich habe das mit dem Kaninchen gehört, Julia. Das muss für dich ganz schrecklich gewesen sein."

Sie neigt den Kopf zur Seite und streckt eine kleine, warme Hand aus, die sie auf meinen Unterarm legt. „Besonders, wenn man daran denkt, dass …“ Sie wirft einen Blick zur Decke. „So eine unangenehme Sache.“ Ihre Augen huschen den Flur auf und ab. „So furchtbar beängstigend. Ich kann nachts kaum schlafen, so gestresst bin ich von all dem.“

Sie sieht auch gestresst aus. An dem Abend, als Andreas ermordet aufgefunden wurde, wirkte Hannah berauscht über das, was geschehen war. Jetzt ist davon nichts mehr zu sehen. Sie wirft wieder einen Blick über ihre Schulter, ihre Hände zittern, ich habe sie noch nie so aufgewühlt gesehen. Nicht einmal im Zusammenhang mit der Kontroverse um die *Handman*-Inszenierung, nicht als Benno sich beschwerte, dass sie nicht genug täte, um den Tierquäler zu finden. Hannah hat Angst.

„Ich glaube, keiner von uns hätte sich das vorstellen können.“

Hannah schließt die Augen und schüttelt den Kopf. „Es ist wie ein schlechter Traum, Julia. Ich möchte aufwachen und feststellen, dass alles nur ein Albtraum war.“

Das Codeschloss an der Eingangstür piepst. Wir blicken nervös zur Tür, ich spüre, wie mein Atem schneller und flacher wird. Dann klickt der Mechanismus, die Tür wird aufgestoßen, Samuel kommt herein.

„Hallo, ihr beiden. Konspirative Sitzung?“, begrüßt uns Samuel Lemberg.

„Hallo“, entgegnen wie beide.

Wir stehen wortlos da, als er vorbeigeht. *So ist das jetzt,* denke ich. Vor einer Woche schien alles noch harmonisch zu sein.

Samuel ist auf halbem Weg die Treppe hinauf, als Hannah sagt: „Ich hoffe nur, dass sie den Täter bald finden, wer auch immer es sein mag.“ Sie wirft einen Blick auf die Treppe. „Es gibt selbst im Haus einige Leute, die aggressiver zu sein scheinen als andere. Wenn du weißt, was ich meine, Julia.“

Samuels Schritte verstummen. Er kommt die Treppe wieder herunter. „Was hast du gesagt, Hannah?“, fragt er.

„Was habe ich gesagt?“, wiederholt sie unschuldig.

„Ja. Was hast du gesagt?“

Samuels Wangen sind gerötet. Hannah antwortet nicht.

„Was für krause Gedanken gehen dir denn durch den Kopf?“, fragt er mit verhaltener Stimme. Er versucht, gelassen zu wirken, aber sein Kiefer verrät ihn, die Muskeln vibrieren unter der Haut.

Hannah schaut auf seine Schuhe, dann springt ihr Blick zu mir hoch, ihre Augen sind vollkommen rund, und sie sagt:

„Nur Gedanken, Samuel."

Stille. Samuel atmet mehrmals ein und aus, wir starren uns an.

„Es geht nicht nur mir so", bringt Hannah vor. „Die Polizei geht herum, erkundigt sich über die Nachbarn. Fragt alle, was an dem Herrenabend geschehen ist, was gesagt wurde. Severin hat alles Mögliche über eine Diskussion an jenem Abend erzählt."

Samuel blickt auf sie herab. Dann verlagert er sein Gewicht auf den anderen Fuß, und etwas Ruhiges, Berechnendes überkommt ihn.

„Ich war nicht der Einzige, der wütend war", sagt er und sieht mich an. Seine schönen braunen Augen verengen sich. „Dein Mann war auch ziemlich aufgeregt, Julia. An diesem Abend hat er ziemlich laut geschrien."

„Theo?"

Hannah schnaubt.

„Ach, du warst ja dabei, Hannah!?", sagt er scharf.

„Ich habe alles Mögliche darüber vernommen", antwortet Hannah hochmütig.

Sie wirft mir einen wissenden Blick zu, dann schaut sie auf die Königsbegonie auf dem Podest, die schmalen Lippen geschlossen, als wolle sie signalisieren, dass sie alles gesagt hat.

Samuel seufzt, dreht sich um und stapft die Treppe hinauf, seine Schritte donnern durch das Treppenhaus. Oben hört man das Klirren seiner Schlüssel, dann fällt die Wohnungstür zu.

Hannah wendet sich mir zu und zieht bedeutungsvoll die Augenbrauen hoch. „Es geht nicht um ...", sagt sie, schaut auf und überlegt, „um Rasse, Hautfarbe, Glaube oder etwas in der Art. Du weißt ja, wie sehr ich Cora mag, darum geht es nicht." Hannah senkt ihre Stimme. „Severin sagt, dass Samuel an diesem Abend wütend war. Er ist richtig ausgerastet, hat geschrien und geflucht und schlimme Sachen gesagt. Er konnte seine Wut nicht kontrollieren, sagt Severin. Wie ein wildes Tier. Und dann denke ich daran, wie Andreas getötet wurde, wie brutal das war ..."

Instinktiv lehne ich mich zu ihr hin, als würden wir uns verschwören.

Hannah erschaudert. „Die schiere Wut, die dazu nötig wäre. Du weißt, was ich meine." Sie sieht mich an, sucht Bestätigung.

Meine Kehle ist knochentrocken. Die Wohnung über uns, das Arbeitszimmer, in dem Andreas ermordet wurde, diese erschreckende Leere, dieses schwarze Loch, das wir nicht wahrhaben wollen, das uns aber trotzdem aufsaugt, mit dem, was dort geschah. Der schwindelerregende Rückschluss: Sind wir in diesem Haus sicher? Wir verhalten uns wie Menschen, die bedroht werden – wir wenden uns gegeneinander.

Sekundenlang herrscht ein seltsames Schweigen zwischen uns, das mir wie eine Ewigkeit vorkommt. Ich spiele diesen langen, zähen Moment herunter, in dem Hannah Samuel beschuldigt und mich um Zustimmung bittet, in dem ich protestieren und ihn verteidigen könnte, es aber nicht tue. Ich habe nicht schnell genug reagiert. Oder könnte es sein, dass ich ihr glaube oder befürchte, dass sie Recht haben könnte? Jetzt, wo er tot ist, sind elf Personen im Haus. Wenn man die Kinder nicht mitzählt, sind es sieben. Cora und Samuel, Hannah und Severin, Theo und ich. Und Marleen, die in einem Zelt weit weg von der Zivilisation war, als es passierte, die sich in dieser Nacht nicht selbst eingelassen hat. Sechs Verdächtige. Wenn ich raten müsste, würde ich auf Severin tippen. Aber ich habe so wenig Anhaltspunkte. Es könnte auch Samuel sein.

„Ich weiß nicht, was ich davon halten soll", sagt Hannah. „Es ist schrecklich anzunehmen, dass diese Art von Wut vielleicht unter uns existiert, bei jemandem, der einen Code hat und nebenan wohnt."

Ein Schauer durchfährt uns beide. Hannah schaut sich noch einmal um. „Ich weiß nicht, was man in so einer Situation tun soll."

In diesem Moment ist sie vollkommen ehrlich.

Nachdem sie fort ist, beschließe ich, ein wenig im Leben der Hausbewohner herumzuschnüffeln. Ich sitze auf dem Sofa, den Laptop aufgeklappt auf meinem Schoß und gebe zuerst *Samuel Lemberg* in das Suchfeld ein. Mehrere Profile tauchen auf, eines in Israel, eines in den USA, eines in Australien. Keines in Deutschland. Ich navigiere zu Coras Profil, aber auch dort sind keine Informationen zu finden. Bis auf einen Eintrag von den Mitarbeiterseiten des Klinikums rechts der Isar, wo Samuel als Arzt für Orthopädie arbeitet, gibt es keine Einträge bei Google. Coras Website ist ein Katalog ihrer Arbeiten, und das ist so ziemlich alles, was ich über sie finde.

Ich höre ein Geräusch und zucke zusammen. Da! Da war es wieder, dieses Wispern, ich bin mir sicher. Hannah flüstert vor sich hin.

Ich gehe zur Wohnungstür, öffne sie einen Spalt. Nichts, im Treppenhaus ist es still. Als ich die Wohnung wieder betrete, werfe ich noch einen Blick zurück und meine aus den Augenwinkeln eine Bewegung wahrzunehmen, doch sicher bin ich mir nicht. Aber das leise Kichern und Wispern, das durch die Wand dringt, ist real.

Wieder in der Küche rufe ich Hannahs Profil auf, das voll ist von inspirierenden Zitaten und bewegenden Geschichten über die Schüler. Sie kümmert sich auch um die Schulpolitik, diese Beiträge sind deutlich informativer. Hannah schreibt über die Folgen der Herabsetzung des Einschulungsalters von sieben auf sechs Jahre und über andere Bildungsreformen. Sie ist besorgt über die Bürokratie in den Schulen und befürchtet, dass dadurch weniger Zeit für den Unterricht bleibt. Hannah ist sehr engagiert und postet täglich, manchmal sogar mehrmals am Tag. Ihr letzter Beitrag ist vom Sonntag, dem Tag, an dem Andreas gefunden wurde. Es ist ein Artikel über eine alleinerziehende Mutter, die sich kein Fahrrad für ihr Kind leisten konnte und wie die Nachbarn zusammenkamen, um dem Jungen das Fahrrad zu kaufen, das er sich gewünscht hatte. *Kümmere dich um die Menschen um dich herum!,* schrieb Hannah in ihrem Beitrag. Danach nichts mehr.

Das Facebook-Profil von Marleen ist besonders aktiv. Sie hat viele Freunde, und vielen Leuten gefällt, was sie postet: Links zu Nachrichten, Musikveranstaltungen oder Kunstausstellungen. Ab und zu Bilder von Charis, die immer mit dem Rücken zur Kamera aufgenommen wurden. Charis auf Skiern in einer schönen Winterlandschaft, Charis beim Sonnenbad auf Küstenfelsen. Kaum Kommentare.

Ich rufe das Profil von Theo auf. Sein Profilbild wurde im Urlaub mit Freunden aufgenommen und ist wahrscheinlich sechs oder sieben Jahre alt. Er hat seine Sonnenbrille auf dem Kopf und grinst breit, sieht glücklich und frei aus. Er hat viele Freunde, sie mögen ihn. Er sieht sich gerne Sport im Fernsehen an. Er ist stolz auf sein E-Bike. Er kümmert sich um seinen Job, aber nicht zu sehr. Er träumt davon, Urlaub an exotischen Orten zu machen und zu erleben, wie seine Lieblingsfußballmannschaft die Meisterschaft gewinnt. Ist das alles, was mir von ihm bleibt, wenn er mir den Rücken kehrt?

Dann suche ich nach Emma. Ihr Profilbild wurde mit einem Filter bearbeitet, mit starken Schatten und viel Kontrast, so dass sie nicht wiederzuerkennen ist. Das ist alles, was ich sehe. *Dieser Inhalt ist nicht verfügbar*, sagt die Seite. Ich klicke erneut. Lade die Seite neu.

Emmas Konto soll nicht für mich verfügbar sein?

Unbehagen macht sich in meinem Körper breit, als ich mein Handy heraushole und andere Plattformen überprüfe. Ich atme schneller, spüre winzige Zuckungen in meinen Fingern. Sie hat mich auch bei Instagram, Snapchat und TikTok blockiert.

Ich starre auf den feindseligen Wortlaut auf dem Bildschirm. *Dieser Inhalt ist nicht verfügbar*.

Entsetzt von Emmas Vertrauensbruch lege ich mich aufs Sofa, lehne meinen Kopf an die Armlehne und schließe erschöpft die Augen. Meine Augenlider werden schwer. Kurz darauf falle ich in einen tiefen, traumlosen Schlaf.

Kapitel 31

Mittwoch, 5. Oktober 2022

16:00 Uhr

Ein Geräusch lässt mich hochschrecken. Die Wohnungstür wird zugeschlagen. Ich liege auf dem Sofa, bin im ersten Moment vollkommen orientierungslos. Ich muss eingeschlafen sein. Mein Körper ist steif und schmerzt, meine Zunge wie aus Wachs.

„Hallo?", sagt eine tiefe, brüchige, fremde Stimme, als steigt eine andere Version von mir aus den Tiefen des Schlafes empor, ein Nacht-Ich, das ich nicht im Geringsten wiedererkenne. Ich huste, stottere, räuspere mich, um es wieder loszuwerden.

„Mama? Was machst du denn um diese Zeit hier?"

Ich atme erleichtert auf. *Emma!* „Wie spät ist es, Süße?" Meine gewohnte Stimme stellt sich wieder ein, mein Tages-Ich tritt aus dem Schatten eines Abgrunds hervor.

„Viertel nach vier. Hast du geschlafen?"

„Ja, die vergangene Nacht war schlechthin eine Katastrophe. Ich war beim Arzt. Er hat mich krankgeschrieben, also werde ich ein paar Tage zu Hause bleiben. Die Sache mit dem Kaninchen macht mir zu schaffen."

Emmas Stirnfalte vertieft sich.

Ich schlucke. „Und Andreas` Ermordung. Ich ..."

Emma presst die Lippen zusammen, ihr Gesicht nimmt einen Ausdruck völliger Überlegenheit an, den ich gelegentlich bei ihr wahrnehme, als ob sie das Recht hätte, über jeden zu urteilen, der auch nur die geringste Schwäche zeigt, weil sie, Emma, dreizehn Jahre alt, sich weigert, Empathie zu zeigen und nur auf ihre Standpunkte beharrt.

„Du bist also nicht krank?"

„Nein." Ich bin müde und will mich nicht auf eine Diskussion einlassen. „Aber der Arzt meinte, ich sollte zu Hause bleiben, solange ich nicht richtig schlafen kann."

Kein Kommentar. Emma geht in die Küche. Erst beim Aufstehen merke ich, dass ich mich abstützen muss. Ich folge meiner Tochter mit den Augen, sehe die schlanke Figur in ihrer enganliegenden Kleidung. Ihr Gang hat immer noch etwas Kindliches, aber sie wird weiblicher. Ich frage mich, wie viel von dem, wie sie sich bewegt, berechnend ist. Ich habe Emma und ihre Freundinnen erst kürzlich bei der Theaterprobe vergangenes Wochenende in der Schule gesehen, wie sie sich in Pose werfen, mit weit geöffneten Blusen herumstolzieren, ihre Brustansätze zeigen und mit ihren Hintern hin und her schwingen, um die Freundinnen zum Lachen zu bringen. Es ist übertrieben und albern, aber nicht nur das. Sie stellen sich selbst auf die Probe. Sie versuchen herauszufinden, wie weit sie dabei gehen können, gleichzeitig bauen sie Elemente ihres Verhaltens in ihre Bewegungsmuster ein. Sie wollen, dass die Jungs sie anschauen. Sie tun es den Jungs, aber auch den anderen Mädchen zuliebe, geben füreinander an, aber ich habe auch beobachtet, dass die anderen Mädchen vor allem *für Emma* angeben. Das spöttische Lachen, das meine Tochter gnadenlos verteilt, besonders an die Schwächsten unter ihnen, genügt, um sie an den Rand des Kreises zu drängen. Und jetzt hat sie mich blockiert. Ich sollte mal mit ihr darüber reden. Emma hat wie Charis eindeutig Leaderqualitäten.

Ich folge ihr in die Küche, sehe, wie sie in den Schrank greift. „Wonach suchst du?"

Sie antwortet nicht, sondern stöbert weiter herum, stellt sich auf die Zehenspitzen, um an das oberste Regal zu gelangen. Sie ist ziemlich hochgewachsen, das hat sie von mir. Theo und sein Bruder sind mittelgroß und stämmig, Emma ist schlank, wie ich es in ihrem Alter war. Sie nimmt eine Tüte Gummibärchen aus dem Schrank und zeigt sie mir als Antwort auf meine Frage.

Ich setze mich an den Küchentisch, Emma zögert einen Moment, dann nimmt sie gegenüber mir Platz.

„Wie war die Schule, Emma?"

Sie zuckt mit den Schultern. „Gut, Mama."

„Welche Fächer hattest du heute?"

Ein weiteres Achselzucken. „Geschichte, Mathe, Englisch. Das Übliche."

„Hast du etwas gelernt?"

Jetzt lacht sie. Aber nicht auf die Art, wie sie mit Theo lacht. Eher distanziert, ein überhebliches Lachen. „Mama, im Ernst. Du musst das nicht tun."

„Was tun?"

„So tun, als wärst du daran interessiert."

„Du bist meine Tochter, natürlich interessiert es mich, was in deinem Leben vor sich geht."

Ich denke an das gesperrte Facebook-Profil und an die Worte der jungen Psychologin: *Zeigen Sie Interesse an ihrem Online-Leben.* „Es ist wichtig für mich zu wissen, wie es dir geht."

Emma rollt die Augen. „Gut, Mama.", erwidert sie. „Aber das ist nicht das, was ich meinte."

„Was hast du denn gemeint?"

„Nur, dass du dich nicht so sehr für die Schule und dergleichen interessierst. Das ist in Ordnung, Mama, das musst du nicht. Es ist nicht wichtig."

Aber ich stimme dem nicht zu. *Zeigen Sie ihnen, dass Sie online für sie da sind, so wie sie es jeden Tag im wahren Leben sind.*

„Helfe ich nicht bei der Schulaufführung mit?", frage ich. „Melde ich mich nicht freiwillig, komme ich nicht zu Elternabenden? Kümmere ich mich nicht um deine Noten?"

„Oh, mein Gott, Mama." Sie rollt mit den Augen. „Aber gut, dann nenne mir doch mal meine vier besten Freundinnen."

„Sandra", beginne ich. „Thea. Carin?"

„Carina", korrigiert Emma herablassend.

„Charis?"

Kurz bevor wir ein Angebot für die Wohnung bekamen, erzählte uns der Makler, dass in der Wohnung über uns ein neunjähriges Mädchen wohne. Hätten wir an ein Omen geglaubt, hätten wir es für ein Zeichen gehalten. *Eine Freundin für Emma* sagten Theo und ich uns damals. Emma fand in der neuen Schule sofort Freunde, eine treue Clique, die an unserer Tür klingelte, wenn sie sie einlud, und die auf der Treppe stand und mit ihren Handys herumhantierte, wenn sie fragte, ob Emma zu Hause sei. Aber war Charis jemals eine von ihnen? Sie war ein paar Mal vorbeigekommen, war höflich, bedankte sich für das Essen, trug ihren Teller vom Tisch und räumte ihn in die Spülmaschine.

Ich erinnere mich nicht, wann sie das letzte Mal bei uns war, es muss länger her sein. Eine Feindseligkeit zwischen den beiden Mädchen ist mir jedoch noch nie aufgefallen.

„Charis und ich sind im Grunde nicht eng befreundet."

„Wieso nicht?"

„Wir haben uns nicht zerstritten, Mama", antwortet Emma nach einem kurzen Zögern. „Wir kommen nur nicht so gut miteinander aus. Sie ist so eingebildet.“

„Eingebildet?“

„Ja. Es ist so erbärmlich, dass sie denkt, alle würden sie lieben.“

Emma sieht mich mit ihren schönen, klaren Augen an. Sie hat eine Stärke, die ich nicht ganz verstehe. Fordert sie mich heraus? Ich bin mir nicht sicher, warum sie das tun sollte.

Ich versuche, mir die beiden Mädchen in der Schule vorzustellen. Charis, die so schön ist, die die angeborene Eleganz ihrer Mutter geerbt hat. Neben ihr ist Emma durchschnittlich. Mir wird klar, dass ich das bereits seit einigen Jahren als gegeben hingenommen habe. Wir sehen beide zwar gut aus, aber neben Marleen und Charis stehen wir auf der Skala Aussehen an durchschnittlicher Stelle.

„Läuft da etwas zwischen Jonas Küpper und Charis?“, will ich wissen.

Eine Hundertstelsekunde lang bleibt Emmas Mund offen stehen. „Nicht, dass ich wüsste.“ Aber sie ist rot im Gesicht. Da ist etwas.

„Armes Mädchen. Stell dir vor, du hättest deinen Vater auf diese Weise verloren.“

Emma sagt nichts. Sie verschlingt die Gummibärchen.

„Und wie geht es dir dabei, Schatz?“ Ich strecke eine Hand nach ihr aus, streichle ihren Arm. „Bei all dem, was im Haus passiert?“

Sie wirft mir einen überheblichen Blick zu. „Wie immer“, sagt sie. „Ich habe das Gefühl, dass es nicht wirklich etwas mit mir zu tun hat.“

Ich nicke, ziehe meine Hand zurück.

*

Im Wohnzimmer starre ich auf mein iPad. Was hat Emma da gerade gesagt? *Ich habe das Gefühl, dass es nicht wirklich etwas mit mir zu tun hat?* Lag die Betonung auf *mir*? Im Gegensatz zu wem? *Charis?* Oder hat sie von mir gesprochen? *Sie kann es nicht wissen*, denke ich. Nein, sie kann es unmöglich wissen. Andreas und ich waren sehr vorsichtig. Vielleicht aber nicht vorsichtig genug. Da war die Sache mit dem Babyfon, aber das hat sie nicht gesehen. Sie kann auch nichts gehört haben. Und es war nur das eine Mal. Emma kann es unmöglich wissen.

Und doch ist da etwas in der Art, wie sie mich ansieht, diese moralische Überlegenheit. Diese kalkulierte Gleichgültigkeit gegenüber dem Mord an einem Nachbarn. Was soll ich nur davon halten? Sie hat Andreas` Ermordung gut weggesteckt. Wie Theo ist sie außerordentlich gut darin, wahre Probleme zu überspielen. Hat sich das vererbt, die seelischen Probleme zu negieren, ebenso wie die Art des Umgangs damit?

Der Verlust der Harmonie

Kürzlich habe ich gelesen, dass die Natur für Unkontrollierbarkeit steht, für Unberechenbarkeit, für Unreinheit. Und so wie ich gerne die Kontrolle über mein Verhalten und meine Gefühle habe, möchte ich auch die Kontrolle über meine Umgebung haben. Ich lebe in Berg aus dem einfachen Grund, dass ich nirgendwo anders leben könnte, ich liebe die Nacht, weil sie mir Schutz bietet.

An meine Abneigung gegen alles Grüne werde ich erinnert, wenn ich durch die Siedlung Richtung Johannisgasse fahre. Ein Katzensprung von der Innenstadt entfernt, aber ein Weg, etwas breiter als ein Auto, der sich zwischen Wäldern und Wiesen schlängelt, wo sich die Häuser zwischen Hecken, Büschen und Bäumen verstecken.

Das Haus Nummer 17 ist absolut perfekt. Ein Kiesweg führt von der unansehnlichen Straße zur Tür, aber um unbemerkt auf das Grundstück zu gelangen, muss man durch eine schmale Lücke zwischen zwei Hecken gehen. Geht man durch das Tor, wird man gesehen. Neben dem Haus ist ein kleiner Schuppen mit einem Zahlenschloss. Der Code lautet 1961.

Ich vergleiche mich nicht gerne mit anderen Menschen, weil ich mir nicht viel aus anderen Menschen mache, aber wenn ich es täte, würde ich sagen, dass mein Wunsch nach Perfektion eine der Eigenschaften ist, die mich auszeichnet. Für die Rolle, die ich in der menschlichen Psyche anderer spiele, sind diese Leute in der Johannisgasse 17 das i-Tüpfelchen.

Es ist nach Mitternacht, ich würde jetzt gerne Klavier spielen. Wenn ich spiele und die Bedingungen ideal sind, habe ich das Gefühl, ein wenig von der Welt abgeschnitten zu sein. Es gibt nichts, was mir mehr Spaß macht.

Ich bin nicht besonders gut, aber das ist für mich nicht so wichtig. Es ist die Magie, die freigesetzt wird, wenn ein bestimmtes Musikstück so klingt, wie es sein soll, mit der richtigen Melodie, den richtigen Noten. Dann ist es, als ob sich in mir eine Tür geöffnet hat, die mich frei atmen lässt. Ich brauche jede Menge Sauerstoff für mein Vorhaben.

Es ist kein Zufall, dass ich sowohl von Zahlen als auch von Musik fasziniert bin. Musik ist Mathematik in Klängen. Sie gehören zusammen, das wussten schon die Griechen. Für Pythagoras war die Musik der Ausdruck der Zahlen in einer anderen Sprache. Musik, so sagte er, könne die verlorene Harmonie des Universums wiederherstellen.

Das ist schön, nicht wahr?

Indem man eine Saite einer bestimmten Länge in zwei, drei oder vier Teile teilt, entstehen neue Töne, die perfekt harmonisch zusammenklingen. Die Mathematik legt nicht nur den Grundstein für die Wissenschaft der Musik, sondern vermittelte den Griechen auch neue Erkenntnisse über das Universum: Die Welt braucht immer ein Gleichgewicht. Konsonanten und Dissonanten. Yin und Yang. Ein Übermaß des einen oder des anderen führt zu einem Verlust der Harmonie. Zahlen, Maß und Rhythmus gehören in eine perfekte Welt.

In der Johannisgasse 17 ist die Welt nicht perfekt, die Harmonie seit Ewigkeiten gestört. Das werde ich ändern.

In Gedanken spiele ich heute Debussy Arabesque. Eigentlich viel zu schwierig für mein Niveau, aber ich liebe Debussy so sehr. Ich finde darin immer Trost.

Übrigens bin ich nicht allein. Neben Julia und Marleen, die nachts durch ihre Wohnungen geistern, halte ich Fotos von Cora, Marleen, Hannah, Emma und Charis in meinen Händen, betrachte sie. Plötzlich erscheint es mir so logisch, sie einen Moment zusammenzubringen, in dem buchstäblich Schönheit in der Luft liegt.

In Gedanken spiele ich Debussy, spiele nur für sie. Ihr Lächeln springt aus den Aufnahmen und umkreist mich. Ich bin sicher, dass sie irgendwann im Haus die Schönheit der Musik spüren. Dass sie darin Trost finden.

Die Harmonie kann ich nicht damit herstellen. Das bedarf einer anderen Aktion.

Kapitel 32

Mittwoch, 5. Oktober 2022

19:00 Uhr

„Da draußen sind jede Menge Journalisten“, sagt Theo beim Abendessen.

Ich hebe die Augenbrauen. „Tatsächlich?“

„Ich wurde auf dem Weg hierher dreimal angehalten. Das muss an dem Vorfall mit dem Kaninchen liegen.“

„Das Kind, Theo.“ Ich nicke in Richtung Lukas.

„Und die Polizei hat eine Pressekonferenz abgehalten. Sie haben eine Reihe von Entdeckungen gemacht und interessieren sich für bestimmte Personen in der Nachbarschaft“, beharrt er. „Es ist verrückt.“ Er schüttelt ungläubig den Kopf.

„Du hast nicht mit ihnen gesprochen?“

„Na ja....“

„Theo!“

„Diese Frau vom Fernsehsender sagte, es sei wichtig, dass die Leute verstehen, wie es ist, so etwas zu erleben“, sagt er, als wolle er sich verteidigen. „Ich habe nichts Schlimmes gesagt, nur, dass wir unter Schock stehen und dass wir nie geglaubt hätten, dass so etwas passieren könnte. So etwas in der Art.“

Ich atme erleichtert auf. „Okay. Das war gut.“

Theo versucht ein Lächeln. „Vielleicht sind das unsere fünfzehn Minuten Ruhm?“

Können wir darüber scherzen, oder ist es noch zu früh?, frage ich mich. Gegen meinen Willen lächle ich ein wenig, stehe auf und blicke vom Fenster auf die Straße hinab, die sich im Dunst nur schemenhaft abzeichnet. Gegenüber spricht Benno Gruber mit einem Journalisten. Ich drehe mich um.

Emmas Lächeln ist breiter als meins. „Papa, ich bin mir nicht sicher, ob diese Sendung über Morde der beste Ort für deine Publicity ist.“

Auch Theos Grinsen wird breiter.

Emmas Worte schmerzen. Vielleicht wird dies unser letzter Abend als intakte Familie sein. Eine glückliche Familie, nicht perfekt, nicht ohne unsere Probleme. Aber eine ganz normale Familie. Gutmütige Späße und Diskussionen am Esstisch. Liegt darin nicht das Glück, in diesen kleinen Dingen?

In gewisser Weise habe ich meine Worte an Theo vorbereitet. Ich muss mir nur einen Einstieg einfallen lassen, der Rest kommt zwangsläufig. Heute Abend werde ich es ihm gestehen, ich kann es nicht länger hinauszögern. Er wird es so oder so herausfinden, meint Mo. Je länger ich damit warte, desto schlimmer wird es sein.

Theo ist so selten wütend. Ich kann mich nicht erinnern, wann er das letzte Mal seine Wut auf mich gerichtet hat. Wir streiten uns gelegentlich, ich bin mir aber nicht sicher, ob ich ihn jemals wütend erlebt habe.

„Wirst du im Fernsehen sein, Papa?", fragt Lukas.

*

Julia, schreibt Cora, *ist es wahr, dass du das Kaninchen gefunden hast?* Auf ihre Frage folgen drei weinende Emojis und dann eines, bei dem der Kopf explodiert.

Ich seufze. Während Theo Lukas ins Bett bringt, laufe ich nervös zwischen Küche und Wohnzimmer hin und her und fürchte mich davor, Theo die Affäre zu gestehen. In meinem Körper ist eine Leere, als wäre ich nichts als ein riesiger, hallender Abgrund. Wenn ich stillsitze, falle ich hinein, also bleibe ich in Bewegung.

Ich habe nicht die Energie, Cora zu antworten, lege mein Handy zur Seite, gehe zurück in die Küche und wische den Tisch zum wiederholten Mal ab. Dann höre ich das Knarren unserer Treppe, seine Schritte, als er das Wohnzimmer betritt. Ich nehme einen tiefen Atemzug. Gleich ist es so weit.

20.00 Uhr

Der Fernseher läuft, als ich das Wohnzimmer betrete.

„Hey", sagt er.

„Hey."

„Ich wollte mal sehen, ob ich in den Nachrichten gelandet bin. Ich war noch nie im Fernsehen."

„Theo? Kann ich mit dir über etwas reden?"

„Klar", sagt er und dreht sich zu mir um. Ich sehe in sein rundes, fröhliches Gesicht. Ich muss mich jetzt vor Sentimentalität hüten, darf nicht anfangen, an ihn zu denken, wie er war, als wir uns an der

Schule kennenlernten, wo ich niemanden kannte, als ich überhaupt keine Freunde hatte, bis zu dem Tag, an dem er sich im Naturwissenschaftsunterricht zu mir umdrehte. „Ich möchte in deiner Gruppe sein." Der freundliche Theo, der beliebte Theo. Der mich in der Schule sah und in seinen Kreis zog. „Weil du das hübscheste Mädchen in der Klasse warst", sagte er damals.

Ich erinnere mich an meine Erleichterung, dass jemand mich angesprochen hatte. Theo hatte den anderen zudem damit gezeigt, dass er sich für mich entschieden hatte. *Schaut sie euch an,* schien er zu seinen Freunden zu sagen*, ist sie euch nicht aufgefallen?* Und dann sahen sie mich an, jeder Einzelne von ihnen. Daran darf ich aber jetzt nicht denken.

„Ich wollte dir...", beginne ich. Meine Stimme ist nichts als Luft.

Er sieht mich aufmerksam an, wirft dann einen Blick zum Fernseher. Seine Augen werden größer. „Da ist unser Haus, Julia!"

Das Gebäude prangt auf dem Bildschirm, als Hintergrund für die junge Journalistin mit dem Pony. *Neue Entwicklungen im Mordfall Berg* heißt es im Text unter dem Bild. Im Fernsehen sieht das Haus erstaunlich klein aus. Gemütlich, nicht zu auffällig, aber trotzdem teuer und gut gepflegt. Dann wechselt das Bild zu Theo. Auch er sieht im Fernsehen anders aus. Nicht unbedingt kleiner, aber ernster. Selbstgefälliger. Wie ein Mann, den ich nicht kenne, der eine Aussage macht, die ich mir anhören soll.

„Nun, es ist beunruhigend", sagt TV-Theo. „Natürlich ist es das. Die Kinder hatten Angst, die ganze Sache mit den Kaninchen ist unheimlich."

„Und glauben Sie, dass der Vorfall etwas mit dem Mord am Wochenende zu tun hat?", fragt die Journalistin.

TV-Theo zieht die Stirn in Falten, als würde er nachdenken. Er sieht dabei älter aus, wie ein Erwachsener. Er ist ein Erwachsener. Und doch kommt er mir wie ein Kind vor.

„Das muss die Polizei herausfinden, aber man kommt nicht umhin, sich zu wundern. Dies ist eine sehr ruhige, sichere Gegend. Wir wohnen ein paar Jahre hier, aber so etwas ist noch nie passiert. Und jetzt zwei Vorfälle, in so kurzer Zeit."

Er sieht besorgt aus. Dann gibt es einen Schnitt zur Pressekonferenz der Polizei. Eine Frau in Uniform spricht. Sie spricht mit einem starken, bayrischen Akzent, ihre Konsonanten springen und hüpfen aus ihrem Mund. Ich habe sie noch nie gesehen und ihrem Titel nach zu urteilen, steht sie weit oben in der Hierarchie. Nico Braun steht im Hintergrund links von ihr. Er trägt jetzt auch seine Uniform und sieht anders aus als heute Morgen. Gepflegter. Er sagt nichts, aber er hört der Sprecherin aufmerksam zu.

„Donnerwetter", jubelt Theo. „Mein Fernsehdebüt. Was denkst du, Julia? War es schrecklich?"

„Nein, nein, es war gut, Theo."

Ein Text wird eingeblendet. *Die Polizei führt Ermittlungen in der Nachbarschaft durch*. Das ist alles, was ich sehen kann, bevor Theo den Fernseher ausschaltet und sich zu mir umdreht. „Du wolltest mir noch etwas sagen, Schatz", sagt er.

„Ja."

Ich gehe an ihm vorbei, setze mich auf das Sofa, aber es fühlt sich falsch an, mich auch zu setzen. Der Fernseher ist aus, die Kinder schlafen. Keine Unterbrechungen. Keine Ausreden. Vielleicht ist es nicht zielführend, dieses Gespräch jetzt zu führen, weil die Bedingungen nicht optimal sind.

„Weißt du", sage ich schnell, hektisch, „ich habe heute mit Emma darüber gesprochen, was passiert ist. Ich wollte wissen, wie es ihr geht. Sie verhält sich so gleichgültig gegenüber der ganzen Sache. Um ehrlich zu sein, hat mich das ein bisschen erschreckt. Als ob es sie überhaupt nicht interessiert, sie kalt lässt."

Theo nickt langsam. Ich bin aus der Puste. Ich versuche, es zu verbergen. Mir wird übel, der Raum dreht sich. Er sieht mich an, in seinen Augen flackert Verwunderung auf. Merkt er es jetzt, frage ich mich, oder ist es nur, weil ich zu nervös bin? Meine Atmung ist schnell und flach.

„Weißt du was, Julia?", entgegnet er. „Ich glaube, es ist das Beste, wenn wir Emma in dieser Sache in Ruhe lassen. Sie wird so reagieren, wie sie es für richtig hält. Das müssen wir akzeptieren."

In seiner Stimme liegt etwas Fremdes. Er sagt die Worte so schwer, so ernst, als würde er mir befehlen: Lass sie in Ruhe!

Ich nicke. „Gut", gebe ich zurück, bereit allem zuzustimmen. „Okay. Es hat mich nur stutzig gemacht, das ist alles."

„War das alles?"

Für einen schwindelerregenden Moment bietet sich mir die Gelegenheit, aber ich versage wieder.

„Ja", antworte ich und weiß, dass ich, wenn ich heute Nacht nicht schlafen kann, wütend auf mich sein werde für meine Feigheit.

Theo lächelt und schaltet den Fernseher wieder ein. Den Rest des Abends verbringen wir schweigend vor dem Fernseher. Ab und zu schaut Theo mich neugierig an, wenn er glaubt, ich würde es nicht bemerken. Ich höre seine stille Frage: *Ist da nicht doch noch etwas?*

In der Etage über uns stapft Marleen herum. Ihre Anwesenheit überschattet uns, das leere Arbeitszimmer zieht mich an, obwohl wir auf unserer Couch sitzen und fern sehen, als wäre nichts in der Wohnung über uns geschehen.

Ich frage mich, was Marleen da oben macht. Gestaltet sie das Wohnzimmer neu?

Mein Puls pocht an meinen Schläfen.

Kapitel 33

Salzburg

Im Flughafenbus in Salzburgs Stadtmitte war ich wie ein Kind an Weihnachten. Ich trommelte mit der Hand auf dem Sitz und schaute alle paar Minuten auf mein Handy. Dabei grinste ich so breit und grundlos, dass ich es vor meinen Mitreisenden verstecken musste. Ich drehte mich zum Fenster und strahlte stattdessen hinaus, hinaus in die ungewöhnlich intensive Märzsonne. Ich lächelte so lange, bis der Bus das Hotel erreichte, wo er auf mich wartete.

Der junge Mann am Check-in-Schalter konsultierte seinen Computer, sagte, dass das andere Mitglied meiner Gruppe bereits angekommen sei. Ich bekam eine Schlüsselkarte, wartete auf den Aufzug, der nicht schnell genug kam, hüpfte von einem Fuß auf den anderen. Als ich das Zimmer betrat, stand er da, in der Mitte des Raumes, groß und strahlend.

„Komm rein", sagte er, „ich habe auf dich gewartet."

Ich fiel ihm in die Arme.

Ich verschlang Andreas in riesigen Schlucken; er gehörte mir, zumindest damals, ich war ausgehungert. Ich wollte alles von ihm, Haut und Haare. Ich wollte ihn schmecken, ihn in mich hineinschlingen. Ich fuhr mit den Fingern durch seine Locken, mit den Händen über seinen ganzen Körper, über die Muskeln seiner Oberschenkel und Oberarme, die Glätte seines Rückens, die feine Kuhle in seinem Nacken. Ich wollte alles über ihn wissen: Woher stammte die Narbe an seinem Bein, warum war der Nagel des kleinen Fingers seiner linken Hand zweigeteilt, bedeutete das winzige Loch in seinem Ohrläppchen, dass es einmal gepierct war? Aber ich hatte keine Zeit, ihn zu fragen, ich wollte ihn verschlingen, war so gierig.

Danach lagen wir in den sauberen, weißen Laken in einem Bett, das den größten Teil des Hotelzimmers ausfüllte. Ich drehte mich zu ihm um und dachte darüber nach, wie seltsam es war, diese intime Seite eines Nachbarn kennenzulernen, einer Person, mit der man an den Briefkästen Nettigkeiten austauschte, etwas von sich preisgab, ein paar Anekdoten erzählte, das gleiche Blumenbeet jätete oder im

Supermarkt seine Einkaufswagen aneinander vorbeischob. Die Beziehung war aber so begrenzt, man war der Nachbar, man war der Vater oder die Mutter vom Nachwuchs, man war derjenige, der über oder unter einem wohnte.

Ich strich Andreas mit der Hand über seine widerspenstigen Locken und fragte ihn, worüber er nachdachte. Er stützte sich auf seine Ellbogen.

„Gibt es etwas Besseres als Verlangen?“, antwortete er. „Zum einen ist Verlangen ein stark ausgeprägter Wunsch, ein starkes inneres Bedürfnis, ein lebhaftes Verlangen nach etwas Sinnlichem, Spirituellem, ein Seufzen, ein Streben. Zum anderen ist Verlangen ein Begehren, das befriedigt werden will. Ich begehre dich, du bist meine Leidenschaft, ich möchte für immer dein sein. Mein Verlangen erwartet dein Begehren, mein Durst nach dir möchte gestillt werden. Ich werde dir jeden Wunsch erfüllen, jeden. Ich will alles tun, was du verlangst, du kannst dir sogar wünschen, was noch nie jemand gewagt hat auszusprechen. Ich komme um vor Erregung, wenn ich nur an deinen Körper denke. Also wende dich niemals von mir ab, du bist es, die mir entgegenkommen sollte. Und ich dir.“

„Oh, Andreas ...“

„Du bist schrecklich schön in deiner Verletzlichkeit. Wenn ich meine Augen schließe, sehe ich deinen zarten Körper, deine schmalen Hüften, deine schönen Füße. Ich habe noch nie eine Frau mit so schönen Füßen gesehen. Füße zum Küssen, Füße, die ich sanft massiere und mit meiner Zunge berühren möchte. Mitunter träume ich, dass du mich abweist. Dann liege ich auf meinen Knien vor dir und flehe um deine Liebe. Weniger schlimm wäre, wenn du darüber lachen würdest. Das Schlimmste wäre jedoch, wenn du mich mit diesen schönen Füßen treten würdest und mich fortschickst. Nach so einem Traum habe ich einen schlechten Tag, kann mich kaum konzentrieren und sehne mich mehr denn je nach dir. Und in meinem Bett drücke ich das Kopfkissen fest an mich.“ Er streichelte meine Füße und sagte: „Mädchen, du bist in meinem Kopf. Ich denke, dass diese Reise nach Salzburg eine ausgezeichnete Idee war.“

Später gingen wir essen. Wir fanden ein italienisches Restaurant und hielten uns an einem Tisch mit einer rot-weiß karierten Decke hinweg an den Händen, benahmen uns wie ein verliebtes Paar.

„Hast du uns jemals bereut?“, fragte ich.

Er lachte. „Ich bereue im Allgemeinen sehr wenig. Und du, Julia? Erzähl mir von deinem Leben."

„Ich musste ausnahmslos allein zurechtzukommen und nahm es mit einem Lächeln hin, wenn Freunde eine CD von meiner Schwester kauften und mich fragten, ob ich sie für sie signieren lassen könnte. Es hat mich nicht gestört, dachte, es sei dumm. Dennoch besuchte ich ein Gymnasium am anderen Ende der Gemeinde, wo mich niemand kannte. Also hat es mich wohl doch gestört. Ganz sicher hat es dazu beigetragen, dass ich mich in Theo verliebt habe. Ihm fehlte die Bewunderung, die Kate bei anderen hervorrief."

Darüber hinaus erzählte ich wenig über Theo, Sex und Liebe. Ich hatte keine zahlreichen Freunde im Gepäck. Damals war es mir peinlich. Nicht, dass an Theo etwas auszusetzen wäre. Er ist vielleicht nicht so belesen wie Andreas, er leitet keine Firma und weiß kaum etwas über Indien, aber er ist ein anständiger Mann. Viele würden sagen, dass ich mit diesem Mann Glück habe. Nur hat das Unscheinbare in ihm auf mich abgefärbt und mich dadurch farblos gemacht. Hätte ich in meinen Zwanzigern ein paar wilde Jahre gehabt, mich in Musiker, Schauspieler oder einen meiner Professoren verliebt und wäre frühmorgens nach dem zehnten One-Night-Stand sorglos nach Hause geschlendert, dann wäre Theo eine verständliche Wahl gewesen. Aber sich so früh für ihn zu entscheiden, so jung, und dann zu dieser Entscheidung zu stehen? Was sagte das über mich?

Stattdessen sprach ich mit ihm über meine Arbeit. Ich erzählte ihm von meiner Arbeit, von den Autoren. Von den neuen Projekten, die der Verlag plante. Dieses Gefühl des Unbehagens, wenn es eine Diskrepanz zwischen dem gab, was ich glaubte zu sein, und dem, was ich tat, war für mich unangenehm, weil ich mich gerne als moralisch unantastbar sah. Es war faszinierend, wie gegensätzlich mein Verhalten war.

„Ich nehme an, es gibt keine Widersprüchlichkeiten in deinem Leben", fuhr er fort. „Bei dir scheinen die meisten Dinge in Ordnung zu sein."

„Nun, ich habe mir einen Liebhaber gesucht und gefunden."

Kaum hatte ich das gesagt, bereute ich es. Das Wort schien so groß, so melodramatisch. Vielleicht war es dumm, der Affäre einen Namen zu geben. Seit jenem Abend im Januar waren knapp vier Wochen vergangen, die Beziehung war noch neu, unberührt, wir hatten noch nie auf diese Weise darüber gesprochen.

Aber Andreas legte den Kopf schief. „Ein Liebhaber. Ist das nicht eine gute Sache?“

„Ich weiß nicht.“ Ich zupfte an dem Kerzenständer, der in der Mitte des Tisches stand, entfernte mit meinen Fingernägeln Wachs von seinem Rand. „Manche Leute würden es wahrscheinlich unmoralisch nennen.“

Er lächelte und zeigte mir eine winzige Lücke zwischen seinen Zähnen. „Aber du nicht?“

Ich zögerte. „Nein.“

„Weißt du, ich fand das Wort schon immer sehr schön. Liebhaber ... Jemand, der liebt. Das ist etwas, das ich gerne sein möchte.“

Auf dem Rückweg zum Hotel gingen wir Hand in Hand. Leicht beschwipst kamen wir an einem Straßenmusiker vorbei, der *„Sympathy for the Devil“* von den Rolling Stones spielte.

Andreas nahm meine Hände und schwang mich herum. „Wir müssen tanzen, Julia“, sagte er, „komm schon, es wäre unhöflich, es nicht zu tun.“

Und wir tanzten.

Es war so einfach. Das war das Schlimmste an der Sache, dass es so wenig mentale Qualen verursachte. Ich kam einen Tag vor Andreas wieder in München an, um keinen Verdacht zu erregen, war gut gelaunt. Am Flughafen kaufte ich Süßigkeiten für die Kinder. Als Theo mich fragte, ob es ein erfolgreiches Verlagstreffen gewesen war, sagte ich ihm die Wahrheit: Dass der österreichische Verlag zur Zusammenarbeit bereit wäre, dass der Verlagsleiter mich zum Essen in ein Restaurant eingeladen hatte und dass ein Musiker vor dem Hotel *Sympathy for the Devil* von den Rolling Stones gespielt hatte.

Wer hätte gedacht, dass das Lügen so leicht war? Wenn ich in der Vergangenheit von einer Affäre träumte, stellte ich mir stets vor, dass die Schuldgefühle so lange an mir nagen würden, bis sie mich zwangen, sie zu gestehen, um nicht verrückt zu werden. Aber die Wahrheit war, dass es mir leicht fiel, Theo diese Version der Geschichte zu erzählen. Es ging mir so leicht von der Zunge, als wären es Sätze, die ich täglich benutzte. Ich hatte auch keine Schuldgefühle, als ich mich in dieser Nacht neben Theo in unser Doppelbett legte.

„Du riechst anders“, sagte er und legte seinen Kopf an meine Schulter.

„Hotelseife“, erwiderte ich und küsste ihn auf die Stirn.

Es war nicht schwierig. Es war beinahe enttäuschend, dass es nicht mehr Mühe erforderte.

Einsamkeit

Einsamkeit kann mit Menschen seltsame Dinge machen. Einige haben wirre Gedanken oder benehmen sich in auffälliger Weise absonderlich, ungewöhnlich, überspannt, närrisch.

Einsamkeit kann Menschen verrückt machen. Ich weiß alles darüber. Nicht, dass ich verrückt wäre, aber meine Einsamkeit bringt mich dazu, dass ich ein bisschen besser darüber nachdenke, bevor ich etwas sage oder tue. Die Grenze meiner Geduld und Toleranz ist schnell erreicht, wenn ich mich ausgeschlossen fühle. Das ist derzeit der Fall. Niemand braucht mich, ich gehöre nirgendwo hin.

Ich möchte mit ihr darüber sprechen, was mich beschäftigt. Ich möchte sie an meinen Gefühlen teilhaben lassen, daran, was ich fühle, mir wünsche und erhoffe. Ich möchte ihr alles erzählen. Und wenn alles gesagt ist, werde ich sie töten. Ich werde nicht damit aufhören, an ihren Tod zu denken.

Mitunter glaube ich, dass sie weiß, was ich so treibe, und ich frage mich, ob es nicht besser wäre, ihr mein Tagebuch zu geben, damit sie es vor ihrem Tod lesen kann. Wäre es nicht viel besser, wenn sie wüsste, was in mir vorgeht? Vielleicht wartet sie aber auch auf ein klares Signal?

Ich werde ihr eine erbärmliche Lektion erteilen. Selbst wenn sie an ihrer Stärke festhält, selbst wenn sie aufrecht bleibt, selbst wenn sie vorgibt, alles im Griff zu haben, habe ich in ihren Augen den Zorn und die Abneigung gesehen, wegen dem, was ihr widerfahren ist. Ich habe aber auch ihr Bedürfnis nach Geborgenheit und Liebe gesehen. Das kann ich ihr nicht geben, ich gebe ihr das, was sie verdient.

Ich will sie nicht glücklich machen, ich will dafür sorgen, dass sie alles hinter sich lassen kann. Dass sie voller Zuversicht das Leben hinter sich lässt und qualvoll stirbt. Darum kann ich mich kümmern.

In Gedanken drücke ich dann meine Lippen sanft auf ihre wunderschönen Augen.

Vielleicht dauert es nicht mehr allzu lang, bis ich ihr gestehe, wie sehr ich sie verachte. Aber bis es so weit ist, werde ich das Haus in Angst und Schrecken versetzen.

Kapitel 34

Donnerstag, 6. Oktober 2022

01:30 Uhr

Das Haus ist nachts nicht mehr so ruhig. Ich höre Marleen in der Wohnung über mir. Sie kann offensichtlich auch nicht schlafen. Ich habe den Glauben an das Einschlafen verloren, liege immer nur im Bett und wälze mich hin und her. Theo fängt an zu schnarchen, kaum dass sein Kopf auf dem Kissen liegt. Ich spüre einen scharfen Neid, als gäbe es nur eine begrenzte Menge Schlaf zwischen uns und er bedient sich gierig und lässt nichts für mich übrig. Um ein Uhr dreißig gebe ich auf.

Die einzige Lichtquelle im Wohnzimmer ist die Lampe auf dem Tisch neben dem Sofa. Sie spendet einen kleinen, warmen Lichtkreis in dem dunklen Raum. Ich kontrolliere die Sicherheitskette an der Wohnungstür, sie hängt unberührt an Ort und Stelle.

Ich klappe meinen Laptop auf und logge mich in meinen E-Mailaccount ein. Lese, was ich an Mo Celta geschrieben habe.

Marleen winkt mir nicht zu...

Es ist wahr, aber auch eine etwas verzerrte Darstellung. Weiter unten steht, wie schön ihre Wohnung ist, ich deute aber zwischen den Zeilen an, dass sie auch kalt und unpersönlich anmutet, als ob alles Menschliche entfernt worden wäre.

Ansonsten erwähne ich Marleen kaum, nur zum Schluss, wo ich den wahren Zustand ihrer Ehe beschreibe. Diese eiskalte Ehefrau, die so sehr auf ihre Fassade bedacht ist. Vom ersten Moment an war sie mir gegenüber skeptisch. Kein Wunder, dass ich keine Skrupel hatte, mich mit ihrem Mann einzulassen, und er sich in meine Arme stürzte.

Marleen und ich versuchten nach dem gemeinsamen Abendessen in ihrer Wohnung eine Zeit lang, Freunde zu werden. Ich ging hin und wieder nach oben, wenn die Kinder im Bett waren, an Abenden, an denen Andreas nicht da war; wir verbrachten ein paar Sommerabende auf der Terrasse und tranken Wein. Sie erzählte mir von ihrer Kindheit. Sie war die mittlere von drei Schwestern und wuchs in Bogenhausen auf. Ihr Vater war ein hoher Beamter in der bayrischen Staatskanzlei, ihre Mutter Opernsängerin. Als sie klein war, lebten sie ein Jahr in Paris, sie und ihre Schwestern sprachen fließend Englisch und Französisch, und am Küchentisch gab es immer Gespräche über Musik, Theater und Diplomatie. „Fuck, wir waren so verdammt kultiviert", sagte Marleen und lachte, aber da war sie ein wenig betrunken – das Wort *„Fuck"* nahm sie sonst nicht in den Mund.

„Ich war eine hervorragende Pianistin. Besser als meine große Schwester, die mehr Sinn für Diplomatie hatte als ich, besser als meine kleine Schwester, die viel schöner sang. Meine Eltern erwarteten von ihren Töchtern, dass sie in allem, was sie taten, die Besten waren. Ich konnte gut Klavier spielen, also war es für sie selbstverständlich, dass ich Weltklasse werden würde. So sind Eltern eben. Aber ich habe nie daran gezweifelt, dass sie mich lieben. Sie können nur nicht verstehen, wie leicht es ist, sie zu enttäuschen, wenn ihre Erwartungen so hoch sind."

Ich erzählte ihr von meiner Schwester. „Kate sang im Alter von acht Jahren das Solo im Kirchenchor, mit neun das Finale beim Weihnachtskonzert der Schule und danach wurde sie im ganzen Land berühmt. Meine Eltern waren sehr darauf bedacht, uns nicht unterschiedlich zu behandeln. Wenn sie Kate lobten, fügten sie immer hinzu: *Aber Julia ist so gut in der Schule. Sehr, sehr gut in der Schule.* Und was machst du dann?"

Ich lächelte Marleen schief an, wahrscheinlich war ich auch ein bisschen betrunken. „Natürlich", fuhr ich fort, „wird man dann die Beste in der Schule. Meine Doktorarbeit machte ich mit dreißig, mit zweiunddreißig war ich Redaktionsleiterin."

Marleen sah mich daraufhin seltsam an. „Vielleicht ist es besser, sich auf diese Weise durchzusetzen. Ich war ein Wunderkind und sieh mich doch jetzt an."

Ich schaute sie an. Ja, sie war ganz sicher betrunken, sonst hätte sie nicht angedeutet, dass ihr alles, was sie hatte – das Haus, den Mann, die Tochter – nicht reichte.

Unsere Treffen hörten abrupt auf. Ich weiß nicht, warum. Es gab keinen besonderen Anlass. Vielleicht war es so wie bei unseren Töchtern, wir haben uns nicht mehr so gut verstanden. Hätte mich jemand gefragt, hätte ich gesagt, dass unser Alltag uns in die Quere kam. Es war auch nicht so, dass etwas passiert wäre oder dass sich eine von uns zurückgezogen hätte. Unsere Begegnungen verschwanden mit dem Sand der Zeit. Und es geschah lange bevor ich anfing, mich mit ihrem Mann zu treffen.

Jetzt geht sie dort oben übers Parkett hin und her. Ihre Schritte wirken lustloser als sonst. Die arme Marleen. Sie ist keine Eiskönigin – das weiß ich sehr wohl. Vielleicht kam es mir gelegen, sie so zu sehen. Ganz zu schweigen davon, dass ich sie Mo Celta gegenüber so beschrieben habe.

Ich gehe in die Küche. Irgendwo im Schrank habe ich einen Tee, der angeblich schläfrig machen soll. Vielleicht steht Marleen gerade auch in ihrer Küche, direkt über mir. Wir sind die einzigen wachen Menschen im Haus.

Sind wir wirklich die Einzigen? Ich schaudere und sehe mich um. Sehe überall bedrohliche Schatten.

Kapitel 35

Donnerstag, 6. Oktober 2022

09:30 Uhr

Ich gehe die Treppe hinauf, suche Andreas. Die Tür zu seinem Arbeitszimmer ist geschlossen, aber ich weiß, was ich dahinter vorfinden werde. Irgendetwas ist aber auch in dem Wohnraum. Ich schaue mich um, spüre die Gefahr, sie schwebt förmlich über mir, umkreist mich wie ein dunkler Schatten. Ich will nicht zu dieser Tür gehen, aber meine Füße steuern mich dorthin. Ich drücke die Klinke herunter und öffne die Tür. Andreas ist nicht da, auf dem Schreibtisch ist nur eine Blutlache zu sehen. Auf der Fensterbank sitzt ein Kaninchen, es hebt den Kopf, starrt mich mit toten Augen an. Hinter ihm flimmert die Nacht, die einer Morgendämmerung gleicht.

Das Hämmern an der Tür lässt mich aus dem Albtraum hochschrecken. Ich erinnere mich nicht, mich aufs Sofa gesetzt zu haben, aber es muss wohl so gewesen sein, nachdem die anderen heute Morgen die Wohnung verlassen haben. Ich habe keine Ahnung, wie spät es ist oder wie lange ich geschlafen habe. Draußen ist es hell. Das Hämmern geht weiter, als wäre es das Werk eines Besessenen.

„Julia? Bist du da?", ruft eine weibliche Stimme. Die Stimme schwillt an, bricht auf. Zerplatzt. In vier Buchstaben. „Julia?"

Ich taumle auf wackligen Füßen zur Tür, denke über eine Antwort nach. Aber der Traum weigert sich, mich loszulassen, ich bin noch halb in ihm. Das Kaninchen mit dem seltsamen Blick. Das schwarze Flimmern.

Schaudernd öffne ich die Tür. Vor mir steht Cora in einer Parfümwolke, mit glänzenden Lippen, frisch gewaschenen Haaren und einem mitfühlenden Gesichtsausdruck. Sie nimmt mich in den Arm.

„Oh Julia, Schatz, wie geht es dir?"

„Ich kann nicht schlafen."

In ihren schlanken Armen liegt Kraft. Sie zieht mich so fest an sich, dass ich außer Atem gerate und wiegt mich energisch hin und her. Ich trete aus meinem Traum heraus und kann mich nur mit Mühe auf den Beinen halten. Cora lässt mich los, schaut mich an.

„Oh, mein Gott, du siehst ja schrecklich aus, Julia."

Cora kocht Kaffee in der Küche.

Die Worte kehren wieder. „Ich kann nicht schlafen."

Cora hört es, aber sie spricht ununterbrochen, ohne auch nur eine Atempause einzulegen. „Ich war gestern mehrmals hier", sagt sie. „Aber ich konnte dich nicht erreichen. Hast du nicht gesehen, dass ich dir eine SMS geschickt habe?" Sie seufzt. „Ich habe gehört, was passiert ist. Gestern stand auch diese Polizistin vor unserer Tür. Mo Celta hieß sie. Sie wollte wissen, ob wir etwas gesehen und gehört hätten, was aber nicht der Fall war. Wir haben geschlafen." Ihre Augen weiten sich. „Und dann dachte ich, die arme Julia, sie muss sich jetzt schrecklich fühlen."

Ich nicke, bin noch im Halbschlaf und kann Cora nicht ganz ernst nehmen. *Fühle ich mich schrecklich?* Ich weiß es nicht. Ich will nur schlafen. Ihr Redeschwall dringt nur bedingt zu mir durch und hallt nach.

Cora schenkt uns einen Kaffee ein. *Was will sie von mir?*

„Es kann doch keinen Zweifel daran geben, dass eine Verbindung besteht zwischen den Kaninchen und dem, was mit Andreas passiert ist?"

Ich schlucke. Meine Kehle ist trocken.

„Zwei so brutale Vorfälle auf ein und demselben Grundstück. Nicht einmal eine Woche liegt dazwischen, Julia. Das ist so verstörend. Diese Tiermeuchelei war ein Vorbote, da bin ich mir sicher. Sie ist eine Botschaft für das, was in einem Menschen vorgeht." Sie nimmt einen Schluck Kaffee. „Es wird noch mehr passieren. Ich bin mir ziemlich sicher."

Ich will protestieren: So selten sind die Vorfälle gar nicht, will ich antworten. Längst vor Andreas` Ermordung wurden tote Tiere aufgefunden. Aber ich schweige, verdränge, ignoriere, kann keine Energie mehr aufbringen, wenn es um dieses Thema geht und nicke nur. Der Kaffee tut mir gut.

„Ich habe übrigens ein bisschen im Internet recherchiert und bin dabei auf einen Artikel über Severin gestoßen."

Sie nimmt den Ausdruck aus der Lederhandtasche und breitet ihn auf dem Küchentisch aus. „Schau dir das an! *Münchener Gutachter im Visier der Staatsanwaltschaft*. So lautet die Überschrift. Es geht um einen Artikel über betrügerische Gutachten im Baugewerbe und um Korruption."

Sie sieht mich über das Blatt Papier hinweg an.

„Betrug, Korruption", wiederholt Cora. „Ob sie sich darüber an dem Herrenabend gestritten haben? Und dann gab es noch einen Artikel über Andreas, der angeblich in einem Pharmaskandal verwickelt war. Vielleicht hat seine Ermordung etwas damit zu tun." Cora schiebt mir das Blatt über den Tisch zu.

Ich sehe hektische blaue Linien und Kreise, die über den Text verstreut sind, Ausrufe- und Fragezeichen am Rand, ein paar Abschnitte mit einem Textmarker markiert. Mein Blick wandert zum Klappentext. *Andreas Tauber* und *Sonja Wegener*.

Sonja ... Blond, hübsch, selbstbewusst lächelnd.

„Die Polizei geht davon aus, dass ihn jemand aus diesem Haus ermordet hat, Cora."

Cora runzelt die Stirn. „Bullshit. Nein, das glaube ich nicht."

Ich erinnere mich schnell an das, was Mo mir im Café erzählt hat. Hat sie mir das im Vertrauen gesagt? Ist es etwas, das ich mit Cora teilen kann? Ich weiß es nicht.

„Ich denke nur an diese Sache mit der Haustür", sage ich. „Hannah hat uns die Listen gezeigt. Und es sieht nicht so aus, als wäre jemand eingebrochen, obwohl es natürlich auch jemand gewesen sein könnte, den er selbst hereingelassen hat."

Cora denkt darüber nach. Ihre sauber gezupften Augenbrauen wirken wie zwei anmutige Würmer, die sich aufeinander zubewegen. Ich sehe sie an, nehme einen Schluck von meinem Kaffee. Warum ist sie hier? Was bezweckt sie mit ihren Nachforschungen? Ist sie nicht ein wenig zu engagiert?

„Ich bin mir sicher, dass das zutrifft. Denn wer von uns wäre dazu fähig?"

Wir sehen uns an, sie kraust die Stirn. Das Schweigen, wenn auch nur kurz, ist unangenehm, als hätten wir uns gerade erst gegenseitig verdächtigt. Ist es nicht die beste Art, den moralisch untadeligen Detektiv zu spielen, der Beweise gegen andere sammelt, um sich so zu tarnen, weil er selbst involviert ist? Cora ist zu sehr darauf bedacht, jeden Verdacht von der Johannisgasse abzulenken. Warum?

Ich lächle, so gut ich kann. Mir wird heiß in den Wangen. Aber Cora bleibt ungerührt, ihre Gedanken sind woanders. Ihre Augenbrauen richten sich wieder auf, nehmen ihre gewohnte Position in dem Gesicht ein, und dann sieht sie wieder so jung aus, so unschuldig.

„Da ist noch etwas, Julia“, sagt sie mit ernster Stimme. „Ich habe hin und her überlegt, ob ich darüber sprechen soll, denn ich möchte nicht schlecht über die Toten reden. Aber ich denke, es ist wichtig, zumal es uns vielleicht hilft, der Sache auf den Grund zu gehen. Die Sache ist die ... Ich glaube ...“ Sie sieht sich um, als wolle sie sich vergewissern, dass wir allein sind, dass niemand uns hört. „Ich glaube, er hatte eine Affäre.“

Etwas steigt aus meinem Magen auf und wandert hoch in meine Brust. Ich atme tief durch. Versuche, mich normal zu verhalten. Ich spüre, wie sie mich intensiv mustert. Cora will eine Reaktion, das sehe ich. Sie will Schock und Unglauben, aber ich habe mich nicht mehr im Griff, bin nicht in der Lage zu reagieren.

„Meine Güte“ ist alles, was ich herausbringe.

„Ich habe mehrmals etwas gehört, als Marleen weg war. Hochhackige Schuhe und weibliches Lachen, und dann diese Geräusche von ... na, du weißt schon. Es war unverkennbar.“

Das trifft mich mitten in die Brust, reißt mich auf. Ich kann mich nicht mehr daran erinnern, was ich an den Tagen getragen habe, an denen ich dort oben war, aber eines weiß ich mit Sicherheit: Ich bin nie mit hochhackigen Schuhen zu ihm gegangen.

„In der Wand zwischen unserer und ihrer Küche ist eine Art Defekt“, sagt sie, unbeeindruckt von der Tatsache, dass ich anfange, nach Luft zu schnappen, „in dem Schrank, in dem der Heizkessel steht. Wenn wir die Schranktür öffnen, können wir hören, was sie sagen. Natürlich mache ich das nicht aus Gewohnheit, es ist nicht nett, Leute auszuspionieren, aber als ich einmal eine Frau dort drinnen hörte, ich sollte mal die Schranktür öffnen und lauschen. Er sprach mit einer Frau, die ein heiseres, sexy Lachen hatte. Weißt du, was ich meine? Sie sprachen über jemanden, den sie beide kannten. Irgendwann sagte sie: *Ich bin nicht hier, um über die Arbeit zu reden*. Und dann hörte ich Andreas fragen: *Okay, warum bist du dann hier?* Und ein paar Augenblicke später hörte ich, wie es zur Sache ging. Und es war *definitiv* nicht die Stimme von Marleen. Die war mit Charis zu ihren Eltern gefahren, also *wusste* ich, dass sie es nicht sein konnte.“

Ihre Worte sind wie Salz in eine offene Wunde. Andreas hatte mich gefragt, ob ich Ostern in der Nähe sein würde, er hätte ein paar Tage für sich. Aber ich konnte nicht. Wir machten Urlaub.

„Vielleicht verstehst du, warum ich ihn nicht mochte. Er kann noch so mitfühlend sein, aber wenn er seine Frau betrügt, ist er für mich ein Widerling. Untreue, das ist ein Verrat."

Ich schaue in meine Kaffeetasse und versuche, den Schlag und den Schmerz zu dämpfen. Wir haben nie darüber gesprochen, ob wir uns auch mit anderen Menschen trafen. Es kam mir nie in den Sinn, ihn danach zu fragen, weil ich nicht glauben konnte, dass ich ihm nicht genug war. Ostern fiel nach unserer ersten Reise nach Salzburg. Ich hatte so eine unglaubliche Zeit mit ihm verbracht, hatte geglaubt, dass er das Gleiche empfand.

„Vielleicht hatten Marleen und er Eheprobleme", erwidere ich mit schwacher Stimme.

„Probleme?", stößt Cora aus. „Jeder hat Probleme. Haben Samuel und ich nicht auch Probleme? Oder du und Theo? Aber löst man Probleme, indem man sich in die Arme eines anderen begibt und mit ihm ins Bett hüpft? Nein! Man löst sie in der Ehe." Sie knallt mit der Hand auf die Tischplatte, die Kaffeetassen zittern.

„Ich meine, wenn es nicht mehr möglich ist, die Ehe zu retten, kann ich das natürlich verstehen. Aber man muss sie zuerst beenden. Man hüpft nicht mit jemand anderem ins Bett, solange man noch verheiratet ist. Man sollte seinem Partner noch ein bisschen Respekt entgegenbringen."

Ich habe keine Antwort darauf. Aber Cora wartet ohnehin nicht darauf, dass ich mich einbringe.

„Ich habe es Samuel vom ersten Tag an klar und deutlich gesagt", sagt sie. „Sei unzufrieden mit mir, streite dich mit mir, schrei mich an, aber falle mir nie in den Rücken. Das ist das Mindeste, was man von einem Partner erwarten kann."

Ich atme tief ein und aus. Sie sieht mich an, ich ertrage sie nicht mehr. Mit einem Mal verflüchtigt sich ihr wütender Gesichtsausdruck. Sie legt ihre kleine, kalte Hand auf meine. Drückt sie, bis es weh tut.

„Oh Julia, es tut mir leid, ich habe übertrieben. Du hattest gestern einen Schock, du armes Ding. Ich wollte dich nicht mit all dem behelligen, wollte es dir nur wissen lassen. Aber wir können ein anderes Mal weiterreden."

Sie steht auf, sammelt die Artikel ein und stopft das Bündel in ihre Handtasche. „Was ich für wichtig halte, Julia, ist diese Frau, die bei ihm war. Oder diese Frauen..."

Frauen ...? Die Wunde in meiner Brust brennt wieder so stark, dass ich fast zusammenbreche. Frauen in Stöckelschuhen. Ob es Sonja Wegener war? Hat sie ein heiseres, sexy Lachen?

„Diese Frauen liefern ein Motiv. Richtig? Untreue führt zu einer ganzen Reihe möglicher Gründe. Deshalb wurde seine Zunge gespalten. Ich habe das recherchiert. Die Spaltung der Zunge steht für Ehebetrug. Neunzig Prozent aller Morde sind Beziehungstaten. Marleen hat auch ein Motiv." Ich höre die unterschwellige Erregung in Coras Stimme. „Aber sie war mit ihrer Tochter unterwegs, als Andreas ermordet wurde. Und sie hatte kein Auto. Und dann sind da noch Hannahs Listen, aus denen hervorgeht, dass sie sich selbst nie eingelassen hat. Aber was ist mit den anderen Frauen? Wer sind sie? War eine von ihnen eifersüchtig, oder hassten sie ihn, weil er sich weigerte, Marleen zu verlassen? Oder ist eine von ihnen vielleicht verheiratet? Und wenn das der Fall ist, dann kommt auch einer der Ehepartner in Betracht. Verstehst du?"

Während Cora spricht, bewegen sich ihre Finger mit schlangengleicher Eleganz hin und her. Jetzt faltet sie die Hände vor ihrer Brust zusammen und sieht mich an.

„Weißt du, Julia, hier war ein Psychopath am Werk. Ein Psychopath tötet, um selbst zu überleben. Er liegt auf der Lauer und plant seine Verbrechen so akribisch, wie er nach der Tat seine Spuren systematisch beseitigt. Und glaub mir, dieses Motivmuster ergibt sich für mich deutlich."

Ich nicke, bin sprachlos. Sitze in einem Wespennest. Ich fühle mich wie eine Wachspuppe, kann es kaum erwarten, dass Cora meine Wohnung verlässt.

„Woher hast du das alles, Cora?"

Ihre Augen verengen sich, als würde sie jede Vokabel abwägen, über die Konsequenzen ihrer Worte nachdenken. *Cora ist nicht dumm*, denke ich. Vielleicht hat sie uns gehört. Nicht mich, nicht meine Stimme, zumindest glaube ich das nicht, denn dann wäre sie nie so offen zu mir. Aber vielleicht hat sie etwas anderes gehört. Das Knistern meines Babyphons oder etwas anderes, vielleicht, was weiß ich? Etwas, dessen Bedeutung sie noch nicht verstanden hat.

Sie lächelt mich an, umarmt mich. „Jedenfalls wollte ich es dir nur wissen lassen. Wir können morgen weiterreden. Versuche, dich etwas auszuruhen, Süße, du siehst erschöpft aus."

„Ja, das mache ich."

Kurz darauf widerhallt das Klacken ihrer Stiefelabsätze im Treppenhaus.

Andreas Tauber und Sonja Wegener. Auf dem Foto in der Zeitung trug Sonja einen hellblauen Pashmina, fein gewebt, mit einer rosa bestickten Bordüre. Ich besitze ebenfalls einen, ein Geschenk von Andreas.

Tausend Messer ritzen mir ins Fleisch.

Ich wollte Gewissheit, sie ist wie ein Rausch. Jetzt habe ich sie.

Draußen einige ich mich mit der finsteren Melodie hinter meiner Stirn auf einen Moment der Stille.

Kapitel 36

Donnerstag, 6. Oktober 2022

13:00 Uhr

Ich bin seekrank vor Müdigkeit, als ich in den Supermarkt fahre. Schon das aufrechte Sitzen ist eine Anstrengung.

Wie passend – die Ehebrecherin ist zur Betrogenen geworden. Ich kann nicht mit den Schultern zucken und akzeptieren, dass es nur eine kurze, bedeutungslose Affäre war. Nichts in mir ist bereit, das zu glauben. Ich habe Schmerzen in der Brust, mich wie eine verliebte Frau verhalten. Aber anscheinend war es für Andreas nicht so. Für ihn war ich nur eine unter vielen. Eine Kollegin, eine Nachbarin. Er genoss die Frauen in vollen Zügen. Familienleben und Junggesellenleben in einem, ohne sich entscheiden zu müssen.

Ich weiß sehr wohl, dass es nicht so einfach war. Es gab eine Dunkelheit in Andreas, einen Raum, zu dem niemand Zutritt hatte. Zuweilen gewährte er mir einen Blick in seine Finsternis, ich konnte die Umrisse eines Infernos erahnen. Da war etwas in Andreas, mit dem er kämpfte. Aber ich will das jetzt nicht sehen, ich will nicht versuchen, es zu verstehen. Mit schweren Schritten verlasse ich die S-Bahnstation und eile hinauf ins Tageslicht. *Fick dich, Andreas Tauber!*

Ein Liebhaber, einer, der liebt, hat er mir am Anfang unserer Beziehung beim Italiener gesagt, *das möchte ich auch sein*. Auch das war eine Lüge, das weiß ich jetzt. Nirgendwo in dem, was er war, in der Art, wie er sich verhielt, lag die Absicht, zu lieben, weder mich noch irgendeine andere Frau. Die Erkenntnis schmerzt. Ich dachte, wir hätten durch eine unwiderstehliche und verhängnisvolle Anziehungskraft zueinandergefunden. Aber all das war nur etwas, was ich auf uns projiziert habe. Er warf mit hohlen Komplimenten um sich und schmeichelte Frauen, um sie ins Bett zu holen. Diese Erkenntnis raubt mir den Atem. Sie lässt die ganze Sache so billig erscheinen.

Coras Worte flirren in der Schwebe, lösen sich voneinander, verpuffen als Buchstaben. Die Stimme hinter meiner Stirn flucht: *Eine verdammt billige Affäre!*

Über mir klebt die Wintersonne auf einem harten Himmel. Ich spüre ein Meer an Tränen hinter meinen Augen.

*

Leas Mutter schreitet in zügigem Tempo über den Parkplatz des Supermarktes. Als ich sie erblicke, steuert sie bereits auf mich zu. Sie fischt ihr Handy aus der Tasche des kleinen Rucksacks, der über ihrer Joggingjacke hängt, tippt ein paar Mal auf den Bildschirm und steckt es wieder in die Tasche, als wir etwa zehn Meter voneinander entfernt sind.

„Hallo, Julia." Sie lächelt mich mit ihren strahlend weißen Zähnen an.

„Hallo." Ich lächle – natürlich. Das muss ich. Ich erinnere mich sehr wohl an unser Gespräch über die toten Kaninchen, das ich ungeschickt versuchte herunterzuspielen und wie sie daran Anstoß nahm.

„Wie geht es Ihnen, Julia?"

„Ach, wissen Sie..." Ich zucke mit den Schultern. „Gut."

Ich kann nicht sagen, dass es *gut* ist. Sie betrachtet mich. Eine riesige Sonnenbrille mit verspiegelten Gläsern verdeckt ihre Augen. Als ich versuche Blickkontakt aufzunehmen, sehe ich nur mich, sehe in den winzigen, geschwungenen Reflexionen ihrer Brille, dass die schlaflosen Nächte Spuren in meinem Gesicht hinterlassen haben.

„Schrecklich, was da mit Andreas passiert ist."

Ich stimme ihr zu und frage mich, was sie weiß. Ist die Tatsache, dass niemand eingebrochen ist, allgemein bekannt? Hat Hannah sich bei allen verplappert? Verdächtigt jetzt die ganze Nachbarschaft uns im Haus?

„Ich habe gehört, dass man auch bei Ihnen ein verstümmeltes Tier entdeckt hat", sagt sie. „Jemand hat sogar behauptet, Sie hätten es gefunden?"

Ich nicke. Natürlich, das muss Hannah gewesen sein. Normalerweise schenken ihr diese Mütter nicht viel Aufmerksamkeit, sie muss ganz aus dem Häuschen gewesen sein, als sie feststellte, dass sie endlich über die Art von Informationen verfügt, auf die sie so scharf ist.

„Wie furchtbar."

„Ja. Das war es."

Sie nimmt die Sonnenbrille von der Nase, jetzt kann ich ihre Augen sehen. Sie haben eine kalte, graublaue nordische Farbe, wie das Meer bei bedecktem Himmel. Sie zieht aus der Tasche ein ledernes Brillenetui, öffnet es und schnappt sich das Poliertuch, mit dem sie mit sicheren Bewegungen über die Gläser der Sonnenbrille reibt.

„Wie war das für Sie, Julia?" Sie blickt zu mir auf.

Ich weiß, was ich zu tun habe, es führt kein Weg daran vorbei. Ich nehme einen tiefen Atemzug. „Es war so grausam und ist abgründiger, als ich dachte. Ich habe die ganze Sache unterschätzt."

„Es tut mir sehr leid, Julia." Sie klingt aufrichtig, das muss ich ihr zugestehen. Sie hätte mich auch spüren lassen können, wie sehr ich mich zum Narren gemacht habe.

„Danke."

„Wissen Sie, es gibt immer eine Verbindung zwischen Gewalt gegen Tiere und Gewalt gegen Menschen. Viele Psychopathen quälen Tiere, wenn sie jung sind."

Auf einmal fühlt sich die Last der getöteten Tiere erdrückend an. Ich möchte mich auf den Boden legen und um die toten Kreaturen weinen.

Ich wechsle schnell das Thema. „Wie läuft es denn mit der Ballettaufführung?"

„Sie wurde verschoben", antwortet sie. „Hat Emma Ihnen das noch nicht gesagt? Die Premiere wird erst im Frühjahr stattfinden."

In meinem Kopf spule ich schnell die letzten Morgen zurück, die letzten Abende, wir vier am Esstisch. Wurde es erwähnt oder hat Emma es mir vorenthalten?

Sie setzt ihre Sonnenbrille wieder auf. „Es war richtig, die Aufführung zu verschieben. Charis Tauber hat darin eine zentrale Rolle. Ich kann mir nicht vorstellen, dass sie in der jetzigen Situation in der Lage ist aufzutreten. Am Ende war aber die ganze Sache mit den Tänzern auch ein wenig seltsam. Torsten Graf war gegen die Überarbeitung der Choreografie, und man kann nicht leugnen, dass es ein wenig seltsam ist, wenn ein erwachsener Mann es in Ordnung findet, Teenager-Mädchen als Prostituierte verkleidet tanzen zu lassen. Meinen Sie nicht auch?"

„Ja", antworte ich.

Torsten Graf. Ich denke an seine unbeholfene Erscheinung: die schweren Fransen, die Hornbrille. Seine tiefe, kräftige Stimme. Ich denke an die Diskussion über die Tänzerinnen. Warum war es so wichtig für ihn? Ging es ihm um künstlerische Freiheit, um die ehrliche Darstellung harter Lebenswahrheiten? Oder ging es ihm darum, etwas zu erreichen? Aber ich will das nicht diskutieren, schon gar nicht mit Leas Mutter. Die Ballettschule ist nur die örtliche Gerüchteküche, die ihr Unwesen treibt.

„Der offizielle Grund für die Verschiebung des Stücks ist die Rücksichtnahme auf Charis und Marleen.“ Sie hebt anzüglich eine Augenbraue, räuspert sich. „Wissen Sie, ich kannte die Vorbesitzer Ihrer Wohnung, Julia. Meine Freundin Inga war mit ihnen befreundet. Inga sagte immer, dass in diesem Haus etwas nicht stimmt. Es hatte etwas mit Andreas und Marleen zu tun“, zwitschert sie wie ein degenerierter Kanarienvogel. „Natürlich wirkten sie nett und ganz normal, wenn man sich begegnete, aber Inga hatte immer das Gefühl, dass da etwas faul war.“

Ich schnappe nach Luft, fasse es nicht, was diese idiotische Hausfrau von sich gibt.

„Ich muss weiter. Passen Sie gut auf sich auf, Julia.“ Leas Mutter eilt im Schritttempo davon, den Rücken gerade, die Arme an der Seite, als würde sie joggen, die spitzen Ellbogen nach hinten gestreckt.

Da, denke ich. *Da ist es wieder.* Jemand beobachtet mich. Ich sehe mich um und versuche, das Gefühl der Bedrohung abzuschütteln. Unsinn. Wer sollte mir etwas wollen?

*

Als ich in die Johannisgasse einbiege, habe ich das Gefühl, dass mir etwas entgangen ist. Ein Detail, nur eine Kleinigkeit. Doch als ich versuche, es zu fassen, trudelt es davon wie ein kleines Papierschiff auf dem Starnberger See, der winterstill unter der Sonne liegt. Ich weiß nicht, was es ist, aber etwas zieht und zerrt an mir.

In der Ferne sehe ich bereits den kargen Apfelbaum. In meinem Kopf passiert etwas, und als mein Wagen vor dem Haus hält, erinnere ich mich wieder, was Cora gesagt hat.

Vor meinem inneren Auge taucht Severins Schatten auf, ich sehe ihn die Treppe hinaufschleichen, sehe, wie er sich über Andreas beugt. Erst jetzt fällt mir auf, wie still es ist.

Ich muss aufgrund meines Schlafmangels ziemlich benommen gewesen sein, dass ich diese Information nicht sofort mit der Tatsache in Verbindung gebracht habe, dass Severin korrupt, zu betrügerischen Handlung fähig ist und Tiere tötet.

Es ist böse

So ziemlich alles in der Küpper-Wohnung ist hässlich. Ich habe angefangen, besonders darauf zu achten. Hannah hat die Wohnungstür heute versehentlich offen stehen gelassen: Kein einziges Möbelstück, keine einzige Lampe, kein einziger Vorhang käme davon in mein Refugium. Manche Menschen haben keinen Geschmack. Hannah ist eine von ihnen. Nicht, dass ich das für sehr wichtig halte, aber ich denke, dass die Art und Weise, wie sie ihre Wohnung eingerichtet hat, etwas über ihre Persönlichkeit aussagt.

Hannah arbeitet hart, das muss man ihr lassen: Schule, Verein, Komitee, Mitglied im Vorstand der Wohnungsbaugesellschaft, tagsüber, am Wochenende. Ihre bürgerliche Fassade ist fest und gut gepflegt. Sie hört häufig Helene Fischer oder Songs von dieser Andrea Berg, ebenfalls ein Schnulzenluder, liebt Game of Thrones, isst am liebsten Brokkolipüree mit Wurst oder Pasta alla Carbonara. Ihr Körper dankt es ihr mit Fettpolsterzuwachs. Am Abend mag sie ein Glas Weißwein, oft mehr als eins. Sie liest Fantasy-Romane, wie ich dem Stapel neben ihrem Bett entnehmen konnte. Aber nicht nur das. Ich habe ihre Notizen gefunden und sie gelesen. Ein grauenvolles Zeugnis der Vergangenheit.

Danach hatte ich es förmlich vor Augen, wie Hannah jedes Mal nach Severins Gewaltausbruch im Schneidersitz auf dem Boden saß und voller Verzweiflung dieses ‚Etwas' ansah und ihm sagte: „Du musst dich bewegen." Aber das ‚Etwas' weigerte sich, schrieb sie. Sie wusste, es war eine Dummheit, ein Fehler. Aber sie konnte nicht anders. Es war zu wichtig für sie, die Versuchung zu groß, als dass sie dieses ‚Etwas' nur in ihren Gedanken Leben einhauchen konnte. Es drängte Hannah danach, aber sie durfte nie darüber reden. Also schrieb sie es auf. Jedes Mal, wenn es passierte. Wieder und wieder.

Hannah hat sich über das, was sie ‚Etwas' nannte, Notizen gemacht, Zitate zusammengestellt und Protokolle und Zeichnungen angefertigt, Polaroid-Fotos gemacht. Beweise gesammelt. Wann immer sie in ihrem Büchlein blättert, fühlt es sich gut an. Irgendwann wird es ihr von Nutzen sein.

Sie hat auch über Jonas geschrieben. Er sieht auf einem Foto nicht besonders glücklich aus, aber Entzücken kommt nie mit großen

Schritten, die Beglückung trippelt stets mit kleinen Füßen herum. Im November 2017 schrieb Hannah: ‚Jonas hat Angst. Vielleicht hat er einen Fehler gemacht. Aber was hat er auch nachts auf der Straße verloren? In seinem Pyjama, wo es doch so kalt ist? Ein Polizist hat ihn zurückgebracht, diesen Ausreißer. Danach saß er auf dem Sofa und hat geweint. Er kann richtig gut weinen, sieht dabei so unschuldig aus. Auf meine Frage, warum er ausgerissen ist, hat er geantwortet: „Wegen der Gespenster im Keller."
Oh, Hannah. Jonas hat damals gelogen. Ich weiß, warum er in Panik geraten ist. Ich kenne ihn, weiß alles über ihn. Dieser Teil der Vorbereitung liegt mir sehr gut, ich nenne es Selektion.

Im Moment verdient im Haus die Familie Küpper mein Auge. Ich möchte in Hannahs Schweigen eindringen. Es ist sozusagen eine erweiterte Tat, die das ganze Haus allerdings in Aufruhr versetzen wird.

Es ist böse.

Kapitel 37

Donnerstag, 6. Oktober 2022

17:00 Uhr

Es muss erlaubt sein, Fehler zu machen, denke ich. Man muss die Möglichkeit haben, seine Meinung über eine Angelegenheit zu ändern, ob etwas gefährlich ist oder nicht, wenn mehr Informationen zur Verfügung stehen. Wir sehen über die rationale Argumente leicht hinweg. Das ist es, was mit unserer Gesellschaft nicht stimmt. Man erwartet von uns, dass wir an unseren Überzeugungen festhalten, dass wir niemals etwas Gesagtes oder Getanes zurücknehmen, sondern beharrlich behaupten, dass wir schon immer dies oder jenes gesagt haben. Und nicht zuletzt sind es unsere verdammten Gefühle, von denen wir erwarten, dass sie uns leiten. In ihnen liegt die Wahrheit.

Wenn jemand Angst hat, hat er das Recht, Angst zu haben. Ich habe im Laufe der Ballettprobe die Angst der Mütter in Frage gestellt, gesagt, dass ihre Furcht vielleicht doch nicht angebracht sei. Das war respektlos, kalt und zynisch.

Ich knalle das Gartentor hinter mir zu. Aber warum sollte ich das Gefühl haben, Leas Mutter eine Entschuldigung anbieten zu müssen? Natürlich wirft der Mord ein anderes Licht auf die Verstümmelung der Tiere. Aber als wir bei der Ballettprobe darüber sprachen, wusste niemand, dass Andreas tot in seinem Arbeitszimmer lag. Leas Mutter besaß zudem die Frechheit mir zu sagen, dass mit der Ehe der Taubers etwas nicht in Ordnung gewesen sei, und das nur wenige Tage nach seinem Tod. Mich macht dieses Getratsche wütend.

Ich atme tief durch und versuche, mich zu beruhigen. Immerhin stimme ich ihr zu. Erst als ich das Kaninchen neben den Briefkästen an seinem Hals hängen sah, wurde mir der Ernst der Lage bewusst. Ich gebe es zu. Ich habe mich geirrt.

Ich betrete das Haus und schüttle den Kopf. Im Treppenhaus hängt die Aufgabenliste von Hannah. So ein Früchtchen. Lässt die alte Liste einfach dort hängen. Ich fasse es nicht.

*

Zu Hause räume ich den Küchentisch mit schnellen, hektischen Bewegungen ab, bin nur wütend auf diese wasserstoffblonde Hausfrau mit ihrem sedierten Fakelächeln. Wegen der Respektlosigkeit, die sie Andreas entgegengebracht hat. Oder ist er derjenige, auf den ich wütend bin? Der Strom von Frauen, die die Treppe zu seiner Wohnung hinaufgingen, als Marleen nicht da war, brennt mir in den Wangen, zerfrisst mir meine Eingeweide, dreht sich in meiner Brust, lässt mich zerbröseln. Verdammt, was habe ich erwartet? Vielleicht hat aber auch die Bemerkung über Torsten Graf mein Unbehagen geweckt. Hat sich ihre böswillige Unterstellung, die ich eigentlich nicht glauben wollte, doch in meinem Kopf eingeschlichen und sich festgesetzt?

Ich setze mich an den Küchentisch. Es ist ein ganz normaler Donnerstag, draußen auf der Straße ist es ruhig. Auf der anderen Straßenseite kommt Benno mit einer Plane auf die Veranda und beginnt, sie über seine Gartenmöbel zu ziehen. Er bereitet sich auf den langen Winter vor. Wahrscheinlich hat er das in den letzten vierzig Jahren jeden Herbst getan, und doch haben seine Bewegungen etwas Unbeholfenes. Ich schaue weg, weil ich nicht will, dass er mich sieht. Inzwischen muss er wissen, dass ich das Kaninchen gefunden habe, und ich gehe davon aus, dass er unbedingt mit mir darüber reden will, um alle Einzelheiten zu erfahren. Vielleicht sogar darüber sprechen, wie wir den Täter fassen können. Aber ich will mich dazu nicht äußern. Ich fühle keinen Blutrausch, keine heftige Empörung. Nur eine tiefe, dunkle Traurigkeit – das kleine tote Tier mit dem weichen Fell, Andreas mit durchtrennter Kehle.

Draußen auf der Terrasse liegt Charis Gartenhandschuh von gestern. Da waren sie, Mutter und Tochter, nur wenige Tage nach Andreas` Ermordung, stellten sich den gemeinsamen Aufgaben. Hannah kann unmöglich darüber gemeckert haben, so unsensibel ist gewiss nicht einmal sie.

Hannah ... Sie tratscht mit den Müttern in der Schule über die Dinge, die sich in unserem Haus zutragen, die hier gesagt werden, darüber hinaus benimmt sie sich, als hätte sie die moralische Oberhand. Sie leitet die Wohnungsbaugesellschaft, als ob es ihre Eigene wäre, als sei sie diejenige, die Entscheidungen über Bereiche trifft, die wir gemeinsam nutzen. Hannah hat die riesige Eingangstür gegen erhebliche Widerstände einbauen lassen, weil sie es so wollte. Verlangt, dass wir ihre gehorsamen Untertanen sind, die nach ihren

Anweisungen streichen, kacheln und Steine schleppen.

Das trifft auch auf andere Gegebenheiten zu. Die Liste der Personen, die Zugang zum Codeschloss haben, ist zweifellos als vertraulich zu betrachten. In diesem Fall ist es geradezu illegal, dass sie sie überhaupt in ihrem Besitz hat, geschweige denn, dass sie sie überall herumreicht. Und was ist mit der Gefriertruhe, die sie und Severin im Keller aufbewahren? Nicht in ihrem privaten Abstellraum, nein, denn dort haben sie kaum Platz, sie steht mitten im Gemeinschaftsraum, wo die beiden es für angemessen halten. Ist das nicht ein Verstoß gegen die Vorschriften der Wohnungsbaugenossenschaft?

Ich weiß, ich bin kleinlich, ich bin so schlimm wie sie oder noch schlimmer, aber es fühlt sich so gut an, so wunderbar anregend, ein Ventil für den schmerzhaften, harten Klumpen zu haben, der seit Coras Besuch heute Morgen in meiner Brust steckt. Ich kann Andreas nicht die Meinung sagen, er ist tot. Außerdem hat er mir nie die Treue versprochen. Leas Mutter gegenüber habe ich keine andere Wahl, als mich zu beugen, zu kratzen, darüber *kann* ich wütend sein, da bin ich im Recht. Ich habe auch das Recht, auf Severin wütend zu sein, aber ich habe Angst vor ihm, er ist so groß, so brutal, so kompromisslos, Hannah hingegen kann ich ertragen. Ich kann ein bisschen von meiner Wut auf sie ablassen, besser noch, ich kann ihre pedantische Erbsenzählerei mit meiner eigenen Gründlichkeit kontern, sie auf heimischen Boden bringen.

„Schau dir diese Kühltruhe an", könnte ich sagen. „Ist das wirklich erlaubt? Erinnere mich noch einmal daran, Hannah, was steht in der Hausordnung über die Lagerung von Privateigentum in den Gemeinschaftsräumen auf dem Dachboden und im Keller? Ach so, wir können ihn also alle benutzen, aha, verstehe, aber dann sag mal, was hängt denn da – ja, da, gleich neben dem Griff? Nun, vielleicht bin ich die Königin von Saba, Hannah, oder vielleicht ist das ein verdammtes Vorhängeschloss? Also sag mir, wie soll der Rest von uns dann den gottverdammten Gefrierschrank benutzen?"

Wahrscheinlich haben sie ihn auch mit einem eigenen Code versehen, darauf wette ich. Nicht mit dem gemeinsamen Code für den Schuppen draußen, sondern mit einem, den sie für sich behalten haben, und der uns daran hindert, auf die Gefriertruhe zuzugreifen.

Fucking Severin versprüht seine giftigen Andeutungen überall herum, gegenüber mir, offenbar auch gegenüber Samuel und Cora, geschweige denn gegenüber der Polizei. Severin, der Andreas nicht mochte und so korrupt ist.

Ich schüttle den Kopf, halte gedanklich inne, lasse meine Finger ruhig auf der Tischplatte liegen. Ist das mein Ernst? Will ich tatsächlich noch einmal in den Keller hinabsteigen? Bin ich am Ende des Tages nicht besser als Cora, oder werde auch ich Amateurdetektivin spielen? Oder noch schlimmer: Bin ich nur neugierig?

Nein. Darum geht es nicht. Es muss in Ordnung sein, das Schloss zu überprüfen. Wenn er darauf besteht, die Gefriertruhe dorthin zu stellen, ist es mein gutes Recht, sie zu öffnen. Der Keller gehört uns allen. Vielleicht möchte auch ich dort etwas aufbewahren. Die Gefriertruhe wird verschlossen sein. Da der Code mir nicht bekannt ist, kann ich zu ihrer Wohnung eilen, sobald Hannah das Haus betritt und an ihre Wohnungstür klopfen, bevor Severin nach Hause kommt. Ich könnte sie bitten, diesen verdammten Koloss aus unserem gemeinsamen Keller zu entfernen.

Ich lache laut auf, als wäre das ein Programmpunkt, ein Gag. Meine Showeinlage.

*

Die Luft hier unten ist feucht, schwer. Über die Wände krabbeln riesige braune Spinnen, die sich in den Winkeln und Ritzen verstecken, Nester bauen und davonhuschen, wenn sich etwas bewegt. Die Gefriertruhe steht an der Wand, unter einem der Fenster. Sie gibt ein konstantes, tiefes und intonierendes Summen von sich. Ich höre auch das gleichmäßige Dröhnen eines kleinen Generators, groß genug, die Kühltruhe mit dem nötigen Strom zu versorgen. Er hört sich wie ein Motorrad an, dröhnt monoton. Ich verspüre ein leichtes Kopfweh.

Direkt unter dem Deckel der Gefriertruhe leuchtet ein kleines orangefarbenes Licht, neben dem Griff befindet sich eine Metallhalterung für ein Kombinationsvorhängeschloss. Ich stelle den Code auf 1961 ein, das Jahr, in dem das Haus gebaut wurde. Obwohl ich überzeugt bin, dass es nicht funktionieren wird, klickt das Schloss. Die Metallschlaufe löst sich, ich hebe den Deckel. Öffne die Truhe.

Unten in der Gefriertruhe liegen die tiefgefrorenen Überreste der Tiere, die das Pech hatten, den Weg von Severin und seiner Jagdgesellschaft zu kreuzen. Die meisten von ihnen sind filetiert. Auf einer Plastiktüte, die weiß vor Frost ist, klebt sogar ein Etikett: *Hirsch 2022*.

Mir fällt auch eine Plastiktüte auf, die einen ganzen Huf enthält.

Ich betrachte ihn, er ist zu klein, um von einem Hirsch zu stammen, es muss von einem Reh sein. Ich öffne eine weitere Tüte, die gefrorene Fleischstücke enthält, hart wie Knochen.

Ganz unten liegt eine etwas größere Plastiktüte, weiß und dünn, die Art, die man in großen Einrichtungen wie Schulen benutzt. Irgendetwas an ihr ist anders, nicht nur die Größe, sondern auch die Art der Tüte. Ich öffne sie und werfe einen Blick hinein. In ihr ist eine zweite Tüte, in die der Inhalt eingewickelt wurde. Ich klappe sie auseinander.

Zuerst fallen mir die Ärmchen auf. Sie sind klein und rund und voller Reif. Dann sehe ich winzige Beine. Und wieder Ärmchen. Dann drei winzige Körper, steif vor Frost. Ich öffne die Tüte etwas weiter, als ob ich nicht ganz glauben kann, was ich da sehe: drei kleine Köpfe, die durch Frost aneinander festgefroren sind.

Ich lasse die Tüte fallen, als ich in die leeren, gefrorenen Augen eines Fötus blicke, der auf dem weißen Fell eines Kaninchens liegt.

Plan B

Ich befürchte, dass ich meine Pläne mit Julia um einige Tage verschieben muss, da das Haus im Moment für meine Aktionen zu gefährlich ist. Überall wimmelt es von Polizisten. Sie haben mich mit den Tieren noch nicht erwischt und das habe ich sowohl dem Glück als auch meiner Coolness zu verdanken.

Es ist zwei Stunden nach Mitternacht. Das Böse lauerte heute im Schein des schwachen Kellerlichts. Ich hatte es auch gesehen. Noch vor Julia, weil ich wissen wollte, was Severin in der Gefriertruhe aufbewahrt hat. Jetzt weiß ich es und bald wird es das ganze Haus erfahren.

Den Zeitungen zufolge gehen alle davon aus, dass Andreas den Mörder selbst hineingelassen hat. In der Bildzeitung habe ich gelesen, dass es Eheprobleme gab und dass es möglicherweise die Geliebte war, der er die Tür geöffnet hat. Sollen sie das doch glauben. Immerhin hat Julia ja auch vor seiner Wohnungstür gestanden, wie eine läufige Hündin.

Ich habe heute mit einem Schraubenschlüssel im Schuppen gearbeitet. Julia und ich kommen allmählich in die Endphase, und wenn es so weit ist, möchte ich mir alle Szenarien offen halten: Wenn Plan A aus irgendeinem Grund nicht möglich ist, sollte ich auf Plan B zurückgreifen können. Sollte jemand den Schuppen betreten, werde ich nicht eine Sekunde lang zögern. Es ist verrückt, aber in solch gefährlichen Momenten kann ich klar denken und habe nicht den geringsten Stress. Ich gehe dann auf die Person zu, lächele sie freundlich an und sage ganz entspannt: „Hey", als ob ich in diesem Moment dort sein sollte und die andere Person sich für ihr Hereinplatzen rechtfertigen muss. Sollte sie sich für einen Moment entspannen, schlage ich in diesem Moment mit dem Schraubenschlüssel so hart zu, wie ich nur kann, bis sie umfällt wie ein Sandsack. Dann ein Stück Klebeband auf den Mund, während meine Daumen die Nasenlöcher zuhalten. Die Person wird die ganze Zeit über bewusstlos sein. Danach werde ich sie wie ein Kaninchen ausnehmen. Sie wird schnell sterben und körperlich nicht leiden. Darum werde ich mich kümmern. Sie wird nur den seelischen Schmerz empfinden, weil sie sieht, wer ihr das antut und erfährt warum. Sobald es vorbei ist, verlasse ich durch das Loch in der Hecke das Grundstück. Niemand wird mich sehen.

In den nächsten Stunden wird sich in mir eine gewisse Nervosität breitmachen, aber ich weiß, dass ich alles in meiner Macht Stehende tun muss, um ruhig zu bleiben, um mich nicht zu verraten.

Das alles habe ich vor, doch mir hat sich noch eine andere Option geboten. Julia muss demzufolge noch einen klitzekleinen Moment warten.

Kapitel 38

Freitag, 7. Oktober 2022

10:00 Uhr

Mo Celta beugt sich über den Küchentisch und greift ganz entspannt nach der Kaffeekanne. Ich will ihr gerade eine Tasse einschenken, doch sie kommt mir zuvor. Sie füllt ihre Tasse bis zum Rand, stellt die Kanne ab und nimmt einen Schluck.

„Hm, sehr gut", murmelt sie genüsslich.

Mo gehört zu den Menschen, die Aufputschmittel brauchen, denke ich. Ihre gelben Finger und der kalte Zigarettengeruch, der von ihr ausgeht und den Raum erfüllt, verraten mir ihre Sünden. Ich frage mich, was für ein Verhältnis sie zum Alkohol hat, ob sie viel trinkt oder peinlich darauf achtet, wie viel sie konsumiert?

„Möchten Sie auch einen, Frau Hagen?" Sie wartet meine Antwort nicht ab und schenkt mir eine Tasse ein.

„Danke."

Mit zitternden Händen nehme ich die Tasse. Der Kaffee ist heiß, die braune Flüssigkeit wärmt meine Kehle. Ich muss etwas spüren, sonst bin ich tot. Ich schließe die Augen, öffne sie sofort wieder, um dem Horror vor meinem inneren Auge zu entkommen.

„Nun, es tut mir leid. In meinem Beruf sehe ich schlimme über schlimmste bis hin zu abgrundtief bösen Dingen. Brauchen Sie psychologische Betreuung?"

„Nein!"

„Sie sind also in den Keller gegangen und haben die Tiefkühltruhe der Familie Küpper geöffnet."

„Ja, und ich bin mir nicht ganz sicher warum. Ich habe... Ich dachte daran, nachdem wir miteinander gesprochen hatten. Deshalb habe ich beschlossen, im Keller nachzusehen. Severin Küpper hat sie da reingestellt, und, na ja ..."

Ich halte inne. Ich darf über Emma kein Wort verlieren oder über die Feuertür, die aus ihrem Zimmer in den Keller führt. Dass ich nachgesehen habe, welches Geräusch die Tür macht. Ob meine Tochter sich in der Nacht hinausgeschlichen haben könnte, ohne dass ich es bemerkt hätte. Ich kann sie nicht belasten. Ich kann auch nicht über meine Wut sprechen, denn wenn ich dabei nicht erkläre, was Marleen Tauber und Andreas` Assistentin Sonja mir über seine Affären erzählt haben, würde meine Wut belanglos erscheinen.

„Severin meinte, dass wir sie alle benutzen könnten, dennoch war sie verschlossen, also dachte ich, ich sollte mal nachsehen."

Mo Celta sieht mich auf eine seltsame Art an. Es ist eine Technik, das ist mir klar. Mein Arzt legt ein ähnliches Verhalten an den Tag. Wenn man einer Aussage mit Schweigen begegnet, hat der Patient das Gefühl, mehr erklären oder erläutern zu müssen. Trotzdem kann ich nicht widerstehen.

„Es war nicht so, dass ich dachte, ich würde darin tote Kaninchen finden. Ich finde das alles nur so beunruhigend, dass es jemanden in unserem Gebäude gibt, der ..."

Es fällt mir schwer, meine Gedanken zu ordnen. Auch glaube ich, dass Hannah in der Küche nebenan sitzt und zuhören könnte oder Severin oder ihr Sohn Jonas. Ich spüre Unbehagen bei dem Gedanken, Hannah nach der ganzen Sache mit der Kühltruhe über dem Weg zu laufen und ihr in die Augen blicken zu müssen, wenn sie erfährt, dass ich herumgeschnüffelt habe. Warum waren die Föten und die Kaninchen in ihrer Gefriertruhe? Warum habe ich Severins große Gestalt in Andreas` Arbeitszimmer so oft vor meinem geistigen Auge, dass es sich langsam wie eine Erinnerung anfühlt?

Mo räuspert sich. „Helfen Sie mir ein bisschen, Frau Hagen, ich verstehe das alles nicht. Wir haben über das Kaninchen am Briefkasten gesprochen. Ich zeige Ihnen das Seil aus dem Geräteschuppen, Sie sagen mir, dass Sie wach waren und nichts gehört haben, dass vielleicht irgendwann doch eine Tür geöffnet und geschlossen wurde. Stimmt das?"

„Ja."

„Dann verabschieden mein Kollege und ich uns und Sie gehen in den Keller. Um angeblich nach Ihrem Fahrrad zu sehen?" Sie wirft mir einen langen Blick zu. „Was soll das?"

Ich nehme einen weiteren Schluck aus meiner Tasse und seufze. Ich weiß nicht, wie ich es Mo erklären soll. Im Moment bin ich dazu nicht in der Lage, obwohl ich vertrauenswürdig erscheinen und unter allen Umständen vermeiden muss, den Verdacht auf meine Tochter zu lenken.

„Es war die Feuertür, Frau Celta. Ich wollte nur nachsehen, ob jemand durch sie hereingekommen sein könnte."

„Hätte denn jemand *eindringen* können?"

Ihr Tonfall verrät sie. In mir bereitet sich ein eisiges Gefühl aus.

„Ja", antworte ich mit schwacher Stimme. „Der Mörder könnte jemand aus dem Haus sein."

„Okay, Sie sind runtergegangen, um zu sehen, ob jemand durch die Feuertür kommen konnte. Haben Sie das Schloss an der Außenseite überprüft?"

„Ja."

„Kann man so hereingelangen?"

Für einen Moment ist mein Verstand leer. „Ich weiß es nicht. Sie kamen vorbei."

Sie nickt langsam, schaut mich wieder lange an. „Sie sind zurück in Ihre Wohnung gegangen, wenn ich mich richtig erinnere?"

„Ja."

„Und dann?"

„Dann bin ich zum Arzt gegangen, habe mich krankschreiben lassen, weil, na ja, weil ich nach all dem nachts nicht schlafen kann. Ich bin so müde. Es ist so schwer, sich zu konzentrieren." Meine Stimme klingt zu verzweifelt. Ich habe keine Kontrolle über meinen Tonfall und meine Gesichtsmimik, ja nicht einmal über das, was ich von mir gebe.

Mo wartet, nimmt dann aber den Faden auf. „Und wie schläft Theo? Wie schläft Ihr Mann in einer normalen Nacht? Hat er einen tiefen oder einen leichten Schlaf?"

„Ich weiß nicht", antworte ich. „Durchschnittlich denke ich."

„Und Sie?"

„Leicht. Manchmal schreit Lukas, dann muss ich in der Nacht zu ihm runter. Theo wacht dann aber auch auf."

Mo studiert mich. Ich verfluche mich dafür, dass ich ihr nicht einen Schritt voraus bin. Theo ist mein Alibi und umgekehrt. Wenn einer von uns in jener Nacht losgezogen wäre, um Andreas zu töten, wäre der andere aufgewacht.

„Wenn Sie also zu Herrn Tauber gegangen wären für einen ... Wie würden Sie es nennen? ... nächtlichen *Besuch*. Wäre Theo dann aufgewacht?"

„Ich habe Andreas nie besucht, wenn Theo oder Marleen zu Hause waren, das war die Abmachung", antworte ich mit gedämpfter Stimme, wohl wissend, dass die Nachbarn auf der anderen Seite der Wände vielleicht zuhören könnten.

„Aber nicht die Kinder?"

„Charis war meistens bei ihrer Mutter. Meine Kinder schliefen ein Stockwerk unter uns. Ich habe dann das Babyfon eingeschaltet."

Mo nimmt den letzten Schluck aus ihrer Kaffeetasse. „Wie hat sich der Tod von Herrn Tauber auf Sie ausgewirkt?"

„Was meinen Sie?"

„Wie hat er Sie beeinflusst? Sind Sie traurig, wütend, vielleicht auch ein wenig erleichtert?"

Ich sehe sie entsetzt an. „Erleichtert?"

„Sie wollten da raus, nicht wahr?"

Stille. Ich habe in der Nacht, als ich von seinem Tod erfuhr, verzweifelt auf dem Badezimmerboden geweint, aber seitdem? Es stimmt, dass ich nicht aufhören konnte, ihn zu sehen. Wir waren Nachbarn. Es war nicht leicht, dem Verlangen zu widerstehen, zu ihm zu gehen, wenn ich mich nicht gut fühlte oder ein wenig niedergeschlagen war. Wenn es zuhause schwierig wurde, wenn etwas passierte, mit dem Theo und ich nicht zurechtkamen, dann schien der Weg nach oben so kurz zu sein. Andreas war so zugänglich, aber um es endgültig zu beenden, hätte ich dem Impuls widerstehen müssen. Ich verstehe, warum trockene Alkoholiker keine Flasche Wein im Haus haben. Obwohl ich um ihn trauere, kann ich mich der Tatsache nicht entziehen, dass da auch Erleichterung ist. Die Flasche Wein ist weg, ich muss nicht mehr darüber nachdenken.

Allerdings wage ich nicht, Mo Celta das alles zu sagen. „Ich bin am Boden zerstört, Frau Celta."

„Nun, ich will Sie nicht länger aufhalten, Frau Hagen. Wahrscheinlich werde ich noch einmal auf Sie zukommen. Wir sehen uns bald wieder."

Wir stehen uns am Küchentisch gegenüber. Ich zögere.

„Möchten Sie mir noch etwas sagen?"

„Diese Föten...?"

„Darüber darf ich keine Auskunft geben."

„Und diese Kaninchen?"

„Es ist nicht möglich, die Tiere zu identifizieren", antwortet Mo langsam. „Aber das Kaninchen, das Sie neben dem Briefkasten gefunden haben, wurde an das Veterinäramt geschickt. Und der Tierarzt meint, dass es bis vor kurzem noch eingefroren war. Das heißt, es war bereits eine Weile tot. Und es ist nicht durch Erhängen gestorben, sondern durch Tierquälerei. Die Spurensicherung hat DNA auf dem Seil gefunden. Wir wissen bald mehr. Bis dann, Frau Hagen.

Ich finde es heraus."

Ich bleibe am Küchentisch sitzen, höre ihre schnellen Schritte draußen auf dem Flur. Eine Tür schlägt zu. Alles um mich herum fühlt sich unwirklich an, als ob ich nur halb wach bin. Als ob ein Teil von mir das alles nur träumt.

Kapitel 39

Freitag, 7. Oktober 2022

12:00 Uhr

Es ist Charis, die mir die Tür öffnet. Damit habe ich nicht gerechnet. Ich stehe da, gestählt und bereit, ihre Mutter zu treffen, aber vollkommen unvorbereitet auf eine Begegnung mit Marleens Tochter.

„Hey“, sagt sie.

„Hey, Charis.“

Wir sehen uns an. Sie macht keine Anstalten, Marleen zu holen. Die Verantwortung für die Situation in ihrer ganzen Schwere fällt auf mich zurück. Sie ist ein Kind, das seinen Vater verloren hat. Ich bin eine Erwachsene. Es gibt nichts, was ich tun oder sagen kann, um ihre Trauer zu lindern, sie zu trösten oder es besser zu machen, und dennoch muss ich es versuchen.

Ich nehme sie in den Arm, drücke sie sanft. „Oh, mein Schatz, wie traurig ist das alles.“

Obwohl ich sie nicht sehr gut kenne, sehe ich, dass etwas an ihr anders ist. Charis ist blasser, der Ausdruck in ihrem Gesicht härter. Ihr Blick ist stets nach innen gerichtet, selbst wenn sie mich anschaut.

Sie steht eine unerträglich lange Zeit nur da, ich weiß nicht, was ich tun soll. Aber dann macht sie ruckartig einen Schritt zur Seite.

„Kommen Sie herein, Frau Hagen“, sagt sie mit müder Stimme. „Mama ist in der Küche.“

Sie dreht sich um und geht zur Treppe, die zum Dachboden hinaufführt, wo ihr Zimmer liegt.

Ich gehe langsam durch das Wohnzimmer. Ohne es zu wollen, wende ich den Kopf in Richtung Arbeitszimmer, der offenen Wunde unseres Hauses. Ich spüre ein Ziehen im Magen, aber zum Glück ist die Tür geschlossen.

Marleen sitzt am Küchentisch und blickt von der Tageszeitung auf, als ich die Küche betrete.

„Hallo, Julia.“

„Hallo, Marleen. Es tut mir so leid. Ich möchte dir mein Beileid aussprechen. Wie geht es euch beiden?“

„Ich weiß es nicht. Es ist ...“ Sie verstummt für einen Moment und starrt aus dem Fenster. „Ich glaube, ich habe es noch nicht richtig begriffen“, sagt sie zum grauen Winterhimmel. „Es fühlt sich an, als wäre er nur irgendwo abgetaucht.“

Marleen ist blass, sie sieht müde aus. Und dennoch ist sie so schön, ja, fast noch schöner als sonst. Als ob der Schmerz zu ihr passt. Was in aller Welt soll ich ihr sagen? Es fühlt sich falsch an, hier zu sein.

„Setz dich doch, Julia, ich mache uns einen Kaffee.“

„Das ist nicht nötig.“

„Nein“, sagt sie, „aber ich brauche einen.“

Ich setze mich, mir bleibt nichts anderes übrig. Ich kann den Kaffee ja schnell austrinken. „Wie geht es Charis?“, frage ich.

„Ich weiß es nicht. Das ist von Tag zu Tag unterschiedlich. Vielleicht steht sie noch unter Schock. Sie spricht nicht darüber. Ich weiß nicht, was ich mit ihr machen soll.“

Sie fährt sich mit den Händen durch die Haare, reibt sich die Schläfen. Alles ist eine Anstrengung, so kommt es mir vor, und doch hat sie nichts Resignatives an sich. Nein, denke ich, Marleen wird das durchstehen. Vielleicht sogar gestärkt aus der Sache hervorgehen, Charis hingegen kämpft mit einer blutenden Wunde, die nie ganz heilen wird.

„Es braucht alles seine Zeit, Marleen. Geht sie wieder zur Schule?“

„Zum größten Teil. Hat Emma es dir nicht erzählt?“

In diesem Moment erklingen über uns ein paar Strawinsky-Akkorde, wild, schrill, metallisch, in einer gefährlich hohen Lautstärke gespielt, ich spüre den Nachhall bis hierher.

„Das hört man nicht jeden Tag.“

Ein kleines Lächeln kräuselt sich auf Marleens Lippen. „Nein, wirklich nicht.“

Das vorletzte Mal war ich an einem Morgen vor ein paar Wochen oben. Damals machte Andreas eine Bemerkung über die Musik von Strawinsky. Er sagte: „Seine Musik entspricht der Art und Weise, wie ein Mann mit wenigen Worten seine Liebe ausdrücken würde. Jemand, der seine Musik nicht versteht, den Strawinskys ‚Sprache‘ der Emotionen irritiert, oder einfacher, jemand, der nicht in der Lage ist zu artikulieren, was er für seine Frau fühlt, aber sie vielleicht trotzdem so sehr liebt ....“ In dem Moment wusste ich, dass ich die Beziehung beenden musste. Andreas liebte seine Frau, nicht mich. Er konnte es ihr aber weder zeigen noch artikulieren. Diese Erkenntnis erfüllte mich damals mit Traurigkeit.

Oben werden die Töne leiser. Ich frage mich, was der Zweck ihres Spiels war, ob Charis uns etwas demonstrieren wollte. Ich fühle mich so durchschaubar. Ich komme hierher, eine der Affären des Mannes, den Marleen und Charis verloren haben, um mein Beileid zu bekunden. Ich bin durch und durch falsch, und ich bin mir nicht sicher, wie gut es mir gelingt, das zu verbergen.

„Ich hoffe, ihr passt auf euch auf", sagt Marleen über ihre Kaffeetasse hinweg. „Die Polizei scheint zu glauben, dass es einer der Nachbarn sein könnte."

Jetzt hält sie meinen Blick, es dauert nur einen Moment, aber in diesen Sekunden passiert etwas mit mir. Dann schaut sie aus dem Fenster.

Projiziere ich meine eigene Schuld auf sie? Vertraut sie mir? Vertraue ich ihr? Sie war in dieser Nacht nicht da. Sie hat ihren Code für die Haustür nicht benutzt. Ich dagegen – ich war hier. Und Marleen weiß das. Nach allem, was sie weiß, könnte sie mich verdächtigen.

„Und diese Sache mit dem Kaninchen. Ihr beide müsst vorsichtig sein."

Ich nicke. Sie sieht mich wieder an, jetzt ein wenig ruhiger und frei von Angst.

„Wenn ich etwas für dich tun kann, lass es mich wissen."

„Danke", entgegnet Marleen tonlos und steht auf. „Es war sehr nett von dir, dass du gekommen bist, Julia."

Sie begleitet mich zur Tür. Keiner von uns beiden schaut in Richtung Arbeitszimmer. Wir stehen uns gegenüber. Sie greift meine Hände. „Wenn du es tatsächlich meinst, dass ich mich melden soll, wenn ich Hilfe brauche, dann denke ich... Vielleicht könnte Charis ab und zu für ein paar Stunden zu dir kommen?"

„Aber natürlich."

„Und vielleicht können wir irgendwann mal wieder ein Glas Wein trinken? Es ist zwar schon so lange her, aber früher haben wir das hin und wieder gemacht."

„Natürlich", entgegne ich. „Das wäre schön."

Es fühlt sich an, als könnte ich in ihren Armen zusammenbrechen. Alles, was sie will, werde ich tun, alles, worum sie mich bittet, werde ich ihr geben. Ich habe keinen eigenen Willen mehr, ich lasse sie gerne gewähren.

Erst als ich draußen auf der Treppe bin, spüre ich das Gewicht ihres Vorschlags. Dass wir Freunde werden können. Dass wir uns treffen und plaudern, Snacks machen, uns Wein einschenken. Ich spüre in meinem Körper, dass ich nicht nur Theo verraten habe, sondern auch Marleen. Und diese schwarzen, verwundeten Augen ihrer Tochter. Eines Tages wird es sowieso herauskommen, hat Mo Celta gesagt. Bald werden sie es wissen, und dann werden sie mich hassen.

Ich muss eine Runde joggen, um einen klaren Kopf zu bekommen, um die Dämonen zu verjagen.

Kinder der Dunkelheit

Die Polizistin war heute Morgen bei Julia. Und das alles wegen ihrer Wut auf Andreas` Weibergeschichten. Die Wände in diesem Haus sind so dünn, man hört einfach alles, selbst wenn jemand allein in der Wohnung ist und sich alles von der Seele zischt.

Warum musste sie sich auch in den Keller schleichen und dort herumschnüffeln? Es ist allein ihre Schuld, wenn jetzt irgendjemand verhaftet wird. Ob ihr das klar ist? Sie werden jemanden einsperren und diese Schlange wird davonkommen.

Sie hat die Gefriertruhe geöffnet, die toten Föten entdeckt, aber in Wahrheit in den Abgrund einer Familie gesehen. Die Föten haben sie mit ihren gefrorenen Augen angestarrt wie mich neulich. Auch ich habe sie zufällig gefunden und unter Severins Jagdtrophäen auf die Kaninchenfelle gebettet. Warum musste die Schlange Julia ihre Totenruhe stören, um danach vor lauter Angst schreiend aus dem Loch ins Tageslicht zu laufen. Die kleinen Föten sind nur Kinder der Dunkelheit.

Jetzt gehen sie in die Rechtsmedizin. Dort entfernt man das Eis und ihre Schmutzschicht, dann sieht man die Unschuld … und das Böse. Hannahs ganzer Schmerz wird ans Tageslicht kommen. Jeder wird davon erfahren, dass Severin sie zusammengeschlagen und sie dabei diese Babys verloren hat. Wolltest du das, Julia?

Die Gedanken gehen mir durch den Kopf, während ich hinter Julia her jogge. Der Geruch von Regen und Moos steigt vom Waldboden auf und vermischt sich mit der kalten, feuchten Luft, die ich in sporadischen Atemzügen tief in meine Lungen ziehe. Die Kiefern strecken mir von beiden Seiten des Weges ihre schweren Äste entgegen. Ich mag den Anblick des Waldes und die raue Oberfläche des Weges, wo Wurzeln und Steine aus der Erde ragen, so dass ich mich darauf konzentrieren muss, bei dem Tempo nicht den Halt zu verlieren. Julia lässt mir nicht viel Raum zum Nachdenken. Ich stelle fest, dass es guttut zu laufen.

Ich spüre mein Herz. Spüre es in meiner Kehle, es tut langsam weh. Spüre, wie sich die Milchsäure in meinen Oberschenkeln aufbaut. Sport ist nicht so mein Ding. Der Trick ist, aufzuhören bevor es so weit kommt. Der Abstand zwischen Julia und mir wird größer, die Landschaft rauscht an mir vorbei. Es ist zu viel.

Unvermittelt denke ich an Hannah, an die Föten und werde von heftigen mir völlig fremden Emotionen heimgesucht. Die Schluchzer kommen in Anfällen und Stößen. Ich weine wie ein Kind, das sich beim Spielen verletzt hat, stoßweise, weil ich außer Atem bin. Ich setze mich auf den nassen Waldboden.

Als sich mein Atem beruhigt, höre ich auch auf zu weinen. Langsam laufe ich den Weg zurück zur Johannisgasse.

Kapitel 40

Freitag, 7. Oktober 2022

13:00 Uhr

Ich bin mir nicht sicher, ob es stimmt, dass man vor seinen Gedanken davonlaufen kann, ich vermute, dass es nicht so ist, weil es zu einfach klingt, aber niemand kann mir vorwerfen, dass ich es nicht versuche. Die Sohlen hämmern gegen den Waldboden, ein Fuß hier, ein Fuß dort, ich springe über Steine, springe zur Seite, um knorrigen Wurzeln auszuweichen, weiche Fallgruben aus, platsche aber durch Pfützen, das Wasser spritzt mir die Waden hoch. Ich bewege mich immer schneller, gebe alles, fühle mich unbesiegbar, denke, dass alles in meiner Macht liegt, dass ich alles tun kann, die Tatsachen ändern, das Negative zum Positiven wenden kann. Ein Rascheln wirft mich aus dem seelischen Gleichgewicht, ich stoße mit voller Wucht und mit Höchstgeschwindigkeit an meine Grenzen und bleibe stehen, drehe mich um. Verfolgt mich jemand? In der Ferne sehe ich eine Gestalt, die in eine andere Richtung läuft. Auch ich kehre um.

Unten an der Straße, wo die Johannisgasse beginnt, kommt Benno auf mich zu. Er ist langsam auf den Beinen und doch energisch, als hätte er sich noch nicht daran gewöhnt, dass sein Körper im Alter nicht mehr mit seinem Geist mithalten kann.

„Julia“, ruft er, als einige Meter zwischen uns liegen. „Die Polizei ist wieder überall da oben. Wie am Sonntag.“

Ich bleibe stehen. Sofort sinken meine Schultern, etwas durchbohrt meinen Magen. Wer ist es dieses Mal?

„Drei Polizeiautos auf der Straße“, ruft Benno. „Und im Garten und im Haus wimmelt es von Polizisten.“

„Was ist passiert?“, flüstere ich. Theo ist bei der Arbeit, Lukas ist im Kindergarten und Emma ist in der Schule. Ist sie das? Bei ihr weiß ich es nie genau, sie blockiert mich, versteckt Dinge. Vielleicht geht sie raus, wenn ich denke, dass sie schläft, ich weiß es nicht, ich habe keine Kontrolle.

Oh Gott, lass es nicht Emma sein.

Benno kratzt sich am Kopf. „Sie haben Jonas Küpper verhaftet“, sagt er. „Ich habe es von meinem Garten aus gesehen. Zwei Polizisten führten ihn hinaus, einer auf jeder Seite. Sie haben auch seinen Computer mitgenommen, und das war noch nicht alles."

Was weiß ich über Jonas? Ich habe ihn ab und zu im Keller gehört, sein Zimmer liegt direkt neben dem von Lukas. Von Zeit zu Zeit hat er Freunde zu Besuch, ich höre ihre Stimmen, rau und tief, so wie die Stimmen von Jungs, die sich noch nicht ganz an ihre erwachsenen Stimmbänder gewöhnt haben. Ich kann Jonas selbst nicht kategorisieren, zumindest nicht mit den Begriffen, die es zu meiner Schulzeit gab: Streber, Sportler, Kiffer, Einzelgänger. Beliebt, durchschnittlich oder unbeliebt. Ich würde auf Durchschnitt tippen. Es hat etwas mit der Art zu tun, wie er sich kleidet, wie er sich gibt. Aber er hat Charisma.

Wenn sich seine Eltern streiten, hören wir ihn nie. Wenn sie sich nebenan anschreien und Severin Hannah schlägt, ist von Jonas kein einziger Pieps zu hören. Ich habe oft darüber nachgedacht. Wo geht er hin, wenn diese hässlichen Streitereien losgehen? Geht er runter in sein Zimmer? Geht er aus, um Freunde zu treffen, oder streift er durch die Straßen? Oder bleibt er da, setzt seine Kopfhörer auf und klammert sich so aus? Und ist es überhaupt möglich, sie auszuschließen? Ich habe noch nie gehört, dass sie ihn ansprechen, wenn sie sich gegenseitig anschreien.

Die Zärtlichkeit in seinen Augen, wenn sich Charis Tauber nähert, die Art, wie sein Blick an ihr hängenbleibt, wie nervös er wird, scheinbar verzweifelt bemüht, mit ihr zu sprechen. Die Art, wie sie sich von ihm abwendet. Der Schmerz in seinem Gesicht danach, diese erste unerwiderte Liebe. Und seine Angst. Oh Jonas, Jonas, was hast du getan?

Emma! Sie muss es von mir erfahren. Ich muss sie sofort abholen.

Kapitel 41

Freitag, 7. Oktober 2022

15:30 Uhr

Emma ist nicht zu Hause, als ich die Wohnung betrete. Der Ballettunterricht war bereits um 13:00 Uhr zu Ende.

Am liebsten möchte ich in der Küche sitzen bleiben und auf sie warten, aber ich kann nicht stillhalten. Was, wenn Jonas nicht allein gehandelt hat, sondern einen Komplizen hatte? Der Junge, der den *‚Handman'* tanzte und vergangenen Samstag bei der Probe mit Jonas sprach. Ja, er ist jung und impulsiv, dieser Freund von Jonas, etwas an ihm deutet auf ein Potenzial Rücksichtslosigkeit, auf Gewaltbereitschaft hin. Meine Gedanken überschlagen sich.

Ich schaue aus dem Fenster und halte Ausschau nach Emma, stelle es mir vor: *‚Handman'*, der ihr auf dem Heimweg von der Tanzschule folgt, sie überholt, niederschlägt, sie an den Armen packt und ins Gebüsch schleppt. Sie vergewaltigt, sie danach würgt und ihre Leiche mit Blättern und Ästen bedeckt. Ich stelle mir vor, wie Mo Celta einen Suchtrupp zusammenstellt, wie sie später, tief in der Nacht, mit traurigen Augen vor unserer Tür steht: Es tut mir leid, Julia, aber ich habe eine sehr traurige Nachricht. *Schluss jetzt! Nein! Nein. Daran darf ich nicht denken.*

Warum haben sie Jonas verhaftet? Hat er Andreas getötet? Wenn Jonas *Handman* reingelassen hätte, wäre das nicht auf der Liste des Schlüsseldienstes aufgetaucht. Er könnte ihm sogar den Code gegeben haben. Ja, vielleicht hat sich *‚Handman'* in jener Nacht mit dem Code der Familie Küpper Zutritt verschafft. Jonas hätte ihm auch von dem Ersatzschlüssel im Blumentopf erzählen können, die Leiter aus dem Schuppen nehmen und sie zur Ablenkung unter Andreas Bürofenster stellen können.

Ganz zu schweigen von Torsten Graf. Er war mehrmals im Haus, hat Marleen besucht, um mit ihr zu reden. Vielleicht hat sie ihm den Code gegeben? Er war gerade sehr wütend, weil die Aufführung abgesagt wurde. Wer weiß, wozu er fähig war? Vielleicht hatte Andreas etwas gegen ihn in der Hand? Vielleicht hat er die jungen Tänzerinnen belästigt, die in *‚Handman'* den Prostituiertentanz aufführen sollten.

In dem Moment, als Emma den Türgriff berührt, springe ich auf und gehe ihr in den Flur entgegen, noch bevor sie die Tür hinter sich schließen kann. Sie hat ihre Jacke an und ihre Schultasche auf dem Rücken. Ihr langes blondes Haar ist über eine Schulter gestylt, aber es hat sich verheddert, der lange Tag und der Wind haben es durcheinandergebracht, die Haarsträhnen haben wahrscheinlich auf dem ganzen Heimweg am Schulterriemen ihrer Tasche gerieben. Sie sieht mich an.

„Was ist los?“, fragt sie, mit diesem ungeduldigen Blick, als ob die Welt ihr etwas schuldig wäre und sich zusammenreißen müsste.

„Warum hast du mich auf Facebook blockiert?“

Sie antwortet nicht sofort. In ihren Augen liegt eine kalkulierte Ruhe, als wäre sie die Erwachsene und ich das Kind, ich möchte sie anschreien, habe Angst, dass mir die Hand ausrutscht.

„Warum fragst du danach, Mama?“

„Wir hatten eine Abmachung“, antworte ich zu laut, zu schrill. „Erinnerst du dich nicht? Das war die Bedingung dafür, dass du in den sozialen Medien sein darfst. Für mich war das in Ordnung, sagte ich, absolut in Ordnung, kein Problem, solange du mich dir folgen lässt.“

Schweigen. Sie steckt die Hände in ihre Hosentasche und nimmt eine Art Warteposition ein, als ob sie glaubt, meine Schimpftirade nur aussitzen zu müssen.

„Es ist nicht so, dass ich alles überwachen will, was du online machst“, fahre ich fort, und jetzt schnappt etwas über, jetzt schreie ich. „Aber Emma – ich bin deine Mutter! Ich tue das, um dich zu beschützen!“

„Indem du dir ansiehst, was ich auf Facebook poste?“

„Da draußen läuft ein Mörder herum! Jemand hat deinen Nachbarn ermordet!“

„Das weiß ich.“

„Die Polizei hat jemanden verhaftet, Emma. Wusstest du das?“

„Ach“, sagt sie. „Wen denn?“

„Du weißt es nicht?“

Irgendwo, tief in meinem Inneren, genieße ich das. Ihre Aufmerksamkeit zu haben, absolut und ungeteilt. Die Oberhand zu haben.

„Wer ist es denn?“, fragt Emma erneut.

„Jonas Küpper“.

Etwas huscht über ihre selbstgefälligen Gesichtszüge. Für einen

Moment ist es so, als wäre das Gesicht, das sie der Welt zeigt, nur eine dünne Schicht, die weggekratzt werden könnte, um das Blut und die brodelnde Angst darunter zu enthüllen.

„Jonas Küpper? Bullshit, das glaube nicht."

„Nun..." Ich betrachte ihre Worte als eine Herausforderung meiner Autorität. „Die Polizei glaubt das jedenfalls. Sie haben ihn heute Nachmittag abgeführt."

Dieser namenlose, rebellische Impuls überkommt sie wieder, es ist wie ein Tick, wie etwas, das einfach passiert, etwas, über das sie keine Kontrolle hat.

„Anscheinend hat er etwas mit der Tötung der Kaninchen zu tun."

„Ich sag's ja. Bullshit. Jonas sorgt sich nur um die Umwelt", sagt sie mit Nachdruck. „Er *hat* Moral."

„Was willst du damit andeuten?" Sie holt tief Luft und bläst die Backen auf, als ob ich so lächerlich naiv wäre, sie misszuverstehen.

„Jetzt habt ihr doch alles, was ihr braucht", antwortet sie. „Einen Mörder, ein paar gequälte Kaninchen. Das Ballettstück wurde abgesetzt, keine tanzenden Nutten. Als ob *das* das Problem wäre. Jungs und Mädchen in meinem Alter sehen sich nachts auf der Bettkante sitzend alles Mögliche auf YouTube an, und ihr Eltern glaubt, *Handman* würde uns schaden? Pah!"

Sie sieht mich mit harten Augen an.

„Die Welt, in der wir leben, Mama, du möchtest es gar nicht wissen, was sich alle in meinem Alter online ansehen. Was sie mit anderen teilen, wie sie miteinander reden. Du und alle Puritaner wären ziemlich schockiert, wenn ihr wüsstet, was sie sagen, wenn ihr nicht da seid. Jonas ist der anständigste Junge, den ich kenne. Er füttert seinen YouTube-Kanal mit Videos zum Klimawandel."

„Wie bitte? Woher weißt du davon?"

„Mama.... Alle in der Schule wissen Bescheid".

Sie dreht sich um, lässt mich stehen. Es ist so anstrengend, dass sie mir immer erklären muss, wie die Welt funktioniert.

Gegen 17:30 Uhr kommen Theo und Lukas nach Hause.

Theo blickt auf das iPad hinunter. „Was machst du da?"

„Das ist der YouTube-Kanal von Jonas Küpper. Emma hat mir davon berichtet."

Blitzschnell kopiere ich den Link und schicke ihn an Cora Lemberg.

„Ups." Theo grinst. „Und worüber macht er Videos? Cargohosen?

Wie man sich auf keinen Fall rasieren sollte?“

„Die Polizei hat ihn verhaftet, Theo.“

„Jonas? Der tugendhafteste Teenager von Berg? Ist deine Freundin von der Polizei noch ganz dicht?“ Theo legt die Stirn in Falten. „Nein, das ist viel zu weit hergeholt. Warum in aller Welt sollte er Andreas töten wollen?“

„Keine Ahnung“, antworte ich. „Er interessiert sich für Umweltschutz. Rettet die Welt und solche Sachen. Die Leute regen sich über tote Kaninchen auf, aber das Elefantensterben würde niemanden interessieren.“

Eine Zeit lang stehen wir schweigend da. Theo leert die Tüte mit den Einkäufen, ich stehe passiv da, beobachte ihn.

„Nein, es tut mir leid, aber ich kann es nicht glauben. Ich bin sicher, dass die Polizei weiß, was sie tut, aber das ... er ist doch noch ein Jugendlicher, Julia.“

*

Nur ein Jugendlicher, denke ich, als ich unter der Dusche stehe. Wie alt waren die Schüler, die hinter den Schulschießereien in den USA steckten? Wie alt waren die Jungen und Mädchen, die sich ISIS angeschlossen haben? Ich stimme zu, dass Jonas Küpper harmlos wirkt, aber was wissen wir eigentlich darüber, wozu Menschen fähig sind? Cora hat meinen Link zu Jonas` Kanal bekommen und mich auf einen Clip hingewiesen, in dem er seine Abonnenten auffordert, auf die Straße zu gehen, um die Menschen wachzurütteln, mit allen nötigen Mitteln.

Theo sitzt am Küchentisch und fummelt an seinem Telefon herum, als ich herauskomme. Auf dem Herd steht ein Topf, vermutlich wartet er darauf, dass das Wasser kocht. Ich nähere mich ihm von hinten, lege meine Arme um ihn und drücke mein Gesicht an die warme Haut seines Halses. Ich schließe meine Augen und atme seinen Duft ein. Er benutzt seit der Highschool dasselbe Aftershave, es riecht angenehm und frisch, wie der Wald nach dem Regen, und es erinnert mich daran, jung und glücklich zu sein, weil man den Partner gefunden hat, den man liebt. Für mich ist Theo ein Stück Heimat, sein Duft ist die Essenz von Heimat. Es spielt keine Rolle, in was für einem Haus wir leben, wo es steht. Theo und meine Kinder sind mein Zuhause.

„Wow. Süße, was habe ich angestellt?“

Ich presse meine Lippen auf die Haut seines Halses. „Ich wollte dich nur umarmen."

Mit dem Kopf an ihn gelehnt, spüre ich, wie müde ich bin. Vielleicht kann ich heute Nacht schlafen.

Bullshit

Die Polizei gibt eine Pressekonferenz. Ich schalte die Nachrichten ein, sehe Mo Celta. ‚Polizei nimmt Verdächtigen im Mordfall Tauber fest', steht in großen schwarzen Lettern unter ihrem Bild.

„Die festgenommene Person wird zunächst nur als Zeuge vernommen", sagt sie, „noch können wir nicht mit Sicherheit sagen, dass wir mit ihm den Mord an Andreas aufklären können. Wir haben lediglich Erkenntnisse gewonnen, die den Verdacht gegen die festgenommene Person verhärten. Über diese Erkenntnisse werde ich aus ermittlungstechnischen Gründen keine Auskunft erteilen."

Während Mo Celta spricht, schreien die schwarzen Buchstaben am unteren Bildschirmrand, dass jemand verhaftet wurde und dass der Fall sich einer Lösung nähert. Auch die Zeitungen berichten über den Fall. Eine Zeitung hat ihren eigenen sogenannten Rechtsexperten interviewt, der behauptet, dass die Verhaftung darauf hindeutet, dass der Fall in eine kritische Phase getreten ist. „Es ist nicht ungewöhnlich, dass die Polizei sich schon jetzt äußert. Die Beamten möchten die Bevölkerung von Berg beruhigen", behauptet der Experte. Die Bildzeitung greift Jonas` Äußerungen während der Ballettprobe von ‚Handman' auf. Sie behauptet, dass er zur Gewalt aufgerufen hätte. Sie schreiben es in einer Art und Weise, die seine Identität kaum verschleiert. Wie blöd sind die nur. Bullshit. Ich gehe in den Keller, muss mich ablenken.

Mein Mädchen braucht eine Pause von der Leidenschaft, hat sie heute gesagt. Das muss ich zulassen, sonst verliere ich sie und das überlebe ich nicht. Manchmal fürchte ich, es ist zu spät für uns. Es ist ein strangulierender Gedanke, der mich irrsinnig wütend macht und mich auf abwegige Gedanken bringt. Doch es gibt Hoffnung, ohne Hoffnung gibt es nur den Tod. Das gilt für mich, wie auch für sie. Ohne Hoffnung stirbt der Mensch.

Der Raum, in dem ich die Tiere gequält habe, war klein, niedrig und ziemlich finster. Es gab nur eine einzige Lichtquelle, eine schmale Luke, dahinter eine schwach flackernde Birne. Die Bruchsteinwände waren mit Moos und Efeu überwuchert. Der Steinboden war nass und kalt, selbst der Stuhl, auf dem ich saß, fühlte sich stets klamm an. Es roch nach verfaultem Laub, nach Tod.

Damals, als Kind, war ich mir sicher, dass die Schwärze eines Tages vorübergehen und ich irgendwann glücklich sein würde, eines Tages gäbe es auch für mich einen Ausweg aus dem Wurmloch in meinem Kopf zu einem Zufluchtsort, an dem ich atmen und glücklich sein konnte.

Später tastete ich immer wieder blind in meinem Leben umher, war mir sicher, dass ich lange genug in der Ecke meines Zimmers in die Dunkelheit gestarrt hatte, bis das Zimmer eine Tür freigab, die zum Licht führte. Dann würde ich auch keine Tiere mehr quälen. Aber der Sündenfall hat alles verbockt, etwas anderes trat an seine Stelle: Ein Atemhauch des Todes fegt seitdem vorbei, kalt, eisig. Ich mag es, dem Tod zuzusehen. Ich liebe es, einen Arm nach seinem Schatten auszustrecken, und verharre in dieser Position, still wie eine Statue.

Wie oft hat man mich gefragt: „Was machst du denn mitten in der Nacht auf dem kalten Fußboden?“

Ich antwortete nie, stand nur auf, setzte mich langsam in Bewegung, als ein kalter Luftzug einige feine Staubkörner aufwirbelte.

So war das damals und so ist es auch heute noch. Staubkörner führten und führen mich stets zum Finale.

Kapitel 42

Freitag, 7. Oktober 2022

22.30 Uhr

Meine Kopfschmerzen setzen ein. Hätte ich zuerst Hannah und Severin von meinem Fund verständigen sollen, statt Mo Celta? Durch mein Zutun ist Jonas in Untersuchungshaft. Ich sitze auf dem Sofa, lehne mich mit dem Kopf an die Wand und habe das Gefühl, dass eine Wolldecke um meinen Kopf gewickelt ist, eng und schwer, so dass ich nicht mehr sehen, denken oder atmen kann. Ich bin zu unruhig, um zu schlafen, das weiß ich, es hat keinen Sinn, jetzt ins Bett zu gehen. Was würde ich nicht alles für eine starke Schlaftablette geben, die mich von all dem ablenken, mich betäuben könnte.

Der Mordfall bewegt sich von mir weg. Hat Jonas die Tiere getötet? Hat er die Föten in der Gefriertruhe auf das Fell von gehäuteten Kaninchen gelegt? Das ist abartig. Und woher kommen diese Föten?

Immerhin haben sie den Jungen verhaftet. Die Polizei weiß, was sie tut. Wahrscheinlich sind sie im Besitz zwingender Beweise, die sie derzeit nicht mit der Öffentlichkeit teilen wollen. Alles wird aufgeklärt, da bin ich mir sicher. Und es hat nichts mit mir zu tun. Nicht damit, dass ich so oft barfuß die Treppe hinaufgeschlichen bin, nicht mit den Wochenenden, die ich unter dem Vorwand von Arbeit mit Andreas verbracht habe, nicht mit der SMS, die ich ihm spätabends gesendet habe. Ich schließe meine Augen. Letztendlich hat das alles nichts mit Andreas` Tod zu tun. Ein verrückter Siebzehnjähriger dagegen schon – der Wahnsinn gleich nebenan. Nicht der, den wir hörten, als wir die Tür zum Heizungskeller öffneten, sondern ein anderer, leiserer Wahn. Heimtückisch und unberechenbar. Dagegen kann man sich nicht schützen. Das Gewaltpotenzial ist in jeder Familie, in jeder Gegend, in jeder sozialen Schicht vorhanden. Es spielt keine Rolle, ob man eine Wohnung in einer feinen Gegend bezieht, das Risiko besteht immer, dass nebenan ein gefährlicher Psychopath lebt.

Eine Stunde nach Mitternacht

Hannah und Severin Küpper verlassen die Johannisgasse mitten in der Nacht. Im Schutz der Dunkelheit und so spät, dass sie sicher sind, niemanden mehr zu treffen, packen sie ihre Sachen zusammen. Irgendwann war ich eingeschlafen, bin aber von den Geräuschen auf der anderen Seite der Wand aufgewacht. In höchster Alarmbereitschaft und mit dem Handy bewaffnet, eile ich barfuß in die Küche, knie mich neben den Schrank in dem der Boiler steht und öffne die Tür.

Zuerst höre ich nur Schritte, dann werden Dinge bewegt. Mit klammen Fingern tippe ich die Notrufnummer der Polizei in mein Telefon. Ich halte meinen Finger über die Taste, bereit anzurufen. Doch dann höre ich die Stimme von Severin.

„Willst du die mitnehmen?“

„Nein“, antwortet Hannah. Zumindest glaube ich, dass sie es ist. Ihre Stimme ist anders, heiser, leer, ohne die übliche Energie.

„Ich glaube, das war’s dann.“

Sie antwortet nicht, schluchzt. Ein paar Sekunden vergehen. „Unser armer Junge, er hat doch gar nichts damit zu tun.“

„Das weiß aber die Polizei nicht. Jetzt komm schon. Wir müssen uns beeilen und die Sache aufklären. Er ist unschuldig. Bitte.“

Ich schiebe die Schranktür vorsichtig zu.

Kurze Zeit später verlassen sie das Haus. Aus der Dunkelheit der Küche beobachte ich, wie ihre Schatten den gepflasterten Weg hinuntergehen. Severin trägt eine Wochenendtasche. Er öffnet das Tor. Hannah bleibt stehen, dreht sich um und schaut zum Haus hinauf. Severin legt seine Arme um sie. Sie lehnt ihren Kopf an seine Schulter. Sie stehen eine Weile so da, Jonas` Eltern, und es bricht mir das Herz.

*

Im Traum befinde ich mich in Andreas` Wohnung. Ich stehe in der Mitte des Wohnzimmers. Die Tür zu seinem Arbeitszimmer ist angelehnt, obwohl es dort dunkel ist, zieht der Raum mich an. Ich wehre mich dagegen, denn ich weiß, was mich dort erwartet.

Dann stehe ich im Arbeitszimmer. Andreas liegt über der Computertastatur, ich kann nur seinen Hinterkopf sehen. Um ihn herum ist kein Tropfen Blut zu sehen, obwohl er tot ist. Als ich seine Schulter berühren will, spüre ich, dass noch jemand im Raum ist. Jemand steht hinter mir – in der Dunkelheit. Ich weiß es, auch wenn ich nichts höre, und ich verstehe, dass mein Leben in Gefahr ist.

Im nächsten Moment stehe ich auf dem Rasen. Ich atme schwer und habe schreckliche Angst. Ich kann durch die Wand sehen, ich sehe, wie sich die Tür zu Andreas` Wohnung öffnet, und ich weiß, dass der Mörder kommen wird. Ich erkenne den Schatten – ich weiß, wer es ist.

Kapitel 43

Samstag, 8. Oktober 2022

09:00 Uhr

Mo Celta sieht müde aus. Um die feinen Fältchen auszugleichen, hat sie einen tiefroten Lippenstift aufgetragen. Dieses Mal ist der Staatsanwalt und der Polizeipräsident ebenfalls bei der Pressekonferenz anwesend. Egal, welchen Kanal ich einschalte, egal, welche Online-Zeitung ich aufschlage, das Bild von ihr ist die Hauptgeschichte. Müde und nachdenklich versichert sie uns, dass sie und ihre Kollegen hart an dem Fall arbeiten, Tag für Tag; die Wahrheit wird am Ende herauskommen.

„Der gestern festgenommene Verdächtige ist heute wieder auf freiem Fuß", sagt sie. Das Licht der Kameras flackert über ihr Gesicht. „Er ist weiterhin ein Zeuge, aber wir möchten betonen, dass er im Mordfall Tauber nicht verdächtig ist. Er steht jedoch im Mittelpunkt einer nicht näher bezeichneten anderen Angelegenheit."

„Julia, bitte", sagt Theo zu mir und zieht übertrieben die Augenbrauen hoch. „Die Kinder."

Ich kann aber trotz Theos Worte meine Augen nicht vom Bildschirm nehmen.

„Geht es um diese Tötung von Kaninchen in der Gegend?", fragt ein Journalist.

„Das können wir heute noch nicht bestätigen", antwortet Mo.

Lukas hat seine Dinosaurier herausgeholt und ordnet sie auf dem Teppich im Wohnzimmer. Theo wirft mir einen warnenden Blick zu.

Eine Online-Zeitung hat ein Foto von Jonas veröffentlicht. Seine Augen sind geschwärzt. Er steht vor einem gelben Hintergrund, wie ihn Schulfotografen oft verwenden, trägt einen Kapuzenpullover und lächelt. Ich frage mich, was die Leute über ihn denken. Sehen sie den Teenager oder den Abschaum der Gesellschaft? Jemanden mit einer brodelnden Wut auf seinen Vater, eine Wut, die sich hinter seiner Akne aufgestaut hat? Sehen sie einen Jungen, der seinen Erzeuger, der die Mutter so oft geschlagen hat, abgrundtief hasst? Waren die Kaninchen das Ventil, um Dampf abzulassen? Hat er sie auf bestialische Weise getötet?

Einer nicht näher bezeichneten anderen Angelegenheit. Das kann doch niemals alles sein. Ich schließe die Augen und habe es wieder vor Augen. Die Pfoten des kleinen Kaninchen hängen schlaff neben seinem Körper, der Kopf ist gesenkt, der Hals in einem unnatürlichen Winkel gebogen. Die gefrorenen Föten in der Gefriertruhe. Ihre kleinen Körper so transparent, dass ich die Organe sehen konnte. Es gelingt mir nicht, dieses Bild loszuwerden. Jonas kann immer noch ein Mörder sein. Was hatte Leas Mutter behauptet? Wer Tiere quält, ist ein gefährlicher, sehr kranker Mensch.

Ich bin so müde. Ich will mich nur hinlegen und hundert Jahre lang schlafen. Stattdessen bereite ich das Frühstück vor, mache Omeletts, backe Brötchen auf, stelle die Marmelade auf den Tisch.

Mo Celta braucht handfeste Beweise, um Jonas für längere Zeit zu überführen. Die Tatsache, dass sie diese nicht hat, bedeutet aber nicht, dass er unschuldig ist. Und es gibt noch viele andere Verdächtige: Severin Küpper, ein Schläger und korrupt bis in die Fingerspitzen, der die anderen vielleicht angestachelt hat, indem er an dem Herrenabend einen Streit entfachte, und später die Schuld auf Samuel oder Theo lenkte. Vielleicht eine enttäuschte Sonja Wegener oder die verhöhnten Ehemänner, die Cora verdächtigt. Ich spüre, wie die Überzeugung, dass es nicht um uns geht, aus den Fugen gerät. Aber an den vertrauten Schatten in meinen Träumen halte ich trotzdem fest und schiebe sie vor mir her, während ich Eier schlage und die Omeletts brate.

Lukas kommt angerannt. „Omelett!“, jubelt er.

Theo schlendert hinter ihm her. „Das sieht aber lecker aus.“

Er ist nicht ganz so begeistert, wie ich gehofft hatte. Ich spüre, wie sich Panik einschleicht: Was, wenn es nicht Jonas ist, was, wenn wir wieder zu Verdächtigen werden? Dann muss ich es Theo gestehen. Was, wenn er mich verlässt? Aber ich darf jetzt nicht anfangen, an allem zu zweifeln. Alles wird gut.

„Ich dachte, wir könnten es uns heute ein wenig gut gehen lassen“, sage ich und streichle Lukas sanft über seinen Zeigefinger. Das blau-weiß gestreifte Pflaster ist an den Rändern schmutzig.

„Wir warten auf Emma.“

Theo zuckt mit den Schultern. „Ich bin mir nicht sicher, ob Emma sich uns anschließen will.“

„Was meinst du?“

„Es geht ihr offenbar nicht gut. Sie sagt, sie wolle allein sein.“

Ich stütze mich mit einer Hand auf den Küchentisch, denke: *Dieser*

Inhalt ist nicht verfügbar. Emma, die mich ausschließt. Dieses Omelett, das ich für sie gemacht habe, für sie. Ich spüre, wie sich Aggression und Wut in mir aufbauen, zuerst in meiner Brust, bevor sie in meine Arme und mein Gesicht schießen und meinen Kiefer anspannen. Ich sammle mich. Werde freundlich sein.

„Nein, so können wir nicht sein, Theo. Wir frühstücken zusammen. Es ist Samstag."

„Julia!" Theos Stimme klingt, als würde er mir bereits die Schuld für das geben, was noch kommen wird.

Ich nehme zwei Stufen auf einmal und klopfe an ihre Schlafzimmertür. Sie antwortet nicht, jetzt hämmere ich. „Emma, Frühstück."

Keine Antwort.

„Emma! Mach auf!"

Stille.

„Emma, ich komme jetzt rein."

Etwas bewegt sich hinter der Tür. Ich höre ein Stöhnen, Rascheln und dann schwere, langsame Schritte in Richtung Tür.

Sie hat sich ganz in die Bettdecke gehüllt. Ihr Haar ist zerzaust, die Wimperntusche ist um ihre geschwollenen Augen verschmiert. Ihre Wangen sind leicht gerötet von der Wärme des Bettes. So wie sie es waren, als sie noch klein waren, meine beiden Kinder, rot und heiß auf ihren Babywangen nach dem Aufwachen.

„Ich habe geschlafen, Mama", sagt sie.

Ihre Stimme ist rau, aber sie macht mir nichts vor, sie hat nicht geschlafen, dazu ist sie viel zu wach.

„Wir frühstücken", sage ich, jetzt freundlicher. „Warum kommst du nicht hoch und isst mit uns?"

„Es ist Samstag. Ich gehe wieder ins Bett."

„Ach, Schatz, komm doch rauf und frühstücke mit uns."

Ich strecke meine Hand aus, um ihre Wange zu streicheln, sie zuckt aber zurück. Ich halte in der Bewegung inne. In ihren Augen ist etwas Erschreckendes und Abscheu, als ob das Zeichen meiner Zuneigung das Schlimmste ist, was sie sich vorstellen kann.

„Emma, was ist los?"

Ich will sanft sein. Aber ich habe so wenig Kontrolle über mich. Ich bin nicht mehr in der Lage, sanft und liebevoll zu sein.

„Nichts!"

„Offensichtlich schon. Du hast mich auf Facebook blockiert, du willst nicht mit uns essen, ich habe nur versucht, deine Wange zu berühren, und ..."

„Kannst du mich nicht in Ruhe lassen?", keift sie und stößt einen Schrei aus, in dem eine Wildheit liegt, die ich nicht kenne. Ich zucke zusammen, trete einen Schritt zurück.

„Ich will nicht mit dir essen, ich will nicht mit dir an einem Tisch sitzen, du kannst dir das alles sonst wohin stecken!"

„Aber Emma ..."

„Hau ab! Ich muss kotzen bei deinem Anblick. Ich hasse dich. Wegen allem, was du uns antust, wegen allem, was du von mir willst."

Sie schenkt mir einen hasserfüllten Blick und knallt die Tür zu.

Immerhin

In der Nacht ist es kalt, es hat sogar ein bisschen geschneit. Ich fasse es nicht, Schnee im Oktober. Es schneit winzige Flocken, die weich und lautlos niederschweben und das Grau des Starnberger Sees in ein weiches Weiß verwandeln. Der gezuckerte Ort gefriert allmählich zu einem Wintergemälde. In der Nähe ertönt das Geläut der Glocken der evangelischen Kirche. Alles wirkt friedlich und rein.

Ich bin müde, so unendlich müde. Hannah und Severin verlassen das Haus, sie sind auf dem Weg zum Polizeibüro. Wollen Jonas beistehen. Ich vermute, sie schämen sich zu sehr, tagsüber über die Straße zu gehen. Als sie ihre Blicke über den Schnee schweifen lassen, berühren sich ihre Schultern. Die tristen Silhouetten entlaubter Bäume starren im bleigrauen Gegenlicht auf die beiden herab. Ich wusste schon immer, dass selbst der Himmel schwer auf die Seelen dieser Stadt drückt.

Ich kann ihre Zähne fast klappern hören. Aber das Frieren scheint ihnen nichts auszumachen, sie haben sich entschieden.

„Wir müssen uns um den Jungen kümmern und uns diese Chance geben, damit aus Jonas nicht auch noch ein seelisches Wrack wird. Lass uns zu unserem Kind gehen und ihm beistehen", hatte Hannah zu Severin gesagt. Durch die dünnen Wände konnte ich jedes Wort verstehen.

Jetzt gehen sie Hand in Hand langsam in Richtung ihres Autos. Dabei sehen sie nach oben und schauen den kleinen Schneeflocken bei ihrem wirbelnden Tanz zu.

Die Schneeflocken sind die Boten der Hölle. Eine Hölle, die bald seine glühenden Pforten für Julia öffnen wird. Die Hölle ist ein Ort für Schlangen, Dämonen, Ehebrecher, Verräter und Verleumder dieser Welt.

Ich habe einen Plan und werde Julia auf subtile Weise darin einbeziehen. Bald werde ich mich ihr zu erkennen geben.

Ich bin hier.

Ich existiere.

Ich werde ihr ein Zeichen geben, wie ernst ich es meine.

Ja, ich werde sie töten.

Gegen sieben Uhr wache ich auf dem Sofa auf. Mein Rücken schmerzt, meine Schultern sind steif, ich zittere so sehr, dass ich mit den Zähnen klappere. Ich greife nach meinem Handy, öffne automatisch den Browser und aktualisiere die Seite, die ich mir zuletzt angesehen habe. Es dauert einen Moment, aber dann erscheint die morgendliche Schlagzeile der Online-Zeitung: Mordverdächtiger in der vergangenen Nacht freigelassen.

Immerhin.

Kapitel 44

Samstag, 8. Oktober 2022

10:00 Uhr

Ich verstehe gar nichts mehr.

Als Emma noch ein Kind war, machte sie eine Entwicklungsphase mit Wutausbrüchen durch. Zuerst war sie ruhig und ausgeglichen, bestimmt, aber berechenbar, im Alter von drei Jahren begannen die Ausbrüche. In der Kinderarztpraxis sagte mir die Ärztin, ich solle mir Zeit lassen. „So sind sie eben in diesem Alter. Man nennt es Kräftemessen. Bleiben sie konsequent, aber freundlich."

Ich versuchte, vor allem konsequent zu sein. Emma durfte sich nicht aussuchen, was sie aß, was sie trug oder wann sie ins Bett ging – ich hatte das Sagen. Ich sagte *nein* oder *du trägst diesen Pullover*, worauf sie noch mehr fauchte und ein hochrotes Gesicht bekam. Vor Wut brachte sie öfter kein Wort heraus, brüllte wie am Spieß. Sie hat mich getreten, geschlagen, gebissen, an meinen Haaren gezerrt.

Ich weiß nicht mehr, wie lange es dauerte, ob es ein paar Wochen oder Monate waren. Ich erinnere mich nur an diese Kämpfe mit ihr und an die weißglühende Wut in mir selbst und wie ich dachte: *Sie wird nicht gewinnen, ich werde es ihr zeigen.*

Ich reiße die Tür auf. Sie ist auf halbem Weg durch den Raum, immer noch mit der Decke um sich herum. Sie dreht sich um, als ich hereinkomme, den Mund vor Überraschung geöffnet, weil ich niemals in ihr Zimmer gehe, wenn sie die Tür geschlossen hat.

„Ich wünschte, du würdest gehen, damit ich mit Papa und Lukas allein leben kann. Du hast mich nicht lieb, das war schon immer so. Du hast mich nicht gewollt. Ich verabscheue dich."

Diese Sätze hätten jeder anderen Mutter das Herz zerrissen, ich schreite aber zu ihr hinüber, fasse sie am Arm. „Du kommst zum Frühstück zu uns, hast du verstanden?"

„Ich will nicht." Stille Tränen kullern über ihre Wangen.

Mein Griff wird fester, ich ziehe sie hinter mir aus dem Zimmer, spüre dieselbe weißglühende Wut, mein Kiefer zieht sich zusammen, meine Zähne bohren sich in meine Oberlippe: *Sie wird nicht gewinnen.* Ich weigere mich sie loszulassen, ziehe sie an ihren dünnen Armen die Treppe hoch. Die Bettdecke fällt von ihren Schultern, schleift über den Boden hinterher.

„Drehst du jetzt vollkommen durch?“, brüllt sie mich an.

Ich kann nicht aufhören, ich bin so wütend – ich bin ihre Mutter, sie muss tun, was ich sage. Ich weiß nicht, wie lange wir alle durchhalten werden, aber für den Moment gelten bestimmte Dinge: Sie wird mit uns am Tisch sitzen, und wir werden die verdammten Omeletts essen. Ich ziehe sie in die Küche.

„Setz dich, Fräulein!“

Theo und Lukas starren uns an. Ich lasse Emmas Arm los. Sie sieht darin ihre Chance, dreht sich um, zieht die Bettdecke mit sich und rennt hinaus ins Badezimmer. Ich laufe ihr hinterher, aber sie ist schneller. Das Schloss der Badezimmertür rastet ein; ich ziehe an der Klinke, aber es nützt nichts. Ich höre sie, sie schluchzt, laut und heftig.

„Emma“, rufe ich. „Emma, lass mich rein. Mach die Tür auf. Es tut mir so leid. Das wollte ich nicht. Schatz, kannst du nicht die Tür öffnen?“

Sie antwortet nicht, aber das Weinen verstummt. Sie dreht den Wasserhahn auf. Ich will sie jetzt trösten. Sie ist mein Kind. Ich habe keine Ahnung, was sie will, aber ich möchte es unbedingt wieder gutmachen, sie umarmen und um Verzeihung bitten.

Dann spüre ich eine Hand auf meiner Schulter. Theo, sein Gesicht angespannt und verschlossen.

„Es reicht, Julia“, sagt er.

Als Emma klein war, zählte ich sporadisch die Sommersprossen in ihrem Gesicht, ich wollte den seltenen Moment verlängern, in dem ich diese Punkte berührte. Emma hat mich stets dabei angesehen, als hätte sie noch nie jemanden zählen hören. Ich dachte dann, sie würde mich vielleicht umarmen. Meine Muskeln spannten sich an, machten sich bereit für das Gefühl, sie zu spüren. Doch dann schaute sie weg und stieß mich von sich. Wie vorhin.

Ich habe dich doch lieb, Emma, auch wenn es schwierig zwischen uns ist.

Kapitel 45

Samstag, 8. Oktober 2022

11:00 Uhr

Wir haben stumm gegessen, bewegen uns jetzt lautlos und langsam, als ob die Luft aus Watte wäre, als ob jede Bewegung auf Widerstand stößt und es Mühe bereitet, einen Arm zu heben oder ein Bein zu bewegen.

Theo hat Cora nach einem Sturmklingeln die Tür geöffnet und sich dann mit Lukas zurückgezogen, um unten in Lukas` Zimmer die Ritterburg aufzubauen.

Cora klackt auf ihren Stöckelschuhen in die Küche und durchbricht die Stille, als ich gerade den Tisch abräume.

„Jonas Küpper gibt in wenigen Minuten in *‚Guten Morgen Berg‘* einem Fernsehreporter ein Interview. Lass es uns gemeinsam ansehen.“ Sie drückt mit ihren schmalen Händen meine Oberarme, zwickt mich sogar.

Es ist mir egal, was er sagen wird, was geht uns das an? Doch Cora zieht mich hinter sich her ins Wohnzimmer, nimmt die Fernbedienung in die Hand. Sie starrt ungeduldig darauf und drückt die Tasten. Der Bildschirm leuchtet auf.

Im Standbild des Interviews ist Jonas Küpper zu sehen, der im Sessel in einem schicken, gut eingerichteten Büro sitzt. Hinter ihm steht ein Bücherregal. Licht fällt aus einem Fenster auf ihn.

Eine Erklärung heißt es unter dem Standbild des Interviews. Die kurze Headline strahlt eine gewisse Ernsthaftigkeit aus, vielleicht auch Selbstbewusstsein. Ganz Berg wird seine Gründe in wenigen Minuten kennen: Nachbarn, Schüler, die Eltern seiner Freunde; aus Angst, Abscheu und Neugier schauen alle vermutlich zu.

Das Morgenmagazin sendet vorab eine kurze Zusammenfassung der Geschehnisse. Dann erwacht Jonas zum Leben. Er trägt ein dunkelgrünes Hemd, sein Haar ist zu einem Seitenscheitel gekämmt, alles an ihm wirkt aufgeräumt, erwachsen, aber nervös. Seine Hände zittern leicht. Sein Gesicht ist ernst.

„Herr Küpper hat sich zu einem Interview bereit erklärt“, beginnt der Journalist ohne große Überleitung. „Warum wollen Sie sich zu den Taten äußern, Herr Küpper?“

„Zunächst einmal möchte ich allen da draußen sagen, dass ich mit dem Mordfall nichts zu tun habe", beginnt Jonas. „Es betrifft eine Familie, die ich als meine Freunde betrachte. Ich bin sehr betroffen über das, was ihnen passiert ist." Seine Stimme klingt ruhig.

„Die Polizei betont, dass ich nicht des Mordes an meinem Nachbarn verdächtigt werde. Mir wird aber Tierquälerei vorgeworfen. Dazu werde ich mich in diesem Interview erklären." Sein Blick ist entschlossen, offen und aufrichtig, sympathisch.

Für einen Moment denke ich an die Ballettaufführung *Handman*, an den Ausdruck von choreografischer Brutalität durch die expressionistischen Tanzelemente. Jetzt erkenne ich, was an Jonas so attraktiv ist. Neben den wohlgeformten Lippen und dem kräftigen Kiefer hat er wunderschöne große Augen, so klar und echt. Augen, bei denen die Mädchen bald weiche Knie bekommen. Vielleicht, wenn das alles wieder in Ordnung gebracht werden kann.

„Ich möchte mich bei den Menschen in Berg entschuldigen. Ich fühle mich schrecklich." Er verstummt für zwei unerträgliche Sekunden. Dann richtet er seinen Rücken auf. „Der grausame Anblick sollte schockieren", fährt er fort. In der Hand hält er ein Blatt Papier, auf das er gelegentlich hinunterblickt. „Ich dachte, dass der Zweck die Mittel heiligt, aber ich sehe jetzt ein, dass das nicht der Fall ist. Meine Motivation bestand darin, die Nachbarschaft aus der kollektiven Trance zu rütteln, in die ihr Konsumverhalten sie versetzt hat. Aber ich bedaure die von mir gewählte Methode zutiefst. Der Schmerz, den ich den Menschen durch den Anblick der Kadaver zugefügt habe, bedaure ich zutiefst und vor allem, wenn Kinder die Tiere fanden." Er hält inne und schaut nach unten. „Die Kaninchen waren schon tot und auseinandergenommen, als ich sie aufgefunden habe. Ich weiß nicht, wer sie getötet hat, ich habe sie lediglich ausgestellt."

„Sie meinen, sie haben sie nicht gequält, nicht getötet?", hakt der Journalist nach.

„Nein. Die Tiere waren teilweise aus dem Kaninchenzoo entwendet worden. Ich habe sie zufällig an der Votiv-Gedächtniskapelle gefunden."

„Was haben Sie denn da gemacht?"

„Die Votivkapelle hat mir schon immer gut gefallen. Man hat einen schönen Ausblick auf den Starnberger See. Ein schöner ruhiger Ort mit historischem Hintergrund. Direkt vor der Kapelle steht eine

Gedächtnisleuchte, die Kapelle selbst steht oberhalb des Kreuzes zum Gedenken an König Ludwig II. Ich wollte das Licht der Leuchte löschen und das Kreuz in rote Tücher verpacken."

Der Journalist lacht. „Wie der Künstler Christo?"

„So ähnlich. Aber neben dem Kreuz entdeckte ich zahlreiche Tierkadaver. Da kam ich auf eine andere Idee. Ich nahm sie mit und fror sie ein. Es ging mir nie um Tierquälerei."

„Warum ging es Ihnen dann? Um Aufmerksamkeit?"

„Ja, um Aufmerksamkeit für den Klimawandel." Jonas schaut direkt in die Kamera. „Meiner Meinung nach ist die Klimakrise die größte Bedrohung, der wir derzeit ausgesetzt sind. Wir tun nicht genug, um ihr zu begegnen. Es ist so schwer, die Menschen wachzurütteln, und das ist sehr frustrierend. Ich wollte ihre Folgen anschaulich machen, habe unter anderem Clips über die Himalaja-Gletscher, den Eisverlust auf Grönland oder die Heftigkeit von Wirbelstürmen und anderen Wetterphänomenen auf TikTok veröffentlicht."

Sein Statement ist ein wenig bedeutungsschwanger, aber es hat auch etwas Authentisches und Aufrichtiges.

„Sie haben also für Ihre Ideologie die Gräuel an Tore, Häuser und an anderen Orten ausgestellt. Das ist extrem."

„Ich dachte, es wäre der beste Weg, die Menschen durch die Konfrontation mit einer Grausamkeit wachzurütteln, es war ein Fehler."

„Eine abschließende Frage. Warum haben Sie dieses Kaninchen neben den Briefkästen aufgehängt, nur wenige Tage nachdem jemand in dem Haus ermordet aufgefunden wurde?"

Jonas schaut in die Kamera, sein Blick ist ernst. „Das war ich nicht."

„Sie haben das jüngst entdeckte Kaninchen nicht dort angebracht?"

„Nein! Ich war in der Nacht unterwegs, habe bei einem Freund übernachtet. So etwas hätte ich nie getan." Mit einem kleinen Nicken signalisiert Jonas, dass er fertig ist. Unmittelbar danach wird der Bildschirm schwarz.

Cora dreht sich um und sieht mich an. „Dieser Jonas Küpper."

„Ja."

Ich bin mir nicht sicher, was ich von der Vorstellung halten soll, die wir gerade gesehen haben. Ich verstehe den Jungen immer noch nicht. Es ist, als ob einige Puzzleteile fehlen. Vielleicht kann mein müdes Gehirn sie aber auch nicht zusammensetzen. Unten wird die

Tür geöffnet und geschlossen. Ich sehe Emmas Kopf auf der obersten Stufe und stehe schnell auf.

„Emma." Als ich sie erreiche, zieht sie sich im Flur die Schuhe an.

„Was willst du?", fragt sie, ohne sich aufzurichten. Sie ist wütend.

„Können wir nicht darüber reden, Emma?"

Ich möchte mich entschuldigen, möchte meine Arme um sie legen, sie an mich ziehen, aber ich schaffe es nicht, etwas in meinem Körper sträubt sich dagegen, meine Tochter zu berühren. Sie richtet sich auf, sieht mich an. Wir sind jetzt fast auf gleicher Höhe.

„Du willst reden?", sagt sie mit harter Stimme. „Okay. Wollen wir über Andreas reden? Ich dachte, du willst es vielleicht nicht, aber wenn du willst, dann bitte, nur zu."

Die Luft zwischen uns vibriert. Meine Augen huschen irritiert über ihr Gesicht, auf der Suche nach Hinweisen. Was weiß sie? Diese Äußerung ist wie eine Handgranate, die sie mir entgegenhält, ihren Finger an dem Aufschlagzünder des mit Wut geladenen Metallhohlkörpers. Er kann explodieren, wenn ich mich ihr auch nur einen Zentimeter nähere, ich muss auf jede meiner Bewegungen achten, damit sie nicht detoniert und alles mit sich reißt. Vorsichtig mache ich einen Schritt zur Seite. Sage ihren Namen. Höre, wie dünn meine Stimme ist, wie ich nach Luft ringe. Es herrscht absolute Stille. Ihre Augen sehen mich fragend an, sie will, dass ich es gestehe, ihr harter Kiefer bebt.

„Julia!", ruft Cora aus dem Wohnzimmer. Ich drehe meinen Kopf in ihre Richtung, nur für eine Millisekunde, aber als ich mich wieder umdrehe, hat Emma ihre Jacke vom Haken genommen.

„Gut", sagt sie, immer noch mit dem Gesicht zur Wand. „Das habe ich mir gedacht."

„Warte."

Sie wartet, bereit mir zuzuhören. Ich lege eine Hand auf ihren Arm. Einen Moment lang spüre ich die Anziehungskraft ihrer Handgranate. Ich möchte an dem Zünder ziehen, etwas über das Geschehene sagen und dann die Sache auf sich beruhen lassen. Aber ich kann nicht. Es steht zu viel auf dem Spiel.

„Wohin gehst du?"

Sie nimmt einen tiefen Atemzug. Einen Moment lang sieht es so aus, als würde sie gleich weinen. „Aus. Ich weiß es nicht. Zu Sandra vielleicht."

„Wirst du lange dort sein?"

„Kannst du mich nicht in Ruhe lassen?“ Sie dreht sich um, lässt mich im Flur stehen.

Nachdem sie gegangen ist, stehe ich da und schaue auf die Tür, die sie hinter sich geschlossen hat. Ich höre, wie die Eingangstür ins Schloss fällt, bin machtlos. Vielleicht ist die Handgranate ja doch explodiert, und es stecken Splitter davon in den Wänden, in meiner Haut, in meiner Brust. Ich halte den Atem an. Ich kann das immer noch retten, kann es noch ändern. *Über Andreas reden*, hat sie gesagt, es hätte alles Mögliche bedeuten können.

„Julia“, ruft Cora ungeduldig aus dem Wohnzimmer. „Es wird Zeit für mich.“

Ich weiß, dass ich da reingehen muss, um weiterhin diese Rolle zu spielen. Ich muss Cora zuhören, wie sie Detektiv spielt, muss ihr nachgeben, damit sie meine Affäre nicht herausfindet. Das ist so niederträchtig, so berechnend, aber ich habe keine andere Wahl. Oder soll ich die Karten auf den Tisch legen? Für einen Moment ist es so, als ob ich die Gestalt aus meinem Traum sehen kann, ihr jetzt ein Gesicht zuordnen kann. Es ist nicht das Gesicht eines Verbrechers der Pharmalobby, nicht das von Sonja Wegener, die verschmähte Geliebte mit den blonden Locken, noch das von Severin oder Samuel. Auch nicht das von Cora, mit ihren Designerjeans und diesem kompromisslosen Alles-oder-nichts-Blick. Es ist Emma, barfuß in ihrem Nachthemd, mit hartem Kiefer und einem Messer in der Hand.

Nein, nein, nicht Emma, das bin ich.

Eintagsfliege

Aber wenn die Presse schweigt und die Polizei nicht mehr in die Johannisgasse kommt, um Chaos anzurichten, höre ich andere Töne, flackern andere Bilder auf. Unterschwellige Signale, die ich verstehe. Ich sehe, wie er Julia liebt. Dann ist wiederum Marleen an meiner Seite, die mich bittet, ruhig zu bleiben. Aber ich möchte vor Wut explodieren und mich auf die beiden stürzen. Ich sehe, wie Andreas seine Hände auf Julias Bauch legt, sie streichelt, und spüre den Schrecken, als Marleen die Kontrolle verliert und Julia mit einem Messer attackiert. Ich versuche, die Geräusche und Bilder zu verscheuchen, es sind Illusionen. Nichts davon ist geschehen. Die Zeit erstarrt, mein Herz steht still, nur eine Unachtsamkeit und mich erwartet die Auffaltung der Dunkelheit, dann die Schwärze der Nacht. So geht es mir seit Monaten.

Dutzende anderer Flashs folgen einander. Die Tötung der Kaninchen, Jonas in U-Haft, Emmas hasserfüllter Ausbruch, Charis` trauriges Gesicht, Hannahs schmerzvolles Wimmern, Lukas im Garten. Cora, voller Tatendrang, Samuel, der sie beruhigt und Julia, die mit Benno spricht. Echos meiner Beobachtungen. Das ist zu viel für mein Gehirn. Ich möchte schreien, aber kein Laut kommt aus meiner Kehle. Meine Schläfen drohen zu explodieren. Dann nichts, außer Stille.

Meine Gliedmaßen sind taub, das Herz am Rande des Versagens. Die Stimmen entfernen sich, ein Hintergrundgeräusch, das ich zum Schweigen bringen kann.

Ich blinzle und drehe mich um. Jonas steht hinter mir. Ich möchte etwas sagen, aber die Muskeln meines Kiefers gehorchen mir nicht mehr.

Der Schnee war im Übrigen eine Eintagsfliege.

Kapitel 46

Samstag, 8. Oktober 2022

14:30 Uhr

Theo schüttelt meine Schulter. „Bist du eingenickt, Julia?“

„Wo ist Emma?“, frage ich ihn.

„Ich glaube, sie ist ausgegangen.“

„Sie sollte nicht allein draußen sein, Theo. Es ist nicht sicher.“

„So schlimm ist es doch nicht“, erwidert er. „Und überhaupt, was sollen wir denn machen? Sie zwingen bei uns zu bleiben?“

„Da draußen kann alles Mögliche passieren. Selbst im Treppenhaus. Draußen bei den Briefkästen. Jonas Küpper ist da draußen.“

Auf Theos Stirn bildet sich eine Furche, die ich noch nie gesehen habe.

„Warum will Jonas Emma etwas antun?“, frage ich.

„Julia“, sagt er. „Ich glaube, du musst dich entspannen.“

Und jetzt ist da etwas Neues in seiner Stimme, etwas Freundliches und Ruhiges und doch Beunruhigendes, denn er hat noch nie in diesem Ton mit mir gesprochen, in der Art, wie man mit jemandem spricht, der vollkommen von Sinnen ist, der eine psychotische Episode durchlebt. Die Stimme eines Pflegers. Ich soll mich beruhigen, aber ich höre die Sorge dahinter, sehe die Falte auf seiner Stirn. Ich atme mehrmals tief ein, spüre, wie er mich beobachtet.

Ich lehne meinen Kopf an seine Schulter, nehme seinen Duft in mich auf. „Ich habe diese Woche kaum geschlafen.“

Theo legt seine Arme um mich. „Ich weiß“, murmelt er. „Ich hole dir jetzt eine Packung Schlaftabletten in der Apotheke.“

Ich schließe meine Augen. „Ja“, sage ich und richte mich auf. Nicht träumen zu müssen. Nur ausruhen, für viele, viele Stunden.

„Gib Emma etwas Zeit, um Luft zu holen.“

Wir sitzen eine Weile nebeneinander, ganz still. Mein Atem wird ruhiger, die Furche in Theos Stirn verschwindet.

„Es ist nur so, dass sie mich angeschrien hat. Und ich war so außer mir, weil ich nicht geschlafen habe, und ich kann nicht aufhören, an Jonas Küpper, die Kaninchen und diese Föten zu denken.“ Ich halte inne und atme durch. „Menschen als auch Tiere sterben direkt vor unserer Tür. Und Emma geht lieber da raus, als bei uns zu bleiben.

Er hat in dem Interview mit keinem Wort die Föten erwähnt."

Theo legt eine Hand auf meinen Arm, als wolle er mich trösten, aber seine Augen signalisieren, dass er mir etwas sagen will.

„Was ist, Theo?"

Er antwortet nicht, schaut weg. Einen Moment lang denke ich: Er weiß es. Dann denke ich: Er hat es getan, auf irgendeine seltsame Weise, die ich noch nicht durchschaut habe. Er hat Andreas umgebracht. Und dann halte ich es nicht mehr aus.

„Was ist?", rufe ich, „sag es!"

„Emma ist vermutlich in ihn verliebt", antwortet Theo leise. „Emma ist verliebt."

„Was?"

„Hast du das nicht bemerkt?"

„Nein. Der Gedanke ist mir nie gekommen."

„Hast du nicht gesehen, wie sie sich verhält, wenn er in der Nähe ist? Wie sie sich vor den Ballettproben in Schale wirft, weil er ab und zu dort auftaucht? Wie sie diesen Sommer im Garten mit Charis herumhing, in der Hoffnung, dass er rauskommt?"

Ich bin sprachlos. Ich habe es nicht gesehen. Ich habe nicht bemerkt, dass sie im Garten herumhing. Ich war eindeutig viel zu sehr in meine eigene Liebesaffäre vertieft. Ich habe nicht nur vergessen, dass ich einen Ehemann, sondern auch Kinder habe.

„Könnte Emma das Tier neben den Briefkästen aufgehängt haben?", frage ich und erzähle ihm, was Jonas im Interview gesagt hat. Glaubwürdig genug – vor allem, wenn man die Angst bedenkt, die ich am Mittwoch im Garten auf seinem Gesicht sah, denn es muss ihn zu Tode erschreckt haben, als er erkannte, dass jemand eine Tat begangen hat, die seine Handschrift trug. Dann ist da die Brandschutztür im Erdgeschoss, durch die sie sich so leicht hinausschleichen kann. Wie zugänglich die Tiefkühltruhe für sie gewesen ist. Und das Klicken der Eingangstür, das ich in jener Nacht zu hören glaubte.

Theo sieht müde und besorgt aus. „Es sieht ihr gar nicht ähnlich, so etwas zu tun, aber es könnte sein."

„Sie ist neuerdings so unberechenbar, Theo."

„Nein, Julia, ich gehe nicht davon aus, dass sie das getan hat", sagt Theo, dann sitzen wir wieder schweigend nebeneinander.

„Ich glaube, es ist besser, wenn wir Emma nichts von unserem Verdacht erzählen. Meinst du nicht auch, Julia?", sagt Theo, in seiner Stimme liegt Ernsthaftigkeit. „Sie muss uns jetzt vertrauen."

„Aber das ist eine ernste Sache, Theo."

„Dennoch sollten wir mit niemandem darüber sprechen. Nicht mit der Polizei, nicht mit Cora, mit niemandem. Und nicht mit ihr. Irgendwann mal, aber nicht jetzt. Was sie im Moment von uns braucht, ist unsere Unterstützung. Sie soll wissen, dass wir für sie da sind. Dass wir ihr vertrauen. Dass wir nicht in ihr Zimmer stürmen, dort herumschnüffeln und ihr Dinge vorwerfen. Verstehst du, was ich meine?"

Ich stimme zu. „Ja, okay. Wir werden vorerst nichts sagen."

Er lächelt, streicht mir über die Wange. „Das ist großartig, Schatz", sagt er.

Etwas in mir bricht unter diesem Wohlwollen zusammen. Schau, was für ein gutes Mädchen ich bin, wie ich mich seinen Wünschen anpasse, wie ich meinen Wahnsinn wegpacke, nüchtern und vernünftig werde, tue, was er verlangt. Ich vertraue seinem Urteilsvermögen. Ist diese Großzügigkeit, diese Anstrengung, die ich jetzt unternehme, nicht etwas wert als Gegengewicht zu dem, was ich ihm zu sagen habe?

„Übrigens möchte Mo Celta, dass du heute Nachmittag zu ihr ins Präsidium kommst, Julia. Sie wird dir einen Wagen schicken. Es klang wie ein Befehl."

Ich lächle. „Sie hat etwas von einem Feldwebel an sich. Dann bringe ich es jetzt hinter mich. Vielleicht lassen sie uns dann in Ruhe. Hat sie angerufen?"

„Nein, ich war gestern bei ihr im Kommissariat", sagt Theo. „Sie hat mich gebeten, ins Präsidium zu kommen, wollte auch mit mir sprechen."

Die Säule erhebt sich wieder aus meinem Bauch. „Was wollte sie denn von dir?"

„Reden."

„Worüber?"

Meine Stimme ist so dünn und klein. Sie kann ihm nichts von meiner E-Mail erzählt haben. Wir hätten nicht ruhig nebeneinandersitzen können, wenn er es gewusst hätte. Er ist zur Polizei gegangen, und ich wusste es nicht einmal. Niemand gab mir die Gelegenheit, in letzter Minute zu gestehen. Ich verstehe jetzt, dass es nie einen Jetzt-oder-Nie-Moment geben wird.

„Unsere Beziehungen zu den Nachbarn, alles, was wir über sie wissen. Und sie erwähnte wieder diesen Herrenabend in Starnberg.

Das ist Monate her."

„Warum sind sie davon so besessen?"

Theo zuckt mit den Schultern. „Keine Ahnung."

„Seltsam. Samuel sagt, dass du an dem Abend ziemlich laut warst." Ich blicke auf meine Hände.

„Tut er das? Es gibt Nuancen von jenem Abend, die ein wenig verschwommen sind, um es gelinde auszudrücken.".

Ich frage mich, ob er mir die Wahrheit sagt oder etwas vertuscht.

Theo zuckt wieder mit den Schultern und steht auf. „Alle Nachbarn sind ein wenig paranoid geworden. Das hat diese Situation mit uns gemacht. Ich hoffe, dass wir das alles bald hinter uns lassen können", fährt er fort. Dabei durchquert er das Wohnzimmer und macht sich auf den Weg in die Küche. „Aber wir sind uns doch einig? Wir werden Emma nichts davon erzählen. Im Moment werden wir sie so gut wie möglich unterstützen. Um den Rest kümmern wir uns später. Und wer weiß, vielleicht kommt sie von sich aus auf uns zu. Es sind schon seltsamere Dinge passiert."

„Das machen wir und bemühen uns gemeinsam um moralische Vollkommenheit", erwidere ich.

Theo sieht mich an, sein Blick jagt mir Angst ein.

Als ich später unter der Dusche stehe, denke ich an das Herz in Emmas Heft. In seiner Mitte die Buchstaben *LF*. Ich lehne meinen Kopf gegen die gekachelte Wand: *L* steht zweifelsohne für *Love*. Liebe, versteckt auf der letzten Seite einer Choreografie. Aber wofür steht das *F*?

Ich muss mit Jonas reden.

Kapitel 47

Samstag, 8. Oktober 2022

16:20 Uhr

Die Aufforderung der Hauptkommissarin behagt mir nicht, es ist unangenehm, zumal sie eine Streife vorbeischickt, um mich abzuholen. Es löst ein Gefühl aus, über das ich lieber nicht nachdenken möchte. Theo sieht mich an, seine Augenbrauen sind nach unten gezogen, seine Stirn ist gerunzelt, als ob ihn das gleiche Unbehagen erfüllt, das in mir pocht.

Ein uniformierter Polizist führt mich in das Besprechungszimmer. Mit einer Handbewegung deutet der Mann zum Tisch hin, auf dem einige Unterlagen und ein Diktiergerät liegen. Ich setze mich auf einen der Stühle.

„Darf ich...?“, murmele ich heiser und ziehe meinen Mantel aus.

„Sicher“, erwidert er, rückt den Stuhl neben der Tür ein Stück von der Wand ab und setzt sich ebenfalls.

Ich sehe mich um. Der Raum hat zwei Türen, ein Fenster und eine verspiegelte Glaswand. Zwei lange, parallel verlaufende Leuchtstoffröhren liefern das Licht; ein kaltes, bläulich getöntes Licht, das alle Schatten verschluckt und zugleich die Farbe aufsaugt. Die Wände sind seidenmatt getüncht, der Boden ist auf matten Spiegelglanz gebohnert.

Es ist seltsam, dass Polizeidienststellen immer eine ganz besondere Atmosphäre anhaftet. Selbst dem Polizeibeamten, für den seine Dienststelle nichts weiter ist als ein Arbeitsplatz, sieht man an, dass im Lauf der Jahre die Arbeit mit den Gesetzlosen Spuren in seinem Gesicht hinterlassen hat. Es löst in mir ein Gefühl der Beunruhigung aus, ein leises Frösteln des Sich-schuldig-Fühlens, das selbst ein Unschuldiger verspürt.

In diesem Raum kommt es also zu einer Konfrontation zwischen einem Verdächtigen und seinem Vernehmungsbeamten: Eine Kampfarena, wo im Rahmen der gesetzlichen Vorschriften des Strafrechts Duelle ausgefochten werden. Es ist halb fünf, als Mo Celta den Raum betritt.

Sie drückt meine Hand fest. „Schön, dass Sie es einrichten konnten, Frau Hagen. Wir arbeiten derzeit rund um die Uhr. Die erste Woche einer Untersuchung ist immer die wichtigste, da gilt es keine Zeit zu verlieren." Sie gibt dem Polizisten hinter dem Schreibtisch wortlos ein Zeichen. Er verlässt sofort den Raum.

„So", sagt sie, setzt sich mir gegenüber und lehnt sich zurück. „Jetzt sind wir unter uns. Was dagegen, wenn ich das hier benutze?" Sie nimmt das Diktiergerät in die Hand.

„Das ist okay.", antworte ich.

Mo sieht mich an, lächelt, wirkt freundlich. „Wie geht es Ihnen da oben in der Johannisgasse?"

„Ganz gut. Na ja...", antworte ich, atme tief ein und fülle meine Lungen. Sauerstoff breitet sich in einem Augenblick mit großer Effizienz in meinem Kreislaufsystem aus, peppt meinen erschöpften Körper auf.

„Es muss hart für Sie sein. Ich kann es nachvollziehen. Sie stecken immerhin mittendrin."

Mo strahlt eine spürbare Stärke aus. Bei allen früheren Gelegenheiten, bei denen ich mit ihr gesprochen habe, habe ich mir sehnlichst gewünscht, dass ihr jüngerer Kollege Nico Braun ihren Platz einnehmen könnte. Aber jetzt, wo sie mir diese unerwartete Fürsorge entgegenbringt, fühlt es sich wunderbar an, wenn sie an meiner Seite bleibt. Ich kann mich zurücklehnen und ausruhen, einfach darauf warten, dass sie den Fall löst. Darauf vertrauen, dass alles gut wird.

„Ich habe kaum geschlafen, seit es passiert ist", sage ich.

„Wann haben ihre Schlafstörungen angefangen?"

„Sonntag glaube ich. Nein, Montag."

„Haben Sie vorher gut geschlafen? Denn haben Sie nicht ... Moment mal." Sie blättert schnell durch die Papiere. „Sie haben mir etwas darüber geschrieben. In der Nacht, in der es passiert ist, das war am Freitagabend. Ja, hier steht es. Sie schreiben, dass Sie ungewöhnlich viel geschlafen hätten?"

„Ich weiß es nicht mehr genau", antworte ich.

„In der Nacht, in der es geschah, schlief ich tief", liest sie, den Blick auf das Blatt Papier gerichtet. *„Als ich aufwachte, fühlte es sich an, als erwachte ich aus einem Koma. Als wäre ich sehr lange weit weg gewesen."* Mo schaut auf. „Unbehagen und Tiefschlaf zugleich?"

„So ähnlich." Ich runzle die Stirn, versuche, mich zu erinnern. „Ja, das habe ich geschrieben, ich erinnere mich an diesen Morgen. Ich wachte sehr früh auf. Die anderen haben noch geschlafen. Und Lukas war in unser Bett gekommen, ohne dass ich es gemerkt hatte."

Einen Moment lang ist es still zwischen uns.

„Warum wollen Sie das wissen?", frage ich.

Mo zuckt mit den Schultern, schenkt mir ein halbes Lächeln. „Alles ist potenziell von Bedeutung", sagt sie. „Und natürlich das, was in der Nacht passiert ist. Hätte man in dieser Nacht schlecht geschlafen, hätte man vielleicht etwas gehört."

„Ja", sage ich. „Aber ich habe gut geschlafen."

„So gut, dass Sie nicht durch ein Geräusch geweckt worden wären?"

„Ich weiß es nicht. Ja, vermutlich."

In ihrem halben Lächeln regt sich etwas. Gestern, als sie in unserer Küche saß und Kaffee trank, dämmerte es mir: Theo und ich gaben uns gegenseitig ein Alibi. Wenn ich jetzt etwas anderes behaupte, als dass ich ungestört geschlafen habe, bringe ich Theo in Gefahr.

„Wie gesagt, ich schlafe sehr leicht. Ich wache auf, sobald sich jemand bewegt."

„Hm...". Mo nickt. „Aber in dieser Nacht sind Sie nicht aufgewacht, als Lukas in Ihr Zimmer kam?"

„Ich habe es wahrscheinlich vergessen", antworte ich. „Es war eine ganz normale Nacht. Abgesehen davon, dass ich mich unwohl fühlte, aber ich glaube, das hatte etwas mit einem Traum zu tun, einem Albtraum."

„Hm..." Sie blättert in den Unterlagen. Ich spüre, wie mir die Schamesröte in den Nacken und auf die Wangen kriecht. Da sitzt sie und liest, was ich ihr geschrieben habe.

„Waren Sie gerne mit Herrn Tauber zusammen? Hat er Ihnen gefallen, Frau Hagen?"

Die Frage überrascht mich. *Verdammt, das steht doch da!*

„Am Anfang war ich mir sicher. Es gab etwas, das mich zu ihm hingezogen hat, etwas, das mich dazu gebracht hat, das alles zu tun. Er hat mich fasziniert." Ich gestikuliere in Richtung des Papierausdrucks, den sie in der Hand hält. „Aber am Ende wollte ich nur, dass es vorbei war. Ich meine nicht, dass ich ihn tot sehen wollte. Ganz und gar nicht, ich war am Boden zerstört. Das bin ich immer noch. Ich weiß nicht ..."

Und dann sprudelt diese ganze Woche in mir hoch. Ich breche in Tränen aus, schluchze mit einer Heftigkeit, die mich überrascht. Mein Körper zittert, wird von Stößen geschüttelt. Als ob Angst und Panik von mir Besitz ergriffen hätten und mich wie eine Stoffpuppe schütteln. Mo reicht mir ein Taschentuch. Etwas an diesem Schluchzen erinnert mich an bedrohliche Wolken, die sich im Laufe der Zeit auftürmen, aber ihre Gewalt erst offenbaren, wenn sie direkt über einem sind. Und dann ziehen sie schnell vorbei und der Himmel klärt sich auf.

Ich wische über die Augen. „Es tut mir leid."

Mo sieht mich freundlich an. *Sie versteht mich*, denke ich, sie kennt gewiss dieses Weinen von anderen Befragungen.

„Ich kann nicht um Andreas weinen. Ich muss die Fassade aufrechterhalten. Das ist so anstrengend."

„Sie haben ihn eben sehr gemocht."

„Ja, aber ich wollte da raus. Am Anfang war es wie eine Art Droge. Ich habe mehrmals versucht, es zu beenden. Vielleicht lag es daran, dass wir Nachbarn waren. Er war die ganze Zeit da. Es war so schwer, ihm zu widerstehen."

Einen Moment lang ist es still. Mo kneift die Augen zusammen, als würde sie über das, was ich gerade gesagt habe, nachdenken. Ich will gerade fortfahren und durchatmen, aber sie kommt mir zuvor.

„Weiß Ihr Mann mittlerweile davon?"

„Nein, da bin ich mir sicher."

„Wie kommt das?"

Ich atme noch einmal durch. Warum bin ich mir so sicher? Weil ich ihn kenne. Theo ist so durchschaubar. „Er hätte es auf keinen Fall herausfinden können, Frau Celta. Wir waren sehr vorsichtig."

„Aber Sie schreiben, dass Ihre Tochter es vielleicht weiß."

„Nein, Emma weiß es nicht. Aber vielleicht ahnt sie etwas." Meine Kehle schnürt sich zu, das Atmen fällt mir schwer. Ich ziehe meine eigene Tochter hinein. Wenn Mo glaubt, dass Emma es weiß, dann könnte sie auch Emma in den Kreis der Verdächtigen aufnehmen. Das ist ein neuer Tiefpunkt.

„Hören Sie", fahre ich fort. „Es geht nicht um meine Familie. Keiner von ihnen hätte das getan. Theo wird beim Anblick von Blut ohnmächtig, und Emma... Sie ist ja noch ein Kind, verdammt noch mal!"

Meine Stimme ist schrill, mit Schrecken erfüllt. Das winzige Klicken, das ich in jener Nacht gehört habe, die Schritte, die vielleicht zu Emma gehörten, die durch die Feuertür zu den Kaninchen in der Gefriertruhe gegangen ist. Ich habe den Verdacht, dass sie das getan hat, vielleicht um einem Jungen, den sie mag, etwas zu beweisen.

Mo ignoriert meinen Protest. „Gut. Hegt Ihr Mann einen Verdacht gegen Sie?"

„Nein", antworte ich entschlossen. „Das wäre mir aufgefallen."

Ihr langsames, zweifelndes Nicken setzt wieder ein. Mein Atem ist schnell und flach. Was habe ich ihr nur geschrieben, was habe ich getan?

„Am Morgen, als das Mordopfer gefunden wurde, ist Ihnen da etwas aufgefallen?"

„Nein." Ich atme etwas leichter. „Oben in Andreas` Wohnung war es ruhig. Nichts Ungewöhnliches."

„Und der Rest des Tages? Waren Sie dort oben?"

Ich atme tief durch. „Was meinen Sie?"

„Ich frage Sie, ob Sie am Samstag letzter Woche irgendwann in Taubers Wohnung waren?"

„Nein. Ich habe an seine Tür geklopft. Er hatte mich nach oben eingeladen, aber niemand hat geantwortet, also bin ich wieder nach unten gegangen."

„Und Sie haben die Wohnung nicht betreten?"

Steckt mehr hinter dieser Frage? Mo sieht mich mit klaren, offenen Augen an. Es ist unmöglich, darin etwas zu lesen.

„Nein", erwidere ich. „Als die Tür nicht geöffnet wurde, ging ich wieder nach unten."

„Haben Sie an diesem Tag mit einem der anderen Nachbarn gesprochen?"

„Samuel Lemberg kam heraus, als ich klopfte." Ich spüre, wie mein Herz mir das Blut ins Gesicht treibt. „Ich sagte ihm, dass ich ein paar Eier bräuchte. Er gab sie mir. Es war eine Ausrede."

Mo legt den Ausdruck meiner E-Mails auf dem Schreibtisch ab und lehnt sich in ihrem Stuhl zurück.

„Was glauben Sie denn, Frau Hagen, was passiert ist?"

Ich schlucke. Ich denke an Severin, der gestern Abend vor dem Haus seine Arme um Hannahs Schultern gelegt hat. An das, was wir alle in den letzten Tagen durchgemacht haben.

„Ich weiß es nicht und kann mir ehrlich gesagt nicht vorstellen, dass einer von uns in Andreas` Arbeitszimmer gegangen ist, um ihm die Kehle aufzuschlitzen. Ich weiß nicht, was einen Menschen dazu bringen könnte, so etwas zu tun."

Etwas glitzert tief in Mo Celtas undurchdringlichen Augen.

„Hass", sagt sie. „Furcht. Geld. Angst das Gesicht zu verlieren. Sie würden sich wundern, wozu Menschen fähig sind. Menschen wie Sie und ich." Einen Moment lang hält sie inne, folgt einem Gedankengang. Sie starrt auf die kahle Wand hinter mir, dann sieht sie mich wieder an und fährt fort. „Die Leute sagen, dass diese oder jene Person keiner Fliege etwas zuleide tun würde. Wenn wir die Gelegenheit und ein starkes Motiv haben, können wir alle zu Mördern werden. Es ist bequemer zu glauben, dass Mord etwas ist, das nur einige wenige von uns betrifft. Zum Beispiel diejenigen, die Drogen nehmen und stehlen, die im Netz rechte Parolen verbreiten und zu Gewalt neigen. Das sind die Leute, auf die die Polizei zumindest ein Auge werfen sollte. Und alles, was wir anderen tun müssen, ist, uns von ihnen fernzuhalten. Das dachte ich immer. Aber heute denke ich nicht mehr so. Nein. So viel habe ich gelernt. Neunzig Prozent der Tötungsdelikte sind Beziehungstaten. Von der Familie Küpper geht keine Gefahr aus. Ich will Sie nicht länger aufhalten. Glauben Sie, Sie finden allein den Weg nach draußen?"

Fünf Minuten später stehe ich vor der Polizeiwache, während die tiefstehende Herbstsonne die Stadt dunkelrot färbt.

Die Dunkelheit

Die Dunkelheit spricht wieder zu mir. Sie flüstert mir tröstende Worte unter meiner Schädeldecke zu und durchdringt die Bluthirnschranke. Die Dunkelheit atmet, leise, ruhig. Die Dunkelheit fühlt. Sie umschlingt tröstend, was sie liebt, nimmt mir den Schmerz. Die Dunkelheit sieht. Die Dunkelheit hört. Denn meine Träume schleichen sich als Realität in meinen Kopf und nisten sich dort tagelang ein.

Meine Liebe ist plötzlich so unnahbar, sie ist weiter denn je von mir entfernt und ich vermisse sie mehr, als ich in Worten ausdrücken kann. Manchmal denke ich, dass sie in meiner Gegenwart abtaucht, dass sie meine Hände nicht spüren möchte, dass ihr meine Umarmung zuwider ist. Das schmerzt mich sehr. Es macht mich ohnmächtig, mutlos und manchmal auch wütend. Es geschehen Dinge, die nicht gut für mich sind. Sie entgleitet mir, das darf nicht sein. Was stimmt nicht mit mir? Was gefällt ihr nicht mehr an mir? Sie hat nicht das Recht, mich zurückzuweisen. Nicht mich. Jeden, aber nicht mich. Wage es nicht noch einmal!

Ich beschließe, sie zu ignorieren. Ich bin jeden Tag davon überzeugt, dass es mir gelingen wird. Warum sollte ich mich von ihr und meinen Albträumen in den Wahnsinn treiben lassen? Es sind nur Fantasien über eine ferne Zukunft, über die Vergangenheit, sie haben nichts mit der Gegenwart zu tun; sie versuchen nur, mich aus der Fassung zu bringen, wie Jonas. Die Dunkelheit will sich mir aufdrängen, aber ich behalte die Kontrolle über sie. Bis jetzt habe ich die Nächte und die Albträume überlebt.

Ich träume neuerdings davon, dass sie mich einsperren werden: Es geschieht an einem Abend, kurz nach elf. Ich steige von meinem Fahrrad, schließe es ab und betrachte das Haus von außen.

Alle Lichter sind an.

Die Haustür öffnet sich.

Kaninchen knurren jämmerlich im Eingang.

Meine Beine fangen an zu laufen, meine Atmung beschleunigt sich. Ich versuche zu schreien, aber es kommt kein Laut über meine Lippen. Heftige Schmerzen jagen durch meine Brust. Ich habe das Gefühl, dass ich ohnmächtig werde.

Ich eile in den Flur. Kaninchen hüpfen dort umher.

Ich laufe die Treppe hinauf. Die Haustür ist offen. Das Wohnzimmer ist leer, die Küche ist leer.

Das Haus hält den Atem an.

Ich gehe ins Schlafzimmer. Sanitäter in weißen Jacken sind da. Sie nehmen mich mit.

Ich öffne die Augen, wache auf. Keine Pfleger.

Ich atme auf. Alles ist gut. Nur ein Traum.

Kapitel 48

Sonntag, 9. Oktober 2022

11:20 Uhr

Das muss für heute genügen, denke ich, während ich die Harke über den Rasen ziehe und mit den Zinken die braunen Blätter auf einen Haufen reche. Die Sonne steht tief am Himmel, und wenn ich jetzt nur die alten Blätter loswerde, sind die Bedingungen optimal, damit der Rasen nach dem Winter wieder schön grün wird. Ich setze mich einen Moment auf die Bank.

Theo hat gestern ein wenig Gartenarbeit erledigt, aber jetzt bin ich in Fahrt und bereit, die Arbeit zu beenden. Mache den Garten schön für uns. *Er wird es sehen*, denke ich, *wenn er heute Nachmittag vom Besuch bei seiner Mutter nach Hause kommt*. Er wird sehen, wie schön es hier ist. Wie ich mich um das kümmere, was wir haben. Ich verschönere unser Nest, halte es instand, wenn nötig.

Samuel betritt den Garten und setzt sich zu mir auf die Bank.

„Hallo, Julia. Darf ich?"

Obwohl ich ihn kaum kenne, habe ich heute das Gefühl, dass es kein Zufall ist, dass er neben mir Platz nimmt und das Gespräch mit mir sucht.

„Aber sicher. Das trifft sich gut, Samuel. Ich wollte dich ohnehin etwas fragen."

„Es geht um Cora, nicht wahr? Ich dachte mir, dass du dich vielleicht über sie wunderst. So wie sie an deine Tür klopft, bewaffnet mit allen möglichen Mordtheorien."

Er seufzt tief, wirkt jetzt viel älter.

„Cora nimmt das Ganze ziemlich mit." Die letzten Worte sagt er mit Nachdruck, als sei es etwas, an dem er festhält.

Ich denke an Cora in meiner Küche, an all ihre Überlegungen über die möglichen Verdächtigen und ihre Mordmotive, die sie wortgewandt hervorgehoben und mit Ausrufezeichen versehen hatte. Ich denke an die Intensität, die sie dabei ausstrahlte. An ihre Ungeduld, an die Art, wie sie meinen Arm drückte.

„Ihre Intensität fand ich schon immer sehr anziehend, sie hat Leidenschaft, ist voller Leben und Farbe", fährt Samuel fort. „Cora ist aber so anfällig für Lebensereignisse. Sie fühlt sich gestresst und ist nicht sehr belastbar." Er lächelt mich an, und es liegt etwas unendlich Trauriges darin. „Und dann musste natürlich meine Frau diejenige sein, die Andreas findet."

Ich nicke. „Ich denke, dass sie im Moment durch den Mord hyperaktiv und impulsiv reagiert. Kein Wunder. Wir sind alle geschockt. Aber mir geht noch etwas anderes durch den Kopf."

Er dreht sich zu mir um. Sein Gesicht liegt im Schatten.

„Es geht um diesen Herrenabend, Samuel. Als wir an dem Tag auf der Treppe waren, mit Hannah, erinnerst du dich? Du hast gesagt, dass Theo wütender war als du?"

Samuel schaut zu den grünen Wohnblocks auf der anderen Straßenseite hinüber, und einen Moment lang sind wir beide ganz still.

„Ja, ich habe mich auch ziemlich aufgeregt. Ich bin Arzt. Andreas hat von einem Export von Arzneimitteln mit abgelaufenem Verfallsdatum gesprochen, und das durfte er natürlich auch, aber er hat nicht erwartet, dass ihm jemand widerspricht."

„Theo war wütender als ich", sagt er. „Er hat geschrien. Ich erhob meine Stimme, aber nicht wie die anderen. Ich hatte viel weniger getrunken. Aber als die Polizei letzte Woche zu uns kam, um mit mir zu sprechen, haben sie erfahren, dass *ich* so wütend war. Severin Küpper wird ihnen das gesagt haben, garantiert. Er war so betrunken, halb schlafend, mit einer Wange an der Tischplatte, aber offenbar wach genug, um zu wissen, dass ich wütend war. Es war eine Diskussion, nicht mehr." Samuel seufzt tief und bläst die Wangen auf. Wir sitzen eine Weile schweigend nebeneinander.

„Okay. Erinnerst du dich an den Samstag? Die Eier?"

Er nickt langsam.

„Hast du Cora davon erzählt?"

„Nein", sagt er, stützt seine Hände auf die Oberschenkel und steht auf. „Ich hielt es für das Beste, es nicht zu tun. Ich muss in den Supermarkt, Julia. Also bis dann."

Am Tor dreht er sich um und winkt mir zu. Ich bleibe auf der Bank sitzen. Zum ersten Mal seit vielen Tagen habe ich das Gefühl, dass mein Atem etwas freier fließen kann.

Kapitel 49

Sonntag, 9. Oktober 2022

12:00 Uhr

Charis und Emma sitzen nun am Tisch auf der Terrasse und beugen sich über eine kleine ferngesteuerte Drohne, das Geschenk eines Verwandten. Nachdem Samuel gegangen ist, wechsle ich mit Charis und Emma ein paar Worte – nicht viele, aber ich bin mir der Mädchen sehr bewusst, als ich wieder ein wenig Ordnung im Garten schaffe. Ab und zu wirft Charis mir einen Blick zu, ich frage mich, wo Marleen ist. Die Mädchen haben anscheinend ihre Rivalität abgelegt, sitzen nun nebeneinander, um die Drohne zusammenzusetzen. Lukas hat sich mit ein paar Spielzeugautos auf der Bank unter dem Apfelbaum niedergelassen, um eine Autobahn zu bauen.

So soll es sein, wenn Theo nach Hause kommt, denke ich und spüre, wie es in meinem Inneren brodelt: *Bevor ich ihm alles erzähle*. Das ist das Bild, das auf seine Netzhaut projiziert werden muss: Seine Frau, die sein Haus pflegt und sich um die Kinder kümmert.

„So machen wir es", sagt Emma. „Sie haben ..."

Der Lärm eines vorbeifahrenden Lasters verschlingt den ganzen Satz.

„Drum weg mit ihnen", sagt Charis.

Ich höre ihr hässliches Lachen von der anderen Seite des Rasens. Lukas spricht mit tiefer, ernster Stimme zu seinen Autos.

Was für eine trügerische Idylle.

„Hallo, Julia!", ruft es jenseits der Straße.

Ich gehe zum Zaun, als Benno im Trainingsanzug die Straße überquert und auf mich zukommt.

„Hey, Benno. Bereit für den letzten Lauf der Woche?"

„Natürlich. Gesunder Körper, gesunder Geist, das ist der Schlüssel, Julia. Wie geht es Ihnen? Wie ich höre, sind Sie in den Keller gegangen und haben die Kühltruhe geöffnet. Gute Idee, Julia."

Ich lasse meinen Blick die Johannisgasse hinunterwandern, schweige, lächle nur höflich.

Benno schüttelt den Kopf. „Eine traurige Angelegenheit, das mit der Gefriertruhe. Da war Hannah nicht ganz bei der Sache", sagt er nachdenklich. „Und jetzt kann man sich natürlich fragen, warum. Da kommt einiges zusammen. Hannah tut mir leid."

„Woher wissen Sie das alles, Benno?"

„Ich habe einen Freund bei der Polizei", antwortet er. „Seit Andreas Tauber tot ist, recherchiere ich ein wenig, zapfe ehemalige Kanäle an. Ich habe beim Geheimdienst gearbeitet. Jonas ... dieser arme Junge hat das alles mitbekommen. Und dann dieser Schock, als er die Kaninchen in die Truhe gelegt hat. Diese ganze Familie gehört in Therapie."

Eine Krähe sucht am Straßenrand nach Nahrung. Wir beobachten sie. Ich spüre, dass Benno noch etwas auf dem Herzen hat. Er hat etwas Aufrechtes und Stolzes.

„Sie waren beim Geheimdienst, Benno? Überwachung, so was in der Art?"

„Nein, Datenanalyse. Ein Bürojob, Julia."

„Das ist schade", erwidere ich. „Ein bisschen Überwachung wäre jetzt vielleicht ganz nützlich gewesen."

„Ich habe damals die Sache mit den Kameras gelassen, um des häuslichen Friedens willen. Man muss seinen Beitrag leisten, Julia, das ist eine andere Art von Ehepflicht."

Er lächelt mich an, ein breites, gutmütiges Lächeln. Ich atme auf und will gerade zustimmen, als die Krähe abhebt, im Tiefflug über den Asphalt und quer durch unseren Garten, zwischen Lukas und den Mädchen, an mir vorbei fliegt. Ich folge ihr mit den Augen, bis sie hinter dem Haus verschwindet, dann schaue ich in Bennos bärtiges Gesicht mit dem breiten Kiefer, den kleinen, intelligenten Augen unter den buschigen Augenbrauen.

„Sie haben keine Kameras mehr aufgestellt, um sich zu schützen?"

Benno sieht mich an und verengt seine Augen. Ich fühle mich so wach wie seit Tagen nicht mehr.

„Oder vielleicht doch, Benno?"

„Ich breche kein Gesetz", antwortet er ruhig. „Ich habe dem Anwalt ein Versprechen gegeben. Keine Kameras auf öffentlichem Grund. Und ich stehe zu meinem Wort, Julia."

„Aber was ist mit Privateigentum? Ihr Eigentum, zum Beispiel?"

Wir drehen uns beide um und blicken in Richtung seines Gartens.

„Nun", sagt Benno. „Privat kann und darf ich machen, was ich will. Also stellte ich die beiden übrig gebliebenen Kameras auf, auf meinem Grundstück. Selbst meine Frau war damit einverstanden. Dann wurdet ihr die nächsten Opfer."

Er hat also doch ein Schlupfloch gefunden.

„Schade, dass ihr nicht selbst ein paar Kameras aufgestellt habt. Wenn sich alle Nachbarn zusammengetan hätten, hätten wir den Täter längst erwischt."

Hinter mir höre ich, wie Lukas mit sich selbst spricht, was er immer tut, wenn er alleine spielt und sich mit so leiser Stimme Geschichten erzählt, dass niemand hören kann, worum es geht. Auf der Veranda kichern die Mädchen.

„Und wo haben Sie die Kameras angebracht?"

„Eine in der Einfahrt, gegenüber dem Garten. Eine andere am Zaun, gegenüber der Haustür."

„Ist es möglich, dass Sie auf den Aufnahmen einen Teil der Straße sehen können? Vielleicht von der Kamera in der Einfahrt?"

„Sie meinen, ob ich heimlich die Straße gefilmt habe?"

„Nein, nicht absichtlich. Die Kamera wurde so positioniert, niemandem bewusst zu nah zu kommen?"

Benno schürzt die Lippen. „Das ist durchaus eine Möglichkeit", sagt er. „Natürlich habe ich nichts dergleichen absichtlich getan. Ich nehme an, Sie verstehen das. Aber dieser Teil der Straße könnte gefilmt worden sein. Ja, das ist möglich. Aber egal, man würde kaum etwas anderes als Asphalt sehen. Wenn das der Fall sein sollte, meine ich. Ihr Grundstück ist nicht im Bild, und der Küpper-Junge muss aus dem Keller gekommen sein."

Ich starre auf seinen Torpfosten, spüre, wie mein Atem schnell und leicht wird.

„Aber wenn es so *ist*, dass man ein Stück der Straße sehen kann, könnten wir dann sehen, ob jemand in der Nacht, in der Andreas ermordet wurde, die Johannisgasse hinaufgegangen ist?"

Einen Moment lang ist es still. Keine Autos, keine Fahrräder, keine spielenden Kinder. Dann lachen die beiden Mädchen auf der Veranda wieder.

„Ja", antwortet er nachdenklich. „Es lohnt sich auf jeden Fall, einen Blick darauf zu werfen, Julia."

Jonas kommt aus dem Haus auf uns zu.

„Hallo, Herr Gruber."

„Hallo, Jonas." Benno schüttelt ihm freundlich die Hand.

„Ich wollte sie beide nicht stören, aber ich möchte kurz mit Ihnen sprechen, Frau Hagen. Haben Sie einen Moment für mich?"

„Sicher, Jonas. Komm, wir machen einen Spaziergang." Dann sehe ich Benno an. „Ich komme später noch einmal auf Sie zu, Benno."

Jonas und ich gehen ein Stück die Johannisgasse entlang. Mein Blick erfasst einen Radfahrer, der ein kleines Mädchen auf den Kindersitz hievt, zwei Eichhörnchen, die von einem Ahornbaum herabgleiten, und die Bäume, die ihr Laub verlieren.

Für einen Moment verliere ich mich in den gelben und roten Schattierungen des Laubes, das in der Sonne glitzert und unter der Liebkosung des Morgenwindes leise raschelt.

„Wie geht es dir und deinen Eltern, Jonas?"

„Sie sind bei meiner Großmutter, wollen sich dort ein paar Tage erholen. Meine Eltern wussten nichts von den Kaninchen in der Gefriertruhe", antwortet er.

Ich ignoriere seine Worte. „Warum wolltest du mit mir sprechen, Jonas?"

„Ich wollte mich bei Ihnen entschuldigen, Frau Hagen."

„Nein, Jonas. Das musst du nicht. Ich habe das Interview von dir gesehen, darin hast du dich ja entschuldigt. Es war auch von mir nicht richtig, eure Gefriertruhe zu öffnen und hineinzusehen. Dazu hatte ich kein Recht. Ich bin dadurch in eure Privatsphäre eingedrungen."

„Ich möchte es Ihnen aber gerne erklären, Frau Hagen."

Überraschend legt er mir seine Hand auf den Arm. „Dieses Haus mit seinen dünnen Wänden behält kaum ein Geheimnis für sich."

Ich zucke unter seiner Berührung zusammen.

„Sie haben gewiss mitbekommen", fährt er fort, „dass mein Vater zu Wutausbrüchen neigt. Er ist ein gewalttätiger Mann. Ich wusste aber nicht, dass das alles solche Auswirkungen hatte und meine Mutter... ich bin oft bei Freunden. Ich wusste es nicht."

Ich hebe entsetzt die Augenbrauen. „Was wusstest du nicht, Jonas?"

„Mein Vater hat meine Mutter früher oft windelweich geprügelt, aber dann hat er eine Therapie gemacht. Das war Mutters Bedingung. Sie hätte ihn sonst verlassen. Das ist viele Jahre her, noch vor ihrer Zeit. Mama erlitt drei Mal nach den Tritten eine Fehlgeburt, ging aber danach nie in eine Klinik und auch nicht zur

Polizei. Sie fror die Föten ein, damit mein Vater tagein tagaus sehen konnte, was er angerichtet hatte. Zum Arzt ging sie immer viel später. So hat sie es während eines Gesprächs bei der Polizei erklärt. Ich habe die Föten das erste Mal gesehen, als ich die Kaninchen einfrieren wollte. Das war ein unglaublicher Schock für mich. Erst da habe ich begriffen, wie traumatisiert meine Mutter in Wahrheit ist. Ich habe das früher nie so wahrgenommen. Wir werden alle daran arbeiten müssen, ich will meinen Vater nicht hassen. Ich verachte ihn für das, was er meiner Mutter angetan hat, aber ich denke, dass wir nur mit einer Therapie vielleicht als Familie doch noch eine Chance haben."

„Es tut mir so leid, Jonas. Ich habe das alles nicht gewusst."

„Das konnten Sie auch nicht wissen, es geschah vor Ihrer Zeit. Aber Emma hat es gewusst."

„Emma?"

„Ja, wir haben manchmal über meinen Vater gesprochen."

„Meine Tochter war in dem Punkt sehr diskret."

„Ich weiß. Sie ist echt cool."

„Weiß sonst noch jemand von den Föten, Jonas?"

„Ja, Herr Gruber. Er weiß immer alles. Ich habe mich auch bei ihm entschuldigt." Jonas schüttelt den Kopf und peitscht die Luft mit den Händen. „Ich stand in den vergangenen Jahren so unter Stress, ich hatte Angst vor einem Rückfall meines Vaters. Und als der Mord geschah ..."

„Du dachtest, dass dein Vater die Tat begangen hat?"

„Ja, weil sie sich ja an dem Herrenabend furchtbar gestritten haben müssen."

Die Ereignisse verschwimmen in einem Nebel ungeordneter Bilder, die so schnell aufeinanderfolgen, dass ich den Blick nicht fokussieren kann. Ich sehe die Tränen, sehe den Schmerz in seinen Augen, sehe, wie sich Panik und Angst in ihm ausbreiten. Er zittert und schluchzt lautlos. Tränen rollen über seine Wangen.

Ich nehme Jonas in den Arm.

„Mein letzter Rest gesunder Menschenverstand wächst mir über den Kopf", sagt er eine Ewigkeit später. „Ich habe Angst, dass noch mehr geschehen wird. Und es hat nichts mit meinen Eltern zu tun. Haben Sie nicht auch manchmal das Gefühl?"

„Ja, Jonas."

„Ich glaube an Intuition, Frau Hagen “, sagt er. „Nicht alle Dinge können erklärt werden oder zumindest noch nicht. Ich weiß nicht, wie es Ihnen geht, aber nur eine Minute in dem Haus und schon spüre ich, dass etwas nicht stimmt. Und ich rede nicht vom Knarren im Treppenhaus. Ich spüre den Tod.“

Wieder diese gedankliche Übereinstimmung. Ich nehme diese Dinge auch wahr. Aber auf eine andere Weise als dieser Junge.

Ich bringe Jonas nach Hause. Wir setzen uns in die Küche, schweigen. Jonas ist in seinen Gedanken verloren. Er drückt mit den Händen den Stuhlsitz so fest, dass seine Finger weiß werden. Sein Kiefer knirscht. Ich vermute, dass er an die langen Jahre denkt, in denen sein Vater seine Mutter quälte und er als Kind zuschauen musste. Er ist erschöpft.

„Möchtest du dich nicht ein bisschen hinlegen, Jonas? Ein bisschen Schlaf wird dir gewiss guttun.“

Seine Augen flehen mich an. „Das mache ich. Vielen Dank, dass Sie mir zugehört haben, Frau Hagen.“ Er hebt langsam sein Gesicht, sieht mich an, lächelt. Das Lächeln eines Kindes.

„Ich glaube dir, Jonas. Aber jetzt muss ich mich jetzt um Lukas kümmern. Kommst du alleine klar?“

Er nickt, steht auf und bringt mich zur Tür.

„Wenn du irgendetwas brauchst, Jonas, dann klopfe an unserer Haustür. Okay? Kopfschmerztabletten haben wir auch im Haus, schließlich sind wir alle fucking Meerschweinchen der Pharmaindustrie.“

Er lacht. „Danke, Frau Hagen.“

Ich möchte mir mit Benno die Videoaufnahmen ansehen, bin mir aber nicht sicher, ob es eine gute Idee ist, mich noch mehr in diese Sache zu verstricken, als ich es ohnehin schon tue. Aber die Verlockung, meine Hypothese zu testen, überwältigt mich, und ich bin neugierig, was Bennos Filmmaterial preisgibt. Und dann ist da noch der kleine Zweifel: Was, wenn ich etwas sehe, das ich nicht sehen will, was, wenn Emma von der Kamera gefilmt wurde? Ich kann es mir nicht vorstellen, aber ich bin mir auch nicht sicher. Benno mag mich, er wird nicht unvernünftig sein, wir können es auch gleich hinter uns bringen.

„Emma“, rufe ich über meine Schulter. „Ich gehe nur kurz rüber zu Benno, um mir etwas anzusehen. Kannst du bitte für mich auf

Lukas aufpassen?“

Beide Mädchen blicken aufmerksam in die Schachtel auf dem Tisch, als ob sie ein bestimmtes Teil suchen würden.

„Sicher“, antwortet Emma ohne aufzublicken.

Charis sieht mich seltsam an, in ihren Augen liegt etwas Schweres, als wäre sie viel älter als dreizehn Jahre.

Blackout

Ich sehe aus dem Fenster im ersten Stock und beobachte den trägen Nebel, der seine Schleier auf den Starnberger See legt und seine hauchdünne Bahnen durch die gespenstischen Bäume entlang der Ufer zieht.

Sie werden gleich da sein. Die Polizisten und diese Leute der Spurensicherung, um den Tatort zum zweiten Mal zu sichern – tanzende Silhouetten in einer verschwommenen Umgebung. Ich fange keine Gesprächsfetzen aus dem Garten mehr auf, keine Geräusche des Autoverkehrs von der anderen Seite der Straße. Auch spüre ich nicht die eisige Kälte in mir. Meine weit geöffneten Augen sind auf den Nebel gerichtet, der auf der Oberfläche des ruhigen Gewässers schwebt. Die Dunkelheit hat mich eingeholt. Mich umgibt tiefste Schwärze.

Ich habe ein Blackout, muss mein Gedächtnis wiederbeleben. Warum spüre ich nichts? Warum bleibt es in meinem Kopf stumm? Wo ist die Musik geblieben? Es gibt keine Musik. Natürlich nicht. Seit Marleens Hände stumm auf der Tastatur liegen, ist auch die Musik in meinem Kopf verstummt. Sie werden nie mehr über die Klaviertasten gleiten.

Ich drehe mich um, sehe sie an. Im Moment feuert niemand meinen Verstand an, ihr Anblick paralysiert mich. Oder vielleicht liegt es auch an mir. Versuche ich, die Szene vor mir mit meinen Augen zu analysieren? Was für ein Schwachsinn. Auf dem Flügel liegt mein Tagebuch, ihre Hände ruhen auf den Tasten. Auf dem Boden neben dem Flügel liegt eine Maske: das Gesicht eines Hasen.

Sie weiß, dass ich die Tiere gequält habe! Sie hat mein Tagebuch gelesen. Ich kann in meiner Dunkelheit keine Stimmen mehr hören. Die Zeit hat sich verlangsamt, die Geräusche sind entfernt verzerrt. Die Kulisse verschwindet um mich herum, nur die Leiche bleibt übrig. Ich taste ihren Puls, ihre Halsschlagader. Nichts. Marleen ist tot.

Ich hebe die Hasenmaske auf, gehe in die Küche und lege sie auf den Tisch neben die zahllosen leeren Pillenschachteln und Blister und dem Glas, mit dem Rest einer weißlichen Flüssigkeit.

Ist sie gestorben, weil sie nicht mit mir leben wollte? Weil sie meine Aufzeichnungen gefunden hat? Ich werde sie fragen.

Wie in Trance gehe ich wieder ins Wohnzimmer.

Marleen öffnet die Augen. Zwei leblose schwarze Kugeln.

Nein! Das kann nicht sein. Marleen ist tot, aber ich SEHE es, FÜHLE es. Ihre Augen flehen mich an. Tränen rollen über ihre Wangen.

SIE KANN DIE AUGEN NICHT ÖFFNEN. SIE IST TOT!

Und dennoch starren mich zwei schwarze Kugeln fragend an.

Ich taumle rückwärts, komme wieder zu mir, als ich Emmas Stimme unten im Garten höre und die Stille in mir bricht.

Kapitel 50

Sonntag, 9. Oktober 2022

12:40 Uhr

Bennos Frau strahlt, als sie mich sieht. „Oh, wie schön. Hallo, Julia. Soll ich vielleicht einen Kaffee machen?“

„Nicht für mich, danke Lisbeth.“ Ich erwidere ihr freundliches Lächeln.

Benno drückt die Hand seiner Frau. „Es gibt da etwas, dem wir auf den Grund gehen müssen, mein Schatz. Später vielleicht.“

Sie scheinen so glücklich zu sein. Benno mit seinen Ideen und Höhenflügen; Lisbeth, die auf diese Launen achtet, in der Gewissheit, dass er auf sie hören wird, wenn sie ein Machtwort spricht.

Benno eilt die Treppe hinauf, ich folge ihm. An den Wänden hängen Fotos der drei Kinder und Enkelkinder. Benno führt mich in sein Büro, das mit Bücherregalen, einem bequemen Sessel und einem schönen, alten Schreibtisch eingerichtet ist. Vom Fenster aus blickt man in Richtung Starnberger See. Benno und Lisbeth haben vernünftige Entscheidungen getroffen, sich ein solides Zuhause geschaffen und bisher ein wunderbares Leben geführt.

Er setzt sich, schaltet den Computer ein. Der Computer – ein älteres Modell – knarrt und arbeitet, bis der Desktop auf dem Bildschirm erscheint. Bennos Hand ruht schwer auf der Maus; nach einigen Klicks zeigt der Bildschirm seinen Garten im herbstlichen Sonnenlicht. Rechts ist ein Streifen der Johannisgasse zu sehen. Ich lehne mich vor. Es ist mehr als ein Streifen. Vielleicht ein Drittel der Straße. Unser Haus wird von der Kamera allerdings nicht erfasst.

„Ich bin mir nicht sicher, Julia “, sagt Benno langsam. „Aber ja, es ist möglich. Jonas hat sich auch bei mir entschuldigt. Er hat mich auch nach den Kameras gefragt. Der Junge ist ja ein Experte. Hat einen eigenen Videokanal. Wir haben auch etwas entdeckt. Aber er war sich nicht sicher, ob es von Bedeutung ist.“

„Na, sieh mal einer an.“ Ich schenke Benno ein kleines Lächeln.

Er spult vor bis nach Mitternacht. Auf dem Bildschirm liegt sein Garten leer in der Dunkelheit. Die Straße daneben ist menschenleer, aber dank der Straßenlaternen hell genug, um den Torpfosten zu erkennen, an dem Bennos Hausnummer hängt. Die Uhrzeit am unteren Rand des Bildschirms zeigt 00:13.14 an und zählt die Sekunden: 15, 16, 17. Wir starren vor uns hin. Nichts geschieht.

„Vielleicht sollten wir vorspulen“, schlage ich nach ein paar Minuten vor.

Ein Auto fährt vorbei, wir sehen nur die Reifen im Bild. Benno macht sich eine weitere Notiz, scrollt weiter durch das Filmmaterial. Resigniert spüre ich die Bedeutungslosigkeit dessen, was wir versuchen herauszufinden. Auf dem Bildschirm steht jetzt 01:30 Uhr.

„Bis sechs Uhr können wir das Material sichten, danach ist es zwecklos.“

Unten im Erdgeschoß dringt der Duft von frisch gebrühtem Kaffee in meine Nase. Lisbeth hat für uns Kaffee gekocht, so ist sie eben.

„Nun, es passiert nicht viel“, sagt Benno, als sich der Zeitstempel der 02:00-Marke nähert. „Aber hier kommt die Stelle, die Jonas aufgefallen ist. Gegen 02:15 Uhr erscheint ein winziges Licht am äußersten Rand des Bildschirms.“

„Was ist das, Benno?“

Benno hält den Film an. Einen Moment lang vibriert das Licht, dann spielt Benno das Video mit normaler Geschwindigkeit ab. Das Licht kommt näher. Dann verschwindet das Licht aus dem Bild, und die Straße liegt wieder im Dunkeln.

„Zurückspulen bitte.“

Benno tippt auf die Tasten. Das Licht flackert wieder. Ein Schatten bewegt sich am oberen Bildrand.

„War da etwas, Benno?“

Er hält das Video an, spielt es mit normaler Geschwindigkeit ab. Die Bewegung ist schnell, nur zwei, drei Sekunden, aber er spult wieder zurück, setzt den Film wieder in Gang, dieses Mal in Zeitlupe. Nach ein paar Versuchen gelingt es Benno, den Film im richtigen Moment anzuhalten.

Es ist ein Fuß. Er befindet sich am Rand des Bildes, kaum sichtbar, aber wir können ihn deutlich sehen. Er trägt einen weißen Turnschuh, klein und feminin unter einem schmalen Knöchel. An der Seite des Schuhs ist eine Figur aufgestickt. Der Winkel macht es schwierig zu erkennen, was sie darstellt, aber das macht nichts, denn ich weiß es bereits.

Ich weiß, wo ich diesen Schuh schon einmal gesehen habe.

Kapitel 51

Sonntag, 9. Oktober 2022
13:10 Uhr

Als ich Marleen an jenem Sommertag vor vier Jahren zum ersten Mal sah, auf der Terrasse vor dem Haus mit ihrem Mann und ihren Freunden, sah sie so zufrieden aus. Andreas hob ihren Zopf an und legte ihn sanft in die Mitte ihres Rückens; sie drehte sich zu ihm um und lächelte. Das ist ein Bild, zu dem ich immer wieder zurückkehre. Sie schienen so verliebt zu sein. Nichts in dieser Situation deutete darauf hin, dass sie voneinander enttäuscht waren, dass sie sich gegenseitig die Schuld dafür gaben, wie ihr Leben verlaufen war.

Aber Marleen winkte mir nicht zu, als sie mich sah. Sie stand da, musterte mich. Ich schämte mich für mein Starren, aber später dachte ich: Das war auch ein befremdliches Verhalten, einfach so dazustehen. Ich war die neue Nachbarin, sie hätte zumindest *Hallo* sagen oder winken können. Oder lächeln, weil sie mich gesehen und verstanden hatte, wer ich war. Willkommen in der Nachbarschaft, etwas in der Art.

Ich eile die Treppe hinunter, so schnell ich kann, rufe Benno über die Schulter zu, dass er die Polizei anrufen und sie bitten muss, direkt zu Marleens Wohnung zu fahren.

„Es ist ihr Schuh, Benno, Marleens Fuß! Sie müssen es tun, denn ich habe keine Zeit."

Mein Herz pocht schmerzhaft und heiß in meiner Brust: Die Kinder sind im Garten. Die beiden Mädchen, die die Drohne bauen; der kleine Junge, der mit seinen Spielzeugautos spielt. Was haben sie von dem gehört, was Benno gesagt hat, wie viel mag Charis von dem ahnen, was ich jetzt verstehe? Wird sie ihre Mutter warnen? Welche Bedrohung stelle ich für sie dar? Ich muss zu Emma und Lukas. Sie nach Hause in Sicherheit bringen, die Tür abschließen, aus unserer Wohnung eine Festung machen. Theo anrufen, ihm sagen, dass er nach Hause kommen soll. Ich muss meine Herde um mich versammeln. Der schwere Puls in meiner Brust erinnert mich mit jedem Schlag daran, dass es dringend ist. Marleen ist eine sehr gefährliche

Person. Ich habe Fehler gemacht, aber meine Kinder werde ich beschützen, darin werde ich nicht versagen. Ich stecke meine Füße in die Schuhe, lasse meine Jacke liegen, reiße die Tür auf und stürme hinaus auf die Straße.

Ich kann nur Emma von Bennos Garten aus sehen. Sie hat die Drohne zusammengebaut, schafft es aber nicht, sie zum Fliegen zu bringen. Emma betrachtet wütend die Fernsteuerung. Charis ist weg. Lukas auch. Er sitzt nicht mehr unter dem Apfelbaum.

Ich fliege durch das Tor auf Emma zu. „Wo ist Lukas, Emma?"

„Er ist mit Charis ins Haus gegangen. Er musste auf die Toilette."

Ich springe zu ihr hinüber, packe sie am Arm.

„Mama, was ist denn los?", fragt Emma, als ich sie hinter mir her ziehe. Sie ist nicht mehr kokett, macht mich nicht mehr an.

„Wir müssen ins Haus gehen, Emma. Sofort!"

Ich halte sie weiterhin am Arm fest, gebe unseren Code an der Haustür ein, ziehe Emma mit mir ins Treppenhaus und schließe die Wohnungstür auf.

„Bleib hier!" Ich bin schroff, aber vielleicht kann sie die Panik hören, die unter der Oberfläche brodelt, denn sie protestiert nicht. „Ich gehe nach oben und hole Lukas."

Emma hat große, ängstliche Augen, die Augen des Kindes mit der Angst vor der Dunkelheit, der Angst, mit der ich sie gezwungen habe zu leben.

„Mama, bitte, was ist los?"

Sie ist den Tränen nahe. Hätte ich die Zeit, würde ich mich verfluchen für all das, was ich über sie gedacht habe, dafür, dass ich mich gefragt habe, wozu sie fähig ist. Sie ist immer noch ein Kind, ihre harte Haltung ist eine Schale gegen die Welt, aber sie ist nicht besonders stabil, wenn man sie anstößt, zerbröckelt sie.

Ich lege meine Hände auf ihre Schultern. „Emma, Schatz, hör mir zu. Du schließt die Tür nach mir ab. Du legst die Sicherheitskette an. Du lässt niemanden rein, außer Papa und mir. *Niemanden*. Hast du verstanden?"

Ihre Augen glänzen feucht, aber sie nickt. Sie wird tun, was ich sage. Ich umarme sie einen Moment lang, innig und voller Zärtlichkeit. Dann öffne ich die Wohnungstür wieder.

Als ich die Treppe zum ersten Stock hochlaufe, höre ich das Klicken unserer Tür, das Klappern der Sicherheitskette.

ove Forever, verkündet Marleens Fußmatte. Ich nehme einen tiefen Atemzug und klopfe.

Es ist so weit

Ich betrete die Wohnung wieder, schaue ins Wohnzimmer nach Marleen. Ihre Augen sind geschlossen. Nachdem Lukas auf der Toilette war, habe ich den Jungen nach oben ins Dachgeschoss gebracht und ihm verboten herunterzukommen.

Ich setze die Hasenmaske auf, gehe in der Küche, muss mich entspannen, beruhigen. Ich schenke mir ein Glas Cognac ein. Die goldene Flüssigkeit in dem Cognacschwenker flackert, als ich an den Tisch stoße, bewegt sich, tanzt ein kleines Stück weit zur Seite und kommt wieder zur Ruhe.

Mein Herz beginnt wie wild zu rasen. Lautlos stemme ich mich vom Stuhl hoch und schleiche in die hinterste Ecke der Küche, so weit weg von Marleen, wie ich nur kann, gehe in die Hocke, wie ich es schon als kleines Kind tat, wenn ich in den Augen meiner Mutter unartig war. Zitternd vor Angst presse ich den Rücken in die Ecke zwischen den Wänden, meine Augen füllen sich mit Tränen. Durch das Fenster hinter mir wirft die tiefe Herbstsonne Baumschatten auf den Boden, die sich durch die Küche bewegen wie schabende Finger.

Es ist still draußen. In dem bernsteinfarbenen Cognacglas auf dem Küchentisch spiegelt sich wieder ein Lichtstreifen, der auf mich trifft. Ich denke an meine Mutter, die mir niemals erzählen wird, was Andreas kurz vor seinem Tod zu ihr gesagt hat.

„Du hattest kein Recht, meinen Vater zu töten, Mama", flüstere ich. „Ich habe Papa so geliebt."

Ich bewege mich kaum – doch genug, um den Lichtfleck im Cognacglas zu verschieben. Ich kann jetzt etwas atmen hören. Es ist, als würde meine Mutter mir zustimmen. Nein, Marleen kann nicht atmen. Sie ist tot! Sie hat sich das Leben genommen, nachdem sie mein Tagebuch gelesen hat. In Wahrheit sind es meine Zeilen, die sie getötet haben. Also habe ich sie getötet. Was für eine Erkenntnis.

Ich möchte weinen, aber das darf ich nicht. Vorsichtig und geräuschlos stehe ich auf, werfe die leeren Blister und Pillenschachteln in den Mülleimer, gehe ins Wohnzimmer, nehme das Tagebuch an mich. Warum musste sie es auch lesen?

Als ich das Tagebuch vom Flügel an mich nehme, geht es mir schon besser.

An der Wohnungstür wird heftig geklopft.
„Es ist so weit, Marleen", flüstere ich.

Kapitel 52

Sonntag, 9. Oktober 2022

13:30 Uhr

„Hallo, Frau Hagen“, begrüßt mich Charis. „Wie schön. Kommen Sie doch rein.“

Ihr Lächeln ist zurückhaltend, wie es oft der Fall ist. Charis ist nicht die Art von Teenager, die ohne guten Grund Begeisterung zeigt. In dem Punkt ähnelt sie Emma. Ich atme schnell und flach, versuche, mich zu beherrschen. Ich will nicht beunruhigt, ängstlich oder verzweifelt wirken, nur normal.

„Ich bin nur gekommen, um Lukas zu holen. Ist er hier, Charis?“

„Ja, aber kommen Sie doch herein.“

Mein Blick schweift durch den Flur. Neben den Stiefeln stehen seine kleinen Schuhe, die winzigen Turnschuhe, die wir im Frühjahr gekauft haben, schmutzig an den Rändern vom Schlamm im Garten, abgenutzt an den Zehen, weil er mit den Spitzen seinen Roller bremst. An einem Haken, neben einem Parka, hängt seine kleine Daunenjacke.

„Wir wollen noch einkaufen gehen. Ich bin in Eile.“ Ich überkompensiere, lächle zu breit. „Wo ist denn deine Mutter, Charis?“

„Sie hat sich hingelegt“, antwortet sie. „Ich möchte mich gerne ein bisschen mit Ihnen unterhalten, Frau Hagen? Sie haben doch Zeit für einen Kaffee?“

Sie tritt zur Seite.

Ich habe keine andere Wahl und trete über die Schwelle.

*

Diesmal registriere ich nichts von der Einrichtung. Meine Gedanken sind nur auf einen Gedanken fixiert: meinen Jungen zu finden. Wenn ich mich umsehe, dann nur, um nach Spuren von ihm zu suchen. Hat sie Lego-Teile herausgeholt? Hat sie einen kleinen Teller mit Brotscheiben hingestellt, die mit Leberpastete bestrichen sind, hat Lukas die Kruste übrig gelassen, wie er es gewöhnlich tut? Kann ich irgendein Zeichen sehen, dass er in dieser Wohnung ist, dass alles so ist, wie es sein sollte? Aber ich finde kein Zeichen, und auch sonst fällt mir nichts auf.

„Setzen Sie sich doch", sagt Charis, als wir die Küche betreten. Sie wirkt auf mich so erwachsen. Ich suche den Raum nach Hinweisen ab: ein Glas Milch, ein Pullover, irgendetwas. Doch auf dem Tisch steht nur ein Glas Cognac. Auf dem Stuhl liegt eine grässliche Hasenmaske.

„Wo ist Lukas?" Ich versuche, es in einem neutralen Ton zu sagen, ich bin eine Mutter, die sich fragt, wo ihr Kind ist. Charis darf nicht gewahr werden, dass ich die Wahrheit kenne. Wenn sie das merkt, bin ich eine Bedrohung für sie. Aber ich versage, etwas Dünnes und Verzweifeltes liegt in meiner Stimme, das ich nicht unterdrücken kann.

„Er ist oben", antwortet Charis ruhig. „Können wir uns ein bisschen unterhalten, Frau Hagen?"

Sie schraubt die Espressokanne zusammen, stellt sie auf die Herdplatte. Nimmt Tassen aus dem Regal und reicht mir eine mit einem Lächeln. Könnte Charis auch mitbekommen haben, was Benno und ich über die Kameras gesagt haben? Ich versuche zu erfassen, wie weit der kleine, gepflasterte Weg entfernt ist, wie leicht überträgt sich der Schall an einem ruhigen Sonntagmorgen, wie laut haben wir gesprochen?

„Sicher", sage ich dünn.

„Wir schaffen das. Natürlich ist es traurig. Besonders für meine Mutter. Aber es gab Mama auch ein Gefühl des Friedens. Wussten Sie das? Es gibt jetzt nur uns beide, sagte sie neulich. Wir Mädchen. Ich bin mir sicher, dass es uns gut gehen wird."

Der Kaffee ist fertig. Charis hebt die Kanne an und gießt kohlschwarzen Kaffee in unsere weißen Tassen. Dann setzt sie sich hin und nimmt einen Schluck. Ich nehme auch einen. Meine Hände zittern, so dass ich die Tasse zwischen ihnen halten und als Stütze nutzen muss.

„Es war nicht gerade einfach mit meinem Vater", sagt sie und lacht. „Obwohl Sie das sicher schon gemerkt haben. Meine Mutter sagte, dass er und sie unterschiedliche Erwartungen an ihre Ehe hatten." Ihr Lachen ist jetzt hart und schrill. „Erwartungen, das trifft den Nagel auf dem Kopf. Als ob es nur darum ging, ein paar Dinge zu klären. Sie können sich nicht vorstellen, wie es für meine Mutter mit ihm war. Ihr Mann war ein ganz anderer Typ Mensch als sie gedacht hatte. Mein Vater konnte so rücksichtslos sein, so verdammt rücksichtslos. Ist alles in Ordnung, Frau Hagen? Sie sind ein bisschen blass um die Nase."

„Ja", flüstere ich.

In dem Gebäude ist kein einziger Ton zu hören, hier, wo man sonst die kleinste Bewegung wahrnimmt. Man vernimmt nicht einmal Lukas` Stimme. Es zerreißt mich, ich kann kaum schlucken. Was bedeutet dieses Schweigen?

„Meine Mutter war nicht einmal wütend auf Sie, Frau Hagen. Obwohl Sie das wahrscheinlich denken, dass sie es war. Um ehrlich zu sein, hat es Mama nichts bedeutet. Gar nichts. Es hat so viele Frauen vor Ihnen und während Ihrer Affäre gegeben. So viele andere." Charis wirft mir einen Blick zu. „Wussten Sie das? Dass es da noch andere Frauen gab? Dass Sie nicht die Einzige waren?"

Mir ist, als würde ich davonschweben. Mein Körper ist angespannt, ich zittere. Ich kann nichts tun. Es bedeutet nichts, wenn Charis es auch weiß. Es ist mir gleichgültig, ob es alle wissen oder nicht, ob jedes schmutzige Detail an die Öffentlichkeit gelangt. Ich will nur mein Kind.

Ich nicke.

„Es ist auch nicht so, dass mein Vater es gut versteckt hätte. Jedem Idioten wäre das aufgefallen. Textnachrichten zu jeder Tageszeit und die Art, wie er sein Telefon bewachte. Er ging in sein Arbeitszimmer und schloss die Tür, um die Anrufe entgegenzunehmen. Wie armselig. Wie oft hat Mama an den Tagen, an denen wir beide von einer Reise nach Hause kamen, zwei schmutzige Weingläser in der Spülmaschine gefunden, immer eins mit Lippenstiftspuren. Mein Vater hat sich nicht die Mühe gemacht, es vor uns zu verstecken. Das ist das Schlimmste daran."

„Wo ist Lukas?" Meine Stimme ist heiser und rostig.

„Seine widerlichen Lügen", fährt sie entschieden fort. „Mama und er haben sich ein paar Versprechungen gemacht. Es war so krank. Er hat Mama stets angerufen, wenn eine Affäre vorbei war. Er flehte sie dann an, bei ihm zu bleiben, oder sie bat ihn, sie nicht zu verlassen, aber Papa war stets derjenige, der zu uns zurückkam. Und Mama hatte nicht die Kraft, ihn zu verlassen. Und ich war stets mittendrin." Charis atmet tief durch.

In der Ferne höre ich Sirenen.

„Für Mama wäre es kein Opfer, mich allein großzuziehen. Sie sagte immer, sie könne Papa nicht verlassen, weil die Klavierstunden uns nicht ernährt hätten. Das Einzige, wofür sie meinen Vater hasste, war, dass sie für ihr finanzielles Überleben von ihm abhängig war. Mama war nicht eifersüchtig. In Wahrheit war es so einfach. Papa ist gestorben, und wir erben alles, was er besaß. Und sobald diese Wohnung Mama gehört, können wir unser Leben weiterführen. Aber Mama hat dabei vergessen, wie sehr ich Papa geliebt habe. Sie hatte kein Recht, ihn zu töten."

Jetzt sind draußen die Sirenen zu hören.

„Papa hat..." Jetzt zittert ihre Stimme ein wenig, es liegt etwas Aufgeregtes darin, das Charis nicht unterdrücken kann, „...meine Mutter vernachlässigt, sie gedemütigt. Machte mit ihr, was er wollte, betrog sie sogar mit unserer Nachbarin. Er war derjenige, der es unerträglich machte. Ich habe immer angenommen, Sie wären verantwortlich, sie wären die Schlange im Sündenfall, aber mein Vater hat am Ende die Ehe zerstört."

Die Sirenen nähern sich, da bin ich mir jetzt sicher. Mein Atem geht wieder schneller.

„Jonas hat mir erzählt, was er bei Herrn Gruber auf dem Video gesehen hat. Ich habe Mama daraufhin angesprochen und sie hat mir gestern alles erzählt und sagte, dass sie ihn umgebracht hat, weil er uns so deutlich zeigte, dass ihm nichts an uns lag und damit wir nach der endgültigen Trennung so weiterleben können wie bisher."

Blaues Licht flackert auf den Küchenschränken hinter Charis. Sie holt tief Luft. „Es gab da offenbar etwas, an das Mama nicht gedacht hatte. Benno und seine Kameras. Von jetzt an muss ich allein das Beste daraus machen, Frau Hagen." Sie holt tief Luft. „Mama hat sich das Leben genommen, Frau Hagen. Sie ist im Wohnzimmer, ist am Flügel für immer eingeschlafen." Sie zuckt mit den Schultern. „Immerhin."

Die Haustür schlägt zu, sie sind im Treppenhaus. Ich höre ihre Schritte auf der Treppe.

„Wo ist Lukas?" Ich habe fast keine Stimme mehr. Will keine Erklärungen hören.

„Ich bin nicht böse auf Sie, Frau Hagen. Oder vielleicht bin ich es jetzt, nur ein bisschen. Aber ich verachte Sie nicht mehr, nicht so, wie ich meine Mutter für das verachte, was sie mir durch ihren Suizid angetan hat."

Es hämmert an der Tür. „Ist da jemand drin?", ruft eine Männerstimme. „Machen Sie auf!"

Charis steht auf und setzt eine Hasenmaske auf, als ob sie sich für das, was auf sie zukommt, wappnet. Dann geht sie in den Flur. Auf halbem Weg zur Wohnungstür dreht sie sich zu mir um.

„Sie finden den Kleinen auf dem Dachboden."

*

Ich stürme die Treppe hoch, drei Stufen auf einmal. Sein kleiner Körper liegt auf dem Boden, neben der Liege. Es gibt keine Lego-Steine um ihn herum, nichts außer mein Kleiner, der unbeweglich auf dem Teppich liegt. Ich schreie auf eine Weise, von der ich nicht wusste, dass ich dazu fähig bin, es ist der Schrei einer Mutter, die den Körper ihres Kindes entdeckt. Als ich ihn auf der Seite liegen sehe, seine kleine Hand halb geöffnet neben seinem Kopf, das schmutzige blauweiße Pflaster um seinen Zeigefinger gewickelt, da weiß ich, dass ich mit diesem Moment nie fertig werde. Dass ich den Rest meines Lebens damit verbringen werde, ihn zu verarbeiten.

*

Die Hundertstelsekunden vergehen so langsam. Ich bin kurz davor, mich über ihn zu werfen, seinen leblosen Körper in meine Arme zu nehmen, und denke, wie ich es von Zeit zu Zeit tue, dass er so leicht ist – er ist die ganze Welt für mich, und doch wiegt er nichts.

Dann hebt sich sein Brustkorb. Ein leises Stöhnen entweicht zwischen seinen Lippen. Das Schluchzen, das ich in diesen langen Minuten in Marleens Küche unterdrückt habe, entweicht mir. Er dreht sich auf den Bauch und hebt den Kopf. Mein Schrei hat ihn geweckt.

Im nächsten Moment stehe ich neben ihm, ich werfe mich die letzten paar Stufen hinauf und auf den Boden. Ziehe ihn auf meinen Schoß. Er schmiegt sich mit schläfrigen Bewegungen an meinen Körper und wimmert, verängstigt von meinem panischen Zustand. Aber ich halte ihn fest in meinen Armen, drücke meine Nase in sein zerzaustes Haar, spüre seinen warmen, lebendigen Körper an meinem. Als die Polizei die Treppe hinaufstürmt, sitze ich zusammengesunken auf dem Dachboden, weine in harten, zuckenden Schluchzern, während ich meinen kleinen Jungen an mich drücke.

Kapitel 53

Sonntag, 9. Oktober 2022

21.00 Uhr

Ich gehe einen Flur entlang. Kahle Wände. Es ist still um mich herum. Ich habe Angst, große Angst. Ich weiß nicht, wovor ich mich fürchte, aber die Angst raubt mir den Verstand. Ich halte erschrocken inne, als ich es höre. Ein Poltern. Obwohl es mir Furcht einflößt, gehe ich darauf zu. Da ist eine Tür. Ich bleibe in einiger Entfernung stehen. Lausche. Da! Es erklingt erneut. Ich gehe auf das Geräusch zu, wappne mich gegen das, was mich hinter der Tür erwartet, dann drücke ich die Klinke. Ich ziehe die Tür ganz auf, sehe, was dahinter liegt, und blinzle verwirrt …

Ich schrecke auf dem Sofa aus meinem Traum auf.

Im Haus herrscht heute Abend eine seltsame Ruhe. Die Polizei hat Charis festgenommen und die Leiche ihrer Mutter abtransportiert. Sie haben mit mir gesprochen, sich Notizen gemacht und mich gebeten, morgen zu einer weiteren Befragung vorbeikommen zu dürfen. Charis ist zwar noch nicht strafmündig, aber sie werden sich um das Mädchen kümmern, zumindest nehme ich das an.

Die Wohnung im Obergeschoss ist leer. Sie schweigt, aber auf eine gute Art. Familie Küpper ist immer noch nicht da, und auch Samuel und Cora scheinen nicht da zu sein. Vielleicht haben sie beschlossen, in den Urlaub zu fahren. Aber wir sind hier, wir alle vier. In unserer Wohnung ist es warm und gemütlich, hier ist jeder zu Hause.

Lukas schläft. Ich habe ihn gebadet, sein Haar gekämmt, so dass es flach an seinem Schädel anliegt. Ich habe die unsichtbare Wunde an seinem Zeigefinger gesäubert und ein neues Pflaster aufgeklebt, seine Zähne geputzt und ihm einen sauberen Schlafanzug angezogen. Habe ihm so viele Gute-Nacht-Geschichten vorgelesen, wie er wollte. Ich habe mich neben ihn gelegt und ihn gehalten, habe gespürt, wie er zappelt, habe meinen Kleinen jedes Mal getröstet, wenn anfing zu weinen.

„Geh nicht weg“, hat er gesagt.

„Nein, Liebling, natürlich werde ich nicht weggehen“, habe ich versprochen.

Er kann mich um alles Mögliche bitten. Ich bin so dankbar, so absolut und unfassbar dankbar, dass ich ihn noch habe.

Ich verlasse das Zimmer erst, als er eingeschlafen ist, lasse das Licht an, die Tür einen Spalt offen, damit ich ihn höre. Beim leisesten Wimmern werde ich bei ihm sein. Es ist meine Aufgabe, auf ihn aufzupassen. Dabei werde ich nie versagen.

Bevor ich die Treppe hinaufgehe, klopfe ich an Emmas Schlafzimmertür.

„Komm herein, Mama“, ruft sie mir zu.

Sie sitzt auf ihrem Bett und schaut sich eine Fernsehserie auf ihrem iPad an. Heute Abend ist nichts verboten.

„Ist alles in Ordnung?“, frage ich sie.

„Ja“, sagt sie. „Und bei dir?“

Und ich bin so froh, dass sie fragt, dass keine Spur von Sarkasmus darin steckt, nicht ein Hauch von Giftigkeit. Sie fragt nur, ob ich okay bin.

„Ja, Schatz. Es ist alles in Ordnung.“

„Schläft Lukas?“

„Ja.“

„Gut.“

Ich verspreche mir selbst, dass ich es zukünftig besser machen und geduldiger mit Emma sein werde. Theo ist in der Küche. Ich kann ihn oben vor sich hin summen hören. Ich atme tief durch, weiß, was ich tun muss.

Er steht mit dem Rücken zu mir und spült den Kochtopf vom Abendessen ab. Ich schaue ihn an. Er gehört mir mehr als mein halbes Leben lang. Wir kennen uns in- und auswendig. Ich räuspere mich, und er dreht sich um.

„Theo, es gibt etwas, das ich dir sagen muss.“

Kapitel 54

Donnerstag, 13. Oktober 2022

13.00 Uhr

Theo hat mich verlassen. Am Montag ging ich durch die ganze Wohnung, schrubbte alle Böden, wischte Staub. Am Dienstag habe ich versucht, es ruhiger angehen zu lassen, mich um die Kinder zu kümmern, um Emma, die schweigt, um Lukas, der ständig fragt, wo sein Papa ist und wann er nach Hause kommt. Ich habe versucht, meine Antworten vage zu halten, um eine verlässliche Bezugsperson zu sein, auf die sie sich verlassen können, aber die Dinge begannen sich zu entwirren, ich konnte es nicht mehr ertragen. Damit ich am Ende nicht vor ihnen zusammenbreche, habe ich stattdessen angefangen, die Küche zu putzen. Gestern habe ich alle Schränke ausgeräumt, die Lebensmittel sortiert, die Regale gewischt, das Gewürzregal alphabetisch sortiert. Den Backofen von innen geschrubbt.

Heute ist Donnerstag, der vierte Tag ohne Theo. Ich habe kein einziges Wort von ihm gehört. Ich weiß nicht, was das bedeutet, also greife ich wieder zum Staubwedel. Es ist eine sinnvolle, körperliche Arbeit, sie dient einem klaren Zweck.

Mo Celta war am Dienstag bei mir, als Emma in der Schule und Lukas im Kindergarten war. Ich bin krankgeschrieben. Mein Arzt hat mir ein Rezept für Schlaftabletten ausgestellt, damit ich nachts schlafen kann, aber trotz Tabletten bin ich nach dem Aufwachen immer noch erschöpft.

Mo saß auf dem Küchenstuhl und sah zu, wie ich die Schränke ausräumte.

„Sie haben das Richtige getan, Frau Hagen“, sagte sie. „Wir haben bei Charis Tauber ein Tagebuch gefunden. Glauben Sie mir, ich bin froh, dass es nicht zur Katastrophe gekommen ist. Sie wusste seit einem Jahr von Ihrer Affäre mit Herrn Tauber und hatte Mordgedanken, was Sie betraf. Sie ist jetzt in psychiatrischer Behandlung. Rechtlich können wir das Mädchen wegen der Tierquälerei nicht belangen. Sie ist noch nicht strafmündig. Es wird sich alles zum Besten wenden, so oder so. Für Charis und auch für Sie. Geben Sie Ihrem Mann ein bisschen Zeit.“

Aber ich wollte nicht auf sie hören. Ich hatte keine Geduld für diese Worte des Trostes. Ich weiß nicht, was sie bedeuten. Es gibt nur eine Möglichkeit, wie sich das alles zum Guten wenden kann. Und ich will nicht getröstet werden, gewiss nicht von ihr.

„Bitte Frau Celta, gehen Sie jetzt. Was zum Teufel wissen Sie denn schon? Sie können mir weder Trost spenden, noch mir helfen. Also, was machen Sie hier?"

„Vielleicht sollte ich jetzt besser gehen", sagte Mo und ging.

Von Zeit zu Zeit weine ich. Ich habe getan, was ich tun musste. Zugegeben, etwas spät, ohne Freude und ohne moralische Befriedigung, aber immerhin. Die Arbeit des schlechten Gewissens ist getan. Meine Arbeit hingegen hat gerade erst begonnen. Ich putze. Arbeite mechanisch. *Selbstfürsorge* hat eine Freundin von mir das neulich genannt. Ich weiß nicht wirklich, was das ist. Eine Buße, vielleicht. Oder ein Versuch, Wiedergutmachung zu leisten.

Draußen auf dem Flur höre ich, wie die Wohnungstür geöffnet und geschlossen wird. Vielleicht ist es Theo oder Emma. Ich taumle ins Wohnzimmer.

Theo steht in der Mitte des Wohnzimmers, blass und müde. Sein Gesicht ist schmaler geworden, er wirkt älter und jünger zugleich, als hätten sich seine Falten geglättet, während sich gleichzeitig der Stress in seinen Zügen festgesetzt und sein Gesicht unauslöschlich gezeichnet hat. Er hat geweint. Natürlich hat er geweint. Theo weint bei Hochzeiten und Taufen, er kann nicht anders. Ich bleibe stehen.

„Hallo."

„Hallo."

„Was machst du mit dem Wedel?"

„Staubwischen."

„Oh."

Im Haus ist es still, ich höre nur den Herbstwind ums Haus fegen.

„Kommst du nach Hause, Theo?"

„Du hast keine Ahnung, wie das für mich war, Julia."

Ich schüttle den Kopf. Er hat recht, ich habe keine Ahnung.

„Das kannst du mir nicht antun. Verstehst du das? Es tut weh, so verdammt weh."

Er schaut sich um. Fixiert die Wände. „Ein zweites Mal werde ich das nicht aushalten. Ich hoffe, du weißt das. Das darf nie wieder passieren."

Ich nicke. Er weiß es nicht, er kann unmöglich verstehen, wie sicher ich mir bin. Ich werde nie wieder etwas Derartiges tun. Aber ich bin unfähig, es auszusprechen. Also nicke ich nur und spüre auch den Abdruck dieser kleinen Worte: *ein zweites Mal*. Das Versprechen einer weiteren Chance.

„Denn wenn du es wieder tust", sagt er, dann bricht seine Stimme.

Ich lasse den Wedel auf den Boden fallen und laufe zu ihm hinüber, lege meine Wange an seine Schulter und atme seinen Duft ein.

„Kommst du nach Hause?", flüstere ich.

„Ja", sagt er mit tränenerstickter Stimme. „Ich nehme an, das bin ich. Ich wüsste nicht, wohin ich sonst gehen sollte."

Kapitel 55

München, 30. Dezember 2022

14:00 Uhr

Draußen ist es still. Es schneit, der Pulverschnee überzuckert die Stadt. Ich schaue von meinem Büro hinunter zum Englischen Garten. Es sind nur ein paar Touristen da, ein paar junge Leute, die auf den Wegen joggen. Ein Paar mit einem Kinderwagen. Die meisten Leute sind vermutlich im Winterurlaub. Unsere Büros sind so gut wie leer, und seit ein paar Tagen sind nur der Leiter der Marketingabteilung und ich im Haus. Ich grüße den Mann jedes Mal, wenn ich ihn sehe; er lächelt mich mit einem gequälten Gesichtsausdruck an, als wäre er lieber bei der Familie, stattdessen macht er weiter mit dem, was er gerade tut.

Auf der Fensterbank schwirrt eine kleine Fliege. Ich bin mir nicht sicher, wie sie hereingekommen ist. Vielleicht ist sie mir gefolgt, als ich zur Tür hereinkam. Ich beobachte sie, wie sie durch den Raum fliegt, auf die Fensterscheibe stößt, bevor sie sich sammelt und es ein paar Zentimeter weiter wieder versucht. Ich versuche zu ergründen, ob ihre Bewegungen System haben oder ob sie in Panik hin und her fliegt.

Ich sollte eigentlich arbeiten, habe einige Dokumente auf meinem Computer geöffnet, aber mir fällt es schwer, mich so kurz vor dem Jahreswechsel zu konzentrieren. Den Winterurlaub haben wir gestrichen. Das neue Haus war um vieles teurer als das, was wir aus dem Verkauf der Wohnung in der Johannisgasse bekommen haben. Wir sind kurz vor Weihnachten in das neue Haus eingezogen. Es war für uns nicht möglich, weiterhin in der Johannisgasse zu bleiben, weder Theo noch ich hätten es dort ausgehalten. Außerdem war es nur eine Frage der Zeit, bis die Geschichte über meine Beziehung zu Andreas bekannt geworden wäre. Man könnte fast sagen, dass wir geflohen sind. Unsere Wohnung wurde gegen Ende Oktober zum Verkauf angeboten, nachdem wir uns bereits bei Theos Mutter eingerichtet hatten. Zwei unerträgliche Monate lang lebten wir bei ihr, dann konnten wir in das neue Haus ziehen. Vielleicht hatte auch sie irgendwann genug von uns, denn seit wir hier wohnen, haben wir weniger von ihr gehört.

Unser neues Haus ist ein älteres, freistehendes Haus in Söcking, direkt am Waldrand, eine kurze Autofahrt vom Haus meiner Schwiegermutter entfernt. Wir leben jetzt seit zwei Wochen dort, haben Wurzeln geschlagen. Lukas geht in die Grundschule in der Kempterstraße. Emma hat im Gymnasium Starnberg einen guten Eindruck hinterlassen. Sie besitzt eine beeindruckende Fähigkeit, das Unwichtige hinter sich zu lassen. Ich höre keinen Mucks mehr von den Freunden, die sie zurückgelassen hat, auch erwähnt niemand Jonas Küpper. Theo und ich haben Emma nie nach dem letzten toten Kaninchen gefragt, obwohl wir uns ein- oder zweimal darauf geeinigt hatten, dass wir es tun sollten. Es war nicht mehr relevant. Ich ging sogar so weit, mich zu fragen, ob ich mir die Indizien eingebildet hatte. Wir sprechen auch selten über die alte Nachbarschaft. Die Einzige, die in regelmäßigen Abständen in meinem Bewusstsein auftaucht, ist Charis Tauber. Die Dunkelheit in ihren Augen kann ich nicht vergessen. Aber ich denke, dass auch diese Erinnerung, wie so viele andere, mit der Zeit verblassen wird. Es ist erstaunlich einfach, ein neues Leben zu beginnen.

*

Auf dem Platz vor dem Verlagsgebäude liegt eine winterliche Schneedecke. Ich bleibe einen Moment stehen und beobachte die herunterfallenden Schneeflocken.

Eine Gestalt durchbricht mein Blickfeld. Sie schiebt ein Fahrrad mit dünnen Reifen. Auf dem Kopf, über dem dichten Haar, trägt sie einen Fahrradhelm. Sie hebt eine Hand und winkt, dann kommt sie auf mich zu. Ich kann es nicht so recht glauben, aber als sie den Helm abnimmt, sehe ich, dass es Mo Celta ist.

„Dieser Helm ist das Schlimmste“, sagt sie mit ihrer tiefen, unerschütterlichen Stimme. „Ich fühle mich wie ein Idiot, wenn ich ihn trage, aber mein Partner besteht darauf. Hallo, Frau Hagen.“

„Frau Celta, was machen Sie denn hier?“

„Zufall. Ich bin mit dem Fahrrad unterwegs. Wie geht es Ihnen, Frau Hagen?“ Sie beugt sich vor und reicht mir die Hand. „Ich habe gehört, Sie sind umgezogen?“

„Ja. Wir wohnen jetzt draußen in Söcking. Es geht uns gut.“

Sie lächelt. „Sehr gut.“ Mo zwinkert mir kurz zu. „Wohin gehen Sie? Vielleicht können wir ein Stückchen zusammen gehen?“

„Ich muss zur S-Bahn-Station.“

„Prima, dann schiebe das Fahrrad und ich muss den Helm nicht tragen."

Wir gehen einen Moment schweigend nebeneinanderher.

„Also", sagt Mo. „Der Fall ist abgeschlossen. Charis wird psychologisch betreut und lebt jetzt bei den Großeltern. Ich denke aber, dass es Jahre dauern wird, bis das Mädchen wieder gesund ist, wenn überhaupt. Sie hätte ihrer Mutter helfen und einen Krankenwagen holen können, aber sie hat sich entschieden, sie sterben zu lassen. Damit wird sie leben müssen. Jonas kam mit einer Verwarnung davon. Das war zu erwarten."

Ich nicke. „Ich habe es gehört."

Ich fürchtete mich damals vor der polizeilichen Vernehmung. Mein Name wurde zwar nicht veröffentlicht, aber in Berg wusste man, dass ich die Geliebte von Andreas gewesen war.

„Charis hat uns gesagt, dass ihre Mutter ihren Vater an dem Wochenende zur Rede stellen wollte", fährt Mo fort. „Der Plan war, mitten in der Nacht zurückzukehren und Herrn Tauber auf frischer Tat zu ertappen, aber er war allein. Dennoch gerieten sie in einen hässlichen Streit, in dem sie ihn am Ende tötete. Dann spaltete sie seine Zunge. Der Mund symbolisiert die Moral. Die Spaltung der Zunge steht für die Verleumdung. Sie wollte, dass die Welt erfährt, was er ihr angetan hat. Es sind oft die psychotischen Erfahrungen, die in solchen Momenten wie eine Sturmflut über die Seele schwappen. Sie hat sich für den Freitod entschieden und vielleicht ist es besser so. Sie hätte lebenslänglich bekommen, Frau Hagen. Tote Tiere, tote Menschen. Wir nennen das: ein Overkill-Syndrom."

„Jedenfalls bin ich froh, dass Sie die Schuldigen identifiziert und ihre Pflicht gegenüber der Gesellschaft wahrnehmen konnten", erwidere ich.

Was rede ich da für einen Bullshit? Du meine Güte, die Pflicht gegenüber der Gesellschaft.

Wir gehen eine Weile schweigend weiter. Mo Celta verzieht keine Miene, aber da ist noch mehr, ich spüre, dass die Hauptkommissarin mir noch etwas sagen möchte.

„Am Ende hat das Ganze einen bitteren Beigeschmack", sinniert Mo.

Ich hebe die Augenbrauen. „Einen bitteren Beigeschmack? Weil es eine traurige Geschichte ist?"

„Es ist nur", antwortet Mo, „es gibt gewisse Dinge, die in diesem Fall nicht stimmen. Nur Kleinigkeiten, aber sie irritieren mich."

„Oh. Was meinen Sie?“

„Es ist doch seltsam“, sagt sie, „dass in dieser Nacht alle so gut geschlafen haben. Wir fanden Spuren von Benzodiazepinen in Taubers Blut. Aber ein Schlafmittel einnehmen und sich dann an den Computer setzen? Als ich davon erfuhr, war bereits eine Woche seit dem Mord vergangen, so dass es keinen Sinn hatte, weitere Blutuntersuchungen zu veranlassen.“ Auf ihren Wangen hat sich eine Röte gebildet.

„Glauben Sie, Marleen hat ihnen Schlaftabletten gegeben?“, frage ich.

Mo wirft mir einen kurzen Blick zu. „Vielleicht“, sagt sie. „Wir werden es nie erfahren. Bei Herrn Tauber wurde auch ein Elektroschocker benutzt, um ihn zu betäuben.“

Wir gehen unter einer Brücke hindurch, spüren ihren Schatten, der die Kälte ein wenig mildert. „Und dann ist da noch die andere Sache, das Codeschloss an der Eingangstür“, fährt Mo fort. „Ich habe erfahren, dass es Hannah Küpper gelungen ist, dem Schlüsseldienst eine Kopie der Daten zu entlocken und sie an alle zu verteilen. Sie haben sicher gehört, dass sich in dieser Nacht niemand mehr nach Mitternacht Zutritt verschafft hatte?“

„Ja.“

„Charis sagte aus, dass ihre Mutter ihren Vater in flagranti überraschen wollte. Warum aber hat Marleen sich nicht selbst hereingelassen? Immerhin hatte sie den Code. Ein weitaus glaubhafterer Grund als der, dass sie ihn überraschen wollte, ist meiner Meinung nach, dass sie wusste, dass die Informationen über die eingegebenen Einlasscodes gespeichert werden. Marleen Tauber wollte sicherstellen, dass sie nichts zurücklässt, was beweisen könnte, dass sie in dieser Nacht dort war.“

„Aber Andreas muss sie reingelassen haben. Wer soll es denn sonst gewesen sein?“

„Ja, vielleicht“, sagt Mo. „Um ehrlich zu sein, denke ich, dass es viel einfacher gewesen wäre, wenn Marleen eine Person im Haus gehabt hätte, die sie hereingelassen hätte. Ein Nachbar vielleicht.“

Mein Atem wird langsamer, meine Hände werden taub. Mo und ich gehen ruhig nebeneinanderher, es ist ein ganz normaler Winternachmittag, und doch ist es so, als würde alles in der Schwebe hängen.

Ich bleibe stehen, sehe Mo an. „An wen denken Sie da?“

„Mehr kann ich nicht sagen“, antwortet Mo kühl. „Aber ich habe natürlich eine Idee. Obwohl ich es nicht beweisen kann.“

Wir stehen jetzt an der S-Bahn-Station.

„Ich kann Ihnen keinen Namen nennen, wenn ich mir nicht sicher bin. Und der Fall ist offiziell abgeschlossen.“

Es war also kein Zufall, dass wir uns vor dem Verlagsgebäude getroffen haben. Da bin ich mir jetzt sicher. Mir stockt der Atem.

„Sie glauben, dass ich es war?“

Jetzt bleibt sie stehen, wir sehen uns an.

„Nein, Frau Hagen“, sagt Mo leise.

Ihre Stimme ist ruhig, ihr Blick fest. Sie sieht weniger kraftvoll aus als in der Uniform, und doch zweifle ich keinen Augenblick daran, dass sie als Polizistin vor mir steht.

„Nein, warum sollten Sie sich einmischen? Und ich glaube nicht, dass Sie am Samstag in seine Wohnung gegangen wären, wenn Sie gewusst hätten, dass er tot ist.“

„Oh.“

„Samuel Lemberg hat Sie gesehen, Frau Hagen.“ Sie wirft mir einen Seitenblick zu. „Aber Sie können sich entspannen. Sie haben ihm auch eine Nachricht geschickt. Nein, wenn Sie damit zu tun gehabt hätten, wären Sie an diesem Tag wohl etwas geschickter vorgegangen. Obwohl man das natürlich nie sicher weiß. Aber es war verdächtig, dass Sie es abgestritten haben.“

„Da sind wir“, sagt Mo, sieht mich an, nur ein kurzer Blick aus dem Augenwinkel. „Übrigens wusste Ihr Mann von Ihnen und Herrn Tauber. Hat er es erwähnt?“

„Was sagen Sie da?“

Meine Stimme klingt seltsam, als käme sie aus der Ferne. Als ob ich zwanzig Meter entfernt stehen und uns beobachten würde. Zwei Frauen: die eine auf dem Fahrrad, die andere im Wintermantel.

„Mein Kollege Braun hat es ihm gesagt“, erwidert sie. „Er holte Ihren Mann eines Tages in der Woche nach dem Mord zum Verhör und erzählte ihm, was Sie in Ihrer E-Mail geschrieben hatten. Er war am Boden zerstört. Zumindest sagte er das. Und dann bat er Nico, Ihnen nicht zu sagen, dass er es wusste. Es hätte etwas damit zu tun, dass er es von Ihnen hören wollte, er sehen wollte, ob Sie selbst reinen Tisch machen würden.“

„Wie bitte?“, frage ich erneut. Meine Beine drohen nachzugeben, mitten im schönsten Nachmittagslicht.

„Nun, für die Untersuchung war es nicht wichtig, wie Sie die Dinge zwischen sich regelten. Zumindest nicht zu diesem Zeitpunkt, also haben mein Kollege und ich Sie nicht damit konfrontiert. Und dann tauchte das Videomaterial von Benno auf, und danach spielte es keine Rolle mehr. Ich dachte, es wäre gut, wenn Sie das wissen. Als eine Art Freundschaftsdienst."

Ihr Lächeln hat etwas an sich, das ich nicht recht deuten kann. Ist es Humor oder ist es Besorgnis? Macht sie sich Sorgen um mich? Dann schwingt sie sich auf ihr Fahrrad.

„Kommen Sie gut nach Hause, Frau Hagen."

*

Die S-Bahn hat Söcking erreicht, als es mir dämmert. Diese eine Sache, die mir an jenem Samstag in Andreas` Wohnung aufgefallen war, als ich im Flur stand, überwältigt von einem Widerwillen hineinzugehen. Die Tür zum Arbeitszimmer war geschlossen, ich blieb stehen, weil ich spürte, dass in der Wohnung etwas nicht stimmte. Es lag etwas in der Luft, dachte ich damals.

Da war eine Lücke in mir, die ich über die vergangene Zeit mit erstarrten Gefühlen gefüllt hatte, je schwerer, härter, sprachlose, desto besser, bloß die Lücke nicht wahrnehmen, aber dieses zu einem Amboss verdichtete Gefühl, das war jetzt verschwunden.

Die Lücke meldete sich.

Wenn ich jetzt daran zurückdenke, kann ich den Geruch, der sich durch die Räume stahl, fast riechen. Feuchtes Moos. Der Geruch des Waldes, in dem ich aufgewachsen bin. Das Aftershave, das Theo jeden Tag benutzt hat, seit ich ihn kenne.

Kapitel 56

München, 30. Dezember 2022

20:00 Uhr

Das Licht aus dem Wintergarten fällt ins Wohnzimmer und als ich aus den Kinderzimmern die Treppe herunterkomme, sehe ich die Streifen, die es erzeugt. Es ist so ruhig. Die meisten Nachbarn sind im Skiurlaub. Im Wohnzimmer bleibe ich stehen, Theo sitzt im Wintergarten. Vermutlich schaut er auf sein Telefon, ich kann nur seinen Hinterkopf über der Lehne des Sessels sehen. Ich stehe einen Moment lang da. Er hat mich noch nicht bemerkt. Ich könnte es mir anders überlegen. Wieder nach oben gehen, die Badewanne mit warmem Wasser füllen und ein Bad nehmen. Ich könnte wieder lautlos die Treppe hinauf in unser Schlafzimmer gehen, mich mit einem Buch hinlegen und dort bleiben. Ich muss das nicht tun. Aber gleichzeitig weiß ich, dass es sein muss. In meiner Wahrnehmung haben sich die Gewichte Stück für Stück verschoben. Die Zeit frisst an mir. Gleichzeitig bin ich ganz ruhig.

Mein Mann sitzt im Wintergarten. Wir haben zusammen zu Abend gegessen, ich habe Lukas ins Bett gebracht. Er wartet auf mich. Und doch stehe ich hier und beobachte, wie das Licht auf das Parkett des Wohnzimmers fällt, rechteckige Muster aus Licht und Schatten.

*

„Hi“, sagt er, ohne sich umzudrehen. Er reicht mir eine Flasche Bier. Sie ist noch kalt, ich kann das Kondenswasser auf dem braunen Glas sehen.

„Danke.“

„Ist das nicht schön? Am Abend einfach so nebeneinander sitzen zu können? Auf unserer eigenen privaten Terrasse?“

„Mm.“

„Ich bin so froh, dass wir es geschafft haben, dieses Haus zu kaufen. Das war gut, findest du nicht?“

„Das war es.“

Ich versuche ein Lächeln und ziehe die Mundwinkel hoch. Ich

habe so oft in meinem Leben gelächelt, normalerweise fällt es mir leicht. Er sieht mich an, wie ich aus dem Augenwinkel bemerke, aber unsere Stühle sind so gedreht, dass sie auf das gerichtet sind, was wir „die Aussicht" nennen. Unser Haus liegt auf einem Hügel. Wir blicken auf kleinere Reihenhäuser, die weiter unten stehen, mit einer schlechteren Aussicht als die, die wir von hier oben haben. Die Straße ins Zentrum führt rechts an einem Fußballplatz und einem Kindergarten vorbei, bevor sie eine Kurve um eine Tankstelle macht. Auf der linken Seite der Straße beginnt der Wald. Die Wipfel der dunklen Fichten bilden eine zackige Linie, die der Kurve des Hügelkamms folgt. Theo wendet sich wieder der Aussicht zu.

„Ich habe heute zufällig Mo Celta in der Stadt getroffen", beginne ich und blicke in Richtung Wald. „Wir haben uns ein wenig unterhalten."

„Ach wirklich?"

Ich werfe einen flüchtigen Blick auf Theo. Er lehnt sich in seinem Gartenstuhl zurück, ein Mann auf seiner eigenen Terrasse. Hört er mir überhaupt zu?

„Sie sagte, dass du von Andreas und mir wusstest", fahre ich fort, „dass Kommissar Braun dir an einem Tag in der ersten Woche davon erzählt hat. Und dann hat sie angedeutet, dass du es gewusst hast."

Er antwortet nicht.

„Stimmt das, Theo?"

Er sieht mich an. Sein Gesicht zeigt keine Emotion. Sein Mund ist geschlossen, seine Augen sind fokussiert, eiskalt, als würde er sich darauf konzentrieren, meine Worte aufzunehmen.

„Was fragst du mich da, Julia?" Seine Stimme ist ruhig, aber sein Tonfall lässt mich erschaudern.

„Wann hast du von der Affäre erfahren?" Meine Stimme ist dünn und seltsam.

Theo nimmt einen tiefen Atemzug und lehnt sich in seinem Stuhl zurück.

„Das wurde mir an diesem Herrenabend in Starnberg klar", antwortet er nach einer endlosen Stille. „Wir saßen am Tisch und tranken, und dann erzählte Andreas, dass er sich in Salzburg mit einem Bandmitglied unterhalten hatte, das ‚Sympathy for the Devil' spielte."

„Hm", sage ich leise.

Theo holt tief Luft. „Ich wurde so wütend", sagt er. „Ich schrie ihn aus einem idiotischen Grund an, irgendeinen Diskussionspunkt, der gerade am Tisch zum Thema wurde und bin auf ihn losgegangen. Wenn wir nicht so betrunken gewesen wären, hätten die anderen wahrscheinlich gedacht, dass dieser Grad an Wut verdammt seltsam ist."

Ich nicke langsam. Mir wird klar, dass ich Samuel nicht geglaubt habe, als er mir sagte, Theo sei der wütendste von allen gewesen. Severin war natürlich der Meinung, dass Samuel der Aggressivste war, und Andreas hat den Vorfall mir gegenüber nie erwähnt.

„Aber es war offensichtlich." Theos Stimme zittert unter der frostigen Ruhe. „Als ich anfing, nach Anzeichen zu suchen, waren sie nicht mehr so schwer zu erkennen. An einem Abend warst du angeblich mit einer Freundin verabredet, am nächsten Tag postete dieselbe Freundin ein Foto von einem anderen Ort auf Facebook. Du bist ausgegangen, und zehn Minuten später tat er es auch. Solche Dinge gibt es zuhauf."

Er drehte sich zu mir um.

„Als ich versucht habe, dein Telefon zu überprüfen, hast du dein Passwort geändert. Und du änderst nie die Codes, Julia. Am Ende habe ich es aber geschafft, einen Blick darauf zu werfen, als du unter der Dusche standest, du hattest es gerade benutzt, also war es nicht gesperrt. Und dann hatte ich den unwiderlegbaren Beweis."

„Warum hast du nichts gesagt?", frage ich flüsternd.

„Glaubst du, ich wollte das nicht?", antwortet er kalt. „Ich wollte dich anschreien, *was zum Teufel machst du da?* Aber da waren diese Textnachrichten. Der Ton, den du darin angeschlagen hast, als würdest du jemandem schreiben, den du liebst. Ich hatte Angst, du hättest dich in ihn verliebt. Also habe ich Marleen gefragt. Ich kam eines Tages nach Hause, als alle Nachbarn bei der Arbeit waren, ging hoch, klopfte an die Tür und erzählte ihr, was ich gefunden hatte. Sie brach in Tränen aus. Sie sagte, dass Andreas das seit Jahren praktiziert. Dass es so oft passiert sei, auch mit einer ihrer Jugendfreundinnen ein paar Jahre zuvor. Marleen dachte, dass sie damit leben konnte, sofern sie dieser Person nicht nahe stand. Aber sie hasste den Gedanken, dass es jemand war, mit dem sie sich treffen mussten. Dass all dies zu Hause geschah, in ihrem eigenen Haus, wo ihre Tochter lebte. Dass Charis ihn dabei erwischen und es herausfinden könnte. Andreas hätte keine Hemmungen, er wäre ein Freigeist, und sie sagte, die Leute kauften ihm das ab. Vor allem Frauen. Und sie sagte, dass sie von dem Moment an, als sie dich zum ersten Mal sah, sofort wusste, dass du der Typ bist, hinter dem er stets her war."

Ich denke an Marleen, die ich an dem Tag, bevor wir einzogen, auf der Terrasse sah und ihr zuwinkte, Marleen, die mich anstarrte, ohne meinen Gruß zu erwidern.

„Ich habe verstanden, dass er dich verführt hat. Wir hatten eine schwere Zeit durchgemacht, du und ich, nachdem mein Vater gestorben war. Die ganze Sache mit Mama und Lukas` Geburt. Ich war nicht für dich da, wie ich es hätte sein sollen. Ich habe nicht genug mit dir über das gesprochen, was passiert ist. Vielleicht habe ich dir auch nicht zugehört. Und dann dachte ich, dass ich derjenige war, der es geschehen ließ." Er hat Tränen in den Augen. „Ich wollte dich nicht verlieren, Julia. Erinnerst du dich an die Zeit, als ich mit meinen Freunden betrunken Auto gefahren bin? Als wir den Unfall hatten?"

„Herrje, Theo, das war früher."

„Ich dachte damals, du würdest mich verlassen. Und ich hätte es dir nicht verübelt, wenn du es getan hättest, verdammt, ich dachte, was für ein Idiot ich gewesen bin. Du hast etwas viel Besseres verdient. Aber dann bist du bei mir geblieben. In gewisser Weise glaubte ich, die Affäre mit Andreas sei dasselbe. Er war dein Unfall, und jetzt war es an mir, dir deine Dummheit zu verzeihen."

„Aber das ist so lange her", sage ich schwach, wie aus Protest.

„Nun, mir hat es viel bedeutet", sagt er zu seiner Verteidigung.

Wir sitzen schweigend da, lange Zeit. Es wäre eine Gelegenheit, endlich loszulassen, genau an diesem Punkt. Es ist immer noch möglich, ins Bad zu gehen, die Wanne mit warmem Wasser zu füllen.

„Mo Celta glaubt, dass Marleen einen Komplizen gehabt haben könnte."

Ich betone es mit Nachdruck, aber ich höre nur zu gut, wie kindisch es klingt. Der Satz hängt in der Luft zwischen uns, über dem kleinen Tisch und den Flaschen mit dem immer wärmer werdenden Bier. Als ob dieser Satz eine physische Sache ist, auf die wir nun reagieren und mit der wir umgehen müssen.

Die Zeit bleibt stehen. Mein Atem ist hörbar und hektisch, als ob ich um mein Leben laufen würde. Ich schaue ihn an. Er sitzt da und beobachtet die Aussicht, ruhig, den Mund geschlossen. Dann dreht auch er sich zu mir um. Jetzt sind keine Tränen mehr in seinen Augen zu sehen.

„Julia, bist du sicher, dass du mich das fragen willst?" Seine

Stimme ist fremd, hoch und unangenehm.

Ich erkenne ihn nicht mehr. Mein Mund ist trocken, aber ich will nicht nach dem Bier auf dem Tisch greifen.

„Ich habe in dieser Nacht so tief geschlafen, Theo. So ungewöhnlich tief. Ich habe nicht gehört, dass Lukas ins Schlafzimmer kam. Wenn du aufgestanden wärst, hätte ich dich dann gehört?"

„Nein, Julia. Mach das nicht." Dieselbe hohe, ungewohnte Stimme.

Ich will aufhören, aber ich kann nicht. „Ich war so müde, nachdem wir an dem Abend den Wein getrunken hatten. Ich war nicht in der Lage, mir den Film zu Ende anzusehen. Mo Celta sagte, dass Andreas ein Beruhigungsmittel im Blut hatte. Irgendein Benzodiazepin oder so."

„Was willst du damit sagen?"

„Du hast mich unter Drogen gesetzt." Die Worte sprudeln aus mir heraus. „Wir beide haben uns gegenseitig ein Alibi gegeben. Solange ich die ganze Nacht geschlafen habe, konntest du sagen, dass das auch für dich galt. Aber ich war bewusstlos. Während ich schlief, bist du nach oben gegangen. Vielleicht hast du mit ihm ein Glas Wein getrunken, ich weiß es nicht. Aber du hast ihm das Beruhigungsmittel gegeben. Und du warst in dieser Nacht oben in seiner Wohnung, das weiß ich mit Sicherheit. Dann bist du wieder nach unten gekommen, hast dich gewaschen und alles aufgeräumt. Und dann musstest du nur abwarten. Sie kam zur vereinbarten Zeit und du hast sie hereingelassen. Natürlich war sie diejenige, die es getan hat. Du kannst kein Blut sehen, du hättest es nicht tun können. Aber du hast dafür gesorgt, dass er schon betäubt war, als sie nach oben ging. Sie hat dennoch ihren Elektroschocker benutzt. Sicher ist sicher. Er ist vor seinem Computer zusammengebrochen. Sie musste ihm nur das Messer an die Kehle setzen, schnell und einfach, ohne Widerstand, und dann wieder gehen. Aber aus Rache hat sie ihm noch die Zunge gespalten, damit jeder glaubte, dass ein Psychopath am Werk war. Du musstest sie nur hereinlassen und dich dann wieder zu mir ins Bett legen."

Das Blut pocht in meinen Schläfen. Ich bin nach all dem außer Atem, kann immer noch nicht begreifen, dass ich es gesagt habe. Er sitzt da, stocksteif. Denkt nach. Dann dreht er sich zu mir um und sagt mit ernster Stimme:

„Andreas Tauber war kein guter Mensch. Er hat dich in die Irre geführt“, sagt er kalt. „Ich wollte dich nicht verlieren und Marleen wollte frei sein.“

Die Worte fallen zwischen uns auf den Boden. Ich stelle mir Charis vor, wie sie im Garten ihrer Großeltern sitzt, eingehüllt in eine Trauer, die sie für den Rest ihres Lebens begleiten wird.

„Sie hätten mich verdächtigen können.“ Meine Stimme zittert. „Hast du dir das überlegt? Ich war an jenem Samstag in der Wohnung, du wusstest das nicht. Die Polizei hätte leicht auf die Idee kommen können, dass ich diejenige war, die ihn getötet hat. Sie hätten auch jemand anderen verdächtigen können, jemanden, der unschuldig ist. Was hättest du dann getan? Was, wenn sie Emma verdächtigt hätten?“

„Wenn sie einen von euch verdächtigt hätten“, entgegnet er ruhig, „dann hätte ich mich gemeldet. Dazu war ich auch bereit. Marleen und ich waren uns einig, dass wir uns nicht gegenseitig belasten würden. Wenn einer von uns erwischt würde, würde derjenige allein dafür geradestehen. Das war ein Risiko. Aber wir hielten es für ein so geringes, waren bereit, es einzugehen. Ich habe die Kaninchen in die Wohnung gebracht, um eine falsche Spur zu legen.“

„Woher hattest du sie denn?“

„Ich habe sie beim Händler gekauft. Da musste ich sie nicht erst abschlachten.“

Meine Atmung ist zu flach, die Luft dringt kaum in meine Lungen ein, ich spüre es. Ich versuche tief einzuatmen, aber mir wird sofort schwindlig. Panik überwältigt mich. Ich kann es nicht glauben, nicht nur, was er getan hat, sondern auch, dass er in dieser Kälte darüber spricht.

„Andreas Tauber war kein guter Mensch“, ist Theos Rechtfertigung, dass er kein Verbrecher ist, sondern nur ein bemitleidenswerter Mann. Eine feige, sinnlose Rechtfertigung für den Tod eines Menschen.

„Marleen war diejenige, die ihren Mann tot sehen wollte“, sagt Theo, langsam, kalt, ernst, als würde er zu einem Kind sprechen. „Und sie war diejenige, die es getan hat. Ich habe ihr nur geholfen. Und ich habe es um deinetwillen getan, Julia. Damit du die Möglichkeit hast, die Dinge wieder in Ordnung zu bringen. Damit du mir nicht entgleitest. Marleen hat sich das Leben genommen. Mo Celta kann uns nichts beweisen, Julia.“

Er sieht mich an, tätowiert mich in sein Gedächtnis, mein Gesicht, meine Haare, meine Gestalt, das ist eben das, was man tut, wenn man Abschied nimmt. An den Rändern meines Blickfelds beginnen Lichtblitze aufzutauchen, und ich versuche, mich auf eine gleichmäßige, ruhige Atmung zu konzentrieren. Hat Theo Marleens rührselige Geschichte, ihre Leidensgeschichte, abgekauft? Aber nein, das ist nicht das, was er sagt, das ist nicht das, was ich höre. Die Verteidigung ist zu gut eingeübt, zu sicher. Er habe ihr nur geholfen, behauptet er, und doch sehe ich seine Fingerabdrücke überall in dieser grässlichen Angelegenheit. Er hatte nach dem Herrenabend die Zeit, Severin eine passende Erinnerung an die Diskussion vom Vorabend einzupflanzen, eine Erinnerung, die zweifellos die Vorurteile bestätigte, die Severin bereits hatte. Er war im Vorstand der Wohnungsbaugenossenschaft und kannte daher alle Einzelheiten über die Führung eines Eintragungsprotokolls durch den Schlüsseldienst. Er suchte Marleen auf und erzählte ihr von Andreas und mir. Ich kann es mir gut vorstellen. Er ließ Marleen ausreden, und als sie fertig war, hat er gesagt: ‚Aber weißt du, wir beide können etwas dagegen tun, Marleen'. Er legte sogar mit den Kaninchen eine falsche Spur.

Marleen nahm sich das Leben und Theo kommt davon. Und jetzt wohnt er bei uns, in einem großen Haus in Söcking, das er sich immer gewünscht hat, ganz nahe bei seiner Mutter und weit weg von Berg, und Andreas ist für immer von der Bildfläche verschwunden. Meine Vision schwimmt.

„Entschuldige mich", murmele ich.

Als ich aufstehe, wird mir schwindlig; für einen Moment wird mir schwarz vor Augen, und ich fürchte, dass ich gleich zusammenbreche, aber ich halte mich an der Stuhllehne fest und stütze mich damit ab. Ich muss auf meinen Füßen bleiben. Ich muss ins Badezimmer gehen, eine kleine Pause machen, mir kaltes Wasser ins Gesicht schütten. Ich muss einen klaren Kopf bekommen.

Ich weiß, dass der Tod von Andreas und Marleen mich noch lange beschäftigen wird. Sie sind Täter, aber auch die Opfer eines rücksichtslosen Mannes, und es ist unbestritten, dass auch ich für ihr Schicksal mitverantwortlich bin. Ich muss dem Schuldgefühl einen Raum geben, in dem es mich nicht zu sehr erdrückt. Aber ich werde es wohl für immer bei mir tragen.

Es gibt kein Entkommen und ich kann diese Schuld mit niemandem teilen.

Mit niemandem.

Ich taste nach der Verandatür. In der Tür steht Emma und starrt uns an.

Sie hat bereits ihr Nachthemd angezogen, ihr Haar hängt ihr unordentlich ins Gesicht. Sie starrt mich an, in ihren Augen lese ich etwas, von dem ich jetzt schon weiß, dass ich es nie wieder gutmachen kann.

Die Tür steht einen Spalt offen. Ich hatte sie nicht hinter mir geschlossen, als ich in den Wintergarten ging. Ich habe nicht damit gerechnet, dass sie uns hören könnte. Wieder einmal habe ich versagt und Emma nicht beschützt.

Hinter mir höre ich Theos Stuhl knarren. Ich hebe eine Hand, will ihr das Haar aus dem Gesicht streichen, zögere aber. Meine Hand bleibt in der Luft zwischen uns hängen. Die Vorhänge bewegen sich im kalten Windhauch.

Ich sehe Theo an, sehe im wilden Glanz seiner Augen den Wahnsinn, und aus meiner Angst wird Entsetzen. Theo hat den Tod von Andreas und Marleen längst überstanden, und mir wird klar, dass er auch heldenhaft meinen Tod überstehen wird. Mein Mann wird alles überleben. Er ist ein Monster.

Bevor Theo uns erreicht, habe ich gerade noch Zeit, daran zu denken, dass sich jetzt, ja jetzt, alles auflösen wird. Meine Gefühle kippen und krachen in den Starnberger See, die Wellen klatschen in die Hände, beißen zu, verschlucken die uralten Gefühle, dann war es das. Und ich weiß: Er wird nicht zögern, auch mich irgendwann zu töten.

Schweigen

Liebe Emma, meine Liebe,

Schweigen kommt mir vor wie das Erwachen, fest in eine Zwangsjacke geschnürt, mit rasendem Herzklopfen und schwerer Zunge. Der Epilog einer Geschichte.

Ich liege steif in meinem Bett, über mir eine blaue Bettdecke, habe Durst und hätte gerne etwas Kaltes getrunken.

Ich starre zur Decke und bemühe mich um eine Bestandsaufnahme meines Zustands und meiner Umgebung. Ich wackle mit den Zehen, lecke mir über die ausgetrockneten Lippen und zähle jeden Pulsschlag mit, bis ich merke, wie er langsamer wird. Von den Medikamenten, die die Ärzte mir verabreicht haben, fühle ich mich wie lebendig begraben oder zumindest wie in eine dicke, zähflüssige Substanz getaucht. Hoch über mir dreht sich ein Sternenhimmel. Soll mich beruhigen, sagt meine Großmutter. Aber das tun schon diese verdammten Pillen. Das Licht der Sterne tut mir in den Augen weh. Obendrein sollte ich hungrig sein, aber ich habe nicht den geringsten Appetit. Vor meiner Zimmertür liegt die Fußmatte ‚Love Forever'. Großmutter hat sie aus der Johannisgasse mitgenommen. Es war das schönste Geschenk von dir.

Ich vermisse dich, liebe Emma. Deine WhatsApps der Liebe trösten mich über die Tatsache hinaus, dass wir uns im Moment nicht sehen können. Wir sind uns dennoch nah, wir sind auf ewig Liebende. Die Situation hat mich zwar in diese missliche Lage gebracht, aber du bist mir treu geblieben. Ich hege kaum Zweifel, dass du mich noch eine Zeitlang weiter verschweigen musst. Sollen doch alle glauben, dass du in Jonas verliebt warst und jetzt Liebeskummer vortäuscht.

Jetzt bist du still, sendest mir keine Liebesbotschaften mehr. Ist etwas passiert? Ich spüre, dass etwas passiert sein muss, aber auch, dass du da bist. Du bist da, wir sind da, ja, wir sind noch da. Es gibt immer noch ein uns und unsere Liebe.

Niemand hat von uns gewusst. Ich habe niemanden wissen lassen, was du in mir geweckt hast. Ich träume fast jede Nacht von dir. Wenn ich mich befriedige, stelle ich mir vor, dass es deine Hände sind und manchmal wage ich dabei auch zu glauben, dass es dein Mund ist.

Das beruhigt mich. Niemand kann uns für ein Verbrechen zur Verantwortung ziehen. Wir sind nicht strafmündig. Noch nicht. Aber wir müssen uns beeilen. Ich werde mein Versprechen halten und deine Mutter töten.

Ich denke über deine Mutter nach, spitze die Ohren und lege vor lauter Konzentration die Stirn in Falten. Gleich wird mir Großmutter das Frühstück bringen. Wie ich sie verachte. Nicht gut.

Ich weiß nicht, wie lange ich in dieser unbequemen Position, in der bedrückenden Enge dieses Zimmers, über dich, deine Mutter und meine Lage gegrübelt habe, als die Tür geöffnet wird. Um zu sehen, wer mein Zimmer betritt, muss ich die Bauchmuskeln anspannen und den Oberkörper heben.

Ich bringe ein schwaches „Hey" heraus.

Dann schiebt meine Großmutter ihren massigen Körper ins Zimmer.

„Wie geht es dir heute Morgen, liebe Charis? Ich habe dir ein wunderbares Frühstück gemacht. Kommst du herunter?"

Schweigen.

„Wohl ein bisschen zulange geschlafen. Hunger, Charis?"

„Ich muss was trinken, Oma", nuschle ich.

„Das kommt von den Tabletten, hat der Arzt gesagt. Davon bekommst du eine schwere Zunge, mein Kind. Ich warte unten auf dich."

Ich hoffe, sie hört meinen bitteren Unterton nicht.

Jeden Morgen dasselbe Ritual, Emma. Sie ist so naiv und versetzt mich immer wieder in Erstaunen. Ich weiß nicht, was ich antworten und wie ich das aushalten soll. Ohne dich regt sich in mir die Dunkelheit. Dort gibt es keine Tränen.

Außerdem höre ich in diesem Moment das schwache Echo deiner Stimme. Emma, die mich mahnt, vorsichtig zu sein. Es ist, als rufst du über eine breite Schlucht hinweg nach mir.

Mein Herz beginnt wie wild zu rasen, wenn ich an dich denke. Du flüsterst, dass du auf mich wartest. Sagst, dass du mich beschützen wirst, wenn ich Julia den Schädel einschlage.

LF - Love Forever - Charis

Danksagung

Während ich an diesem Buch gearbeitet habe, bekam ich eine Grippe und konnte mich aufgrund Kopfschmerzen nicht so gut konzentrieren. Aber ich wollte, musste einfach schreiben. Schreiben ist fast wie Schwimmen, man hält sich über Wasser, trinkt Tee und wird wieder gesund.

Mein Manuskript ging an Doris Bartos. Ich habe selten jemanden getroffen, mit dem ich so arbeiten kann. Als ich die erste Fassung zurückbekam, wusste ich, dass ich mich besser ins Bett gelegt hätte, statt mich „über Wasser zu halten." Selbst der Körper einer Autorin braucht während einer Grippe mal eine Verschnaufpause.

Mein besonderer Dank geht deshalb an ***Doris Bartos***, dieses Buch verdankt ihr viel. Ich hoffe, dass wir noch viele kreative Stunden miteinander verbringen werden.

An dieser Stelle möchte ich auch der absolut genialen Coverlady ***Kristin Pang*** danken, die mir immer wieder ihre geniale Ideen präsentiert.

Ich danke all jenen, die sich bereit erklärt haben, mit mir zu sprechen, die jedoch aus Gründen der Vertraulichkeit ihre Namen nicht preisgeben wollen. Sie werden sich wiedererkennen.

Last but not least geht mein Dank an meine Familie: Peter – danke für deine Geduld und den Blick in deinen Augen, wenn du mich ansiehst. Ohne dich wäre der Mond nur Löwenzahn. Und ich danke meinem Sohn David, der hoffentlich niemals ein Buch über mich schreiben wird. Ihr erfüllt mein Leben und seid wahrlich das schönste Abenteuer.

Über die Autorin

Das Spezialgebiet der Bestseller-Autorin sind Thriller, Psychothriller und Romane. Bei ihrer akribischen Recherche lässt sie sich von Forensikern, Psychologen, Gentechnologen, Pathologen und Medizinern beraten. Ihre Thriller erreichen die Top-Ten-Bestsellerlisten vieler Ebook-Plattformen. Die Autorin schreibt für Verlage und veröffentlicht auch selbst. In den USA wurde die Autorin mehrfach ausgezeichnet.

Auszeichnungen und Nominierungen:

2016: Stefko und **From Sarah with love**: Halbfinale der Int. Writemovies Contest, Los Angeles.

2016: Finale „Zeilengötter

2015: Sibirien – Die aus dem Eis erwachen: Finale der Int. Writemovies Contest, Los Angeles.

2022: Verfilmung „SIBERIA“

2019: Seelen unter dem Eis – Finale der Int. Writemovies Contest, Los Angeles

2019: Seelen unter dem Eis: honorable mention

Weitere Romane der Autorin:

Thriller / Psychothriller: Eiskalte Umarmung, Eiskalter Schlaf (Print: Jasper, das Böse in Dir), Tödliche Perfektion (Print: Die Sekte), Wintermorde, Die Behandlung des Bösen, Am Ende das Böse, Wo ist Jay?, Lilith - Eiskalter Engel, Gleis der Vergeltung, Puppenmutter, Die Verdammten, Blutvogel, Zeilengötter, Dornen der Stille, Seelen unter dem Eis. Weitere Romane folgen.

Roman: Café de Flore und die Sehnsucht. Trilogie: Perlen der Winde. Die Stille vor Lilou.

Anthologie: Winterküsse, Nix zu verlieren, Summer in my Pocket

Kurzgeschichte: Sibirien – Die aus dem Eis erwachen

Mehr über Astrid Korten:

Website: www.astrid-korten.com

Facebook: www.facebook.com/Astrid Korten

Weitere Bücher der Autorin

Blutvogel

***Ich bin dein Schatten, deine Stille, dein Feind. Satan.
Nimm dich in Acht.***

Taubendorf, ein kleiner Ort in der Nähe der deutsch-polnischen Grenze. In einem abgelegenen Haus am Waldrand leben die Wolkows, eine nach außen hin perfekte Familie, wäre da nicht die achtjährige Aljona, die nicht an Gott glaubt. Eines Tages erwischt Gregor Wolkow das Mädchen dabei, wie es nachts heimlich im Wald tanzt. Er wendet sich an den Ältestenrat der örtlichen Glaubensgemeinschaft. Aljonas Ungehorsam wird hart bestraft.

Zweiundzwanzig Jahre später ist es keinem der Wolkow-Kinder gelungen, dem Terror des gläubigen Vaters zu entkommen. Sie sprechen kaum über die Folgen. Aljona kümmert sich um den verhassten, dementen Vater, aber der trügerische Frieden in der Familie fordert einen hohen Tribut.

Als das Böse wie ein Sturm aufzieht und die Familie endgültig entzweit, drängen allzu lang gehütete Geheimnisse an die Oberfläche, und mit ihnen eine tödliche Gefahr ...

Die Verdammten

Sebastian ist geschieden, darf seine Kinder nicht sehen und hat einen finanziellen Engpass. Da kommt das lukrative Angebot seiner Kundin Tina, ihre Enkelin zu unterrichten, wie gerufen. Er ahnt nicht, worauf er sich einlässt. Im Krankenhaus trifft er zufällig auf die attraktive Krankenschwester Cherry, die er unbedingt kennenlernen möchte.

Cherry hat aber eine verhängnisvolle Affäre, die ihr Leben zu einer Farce werden lässt. Sie sehnt sich nach einer Vertrauten und freundet sich mit ihrer liebenswürdigen, übergewichtigen Kollegin Karo an.

Karo, die selbst ein Geheimnis in sich trägt, kann sich das urplötzliche Interesse ihrer Kollegin nicht erklären und wird zunehmend misstrauisch.

Sebastian, Cherry und Karo glauben, dass sie zu den Verdammten dieser Welt gehören, denn verdammt ist, was die Seele stört. Eines Tages führt ein Missverständnis sie zusammen. Kurz darauf wird eine Grenze überschritten. Nichts ist mehr wie es war...

DIE VERDAMMTEN ist ein spannender Psychothriller über die Folgen einer quälenden Vergangenheit, über Lügen, Versagen und das Überschreiten von Grenzen.

Für Ihre Notizen